三國演義

(3)

三國演義 (3)

초판 1쇄 발행 ▪ 2014년 11월 20일
초판 2쇄 발행 ▪ 2016년 1월 27일

저 자 ▪ 나관중 원저, 모종강 평론 개정
역 자 ▪ 박기봉
펴낸곳 ▪ 비봉출판사
주 소 ▪ 서울 금천구 가산디지털2로 98. 2동 808호(롯데IT캐슬)
전 화 ▪ (02)2082-7444
팩 스 ▪ (02)2082-7449
E-mail ▪ bbongbooks@hanmail.net
등록번호 ▪ 2007-43 (1980년 5월 23일)
ISBN ▪ 978-89-376-0411-9 04820
        978-89-376-0408-9 04820 (전12권)

값 13,500원

모종강본 원문대역

三國演義

三顧草廬 / 삼고초려

(3)

나관중 원저

모종강 평론·개정

박기봉 역주

비봉출판사

차 례

삼국연의지도
三國演義地圖

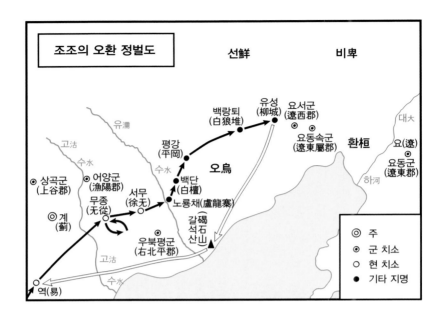

조조의 오환 정벌도

선비鮮卑   비卑

유濁
고沽
수水
상곡군
(上谷郡)
어양군
(漁陽郡)
무종
(无從)
서무
(徐无)
계
(劍)
우북평군
(右北平郡)
노룡채(盧龍寨)
백단
(白檀)
평강
(平岡)
백랑퇴
(白狼堆)
유성
(柳城)
요서군
(遼西郡)
요동속군
(遼東屬郡)
오烏
수水
갈
석石
산山
요(遼)
요동군
(遼東郡)
환桓
대大
하河
역(易)
고沽
수水

◎ 주
⊙ 군 치소
○ 현 치소
● 기타 지명

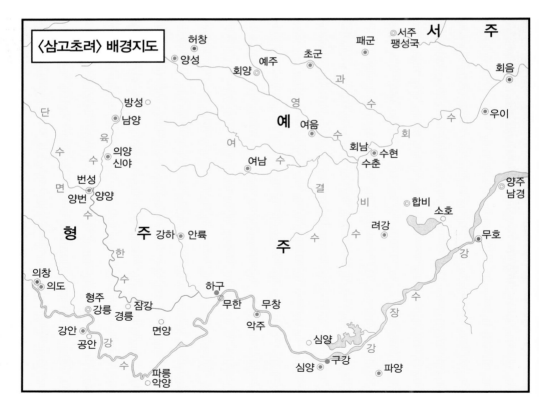

〈삼고초려〉 배경지도

허창
양성
예주
회양
초군
과
수
패군
서주西   주
팽성국
회음

예豫
여음
여
수
방성
남양
의양
신야
여
수
여남
회
회남
수현
수춘
우이

단
수
육
수
번성
양번
양양
면
수
합비
소호
양주
남경

형荊   주荊   강하
안록
한
수
주荊
결
수
비
수
수
수
려강
무호

의창
의도
형주
강릉
경릉
잠강
하구
무한
무창
악주
면양
심양
장
수
심양
구강
파양

강안
공안
강
수
파릉
악양

제31회

조조, 창정에서 원소를 깨뜨리고
현덕, 형주로 가서 유표에게 의지하다

〖 1 〗 한편 조조는 원소를 패주시킨 기세를 몰아 군사들을 정돈하여 천천히 그 뒤를 추격했다. 원소가 두건에 홑옷 바람으로 8백여 기병들을 이끌고 달아나서 여양(黎陽: 하남성 준현浚縣 동북쪽) 북쪽 기슭에 이르니 대장 장의거蔣義渠가 영채에서 나와 맞이했다. 원소가 지난 일을 의거에게 하소연하자, 의거는 곧 흩어진 군사들을 불러 모았다. 군사들은 원소가 살아 있다는 말을 듣고는 또 개미떼처럼 모여들었다. 군의 기세가 다시 떨치게 되자 원소는 부하들과 상의하여 기주(冀州: 치소는 업현鄴縣. 지금의 하북성 임장현臨漳縣 서남)로 돌아가기로 했다.

행군을 하다가 황량한 산에서 하룻밤을 묵게 되었다. 원소는 막사 안에 있다가 멀리서 들려오는 곡소리(哭聲)를 듣고 궁금해서 가만히 소리 나는 곳으로 찾아가서 들어보니, 싸움에서 패한 군사들이 모여앉아

서로 형이나 아우를 잃고 동료나 어버이를 여읜 슬픔을 하소연하고 있었다. 그리고는 저마다 주먹으로 가슴을 치고 통곡을 하면서 모두들 말했다: "만약 전풍田豊의 말만 들었으면 우리가 어찌 이런 화를 당하게 되었겠나!"(*원소를 욕하지 않고 다만 전풍을 생각하고 우는 것이었다. 원소는 더욱 듣고 있기가 힘들었다.)

원소는 크게 후회하며 말했다: "내가 전풍의 말을 듣지 않아서 싸움에 져서 군사들과 장수들을 잃었으니, 이제 돌아가면 무슨 면목으로 그들을 본단 말인가?"(*전풍의 말이 증명되었다고 해서 그를 공경하고 신뢰하는 것이 아니라, 그의 말이 증명되었다고 해서 그를 보기 부끄럽게 여겼다. 참소의 말은 이렇게 해서 먹혀들 수 있게 되었다.)

다음날, 말을 타고 한창 가고 있을 때 봉기逢紀가 군사를 이끌고 와서 그를 맞았다. 원소가 봉기에게 말했다: "내가 전풍의 말을 듣지 않아서 이번에 패했는데, 내 이제 돌아가서 이 사람을 보기가 부끄럽다."(*참소할 단서를 제공하고 있다.)

그 말을 듣고 봉기가 참소했다: "전풍은 옥중에서 주공께서 싸움에 패하셨다는 말을 듣고 손뼉을 치고 큰소리로 웃으면서 말했답니다: '과연 내가 짐작했던 그대로군!'"(*군사들의 통곡 소리는 자기 귀로 들었지만, 웃었다는 말은 전해 들었는바, 곡소리는 사실이고 웃었다는 것은 거짓말(哭是實, 笑是虛)이다.)

원소는 크게 화를 내며 말했다: "이 자식이 어찌 감히 나를 비웃는단 말인가! 내 반드시 이놈을 죽이고야 말겠다."(*봉기가 전풍을 참소한 것 역시 곽도가 장합과 고람을 참소한 것과 같은 것으로, 원소는 이들을 다 믿었다. 이는 의심해야 할 것을 의심하지 않은 것이다.)

그리고는 곧바로 사자에게 보검을 가지고 먼저 기주 옥중으로 가서 전풍을 죽이도록 했다.

〖 2 〗 한편 전풍은 옥중에 갇혀 있었는데, 하루는 옥리獄吏가 와서 그를 보고 말했다: "축하드립니다, 별가別駕 어른!"

전풍曰: "축하할 기쁜 일이 뭐 있느냐?"

옥리曰: "원 장군께서 대패하여 돌아오신다니, 별가 어른께서는 반드시 중용되실 것입니다."

전풍은 웃으면서 말했다: "내가 이번에는 죽겠구나!"

옥리가 물었다: "사람들은 모두 별가 어른을 위해서 기뻐하던데, 어르신께서는 어찌 죽는다고 말씀하십니까?"

전풍曰: "원 장군은 겉으로는 너그러운 척해도 속으로는 미워하고 부하의 충성심 따위는 생각해 주지도 않는 사람이다. 만약 싸움에 이겨서 기뻐하고 있다면 오히려 나를 용서해 줄 수 있겠지만, 이제 싸움에서 패했다니 나를 보기 부끄러워할 것이다. 나는 이제 살아날 가망이 없다."(*남이 반드시 패할 것을 알았고, 또 그가 반드시 부끄러워할 것을 알았으니, 전풍이야말로 참으로 '사람을 안다(知人)'고 할 수 있다.)

그래도 옥리는 그의 말을 믿지 않았다. 그때 갑자기 사자가 검을 가지고 와서 원소의 명령을 전하며 전풍의 머리를 베려고 하자, 옥리는 그제야 놀랐다.

전풍曰: "내 이미 반드시 죽을 줄 알고 있었다."

옥리들은 모두 눈물을 흘렸다.

전풍曰: "대장부가 이 세상에 태어나서 그 주인을 잘 알아보지 못하면서 섬기는 것은 지혜롭지 못한 것이다!(大丈夫生於天地間, 不識其主而事之, 是無智也!) 내 오늘 죽더라도 애석해 할 게 뭐 있는가!"(*이것은 원소가 전풍을 알아보지 못한 것이지 전풍이 원소를 알아보지 못한 것은 아니다. 그런데도 전풍은 원소를 원망하지 않고 다만 자기 자신을 원망하였는바, 자기 자신을 원망하는 마음이 정말로 원소를 원망하는 마음보다 더 깊었다.)

그리고는 옥중에서 자기 목을 찔러 죽었다. 후세 사람이 지은 시가 있으니:

어제 아침에는 저수가 군중에서 죽더니	昨朝沮授軍中死
오늘은 전풍이 옥중에서 죽는구나.	今日田豊獄內亡
하북의 기둥棟梁들이 모두 절단 나니	河北棟梁皆折斷
원소가 어찌 집과 나라를 잃지 않을 수 있으랴	本初焉不喪家邦

전풍이 죽고 나자, 소문을 들은 사람들은 모두 탄식하며 애석해 했다.

〖 3 〗 원소는 기주로 돌아온 뒤 마음이 산란해서 정사를 볼 수 없었다. 그의 후처 유씨劉氏가 그에게 후사를 세울 것을 권했다. 원소는 세 아들을 두었는데, 맏아들 원담袁譚은 자字를 현사顯思라 하였는데 나가서 청주를 지키고 있었고, 둘째 아들 원희袁熙는 자를 현혁顯奕이라 하였는데 나가서 유주를 지키고 있었으며, 셋째아들 원상袁尙은 자를 현보顯甫라 하였는데, 원소의 후처 유씨 소생으로 용모가 준수한데다 헌걸차서 원소는 그를 매우 사랑하여 항상 가까이 두고 있었다. (*전에 아이가 아프다는 이유로 현덕의 청에도 불구하고 군사를 내보내지 않았던 것은 바로 이 셋째아들 때문이다.)

관도 싸움에서 패한 후로 유씨가 원상을 후사로 세우기를 강권해서 원소는 마침내 심배, 봉기, 신평辛評, 곽도 등 네 사람을 불러서 이 일을 상의했다. 원래 심배와 봉기 두 사람은 전부터 원상을 보필했고, 신평과 곽도 두 사람은 전부터 원담을 보필해서, 네 사람은 각각 그들을 자기의 주인으로 섬겨오고 있었다. (*한 집안이 또 두 개의 당黨으로 나뉘어 있다.)

그때 원소가 네 사람에게 물었다: "지금 바깥의 우환(外患)이 끝나지 않았으므로 안의 일을 빨리 결정해 놓지 않을 수 없다. 나는 후사 세우는 일을 의논하고자 하는데, 첫째 담譚은 그 사람됨이 성질이 강해서 사람 죽이기를 좋아하고, 둘째 희熙는 그 사람됨이 부드럽고 나약해서 큰일 하기 어렵고, 셋째 상尙은 영웅의 자태가 있는데다 현자를 예로 대하고 유능한 인사들을 공경하므로, 나는 이 애를 후사로 세우고 싶다. 공들의 의견은 어떠한가?"(*원소와 유표는 정말로 똑같은 부류의 사람들이다.)

곽도曰: "세 아들들 중에 담譚이 장남으로 지금은 바깥에 나가 있습니다. 주공께서 만약 장자를 폐하고 어린 셋째를 후사로 세우신다면 이는 내란이 일어날 싹이 됩니다. 지금은 우리 군사의 위세가 조금 꺾인 상태인데다 적병이 지경 가까이 와 있는데 어찌 다시 부자형제간에 서로 다투게 함으로써 혼란을 야기할 수 있습니까? (*다음 회에서 일어날 일들의 복필伏筆이다.) 주공께서는 당분간 적을 막을 계책부터 세우시고 후사를 세우는 일은 더 이상 여러 말씀 말도록 하십시오."

원소는 주저하며 결단을 내리지 못했다.

〖 4 〗 그때 갑자기 보고가 들어오기를, 원희는 군사 6만 명을 이끌고 유주에서 왔고, 원담은 군사 5만 명을 이끌고 청주에서 왔으며, 외생질外甥姪 고간高幹 역시 군사 5만 명을 이끌고 병주로부터 왔는데, 다들 싸움을 돕기 위하여 기주로 왔다고 했다. 원소는 기뻐하며 다시 군사들을 정돈하여 조조와 싸우러 나갔다. (*후사를 세우는 일은 이에 이르러 갑자기 한편으로 치워버린다.)

이때 조조는 승리한 군사들을 이끌고 황하 상류 지역에 진을 치고 있었다. 그때 토박이들이 대나무그릇에 밥을 담고 병에 국을 담아 와서 군사들을 영접했다. 조조는 그들 중 부로父老 몇 명은 수염과 머리카락이 온통 하얀 것을 보고 막사 안으로 들어오라고 해서 앉을 자리

를 내어주고 물었다: "노인장들은 연세가 얼마나 되시오?"

그들이 대답했다: "모두 백 살 가까이 됩니다."

조조曰: "나의 군사들이 여러분의 고향을 놀라게 하고 시끄럽게 해서 내 마음이 몹시 편치 않소."

부로曰: "환제桓帝 때 황성(黃星: 토성)이 초楚와 송宋 분야分野에 나타난 적이 있었습니다. 그때 천문을 잘 볼 줄 아는 요동 사람 은규殷頼가 밤에 이곳에서 묵다가 우리 늙은이들을 보고 말했습니다: '황성이 하늘에 나타나 바로 이곳을 비추고 있으니, 지금부터 50년 후에 양梁, 패沛 지역에 하늘의 명을 받은 진인眞人이 나타날 것이오.' 지금 햇수를 헤아려보니 그때로부터 꼭 50년이 되었습니다. 원본초는 백성들에게서 세금을 무겁게 거두어서 백성들은 모두 그를 원망했습니다. 이제 승상께서 억압받고 있는 백성들을 위로하고 포악한 자를 토벌하기 위해(弔民伐罪) 인의의 군대를 일으키시어 관도에서 한 번 싸움으로써 원소의 백만 대군을 깨뜨리셨는데, 이는 바로 그때 은규가 했던 말과 맞아떨어집니다. 이제 만백성들은 태평성대를 기대할 수 있게 되었습니다."

조조가 웃으며 말했다: "내 어찌 감히 노인장들이 말씀하신 사람에 해당할 수 있겠소?"

그리고는 술과 음식과 비단 등을 내어 와서 노인들에게 주어 돌려보낸 후 전군에 호령했다: "만약 마을에 내려가서 인가의 닭이나 개를 잡는 자가 있으면 살인한 것과 같은 죄로 다스릴 것이다."(*때로는 사람을 닭이나 개처럼 천시하고, 때로는 닭이나 개를 사람처럼 귀하게 여기니, 이 모든 것이 간웅이 임기응변하는 방식이다.) 이리하여 군사들과 백성들은 두려워서 복종했고, 이를 보고 조조 역시 속으로 몰래 기뻐했다.

〖 5 〗 그때 보고가 들어오기를, 원소가 네 주州의 군사 2~30만 명을

얻어 창정倉亭으로 나와서 영채를 세웠다고 했다. 조조도 군사를 거느리고 앞으로 나아가 영채를 세웠다.

다음날 양군이 서로 마주보고 각기 전투대형을 이루었다. 조조가 여러 장수들을 이끌고 진 앞으로 나가고, 원소 역시 세 아들과 생질 및 문관과 무장들을 이끌고 진 앞으로 나갔다.

조조曰: "본초本初는 계책도 다 떨어지고 힘도 다 떨어졌으면서 왜 아직도 항복할 생각을 안 하는가? 칼이 목에 닿을 때까지 기다리고 있다가는 후회해도 소용없을 것이다!"

원소는 크게 화가 나서 여러 장수들을 돌아보고 말했다: "누가 감히 나가서 싸우겠느냐?"

원상은 부친 앞에서 자기 재능을 뽐내보고 싶어서 쌍도를 휘두르며 나는 듯이 말을 달려 진을 나가서 말을 힘껏 달리며 왔다 갔다 했다.

조조가 손으로 그를 가리키며 장수들에게 물었다: "저건 누구냐?"

그를 아는 자가 대답했다: "그는 원소의 셋째 아들 원상입니다."

말이 끝나기도 전에 한 장수가 창을 꼬나들고 달려 나갔다. 조조가 보니 서황의 부장部將 사환史渙이었다. 두 필 말이 서로 어우러져 싸우기를 채 3합도 못 되어 원상은 말머리를 돌려서 옆으로 달아났다. 사환이 그의 뒤를 쫓아갔는데, 원상이 화살을 뽑아 활에다 메기더니 몸을 뒤집으며 뒤를 보고 쏘았다. 화살은 정통으로 사환의 왼쪽 눈에 맞았고, 그는 말에서 떨어져 죽었다.

원소가 아들이 이긴 것을 보고 채찍을 휘둘러 진군 명령을 내리자 대대大隊의 군사들이 한꺼번에 몰려나가 한바탕 혼전을 벌였다. 그리고 나서 양군은 각기 징을 쳐서 군사를 거두어 영채로 돌아갔다.

〖 6 〗 조조는 원소를 쳐부술 계책을 여러 장수들과 상의했다. 정욱程昱이 열 곳에 군사를 매복시켜 두는 '십면매복지계十面埋伏之計'를 쓰

자고 하면서, 조조에게 권했다: "군사를 강가로 물리어 군사들을 10개 부대로 나누어 매복시켜 놓은 다음 원소를 강가까지 쫓아오도록 유인한다면 아군은 물러가려고 해도 더 이상 물러갈 길이 없으므로 틀림없이 죽기 살기로 싸울 것이고, 그렇게 되면 원소를 이길 수 있습니다."(* '십면매복지계十面埋伏之計'는 한신韓信이 항우項羽를 쳐부순 계책이고, 배수진背水陣은 한신이 진여陳餘를 쳐부순 계책이다. 여기서는 두 가지를 하나로 합쳐서 새로운 하나의 계책을 만들어내고 있다.)

조조는 그 계책을 받아들여 군사들을 좌우 각각 다섯 부대씩 나누었다. 왼편에는: 첫째 부대는 하후돈, 둘째 부대는 장료, 셋째 부대는 이전, 넷째 부대는 악진, 다섯째 부대는 하후연이었으며, 오른편에는: 첫째 부대는 조홍, 둘째 부대는 장합, 셋째 부대는 서황, 넷째 부대는 우금, 다섯째 부대는 고람이었다. 중군은 허저를 선봉으로 삼았다.

다음날 10개 부대가 먼저 나가서 좌우로 매복하고 있었다.

밤이 깊어졌을 때 조조는 허저에게 군사를 이끌고 앞으로 나가서 짐짓 적의 영채를 습격하려는 듯한 형세를 보이도록 했다. 그러자 원소의 다섯 영채의 군사들이 일제히 달려 나왔으므로 허저는 곧바로 군사를 되돌려 달아났다. 원소가 군사를 이끌고 뒤쫓아 왔는데 그들이 지르는 고함소리가 밤새도록 끊이지 않았다. 날이 밝아올 무렵에는 강가까지 뒤쫓아 와서 조조의 군사는 더 이상 물러갈 곳이 없었다.

조조가 큰소리로 외쳤다: "앞에는 달아날 길이 없다. 모든 군사들은 죽음을 각오하고 싸우도록 하라!"(*이것이 흔히 말하는 "사지에 놓아둔 후에야 살 수 있다(置之死地而後生)"는 것이다.)

모든 군사들은 몸을 돌려서 있는 힘을 다해 앞으로 나아갔다. 허저가 나는 듯이 말을 달리며 앞장을 섰다. 그가 적의 장수 10여 명을 힘차게 베어버리자 원소의 군사는 큰 혼란에 빠졌다. 원소가 군사를 물려서 돌아가려고 하자 등 뒤쪽에서 조조의 군사들이 쫓아왔다.

한창 달아나고 있을 때 북소리가 한 번 울리더니 왼편에서는 하후연의 군사들이, 오른편에서는 고람의 군사들이 일제히 짓쳐 나왔다. 원소는 세 아들과 생질을 함께 모아서 죽기로 싸워가며 길을 열어 달아났다. 또 다시 10리를 채 못 갔을 때, 왼편에서는 악진의 군사들이, 오른편에서는 우금의 군사들이 짓쳐 나와서 원소의 군사들을 쳐 죽이니, 죽은 시체가 들판을 덮었고 흘러내린 피가 도랑을 이루었다.

또 4,5마장(里)을 채 못 갔을 때, 왼편에서는 이전의 군사들이, 오른편에서는 서황의 군사들이 길을 막아 한바탕 크게 싸웠다. 원소 부자는 간담이 다 떨어지고 심장이 놀라 뛰면서 영채 안으로 도망쳐 들어가서는 전군에 명령을 내려 빨리 밥을 짓도록 했다. 그러나 막 식사를 하려고 할 때 왼편에서는 장료의 군사들이, 오른편에서는 장합의 군사들이 곧장 달려와서 영채를 들이쳤다.

원소는 정신없이 말에 올라 창정倉亭을 향해 달아났는데, 사람도 말도 모두 지칠 대로 지쳐서 잠시 쉬면서 숨을 돌리고 싶었으나 뒤에서 조조의 대군이 추격해 왔으므로 원소는 필사적으로 달아났다.

한창 달아나고 있을 때 또 왼편에서는 조홍의 군사들이, 오른편에서는 하후돈의 군사들이 가는 길을 가로막았다.

원소가 큰소리로 외쳤다: "만약 죽음을 각오하고 싸우지 않는다면 틀림없이 사로잡히고 말 것이다!"

그리고는 있는 힘을 다해 좌충우돌하여 겹겹이 둘러싸인 포위망에서 가까스로 벗어날 수 있었다. 원희와 고간高幹은 다 화살에 맞아서 중상을 입었고, 군사와 말들은 거의 다 죽임을 당했다. 원소는 세 아들을 얼싸안고 한바탕 통곡을 하다가 그만 기절하여 땅에 넘어졌다. 여러 사람들이 급히 구원했다.

원소는 입으로 선혈鮮血을 끊임없이 토하면서 탄식했다: "내 그동안 수십 번을 싸워 왔지만 오늘 이처럼 낭패를 볼 줄은 생각도 못했다.

이는 하늘이 나를 버리는 것이다. 너희들은 각자 자기가 맡은 주州로 돌아가서 맹세코 조조 도적놈과 다시 한 번 자웅을 겨루도록 하라!"

그리고는 즉시 신평과 곽도에게는 조조가 혹시 경계를 넘어 쳐들어 올지 모르니 황급히 원담을 따라 청주로 가서 군사를 정돈하라고 명하고, 원희에게는 다시 유주로 돌아가라고 명하고, 고간에게는 다시 병주로 돌아가라고 명하면서, 각자 돌아가서 군사들을 수습하여 다음의 전투를 준비하라고 했다.

원소는 원상 등을 이끌고 기주로 돌아가서 병 치료를 하면서 원상에게 심배와 봉기와 같이 잠시 군사 일을 맡아 처리하도록 했다. (*이때 원상을 후사로 세우기로 결심했다.)

〖 7 〗 한편 조조는 창정倉亭에서 크게 이기고 나서 전군에 후한 상을 내렸다. 그리고는 사람을 시켜서 기주冀州의 내부 사정을 알아보도록 했다.

첩자가 돌아와서 보고했다: "원소는 병으로 자리에 누워 있고, 원상과 심배는 기주 성을 굳게 지키고 있으며, 원담과 원희와 고간은 모두 본래 자기들이 책임지고 있던 주州로 돌아갔습니다."

여러 사람들이 조조에게 급히 기주를 공격하자고 권했다.

조조曰: "기주는 양식이 극히 풍족하고 성을 지키고 있는 심배는 또 기지와 지모가 있는 자이므로 단시일 내에 빼앗을 수는 없다. 그리고 지금은 밭에 농작물이 자라고 있는 철이므로 백성들의 생업을 망치게 될까 두렵다. 잠시 기다렸다가 가을 추수나 끝난 뒤에 공략하더라도 늦지 않을 것이다."(*전에 여포와 대치하고 있을 때에는 흉년 때문에 군사 작전을 중지했는데, 지금은 원소와 대치하고 있으면서 추수를 이유로 군사 작전을 그만두려고 한다. 전에는 단지 군사 문제만을 생각했으나 이번에는 백성들의 생업을 생각하고 있다. 이는 모두 노인들이 그를 환영해준 덕분이다.)

이렇게 한창 의논하고 있을 때 문득 순욱荀彧이 보낸 서신이 당도했다. 그 서신에서 말하기를:

"유비가 여남汝南에서 유벽, 공도의 군사 수만 명을 얻었는데, 승상께서 군사들을 데리고 하북으로 출정하셨다는 소문을 듣고는 유벽으로 하여금 여남을 지키도록 하고 유비 자신은 군사를 이끌고 우리의 빈틈을 타서 허창을 치러 오고 있습니다. 승상께서는 속히 회군하시어 이를 막도록 하십시오."(*갑자기 유현덕을 끌어들이고 있다. 마치 장부의 아귀가 맞듯이 절묘하게 들어맞고 있다.)

조조는 크게 놀라서 조홍을 남겨두어 강가에 군사를 주둔시켜 놓고 허장성세 하도록 하고는, 조조 자신은 대군을 거느리고 유비를 맞아 싸우러 여남으로 갔다.

〖 8 〗 한편 현덕은 관운장, 장비, 조운 등과 함께 군사를 이끌고 허도를 기습하려고 했다. 행군해 가다가 양산(穰山: 삼국시에는 이런 지명이 없었다.) 가까이 이르렀을 때 마침 쳐들어오고 있는 조조의 군사들과 만났다.

현덕은 곧 양산 아래에 영채를 세우고 군사를 세 부대로 나누어 운장에게는 군사를 동남 모퉁이에 주둔해 있도록 하고, 장비에게는 군사를 서남 모퉁이에 주둔해 있도록 하고, 현덕 자신은 조운과 함께 정남 쪽에다 영채를 세웠다.

조조의 군사가 당도하자 현덕은 북을 치고 고함을 지르며 나갔다. 조조는 전투대형을 이루고 나서 현덕에게 이야기 좀 하자고 했다.

현덕이 말을 타고 문기門旗 아래로 나가자, 조조가 채찍을 들어 그를 가리키며 욕을 했다: "내 너를 상빈上賓으로 대우해 주었거늘, 너는 어찌하여 배은망덕한 짓을 하는가?"

현덕曰: "너는 한漢 승상이란 명칭을 사칭하고 있지만 실제로는 나라의 역적이다. 나는 한漢 황실의 종친으로서 천자의 비밀조서를 받들어 역적을 치러 왔다."

그리고는 말 위에서 천자의 비밀조서를 낭송했다. 조조가 크게 화를 내며 허저에게 나가 싸우라고 하자, 현덕의 배후에 있던 조운이 창을 꼬나들고 말을 달려 나갔다. 두 장수가 서로 어우러져 싸우기를 30합이나 되도록 승부가 나지 않았다. 그때 갑자기 함성이 크게 울리더니 동남 모퉁이에서 운장이 부딪쳐 나오고, 서남 모퉁이에서는 장비가 군사를 이끌고 부딪쳐 나왔다. 세 방면에서 군사들이 일제히 들이쳤다. 조조의 군사는 멀리서 오느라 지쳐 있었으므로 대적해내지 못하고 대패하여 달아났다. 현덕은 승리하고 영채로 돌아왔다. (*소수의 군사들로 다수의 군사들을 이긴 것(以少勝多)이 아니라, 실은 편히 휴식을 취한 군사들로써 지친 군사들을 이긴 것(以逸勝勞)이다.)

〖 9 〗 다음날 현덕은 또 조운으로 하여금 싸움을 걸도록 했다. 그러나 조조의 군사들은 열흘이 되도록 싸우러 나오지 않았다. 현덕은 다시 장비로 하여금 싸움을 걸도록 했으나 조조의 군사는 여전히 싸우러 나오지 않았다. 현덕은 뭔가 이상하다는 의심이 점점 더 들었다.

그때 갑자기 공도가 군량을 운반해 오다가 조조의 군사에게 포위되었다는 보고가 들어왔다. 현덕은 급히 장비에게 가서 구해주도록 했다. 그때 또 갑자기 하후돈이 군사를 이끌고 배후의 지름길로 해서 곧장 여남을 공격하러 갔다는 보고가 들어왔다.

현덕은 크게 놀라서 말했다: "이렇게 되면 우리는 앞뒤로 적을 맞아 돌아갈 데가 없게 된다."

그는 급히 운장을 보내서 여남을 구해주도록 했다. 양쪽 군사들이 모두 떠나갔다.

하루도 지나기 전에 정탐꾼이 달려와서 보고하기를, 하후돈은 이미 여남을 쳐서 깨뜨려서 유벽은 성을 버리고 달아났으며, 운장은 지금 적에게 포위되어 있다고 했다.

현덕은 크게 놀랐다. 그때 또 보고가 들어왔는데, 장비가 공도를 구하러 갔다가 그 역시 포위당해 있다는 것이었다.

현덕은 급히 회군하고 싶었으나 조조 군사가 또 뒤를 습격해올까봐 두려워하고 있을 때, 갑자기 영채 밖에 허저가 와서 싸움을 걸고 있다는 보고가 들어왔다. 현덕은 감히 나가서 싸우지 못하고 날이 밝기를 기다리면서 군사들을 배불리 먹이도록 하여 보병(步軍)을 먼저 출발시키고 기병(馬軍)은 그 뒤를 따라 출발하도록 하면서, 영채 안에는 북을 쳐서 시간을 알리는 군사(更點軍)만 남겨두어 빈 영채 안에서 계속 북과 징을 쳐서 적을 속이도록 했다.

현덕 등이 영채를 떠나서 약 몇 마장(里)을 가다가 야트막한 흙산을 돌아가고 있을 때 횃불이 일제히 밝혀지면서 산꼭대기에서 큰소리로 외치는 소리가 들렸다: "도망가지 마라, 유비야! 승상께서 여기서 기다리고 계신다!"

현덕은 정신없이 도망갈 길을 찾았다.

조운曰: "주공께서는 염려마시고 제 뒤만 바짝 따라오십시오."

조운은 창을 꼬나들고 말을 달려서 혈로를 뚫었다. 현덕은 쌍고검雙股劍을 바짝 손에 들고 그 뒤를 따라갔다. 한창 싸우며 나가는 중에 허저가 추격해 와서 조운과 전력을 다해 싸웠다. 배후에서 우금과 이전이 또 달려왔다. 현덕은 형세가 위태로운 것을 보고는 큰길을 버리고 풀숲으로 달아났다. 등 뒤에서 들리는 함성이 차츰 멀어지자, 현덕은 깊은 산속의 외진 길로 필마단기로 달아났다.

〖 10 〗 날이 밝아올 때쯤 측면에서 한 떼의 군사들이 짓쳐 나왔다. 현덕이 깜짝 놀라서 보니 유벽이 패잔병 1천여 기마를 이끌고 현덕의

가솔들을 호송해서 온 것이었다.

손건과 간옹, 미방 역시 당도하여 하소연했다: "하후돈의 군세軍勢가 몹시 강하여 성을 버리고 달아났습니다. 조조의 군사들이 추격해 왔으나 다행히 운장이 그들을 막아주어서 벗어날 수 있었습니다."

현덕曰: "운장은 지금 어디 있는지 모르느냐?"

유벽曰: "장군께서는 일단 가시지요. 곧 아시게 될 겁니다."(*운장이 포위되어 있다는 사실을 곧바로 말하지 않는 것은 사람을 위로하는 가장 좋은 방법이다.)

몇 마장을 가자 북소리가 한 번 울리더니 앞에서 한 떼의 군사들이 몰려나왔다. 앞장선 대장은 바로 장합이었는데, 그가 큰소리로 외쳤다: "유비는 빨리 말에서 내려 항복하시오!"

현덕이 막 뒤로 물러나려고 할 때, 산꼭대기에서 붉은 깃발을 휘두르는 것이 보이더니 한 무리의 군사들이 산오(山塢: 사면이 높고 중앙이 낮은 산지)에서 우르르 몰려 나왔는데, 그 우두머리 대장은 바로 고람高覽이었다. 현덕은 앞으로도 뒤로도 달아날 길이 없어지자 하늘을 우러러 큰소리로 부르짖었다: "하늘은 어찌하여 나를 이러한 궁지에 몰아넣는가? 형편이 이 지경에 이르렀으니 죽을 수밖에 없구나!"

그리고는 칼을 빼서 자기 목을 찌르려고 했다.

유벽이 급히 말리며 말했다: "제가 죽기로 싸워서 혈로를 뚫어 주군을 구하겠습니다."

말을 마치자 곧바로 나가서 고람과 싸웠으나 미처 세 합도 싸우지 않아 고람의 칼에 베어 말 아래로 떨어졌다. (*먼저 유벽의 죽음을 묘사함으로써 다음에서 조운의 용맹을 더욱 돋보이게 하고 있다.) 현덕이 당황해서 직접 나서서 싸우려고 할 때, 고람이 이끄는 후군이 갑자기 저절로 어지러워지더니 한 장수가 좌충우돌 싸우며 왔는데, 창이 번쩍 들리자 고람의 몸이 벌렁 뒤로 뒤집혀지면서 말 아래로 떨어졌는데, 보니 바로 조운이었다. 현덕은 크게 기뻤다. 조운은 말을 몰아 창을 꼬나들고 후군을 다 물리친 다음 다시 장합이 이끄는 전군 쪽으로 달려와서 혼자서 장합과 싸웠다. 장합은 조운과 30여 합을 싸우다가 패하여 말머리를 돌려서 달아났다. 조운이 이긴 기세를 타고 몰아쳤으나 장합의 군사들이 산골짝 어귀를 막고 있는 바람에 길이 좁아서 빠져나갈 수가 없었다.

한창 달아날 길을 열기 위해 싸우다가 문득 보니 운장과 관평關平, 주창周倉이 군사 3백 명을 이끌고 이르러서 양쪽에서 협공하여 장합의 군사들을 물리쳤다. 모두들 산골짝 어귀를 빠져나온 후 산의 험한 곳을 차지하여 영채를 세웠다. 현덕은 운장에게 장비를 찾아보도록 했다.

원래 장비는 공도를 구하러 갔으나 가서 보니 공도는 이미 하후연의 손에 죽은 후였다. 장비는 전력을 다해 하후연을 물리치고 계속해서 그 뒤를 추격해 갔으나, 도중에 도리어 악진이 이끌고 온 군사들에 의해 포위당하고 말았던 것이다.

운장은 길에서 패한 군사들을 만나서 장비의 소식을 듣고 그 종적을 더듬어 좇아가서 악진을 물리치고, 장비와 같이 돌아와서 현덕을 보았다.

그때 조조의 대 부대 군사들이 좇아오고 있다는 보고가 들어와서 현덕은 손건 등에게 가솔들을 보호해서 앞서 가도록 하고, 자신은 운장과 장비, 조운과 함께 뒤에 처져서 잠깐 싸우다가는 잠깐 달아나기를 되풀이했다. 조조는 현덕이 멀리 달아난 것을 보고는 군사를 거두고 더 이상 좇아가지 않았다.

〖 11 〗 현덕의 패잔병은 1천 명도 되지 않았다. 크게 낭패를 보고 달아나다가 어느 한 강가에 이르렀다. 그곳 토박이를 불러서 어딘지

물어보니 한강漢江이라고 했다. 현덕은 일단 그곳에다 영채를 세웠다. 그 토박이는 그가 현덕인 줄 알고 나서 양고기와 술을 갖다 바쳐서 (*앞에서는 노인들이 조조에게 술을 바쳤는데 이는 그 승리한 위세를 겁내서였고, 지금 토박이들은 현덕에게 술을 바치고 있는데 그의 패배를 불쌍히 여겨서이다. 이겼을 때 술을 얻기는 쉬워도 졌을 때 술을 얻어먹기는 어렵다.) 모두들 강가 모래톱 위에 모여 앉아 술을 마셨다.

현덕이 탄식했다: "제군들은 모두 제왕을 보좌할 큰 재주(王佐之才)들을 지니고 있는데 불행히도 이 유비를 따르고 있다. 내 운이 군색해서 그 피해가 제군에게까지 미치고 있다. 오늘 이 몸은 송곳 꽂을 만한 땅조차 없으니 제군의 앞날을 그르칠까 참으로 두렵다. 제군은 왜 이 유비를 버리고 영명한 주인을 찾아가서 공명功名을 취하지 않는가?"

모두들 두 손으로 얼굴을 가리고 울었다.

운장曰: "형님 말씀은 틀렸습니다. 옛날 한 고조(즉, 유방)께서 항우와 천하를 놓고 다투실 때 여러 차례 항우에게 패했습니다. 그러나 후에 구리산(九里山: 구의산(九嶷山). 강소성 서주시 북쪽) 싸움에서 한 번 이김으로써 4백 년 기업基業을 세우셨습니다. 이기고 지는 일은 싸움에서는 항상 있는 일(勝負兵家之常事)인데 어찌 이처럼 스스로 그 뜻을 꺾을 수 있습니까?"(*이때 현덕의 처지는 한 고조가 수수睢水와 형양滎陽에 있을 때보다 못하지 않았다.)

손건曰: "성공과 실패에는 때가 있는 법이니(成敗有時) 상심해서는 안 됩니다. 이곳은 형주荊州에서 멀지 않은데, 유경승(劉景升: 유표)은 형주의 아홉 개 군郡을 다스리고 있습니다. 그 군사도 강하고 양식도 넉넉할 뿐 아니라 게다가 그는 주공과 같은 한실 종친입니다. 그런데 어찌하여 주공께서는 그를 찾아가서 몸을 의탁하려 하지 않으십니까?"

현덕曰: "단지 받아주지 않을까봐 두렵기 때문이다."

손건曰: "제가 먼저 찾아가서 그를 설득하여 그로 하여금 지경 밖으로 나와서 주공을 맞이하도록 하겠습니다."(*현덕이 직접 찾아갈 필요 없이 유표로 하여금 와서 맞이하도록 하겠다는 것이니, 심히 절묘하다.)

현덕은 크게 기뻐하며 곧바로 손건에게 밤낮을 가리지 말고 형주로 가도록 했다.

〖 12 〗 손건이 형주에 도착하여 들어가서 유표를 만나 인사를 하고 나자 유표가 물었다: "공은 현덕을 따르고 있는데 이곳엔 무슨 일로 왔는가?"

손건曰: "유劉 사군使君은 천하의 영웅이십니다. 비록 현재는 군사 수가 미미하고 장수들도 적지만, 쓰러져가는 한漢 나라의 사직을 붙들어 세우려는 큰 뜻을 가지고 계십니다. 그래서 여남의 유벽과 공도는 원래 유 사군과는 아무런 친교도 없었으면서 그를 위해 목숨을 바친 것입니다. 명공께서는 유 사군과 더불어 한漢 황실의 후예이십니다. 이번에 유 사군께서 싸움에 패하시자 강동江東으로 가서 손중모(孫仲謀: 손권)에게 몸을 의탁하고 싶어 하셨습니다. (*이것은 빈말이다.) 그래서 제가 말리면서 '친척을 버려두고 남한테 찾아가서는 안 됩니다. 형주의 유 장군께서는 어진 이를 예의와 겸손으로 대해 주시므로 인재들이 마치 물이 동쪽으로 흘러가듯이 그분께로 귀의하고 있는데, 하물며 같은 종친 간으로서 어찌 다른 곳으로 간단 말입니까?' 라고 했습니다. 제 말을 들은 사군께서는 특별히 저로 하여금 먼저 찾아가서 이 말씀을 아뢰도록 한 것입니다. 부디 명공께서는 분부를 내려 주십시오."
(*손건 역시 말을 잘 한다.)

유표가 크게 기뻐하며 말했다: "현덕은 내 아우요. 오래 전부터 서로 만나보고 싶었지만 만날 수가 없었는데, 이번에 찾아와 주겠다니 실로 크나큰 다행이오."

채모蔡瑁가 헐뜯어 말했다: "안 됩니다. 유비는 처음에는 여포를 따르다가 후에는 조조를 섬겼고, 근래에는 원소에게 몸을 의탁해 있었는데 전부 다 끝이 좋지 못했습니다. 이것만 보더라도 그 사람됨을 충분히 알 수 있습니다. 지금 만약 그를 받아들이신다면 조조는 틀림없이 군사를 일으켜 우리를 치러 올 것이므로 우리는 공연히 싸움에 휘말리게 됩니다. 차라리 손건의 머리를 베어서 조조에게 바치는 게 낫습니다. 그리하면 조조는 틀림없이 주공을 정중하게 대우할 것입니다."

손건이 정색을 하고 말했다: "나 손건은 죽음을 겁내는 사람이 아니오. 유 사군은 충심忠心으로 나라를 위하는 사람으로 조조나 원소, 여포 등에 비할 사람이 아니오. 이전에 그들과 상종했던 것은 어쩔 수 없어서 그랬던 것이오. 지금 유 장군께서는 한漢 조정의 후예라는 말을 듣고 같은 종친으로서의 정의가 간절하여 천리 먼 길을 찾아와서 의탁하려고 하는데 당신이 어찌 중상모략의 말로 어진 사람을 이처럼 질투한단 말이오?"

유표는 그 말을 듣고 채모를 꾸짖었다: "나의 뜻은 이미 정해졌으니 너는 여러 말 하지 말라."

채모는 한편으로는 무안해 하면서도 한편으로는 원망하는 마음을 품고 나갔다. (*이는 곧 후문에서 유비를 해치려는 일의 복필이다.) 유표는 마침내 손건으로 하여금 먼저 돌아가서 현덕에게 보고하도록 했다.

한편 유표는 몸소 성에서 30리 밖으로 나가서 현덕을 영접했다. 현덕은 유표를 만나보고 매우 공경하는 자세로 인사를 했다. 유표 역시 그를 매우 후하게 대해 주었다. 현덕은 관우, 장비 등을 불러서 유표에게 인사를 하도록 했다. 유표는 마침내 현덕 일행과 함께 형주로 들어가서 그들에게 따로 집을 마련해 주어 거주하도록 했다.

〖 13 〗 한편 조조는 현덕이 이미 형주로 가서 유표에게 몸을 의탁했

다는 사실을 탐지하고는 곧바로 군사를 이끌고 가서 치려고 했다.

정욱曰: "원소도 아직 없애지 못했는데 갑자기 형양(荊襄: 호북성 양번시襄樊市)을 치다가 만약 원소가 북에서 다시 군사를 일으킨다면 그 승부를 알 수 없습니다. 차라리 허도로 돌아가서 군사를 휴양시키면서 사기士氣를 북돋우는 편이 낫습니다. 내년 봄에 날이 따스해지기를 기다려서 군사를 이끌고 나가서 먼저 원소를 격파하고 그런 다음 형양을 공격한다면 남과 북의 이점을 일거에 거둘 수 있습니다."

조조는 그 말을 옳게 여기고 마침내 군사를 데리고 허도로 돌아갔다.

건안 8년(서기 203년. 신라 나해 이사금 8년. 고구려 산상왕 연우 7년) 정월, 조조는 다시 상의하여 군사를 일으켰는데, 먼저 하후돈과 만총滿寵을 보내서 여남汝南을 지키고 있으면서 유표를 막도록 하고, 조인과 순욱에게는 남아서 허도를 지키도록 한 후, 직접 대군을 거느리고 관도로 나아가서 주둔했다.

한편 원소는 지난해부터 지병이 도져서 피 토하는 증세를 앓아왔는데, 방금 차도가 좀 있자 다시 허도를 치려고 상의했다.

심배가 간했다: "지난해에 관도官渡와 창정倉亭에서 패하여 군사들의 사기가 많이 떨어져 있으니 아직은 해자를 깊이 파고 보루를 높이 쌓아 방비를 굳건히 하면서 군사와 백성들의 힘을 기르도록 해야 합니다."

한창 상의하고 있을 때 갑자기 조조가 관도로 진군(進兵)하여 기주를 치러 온다고 보고해 왔다.

원소曰: "만약 적의 군사가 성 아래에 와서 해자 가에 이르기를 기다렸다가 적을 막으려고 한다면, 그때는 이미 늦다. 내가 직접 대군을 거느리고 나가서 맞아 싸워야겠다."

원상曰: "부친께서는 병환이 아직 다 낫지 않았으므로 원정을 가셔서는 안 됩니다. 제가 군사를 데리고 나가서 적을 맞이해 싸우겠습니다."

원소는 이를 허락하고 곧바로 사람을 시켜서 청주의 원담, 유주의 원희, 병주의 고간을 불러오도록 하여 네 방면에서 같이 조조를 치도록 했다. 이야말로:

방금 전에는 여남에서 전쟁의 북소리 울렸는데　纔向汝南鳴戰鼓
이제 또 기북에서 전쟁의 북소리 울리는구나.　又從冀北動征鼙
승패가 어찌될지 모르겠거든 다음 회를 읽어보도록 하라.

제31회 모종강 서시평序始評

(1). 소노천(蘇老泉: 송대宋代의 문인 소순蘇洵의 자호自號)은 〈삼국연의〉를 읽다가 이 부분에 이르러 탄식하며 이렇게 말했다: "이것이 맹덕(조조)과 본초(원소)가 흥하고 망한 까닭이구나! 맹덕은 오환烏桓을 이기고 나서 말했다: '내가 이긴 것은 요행이다. 전에 나에게 간한 자의 말이 만전지책萬全之策이었다.' 그리고는 간한 자에게 상을 주면서 말했다: '후에도 간하기를 어려워하지 말라.' 그러나 원소는 관도官渡에서 패하고 나서 말했다: '모든 사람들은 내가 패한 소식을 듣고 틀림없이 서로 슬퍼할 테지만 유독 전풍田豊만은 그렇지 않고 자기 말이 맞은 것을 다행으로 여길 것이다.' 그러면서 전풍을 죽였다. 밝은 군주라면 그를 위해 계책을 내되 충성을 다한 것이라면 그 말이 비록 틀린 것으로 드러나더라도 포상을 해주지만, 어리석은 군주는 그를 위해 계책을 내고 충성을 다하여 그 말이 비록 맞은 것으로 드러나더라도 죄를 주니, 그 서로 다름이 어찌 이와 같은가!"

(2). 현덕은 세력이 약해도 조조는 감히 그를 업신여기지 않았으나, 원소는 세력이 큰데도 조조는 도리어 그를 업신여겼다. 서주徐州에서의 싸움에서 군사들을 팔면八面으로 매복한 것은 작은 일을 크게 다룬 것(小題大做. 小題大作)으로, 본래 현덕을 감히 업신여길 수 없었기 때문이다. 창정倉亭에서의 싸움에서 군사들을 십면十面으로 매복한 것은 큰일을 크게 다룬 것(大題大做)으로, 이 역시 원소를 감히 업신여길 수 없었기 때문이다. 원래 사자는 토끼를 잡을 때든 코끼리를 잡을 때든 모두 전력을 다한다. 조조는 용병을 할 줄 알았다고 말할 수 있다.

(3). 유비와 조조는, 처음에는 서로 교제하다가 후에는 원수 사이가 되었다. 유비와 원소는, 처음에는 서로 적이었다가 후에는 그에게 몸을 의탁하여 후원을 받았다. 유비와 여포는, 처음에는 서로 적이었으나 후에는 서로 교제하고, 서로 교제하다가 또 적이 되었다. 유비와 손권은, 처음에는 그에게 몸을 의탁하여 후원을 받았으나 후에는 서로 적이 되었고, 적이 되었다가 끝내는 그에게 의탁하여 후원을 받았다. 서주에서는 먼저는 주인이었으나 후에는 객客이 되었고, 서천에서는 먼저는 객이었으나 후에는 주인이 되었다. 오직 유표에 대해서만은 처음과 끝이 한결같았으나(始終如一), 유표가 더불어 대사를 도모하기에는 부족한 인물이었다는 점이 애석할 따름이다.

(4). 본회의 서술 기법에는 복필伏筆도 있고 보필補筆도 있고 전필轉筆도 있고 환필換筆도 있다.
예컨대 원담과 원상의 싸움은 다음 회에 나오는데도 곽도郭圖의 말 속에서 먼저 그것을 알 수 있도록 일필一筆을 언급하고 있는데,

… 이것이 복필伏筆의 기법이다. 원소가 어린 아들을 사랑한다는 것은 전 회에서 이미 말하고 있었으나 여태 그것이 누구인지를 설명하지 않고 있다가 여기에서 비로소 일필을 보충하여 그것을 밝히고 있는데,… 이것이 보필補筆의 기법이다. 조조는 기세를 타고 원소를 공격하려다가 갑자기 가을 추수철이 되어서, 또 유비의 습격으로 허도를 구하기 위해서, 돌아가는데, 이것이 갑자기 이야기를 돌리는 것으로,… 이것이 전필轉筆의 기법이다. 창정倉亭에서의 싸움은 조조가 계책을 세우고 원소는 그 계책에 걸려드는 것을 전후 두 번이나 상세하게 서술하면서도 여남汝南의 기습에 있어서는 단지 유비가 계책에 걸려든 것만 말하고 조조가 계책을 세운 것은 말하지 않고 있다. 전에는 감추고 후에는 드러냄으로써 필법筆法을 바꾸고 있는데,… 이것이 환필換筆의 기법이다.

제32회

원상, 기주 차지하려고 형과 싸우고
허유, 장하 터트릴 계책을 올리다

〖 1 〗 한편 원상袁尚은 자신이 사환史渙을 죽인 후 스스로 용맹을 자부하며 원담袁譚 등의 군사들이 당도하기를 기다리지 않고 직접 수만 명의 군사들을 이끌고 여양黎陽으로 가서 조조의 선봉부대를 맞았다.

장료가 앞에서 말을 달려 나오자 원상도 창을 꼬나들고 나가서 싸웠다. 그러나 미처 3합도 채 못 싸우고 그의 공격을 막아내지 못해 크게 패하여 달아났다. 장료가 승리한 여세를 몰아 들이치자 원상은 도저히 버텨내지 못하여 황급히 군사를 이끌고 도망쳐서 기주로 돌아갔다.

원소는 원상이 패해서 돌아왔다는 말을 듣고 또 크게 놀라서 그만 지병이 도져서 피를 여러 말(斗)이나 토하고 정신을 잃고 땅에 쓰러졌다. (*원상의 패배는 실은 원소가 그렇게 한 것이며, 원소의 죽음은 원상이 재촉한 것이다.) 유劉 부인이 황급히 구조해서 내실에 들여다 눕혔으나 병세는 점점 더 위중해졌다. 유 부인은 급히 심배와 봉기逢紀를 청해 와서 원소의 침상 앞으로 가서 후사 문제를 상의했다. 그러나 원소는 다만 손으로 가리킬 뿐 말을 할 수 없었다.

유 부인曰: "상尙으로 후사를 잇도록 해도 될까요?"

원소는 머리를 끄덕였다. (*원소가 이때 머리를 끄덕이지 않았다고 하더라도 역시 원상을 후사로 세우는 것을 용인할 수밖에 없었다.)

심배는 곧 원소의 침대 앞으로 가서 유언장을 작성했다. 원소는 몸을 벌렁 뒤집으며 외마디 소리를 지르고는 또 피를 한 말 남짓이나 토하고 죽었다. (*손책은 죽을 때도 정신이 또랑또랑했으나, 원소는 죽을 때 정신이 흐리멍덩했다. 〈자치통감〉에 의하면, 원소가 죽은 해는 건안 7년(서기 202년) 5월이다.─역자.) 후세 사람이 원소에 대해 지은 시가 있으니:

조상 대대로 공경 집안 명성이 자자하여	累世公卿立大名
젊은 시절 의기도 높게 천하를 누볐었지.	少年意氣自縱橫
삼천 준걸 불러 모았으나 공연한 짓이었고	空招俊傑三千客
백만 군사와 영웅들 거느렸으나 헛일이었다.	漫有英雄百萬兵
양의 바탕 호랑이 가죽으론 공을 이룰 수 없고	羊質虎皮功不就
봉황 털에 닭의 쓸개로는 일 이루기 어렵지.	鳳毛鷄膽事難成
생각할수록 가슴 아픈 일은	更憐一種傷心處
집안의 재난이 두 형제 모두에게 미친 것.	家難徒延兩弟兄

〖 2 〗 원소가 죽고 나자 심배 등이 상사喪事를 주관했다. 유 부인은 곧바로 원소의 애첩 다섯 명을 모조리 죽여 버렸다. (*질투심으로 미쳐 날뛴다.) 그러고도 그들의 넋이 혹시 저승에서 다시 원소와 만날까봐 두려워서 그들의 머리를 박박 깎아 대머리로 만들고 얼굴을 칼로 찔러서 그 시신을 망가뜨려 놓았는데, 그녀의 질투심과 증오심이 이처럼 악독했다. 원상은 또 그 애첩의 가족들이 자기들을 해치지나 않을까

두려워서 모조리 잡아들여 죽여 버렸다. (*한漢 혜제惠帝는 자기 모친 여후呂后가 부친의 애첩들을 돼지처럼 만들어 놓은 것을 보고 끔찍한 모습에 울었는데, 지금 원상은 자기 모친을 도와서 이처럼 해악질을 하고 있으니 너무 심하지 않은가?)

심배와 봉기는 원상을 후사로 세워 대사마장군大司馬將軍으로 삼고, 기주, 청주, 유주, 병주 네 개 주州의 목사牧使를 겸임하도록 하고는 각 처로 부고를 보내서 원소의 죽음을 알렸다.

이때 원담은 이미 군사를 거느리고 청주를 떠났는데, 부친이 돌아가신 것을 알고 곧바로 곽도郭圖·신평辛評과 상의했다.

곽도曰: "주공께서 기주에 계시지 않으므로 심배와 봉기가 틀림없이 현보(顯甫: 원상)를 주인으로 세웠을 것입니다. 속히 가셔야 합니다."

신평曰: "심배와 봉기 두 사람은 틀림없이 미리 음모를 꾸며놓았을 것입니다. 만약 지금 서둘러 갔다가는 틀림없이 화를 당하게 될 것입니다."

원담曰: "그렇다면 어떻게 해야 되겠소?"

곽도曰: "군사들을 성 밖에 주둔시켜 놓고 저편의 동정을 살펴봐야 합니다. 제가 직접 가서 살펴보겠습니다."

원담은 그의 말을 좇았다.

곽도가 곧 기주 성 안으로 들어가서 원상을 만나보았다. 인사를 마치자, 원상이 물었다: "형님은 왜 오시지 않았소?"

곽도曰: "병환으로 군중에 누워 계시므로 오실 수가 없었습니다."(*원상은 이미 제멋대로 후사가 되었고, 원담은 부친상에도 오지 않았으니, 원상은 동생으로서의 도리를 다하지 않았고 원담 역시 자식으로서의 도리를 다하지 않았다.)

원상曰: "나는, 나를 주군으로 세우고 형을 거기장군車騎將軍으로 승진시켜 주라는 부친의 유명遺命을 받았소. 지금 조조의 군사가 지경 가까이 쳐들어와 있는데 형이 선두부대가 되어 주시면 내가 곧 뒤따라 군사를 보내서 후원하겠소."

곽도曰: "지금 군중에는 좋은 계책을 상의할 사람이 없습니다. 원컨대 심정남(審正南: 심배)과 봉원도(逢元圖: 봉기) 두 사람을 보내 주시어 참모로 삼도록 해주시기 바랍니다."(*곽도가 두 모사를 달라고 한 것은 원상의 좌우 두 손을 떼어내려는 것이다.)

원상曰: "나 역시 이 두 사람에게 의지하여 조만간 계책을 세우려고 하는데 어찌 떠나보낼 수 있겠는가?"

곽도曰: "그렇다면 두 사람 중에 한 사람만이라도 가도록 해 주시는 게 어떻겠습니까?"

원상은 어쩔 수 없어서 두 사람에게 제비를 뽑아서 뽑힌 사람이 가도록 했다. 봉기가 제비를 뽑아서 원상은 즉시 봉기에게 원담에게 줄 인수印綬를 가지고 곽도와 같이 원담의 군중으로 가도록 했다.

봉기가 곽도를 따라서 원담의 군중으로 가보니 원담은 아무런 병도 앓고 있지 않아서 마음속으로 불안해하면서 거기장군의 인수를 바쳤다. 원담은 크게 화를 내며 봉기를 베어 죽이려고 했다.

그러자 곽도가 은밀히 간했다: "지금 조조의 군사가 지경 가까이 쳐들어와 있으니 당분간 봉기를 이곳에 편히 머물러 있도록 함으로써 원상을 안심시키십시오. 조조를 격파한 후에 창을 거꾸로 돌려서 기주를 놓고 다투더라도 늦지 않습니다."

원담은 그의 말을 좇아서 즉시 영채를 거두어 출발해서 여양에 이르러 조조의 군사와 서로 대치했다.

〖 3 〗 원담은 대장 왕소汪昭를 내보내서 싸우도록 했다. 조조는 서황을 내보내서 적을 맞도록 했다. 두 장수가 몇 합 싸우지도 않아서 서황

이 한 칼에 왕소를 베어 말 아래로 떨어뜨렸다. 조조의 군사들이 이긴 기세를 몰아 덮쳐오자 원담의 군사는 크게 패했다. 원담은 패한 군사들을 거두어 모아 여양으로 들어가서, 사람을 보내서 원상에게 구원군을 청하도록 했다.

원상은 심배와 의논한 다음 겨우 군사 5천여 명을 보내서 도와주도록 했다. 조조는 구원병이 이미 가까이 왔음을 탐지하여 악진과 이전에게 군사를 이끌고 가서 중간에서 맞이하여 양쪽에서 에워싸고 전부 죽여 버리도록 했다. (*구원병을 보냈으나 결국 구해주지 않은 것과 같다.)

원담은 원상이 겨우 군사 5천 명을 보내온 것과, 또 그들이 중간에서 몰살당한 것을 알고 크게 화가 나서 봉기를 불러다놓고 꾸짖었다.

봉기曰: "제가 주공께 친히 와서 구해 주십사고 편지를 올리도록 허락해 주십시오."

원담은 즉시 봉기에게 편지를 쓰도록 해서 사람을 기주로 보내어 원상에게 전하도록 했다. 원상은 심배와 상의했다.

심배曰: "곽도는 꾀가 많습니다. 전번에 다투지 않고 그대로 떠나갔던 것은 조조의 군사들이 지경 가까이 와 있었기 때문입니다. 지금 만약 그가 조조를 깨뜨린다면 그는 틀림없이 기주를 다투려고 올 것이니, 차라리 구원병을 보내지 말고 조조의 힘을 빌려서 그를 없애버리는 편이 낫습니다." (*도대체 이게 무슨 말인가?)

원상은 그 말을 좇아 군사를 보내주려고 하지 않았다. 사자가 돌아가서 보고하자, 원담은 크게 화를 내며 그 자리에서 봉기를 죽여 버리고는 (*그가 전에 전풍을 참소하여 죽게 한 업보이다.) 조조에게 항복하려고 의논했다.

〖 4 〗 진즉에 첩자가 원상에게 이 일을 은밀히 보고했다. 원상은 심배와 상의했다: "만약 원담이 조조에게 항복하여 둘이 힘을 합쳐서 치

러 온다면 기주가 위험해집니다."

이리하여 심배와 대장 소유蘇由에게 남아서 기주를 굳게 지키도록
하고 자신은 직접 대군을 거느리고 여양으로 가서 원담을 구원하기로
했다.

원상이 군사들 중에 누가 감히 선봉부대가 되겠는지 물었다. 대장
여광呂曠과 여상呂翔 형제 둘이서 자기들이 맡겠다고 자원했다. 원상은
그들에게 군사 3만 명을 내어주고 선봉을 삼아 먼저 여양으로 가도록
했다. 원담은 원상이 직접 온다는 말을 듣고 크게 기뻐하며 마침내 조
조에게 항복하려던 의논을 그만두었다. (*형제간에는 집 담장 안에서는
서로 싸우더라도 외부로부터의 모욕은 함께 막아야 하는 것이 본래 형제간의
떳떳한 도리인 것이다.)

이리하여 원담은 성 안에 군사들을 주둔시켜 놓고, 원상은 성 밖에
군사를 주둔시켜 놓아서 적을 견제하기에 편리한 의각지세掎角之勢를
이루었다.

하루도 안 지나서 원희袁熙와 고간高幹도 모두 군사들을 거느리고 성
밖에 당도했으므로, 세 곳에 군사를 주둔시켜 놓고 매일 나가서 조조
와 싸웠다. 원상은 여러 번 패하고 조조는 여러 번 이겼다.

건안 8년 2월에 이르러, 조조가 군사들을 여러 방면으로 나누어 공
격하자 원담과 원희, 원상, 고간은 모두 크게 패하여 여양을 포기하고
달아났다. 조조가 군사를 이끌고 추격하여 기주에 이르니, 원담과 원
상은 성으로 들어가서 굳게 지키고 있고 원희와 고간은 성 밖 30리 떨
어진 곳에 영채를 세워놓고 허세를 부리고 있었다. 조조의 군사는 연
일 성을 공격했으나 성을 함락시키지 못했다.

곽가郭嘉가 건의했다: "원씨가 맏아들을 폐하고 막내를 세웠기 때문
에 형제간에 서로 권력을 차지하기 위해 죽기 살기로 싸우면서 각자
자기 무리를 심고 있습니다. 이럴 때 저들을 급하게 치면 저들은 서로

구원해 주지만, 천천히 친다면 저들은 서로 싸우게 될 것입니다. (*후에 곽가가 남긴 요동을 평정할 계책 역시 이런 취지의 것이다.) 지금은 차라리 군사들을 데리고 남쪽 형주로 가서 유표를 치면서 원씨 형제 사이에 변화가 발생하기를 기다리는 게 좋습니다. 변화가 생긴 뒤에 친다면 단 한 번의 공격으로 저들을 평정할 수 있습니다."

조조는 그 말을 옳다고 여기고 가후賈詡를 태수로 삼아서 여양을 지키도록 하고, 조홍에게는 군사를 이끌고 가서 관도를 지키도록 한 다음, 조조 자신은 대군을 이끌고 형주를 향해 진군했다.

〖 5 〗 원담과 원상은 조조의 군사들이 스스로 물러간 것을 알고는 마침내 서로 축하했다. 원희와 고간은 각각 하직인사를 하고 돌아갔다.

원담은 곽도·신평과 상의했다: "나는 맏아들인데도 도리어 부친의 기업基業을 이어받지 못했다. 상尙은 계모가 낳은 자식인데도 도리어 큰 벼슬을 이어받았으므로 실은 내 기분이 몹시 나쁘다."(*곽가가 예상했던 그대로다.)

곽도曰: "주공께서는 성 밖에 군사를 정돈해 두시고 현보(顯甫: 원상)와 심배에게 술을 마시러 오도록 청하기만 하십시오. 도부수들을 매복시켜 놓아서 그들을 죽이도록 하시면 대사는 결정되어 버립니다."

원담은 그 말대로 하려고 했다. 그때 마침 별가別駕 왕수王修가 청주에서 왔으므로 원담은 이 계책을 그에게 말해 주었다.

왕수曰: "형제란 좌우의 손과 같습니다. 지금 다른 사람과 싸우고 있는데 자기 손발을 자르고는 '내 반드시 적을 이길 것이다'라고 말한다면, 어찌 이길 수 있단 말입니까? 도대체 형제를 버리고 서로 친하지 않는다면 천하에 그 누가 그 사람과 친하게 지내려 하겠습니까? 저 참소하는 인간들은 골육지친骨肉之親 사이를 이간질해서 한때의 이

익을 얻으려고 하는 것이니, 부디 귀를 막고 듣지 마십시오."(*불과 몇
마디 말에 불과하지만, 형제간의 관계를 설명한 〈시경(小雅)〉의 「당체(棠棣)」
라는 시 한 편에 맞먹는다.)

원담은 화가 나서 왕수를 꾸짖어 물리친 다음, 사람을 보내서 원상
을 청했다.

원상이 심배와 상의하자, 심배가 말했다: "이는 틀림없이 곽도의 계
책입니다. 주공께서 만약 가신다면 틀림없이 간사한 계책에 걸려들고
맙니다. 차라리 이 기회를 이용하여 저들을 치도록 하십시오."

원상은 그 말에 따라서 곧바로 갑옷에다 투구를 쓰고 말에 올라 군
사 5만 명을 이끌고 성을 나갔다. 원담은 원상이 군사를 이끌고 오는
것을 보고는 일이 새어나간 줄 알고 그 역시 즉시 갑옷에다 투구를 쓰
고 말에 올라 원상과 싸우러 나섰다.

원상이 원담을 보고 큰소리로 욕을 하자, 원담 역시 욕을 하며 말했
다: "네가 아버님을 독살시키고(*아닌 밤중에 홍두깨 식의 욕(劈空造出一
罵案)이다. 무릇 형제간에 다투는 자들은 왕왕 이처럼 한다.) 작위를 찬탈하
더니, 지금은 또 형을 죽이려 왔느냐?"

둘이서 직접 맞붙어 싸웠는데 (*이러고도 어찌 다시 형제간이 될 수 있
겠는가?) 원담이 대패했다. 원상은 날아오는 돌과 화살을 무릅쓰고 좌
충우돌하며 쳐들어갔다. (*조조의 군사와 싸울 때는 그렇게 겁이 많더니
형을 추격할 때는 어찌 이리도 용맹한가?) 원담이 패한 군사들을 이끌고
평원(平原: 산동성 평원현 서남)으로 달아나버리자, 원상은 군사들을 거두
어 돌아갔다.

원담은 곽도와 다시 출병할 일을 의논하여 잠벽쏙璧을 대장으로 삼
아 군사들을 거느리고 앞으로 나가도록 했다. 원상은 직접 군사를 이
끌고 기주 성을 나갔다. 양군이 서로 마주보고 진을 치자 상대의 깃발
과 북이 바라보였다. 잠벽이 진 앞으로 나와서 큰소리로 욕을 했다.

원상이 직접 나가 싸우려고 하자 대장 여광呂曠이 말에 박차를 가하며 칼을 휘두르고 나가서 잠벽과 싸웠다. 두 장수가 몇 합 싸우지도 않아 여광은 잠벽을 베어 말 아래로 떨어뜨렸다. 원담의 군사는 또 패하여 다시 평원으로 달아났다. 심배가 원상에게 진군하자고 권하여 평원까지 추격해 갔다. 원담은 당해내지 못하고 물러나 평원성 안으로 들어가서 성을 굳게 지키고는 나오지 않았다. 원상은 성을 삼면으로 포위하고 공격했다.

〖 6 〗 원담이 곽도와 계책을 상의했다.

곽도曰: "지금 성 안에는 양식이 모자라는데 저쪽은 한창 사기가 높아서 도저히 당해낼 수가 없습니다. 제 생각에는 사람을 보내서 조조에게 투항하고, 조조로 하여금 군사를 이끌고 가서 기주를 공격하도록 한다면, 원상은 틀림없이 기주를 구하려고 돌아갈 것입니다. 그때 장군께서 군사를 이끌고 가서 협공한다면 원상을 사로잡을 수 있습니다.

만약 조조가 원상의 군사를 격파한다면, 우리는 그 기회에 원상의 병기와 군량을 거두어 그것으로 조조를 막으면 됩니다. 조조의 군사는 멀리서 왔기에 군량이 계속 공급되지 못하면 틀림없이 스스로 물러갈 것입니다. 그렇게 되면 우리는 여전히 기주를 차지하고 있으면서 그곳을 거점 삼아 앞일을 도모할 수 있을 것입니다."(*원상 하나조차 이기지 못하면서 이미 원상을 깨뜨린 조조를 이기려고 하니, 그럴 리는 없겠지만, 다만 듣기에는 좋다.)

원담이 그 말을 따르기로 하고 물었다: "누구를 사자로 보내는 게 좋겠소?"

곽도曰: "신평辛評의 아우 신비辛毗는, 자字를 좌치佐治라 하는데, 현재 평원平原 현령으로 있습니다. 이 사람은 말을 잘 하므로 사자로 임명하셔도 됩니다."

원담이 즉시 신비를 부르자 신비는 흔쾌히 왔다. 원담은 편지를 써서 신비에게 주고 3천 명의 군사들로 하여금 그를 지경 밖까지 호송하도록 했다. 신비는 밤낮을 가리지 않고 그 서신을 가지고 조조를 만나러 갔다.

〖 7 〗 이때 조조는 군사를 서평(西平: 하남성 무양舞陽 동남)에 주둔시켜놓고 유표를 치려고 했다. 유표는 현덕을 보내면서 군사를 이끌고 나가 선봉부대가 되어 조조의 군사를 맞아 싸우도록 했다.

양쪽 군사들이 맞붙어 싸우기 전에, 원담이 사자로 보낸 신비辛毗가 조조의 영채에 이르러 조조를 만나보고 인사를 하고 나자, 조조가 그에게 찾아온 뜻을 물었다. 신비는 원담이 구원을 요청한다는 뜻을 자세히 말하고 서신을 바쳤다. 조조는 서신을 다 읽고 나서 신비를 영채 안에 머물러 있도록 한 다음 문관과 무장들을 모아놓고 계책을 상의했다.

정욱曰: "원담은 원상이 하도 급박하게 공격해 오는 통에 부득이해서 항복해 오려는 것이므로, 그의 말을 그대로 믿어서는 안 됩니다."

여건呂虔과 만총滿寵 역시 말했다: "승상께서는 이미 군사를 이끌고 여기까지 오셨는데, 어찌 다시 유표를 내버려두고 원담을 도와주러 가실 수 있습니까?"

순유曰: "세 분 말씀은 옳지 않습니다. 제 생각에는, 천하는 바야흐로 큰일이 벌어지려 하고 있습니다. 그러나 유표는 가만히 앉아서 장강과 한수漢水 사이를 지키려고만 할 뿐 감히 발을 밖으로 뻗어보려는 엄두를 내지 못하고 있고, 게다가 그에게는 천하를 차지하려는 큰 뜻도 없음을 알 수 있습니다. (*유표를 마치 눈으로 보듯이 헤아리고 있다.) 그러나 원씨는 4개 주(州)의 땅을 차지하고 있고 군사들도 수십만 명이나 됩니다. 만약 두 아들이 서로 화목하게 되어 부친이 이루어 놓은 기업基業을 함께 지킨다면 장차 천하의 일이 어떻게 될지 알 수 없습니다. 지금 그 형제들이 서로 싸우다가 하나가 세력이 궁해져서 우리에게 투항해 온 이 기회를 틈타 우리가 군사를 거느리고 가서 먼저 원상을 없애버리고, 그런 다음에 그 변화를 살펴보다가 원담까지 같이 멸해 버린다면 천하는 평정될 것입니다. 이런 좋은 기회를 놓쳐서는 안 됩니다."

조조는 크게 기뻐하면서 곧바로 신비를 불러와서 술을 마시면서 그에게 말했다: "원담의 항복은 진짜인가, 가짜인가? 그리고 우리가 원상의 군사를 과연 틀림없이 이길 수 있겠는가?"

신비가 대답했다: "명공께서는 항복하려는 것이 진짜인지 가짜인지는 묻지 마시고 다만 그 세력이 어느 정도나 되는지만 논하시면 됩니다. 원씨는 여러 해 동안 연달아 싸움에 패한 결과 밖에서는 군사들이 지쳐 있고 안에서는 모신謀臣들이 죽임을 당했으며, 형제들은 참소의 말로 서로 사이가 벌어져서 나라는 둘로 쪼개져 있습니다. 게다가 기근까지 겹쳐서 천재天災로 사람들의 삶은 곤궁하기 짝이 없어서 똑똑한 자와 어리석은 자를 불문하고 모두들 이 나라가 산산조각 무너져 내릴 것으로 알고 있으니, 지금이야말로 하늘이 원씨를 멸하시려는 때입니다.

지금 명공께서 군사를 거느리고 가셔서 업성鄴城을 치신다면, 원상이 군사를 돌려서 구하지 않는다면 자기 소굴巢窟을 잃게 될 것이고, 만약 군사를 돌려서 구하려 한다면 원담이 바로 그 뒤를 바짝 쫓아가서 습격할 것입니다. 명공의 위엄으로써 지치고 패배한 무리들을 치는 것은 마치 세찬 바람이 가을철 낙엽들을 쓸어버리는 것과 같습니다.

사정이 이런데도 이런 쪽을 치지 않고 형주를 치려고 하시는데, 형주는 물자가 풍부하고 백성들의 삶이 즐거운 고장으로 나라 안은 평화롭고 백성들은 순종하므로 좀처럼 뒤흔들 수 없습니다. 하물며 사방의 걱정거리로 하북보다 더 큰 곳은 없습니다. 하북만 평정되고 나면 패업은 저절로 달성됩니다. 명공께서는 부디 이 점을 잘 살펴주십시오."(*그의 말은 전부 원담을 위한 말이 아니라 결국 조조를 위하는 말이다. 신씨 형제들도 각기 딴 마음을 먹고 있어서 원씨 형제들과 흡사하다.)

조조는 크게 기뻐하며 말했다: "신좌치(佐治: 신비)를 너무 늦게 만나게 된 게 한스럽소."

조조는 바로 그날로 군사를 독촉하여 기주를 공격하러 돌아갔다. 현덕은 조조에게 무슨 꿍꿍이속이 있는 것은 아닌지 두려워서 감히 추격하지 못하고 스스로 직접 군사를 이끌고 형주로 돌아갔다.

〖 8 〗 한편 원상은 조조의 군사가 황하를 건넜음을 알고 황급히 군사들을 이끌고 업성鄴城으로 돌아가면서 여광呂曠과 여상呂翔으로 하여금 뒤를 막도록 했다. 원담은 원상이 군사를 물리는 것을 보자 곧 평원의 군사들을 대거 일으켜 그 뒤를 쫓아갔다.

미처 수십 리를 못 갔을 때 포 소리가 한 번 울리더니 두 부대의 군사들이 일제히 달려 나왔는데, 왼편에는 여광, 오른편에는 여상의 군사들이었다. 두 형제가 원담의 앞을 가로막았다. 원담이 말을 세우고 두 장수에게 말했다: "부친께서 살아계실 때 나는 두 장군을 서운하게 대해 준 적이 전혀 없었다. 그런데 지금은 어찌하여 내 아우 편을 들면서 나를 핍박하는가?"

두 장수는 그 말을 듣고 말에서 내려 원담에게 항복했다.

원담曰: "내게 항복하지 말고 조 승상께 항복하시오."

그래서 두 장수는 원담을 따라서 영채로 돌아왔다. 원담은 조조의 군사가 당도하기를 기다려서 두 장수를 데리고 조조에게 가서 인사를 시켰다. 조조는 크게 기뻐하며 원담에게 자기 딸을 아내로 주겠다고 하면서 즉시 여광과 여상에게 중매를 서도록 했다. (*사람들은 말하기를, 원담은 이때 아우 하나를 잃고 처 하나를 얻었으며, 부친 하나를 배신하고 장인 하나를 얻었다고 했는데, 후에 가서 전부 그림 속의 떡이 되고 말 줄 누가 알았으랴.) 원담은 조조에게 기주를 공격하자고 했다.

조조曰: "지금은 군량 공급이 원활하지 못한데, 운반하기가 힘들어서 그렇다. 나는 황하를 건너가서 기수(淇水: 하남성 급현汲縣 동북에 있는 옛 황하의 지류)의 물을 막아 백구(白溝: 하남성 능현淩縣 서쪽에 있는 도랑)로 흘러들어가게 해서 군량을 운반할 길(糧道)을 뚫어 놓은 후에 출병할 것이다."

그러면서 원담에게 당분간 평원에 남아 있으라고 했다. 조조는 군사를 이끌고 여양으로 물러가서 주둔하고, 여광과 여상을 열후로 봉해서 군을 따라다니면서 별도 지시를 기다리도록 했다.

곽도가 원담에게 말했다: "조조가 자기 딸을 아내로 주겠다고 허락했지만, 그것은 아무래도 진심이 아닌 것 같습니다. 지금 또 여광과 여상을 열후로 봉하여 군을 따라다니도록 한 것은 곧 하북의 인심을 구슬려서 묶어두려는 것으로 후에는 틀림없이 우리에게 화가 될 것입니다. 주공께서는 장군의 직인職印 두 개를 새겨 몰래 사람을 시켜서 여광과 여상에게 보내주면서 안에서 호응하도록 해놓고, 조조가 원상을 깨뜨리기를 기다렸다가, 그 때를 틈타 조조를 죽여 버리면 됩니다."(*두 여씨呂氏가 다시는 원씨를 위해 일하지 않을 줄 누가 알았는가!)

원담은 그의 말을 좇아 곧바로 장군의 직인 두 개를 새기도록 해서 몰래 여광과 여상에게 보냈다. 두 사람은 도장을 받자마자 곧바로 그 것을 가지고 조조에게 가서 사실대로 아뢰었다.

조조는 큰소리로 웃으며 말했다: "원담이 몰래 도장을 보낸 것은 안에서 자네들의 도움을 받아 내가 원상을 깨뜨린 후에 그 틈을 이용하여 일을 벌이겠다는 것이다. 자네들은 우선 그것을 받아 두게. 내게 따로 생각이 있네."

조조가 원담을 죽이려고 생각하게 된 것은 이때부터이다. (*조조가 딸을 주겠다고 한 것은 가짜였지 진짜가 아니었다. 곽도가 직인을 새기도록 한 계책은 재주를 부리려다가 일을 망친(弄巧成拙) 꼴이 되고 말았다.)

〖 9 〗 한편 원상은 심배와 더불어 상의했다: "지금 조조의 군사들이 군량을 백구白溝로 운반해 들어가는 것은 틀림없이 기주를 치겠다는 뜻이다. 어찌하면 좋겠는가?"

심배曰: "격문을 띄워 무안(武安: 하북성 무안현 서남) 현령 윤해尹楷에게 모성(毛城: 하북성 섭현涉縣 서남)에 군사를 주둔시켜 놓고 상당(上黨: 산서성 장치시長治市 북쪽)으로부터 양식을 운반해 올 길을 뚫도록 하시고, 저수沮授의 아들 저곡沮鵠에게는 한단(邯鄲: 하북성 한단시 서남. 전국시대 조趙나라의 수도)을 지키고 있으면서 멀리서 성원하도록 하십시오. 그런 다음 주공께서는 평원平原으로 진격하시어 급히 원담을 습격하여 먼저 원담부터 없애 놓고 그 다음에 조조를 깨뜨리시면 됩니다."(*원수를 치는 일을 급히 하지 않고 먼저 형부터 치려고 하는데, 계책으로는 옳지 못하다.)

원상은 크게 기뻐하며 심배에게 진림陳琳과 함께 남아서 기주를 지키도록 하고, 마연馬延과 장의張顗 두 장수를 선봉으로 삼아 그날 밤 군사를 일으켜 평원을 치러 갔다.

원담은 원상의 군사가 가까이 온 것을 알고 조조에게 급한 사정을 보고했다.

조조曰: "내 이번에는 반드시 기주를 손에 넣고 말 것이다."

한창 이야기하고 있을 때 마침 허유許攸가 허창에서 왔다. 그는 원상이 또 원담을 치러 온다는 말을 듣고는 들어가서 조조에게 말했다: "승상께서는 이곳에 가만히 앉아서 지키고만 계시는데, 어찌하여 하늘이 벼락을 쳐서 원씨 형제를 죽이기만 기다리고 계십니까?"

조조가 웃으면서 말했다: "내 이미 계책을 세워 놓았네."

그리고는 조홍에게 먼저 군사를 진격시켜 업성을 치도록 하고, 조조 자신은 직접 한 부대의 군사들을 이끌고 윤해尹楷를 치러 갔다. 윤해는 조조의 군사들이 자기 지경에 이르자 군사를 이끌고 나가서 맞았다.

윤해가 말을 달려 나가자 조조가 말했다: "허 중강(仲康: 허저)은 어디 있느냐?"

허저가 그 소리를 듣자마자 말을 달려 나가서 곧장 윤해에게 덤벼들었다. 윤해가 미처 손 쓸 새도 없이 허저의 칼에 베여 말 아래로 떨어지자 나머지 무리들은 패하여 달아났다.

조조는 그들을 전부 항복시킨 다음 즉시 군사를 정돈하여 한단邯鄲을 치러 갔다. 저곡沮鵠이 군사를 이끌고 맞이하러 나오자 장료가 말을 달려 나가서 그와 맞붙어 싸웠다. 3합도 채 못 싸우고 저곡이 대패하여 달아나자, 장료가 그 뒤를 추격했다. 두 말 사이의 거리가 멀지 않을 때 장료가 급히 활을 잡고 쏘자, 저곡은 시위 소리가 울림과 동시에 말 아래로 굴러 떨어졌다. 조조가 군사들을 지휘하여 쳐들어가자 한단의 군사들은 모두 흩어져 달아났다.

이에 조조는 대군을 거느리고 앞으로 나아가 기주에 이르렀다. 그때 조홍은 이미 성 아래 가까이 가 있었다. 조조는 전군에게 성을 빙 둘러 싸고 토산土山을 쌓고 또 적들 몰래 땅 밑으로 굴을 파서 공격하도록 했다. (*전에 관도官渡에서의 싸움에서는 원소가 토산을 쌓고 땅굴을 팠는데, 이번 기주 공격에서는 조조가 토산을 쌓고 땅굴을 판다.)

기주성 안에서는 심배가 계책을 세워 굳게 지키고 있었는데, 군령이 매우 엄했다. 동문 수장守將 풍예馮禮가 술이 취해서 순찰 경계를 제대로 하지 않았으므로 심배는 그를 통렬히 꾸짖었다. 풍예는 이에 원한을 품고 몰래 성을 빠져나가서 조조에게 항복해 버렸다.

조조가 그에게 성을 깰 계책을 묻자, 풍예가 말했다: "돌문(突門: 정식 성문 이외의 비밀출구) 안쪽은 흙이 두텁기 때문에 그곳에 땅굴을 파서 들어갈 수 있습니다."

조조는 곧 풍예에게 3백 명의 장사壯士들을 이끌고 가서 심야에 땅굴을 파서 들어가도록 했다.

〖 10 〗 한편 심배는 풍예가 성을 빠져나가 조조에게 항복한 후로 매일 밤 직접 성 위로 올라가서 군사들을 점검했다. 그날 밤 돌문의 다락 위에서 바라보니 성 밖에는 등불이 보이지 않았다.

심배曰: "풍예는 틀림없이 군사를 이끌고 땅굴을 파서 그리로 들어올 것이다."

그리고는 급히 정예병들을 불러서 돌을 날라다 땅굴의 출구出口를 콱 막아버렸기 때문에 풍예와 3백 명의 장사들은 모두 땅굴 속에서 죽고 말았다.

조조는 땅굴로 침입하려던 시도가 좌절되자 마침내 그 전략을 포기하고 군사를 원수(洹水: 하남성 북부의 임현林縣 임려산林廬山에서 발원) 가로 물려놓고 원상의 군사들이 돌아오기를 기다렸다.

이때 원상은 평원을 공격하고 있다가 조조가 이미 윤해와 저곡을 깨뜨리고 대군이 기주성을 포위하고 있다는 소식을 듣고는 기주를 구하기 위해 군사를 철수하여 돌아가려고 했다.

부장 마연馬延이 말했다: "큰 길로 간다면 조조가 틀림없이 군사를 매복시켜 두었을 테니 작은 길로 해서 서산(西山: 업현鄴縣 서쪽의 산. 즉 산서성과 하북성 경계를 이루는 태항太行산맥)을 거쳐 부수(滏水: 하북성 서남부에 있는 부양하滏陽河) 어귀로 나가서 조조의 영채를 습격한다면 기주성의 포위를 풀 수 있을 것입니다."

원상은 그 말을 좇아서 직접 대군을 거느리고 앞장서 가면서 마연과 장의張顗에게는 후미에서 적의 추격을 막도록 했다. 일찌감치 첩자가 이 일을 조조에게 보고했다.

조조曰: "저들이 만약 큰 길로 해서 온다면 내가 당연히 피하겠지만, 서산의 작은 길로 온다면 한 번 싸워서 그를 사로잡을 수 있을 것이다. 내 생각에는, 원상은 틀림없이 불을 피워 신호로 삼아 성 안에서 호응하도록 할 것이니, 우리는 군사를 나누어 저들을 치면 될 것이다."

그리하여 군사를 나누어 보내 놓았다.

〖 11 〗 한편 원상은 부수 어귀로 나간 후 동쪽으로 가서 양평(陽平: 하북성 임장현臨漳縣 서남)에 이르러 군사를 양평정陽平亭에 주둔시켜 놓았는데, 이곳은 기주에서 17리 떨어져 있는 곳으로 한쪽은 부수 가까이에 있었다. 원상은 군사들에게 땔감 나무와 마른풀을 쌓아놓고 밤이 되면 그것을 불살라서 신호로 삼도록 했다. 그리고 주부主簿 이부李孚를 조조 군대의 도독都督으로 변장시켜 보냈다.

그가 곧바로 성 아래로 가서 큰소리로 외쳤다: "문을 열라!"

심배는 그것이 이부의 음성인 줄 알고 문을 열어 성 안으로 들어오게 했는데, 이부가 말했다: "원상께서는 이미 양평정에 군사를 주둔시켜 놓고 성 안에서 호응하기를 기다리고 계십니다. 성 안의 군사들이 나갈 때에는 역시 불을 피워 신호하도록 하십시오."

심배는 성 안의 군사들에게 마른풀을 쌓아 불을 피워 그것으로 서로 소식을 전하도록 지시했다.

이부曰: "성 안에 양식이 없으니 늙고 쇠약해진 패잔병들과 부녀들을 항복하러 내보낸다면 적들은 틀림없이 방비를 하지 않을 것입니다. 그렇게 해놓고 우리는 즉시 백성들의 뒤를 이어 군사를 내보내서 저들을 치도록 합시다."

심배는 그의 말대로 따르기로 했다.

다음날 성 위에다 '기주 백성들, 투항!' 이라고 쓴 백기를 세워놓았다.

조조曰: "이는 성 안에 양식이 없어서 늙고 어린 백성들을 내보내서 항복하도록 하려는 것이지만, 그 뒤에는 틀림없이 군사들이 나올 것이다."

조조는 장료와 서황에게 각기 군사 3천 명을 이끌고 양편에 매복해 있도록 하고, 조조 자신은 말을 타고 머리 위로 일산(麾蓋)을 펼치고 성 아래로 갔다. 과연 성문이 열리더니 백성들이 늙은이를 부축하고 어린이를 끌고 손에는 백기를 들고 나왔다. 백성들이 거의 다 나왔을 때 성 안에 있던 군사들이 뛰쳐나왔다.

조조가 붉은 깃발(紅旗)을 한번 흔들자 장료와 서황이 양쪽에서 일제히 뛰쳐나와 그들을 마구 죽였다. 성 안에 있던 군사들은 다시 성 안으로 되돌아갈 수밖에 없었다. 조조가 직접 말을 달려 뒤를 쫓아가서 조교(弔橋) 가까지 갔을 때, 성 안에서 쇠뇌와 화살이 비 오듯 쏟아지더니 화살 하나가 조조의 투구를 정통으로 맞춰서 하마터면 그의 머리를 꿰뚫을 뻔했다. 여러 장수들은 급히 조조를 구호해서 진으로 돌아갔다.

조조는 옷을 갈아입고 말을 갈아타고는 여러 장수들을 이끌고 원상의 영채를 치러 갔다. 원상이 직접 나가서 적을 맞이했다. 이때 여러 방면으로 온 군사들이 일제히 쳐들어가서 양군은 혼전을 벌였는데, 원상은 크게 패했다.

원상은 패잔병들을 이끌고 서산으로 물러가서 영채를 세운 다음, 사람을 보내서 마연과 장의의 군사들을 빨리 불러오도록 했다. ― 원상은 조조가 이미 여광, 여상으로 하여금 그 두 장수를 귀순시키도록 했고, 마연과 장의 두 장수는 여씨 형제를 따라와서 항복을 했으며, 조조가 그들 역시 열후로 봉해 준 사실을 모르고 있었다.

조조는 그날로 서산을 치러 군사를 진병시키면서 먼저 여광과 여상,

마연, 장의로 하여금 원상의 군량 운반로를 끊어버리도록 했다. 원상은 서산을 지켜낼 수 없음을 알고 밤에 남구(濫口: 하남성 안양현 경계에 있는 남차산濫嵯山의 입구)로 달아나서 영채를 세웠다.

그러나 영채를 미처 다 세우기도 전에 사방에서 불빛이 동시에 일어나더니 복병들이 일제히 뛰쳐나와서 미처 사람들은 갑옷을 입지 못하고 말에는 안장을 얹지 못한 채 원상의 군사는 여지없이 무너져서 50리나 뒤로 달아났다. 원상의 군대는 세력이 바닥나고 힘이 다 떨어져서 예주자사 음기陰夔를 조조의 영채로 보내서 항복을 청하도록 하는 수밖에 없었다.

조조는 거짓으로 항복을 받아주겠다고 하고는 반대로 그날 밤 장료와 서황으로 하여금 가서 원상의 영채를 습격하도록 했다. 원상은 인수와 절월節鉞, 의갑衣甲과 수레와 양곡 등 군수물자들을 모조리 내버리고 중산(中山: 하북성 정현定縣)을 향해 도망쳤다.

〖 12 〗 조조는 군사를 돌려서 기주를 쳤다. 허유가 계책을 올려 말했다: "왜 장하漳河의 강둑을 터서 그 물로 성을 잠그지 않는가?"(*전에 하비성下邳城을 물에 잠글 때에는 그 계책이 조조의 모사 곽가郭嘉에게서 나왔으나 이번에 장하의 물을 트자는 계책은 원씨의 문객 허유許攸한테서 나왔다. 이는 역시 원씨로써 원씨를 공격한 것과 같다.)

조조는 그 계책을 옳게 여기고 먼저 군사를 보내서 성 밖에다 둘레 40리나 되는 해자를 파도록 했다. 심배가 성 위에서 바라보니 조조의 군사들이 성 밖에서 해자를 파고 있는데 그 깊이가 매우 얕았다. 심배는 속으로 웃으며 말했다: "저것은 장하의 둑을 터서 성에다 물을 대려는 수작인데, 해자가 깊어야 성에 물을 댈 수 있지 저렇게 얕아서야 도대체 무슨 소용이란 말인가?"

그리고는 끝내 아무런 방비도 하지 않았다.

그날 밤 조조는 열 배나 되는 군사들을 추가로 투입하여 힘을 합쳐 땅을 파도록 했다. 날이 밝아올 무렵에는 해자의 폭과 깊이가 두 길이나 되어서 장하의 물을 끌어와서 대자 성 안의 수심이 여러 자(尺)나 되었다. 이런 상황에서 또 양식까지 떨어지자 군사들은 모두 굶어죽을 지경이 되었다.

　이때 신비辛毗가 성 밖에서 원상의 인수와 의복을 창끝으로 들어올려 성 안에 있는 사람들에게 원상은 이미 죽었으니 모두들 항복하라고 권했다. 심배는 크게 화가 나서 성 안에 있던 신비의 가솔 노소 80여 명을 성 위로 끌고 와서 목을 베어 그 머리를 성 아래로 내던졌다. 신비는 이것을 보고 통곡하기를 마지않았다.

　심배의 조카 심영審榮은 평소 신비와 교분이 두터웠는데, 신비의 가솔들이 도륙을 당하는 것을 보자 마음속에 분이 치밀어 올라 성문을 열어드리겠다는 글을 몰래 써서 화살에다 묶어 성 아래로 쏘아 보냈다. 한 병사가 그것을 주워서 신비에게 바치자, 신비는 그것을 조조에게 바쳤다.

　조조는 먼저 군중에 명령을 내렸다: "만약 기주에 들어가게 되면 원씨 일가의 노인들과 아이들은 죽이지 말고, 군사든 백성이든 항복하는 자는 모두 죽이지 말라."

　다음날, 날이 밝아오자 심영은 서문西門을 활짝 열고 조조의 군사들을 성 안으로 들어오도록 했다. 신비가 말을 달려 먼저 들어가고, 장수들이 그 뒤를 따라서 기주성 안으로 짓쳐 들어갔다. 심배는 이때 동남쪽 성루 위에 있다가 조조의 군사가 이미 성 안에 들어온 것을 보고는 몇 기의 기병들을 이끌고 성루에서 아래로 내려가 죽기로 싸웠다. 한창 싸우다가 서황을 만나서 둘이 맞붙어 싸웠다. 서황이 그를 사로잡아 꽁꽁 묶어 성 밖으로 끌고 나가다가 길에서 신비를 만났는데, 신비는 이를 갈면서 채찍으로 심배의 머리를 후려갈기며 말했다: "이 나쁜 살인자 놈, 오늘은 죽었다!"

심배가 큰소리로 욕을 했다: "신비 이 나쁜 놈, 조조를 끌고 와서 우리 기주를 깨뜨리다니. 내 네놈을 죽이지 않은 것이 한이다!"

서황이 심배를 압송해 가서 조조를 보았다.

조조曰: "너는 성문을 열어서 나를 맞아들인 사람이 누구인 줄 아느냐?"

심배曰: "모른다."

조조曰: "바로 네 조카 심영이 성문을 열어 주었다."

심배가 화를 내며 말했다: "이 나쁜 놈 새끼! 못된 행실이 이 지경까지 이르렀단 말인가!"

조조曰: "전날 내가 성 아래에 이르렀을 때 왜 성 안에서 그처럼 많은 쇠뇌와 화살을 쏘았느냐?"

심배曰: "적게 쐈던 게 한이다! 적게 쐈던 게 한이다!"

조조曰: "자네가 원씨에게 충성을 하려니 그렇게 하지 않을 수 없었겠지. 이제 나에게 항복하지 않겠느냐?"

심배曰: "항복하지 않겠다. 항복하지 않아!"

신비가 울면서 땅에 엎드려 조조에게 절을 하며 말했다: "제 가솔들 팔십여 명이 전부 이 나쁜 놈 손에 죽었습니다. 원컨대 승상께서는 이 놈을 도륙내서 제 한을 풀어주십시오!"

심배曰: "나는 살아서도 원씨의 신하가 되고 죽어서도 원씨의 귀신이 될 것이니, 네놈처럼 남을 참소하고 아부하는 나쁜 무리들과는 다르다. 어서 내 목을 쳐라!"

조조는 그를 끌고 나가라고 지시했다. 처형을 당하는 순간에도 그는 형리刑吏를 꾸짖어 말했다: "내 주인이 북쪽에 계시니 내 얼굴이 남쪽을 향하도록 해서 죽여서는 안 된다."

그리고는 북쪽을 향해 꿇어앉아 목을 늘여서 칼을 받았다. 후세 사

람이 이 일을 탄식해서 지은 시가 있으니:

하북에 명사들 많다고 해도	河北多名士
심배 같은 사람 그 누가 있는가.	誰如審正南
어리석은 주인 때문에 목숨을 잃었으나	命因昏主喪
마음은 옛사람과 다름이 없었다.	心與古人參
충직하여 그 말에는 감추는 게 없었고	忠直言無隱
청렴하여 그 뜻에는 탐하는 게 없었다.	廉能志不貪
죽음에 임해서도 오히려 그 마음 주인 향하니	臨亡猶北面
항복한 자들 전부 창피해서 얼굴 붉혔다.	降者盡羞慚

〖 13 〗 심배가 죽은 후 조조는 그의 충의忠義를 가엾게 여겨 성 북쪽에다 장사를 지내주도록 했다.

여러 장수들이 조조에게 성 안으로 들어가기를 청했다. 조조가 막 출발하려고 할 때, 문득 보니 도부수가 한 사람을 꽉 붙들고 들어오고 있었다. 조조가 보니 진림陳琳이었다.

조조가 그에게 말했다: "너는 전에 본초本初를 위해 격문을 쓰면서 단지 나의 죄상만 말하면 될 것을 왜 내 조부와 부친까지 욕을 했느냐?"(*진림이 격문을 썼던 일은 이미 여러 회 전에 나왔는데 이때 와서 갑자기 다시 한 번 꺼내고 있다.)

진림이 대답했다: "화살이 일단 시위 위에 얹히면 발사되지 않을 수 없습니다(箭在弦上, 不得不發耳)."(*그는 자신을 화살에 비유하고 활시위를 원소에 비유하고 있다. 화살은 스스로 쏘는 것이 아니라 활시위가 화살을 쏘는 것이다. 조조가 만약 진림의 활시위가 될 수 있다면 진림은 또한 조조를 위한 화살이 되고자 할 것이다.)

좌우 사람들은 조조에게 그를 죽이자고 권했다. 그러나 조조는 그의 재주를 아깝게 생각해서 그를 용서해 주고 종사從事로 임명했다.

〚 14 〛 한편 조조의 장자 조비曹조는, 자字를 자환子桓이라 했는데, 이때 나이가 18세였다. 조비가 처음 태어났을 때 보랏빛 구름 한 점이 수레 덮개처럼 둥그렇게 그 집을 뒤덮고 있으면서 하루 종일 흩어지지 않았다.

구름의 기운(雲氣)을 보고 길흉화복을 점치는 방사方士가 은밀히 조조에게 말했다: "이것은 천자의 기운입니다. 자제분은 이루 말할 수 없이 귀하게 될 것입니다."

조비는 나이 여덟 살에 글을 지을 줄 알았고, 뛰어난 재주를 가져서 널리 고금古今의 일들에 통했으며, 말 타고 활쏘기를 잘 했으며, 격검擊劍을 좋아했다. (*한창 바쁜 중에 갑자기 조비의 소전小傳을 끌어들이는 것은 진작 후문에서 조비가 칭제稱帝할 것의 복선을 깔아두려는 것이다.) 조조가 기주를 깨뜨릴 때 조비는 부친을 따라서 군중에 있다가 먼저 호위병들을 거느리고 곧장 원소의 부중府中으로 찾아갔다. 그는 말에서 내려 칼을 뽑아들고 들어갔다. 한 장수가 그를 막으며 말했다: "승상께서 명하시기를, 어떤 사람도 원소 부중에 들어가게 해서는 안 된다고 하셨습니다."

조비가 그를 꾸짖어 물리치고 칼을 들고 후당으로 들어갔는데, 부인 둘이서 서로 끌어안고 울고 있는 것이 보였다. 조비는 앞으로 나아가 그들을 죽이려고 했다. 이야말로:

　　4대의 공후 가문, 흘러간 꿈이 되었는데　　　　四世公侯已成夢
　　그 집안의 골육骨肉들 또 재앙 만나네.　　　　　一家骨肉又遭殃

그들의 목숨이 어찌될지 모르겠거든 다음 회를 읽어보도록 하라.

제 32 회 모종강 서시평序始評

(1). 군자는 원씨의 난을 보고 옛날부터 큰일을 도모하는 자로서

형제가 협력하지 않고서도 성공했던 자가 없었음을 믿게 된다. 도원桃園에서 결의를 맺은 형제들은 이성異姓이면서도 친형제처럼 친했으니 더 말할 것도 없고, 오吳의 손권 같은 경우에도 "너는 …점에 있어서는 나만 못하고, 나는 …점에 있어서는 너만 못하다"고 말하는 형이 있었고, 조씨가 위魏를 개국한 경우에도 "이 홍洪은 없어도 되지만 공公이 없어서는 안 된다"고 말하면서 자신을 희생할 줄 알았던 조홍曹洪처럼 서로가 한 마음 한 뜻이 되었으므로 제업帝業을 이룩할 수 있었던 것이다. 그러나 저 원씨의 경우에는 먼저는 원소와 원술이 서로 어긋났고, 후에는 원담과 원상이 서로 싸웠다. 각자 모순되어 적들에게 이익을 가져다주었으니 어찌 크게 애석한 일이 아니겠는가!

(2). 심하구나, 붕당의 화禍 됨이여! 원씨의 경우를 보면, 처음에는 여러 모사들이 서로 붕당을 지었고, 후에는 공자들끼리 붕당을 지었다. 처음에는 전풍田豊과 저수沮授가 한 당이 되었고 심배審配와 곽도郭圖가 한 당이 되었다. 그러나 후에 가서는 곽도와 심배가 또 원담과 원상으로 인하여 둘로 갈라져서 두 개의 붕당이 되었다. 이리하여 봉기逢紀는 심배와 한 당이 되고, 신평辛評은 또 곽도와 한 당이 되었다. 심지어 심배의 조카는 그 숙부를 배신하고 그 친구와 한 당이 되었고, 신평의 동생은 그 형을 배신하고 그 원수와 한 당이 되었다. 그리하여 원씨가 망한 것은 이러한 붕당 때문에 망했다고 할 수 있다.

(3). 진림陳琳의 격문은 조숭(曹嵩: 조조의 부친)을 욕하고 또 조등(曹騰: 조조의 조부)을 욕했다. 그 욕은 죽이는 것보다 더 심했다. 도겸陶謙은 조조의 부친을 죽이지 않았는데도 조조는 그 원수를 갚으

려고 했다. 진림은 조조의 조부를 욕했는데, 그것은 조조의 조부를 죽이는 것보다 더 심했는데도 조조는 원수를 갚지 않았다. 그 이유가 무엇인가?

나는 말한다: 진림은 원소를 대신하여 욕을 한 것이므로 진림 자신이 욕을 한 것이 아니라 원소가 욕을 한 것이 된다. 원소가 주범主犯이고 진림은 그 종범從犯에 불과하므로 진림에게 죄를 주었던 것이 아니라 원소에게 죄를 돌렸던 것이다. 이는 장개張闓에게 죄를 묻지 않고 도겸에게 죄를 물었던 것과 같다. 그러나 만약 진림이 조조를 대신하여 원소를 욕하다가 원소에게 붙잡혔다면 원소는 반드시 진림을 죽였을 것이다. 원소는 이런 법도 밖의 일(度外之事)을 할 수 없었으나 조조만이 홀로 이런 법도 밖의 일을 할 수 있었다. 군자는 여기에서 원소와 조조의 우열을 더욱 잘 알게 된다.

제33회

조비, 혼란 틈타 견씨를 아내로 삼고
곽가, 요동 평정할 계책을 남기다

〖1〗한편 조비는 부인 둘이서 울고 있는 것을 보고 칼을 뽑아 베어 죽이려고 했다. 그때 문득 두 눈에 붉은 빛이 가득한 것(紅光滿目)을 보고 곧바로 칼을 멈추고 물었다: "너희는 웬 사람들이냐?"

한 부인이 아뢰었다: "저는 원袁 장군의 처 유씨劉氏입니다."

조비曰: "이 여자는 누구냐?"

유씨曰: "이는 차남 원희袁熙의 처 견씨甄氏입니다. 원희는 유주幽州로 나가 있는데 견씨가 멀리 가려고 하지 않아서 여기에 머물러 있었습니다."

조비가 그 여자를 앞으로 가까이 끌어와서 보니 머리는 산발이었고 얼굴에는 때가 묻어 있었다. 조비가 소매로 그녀의 얼굴을 닦고 자세히 보니, 견씨는 옥과 같은 살결에 꽃과 같은 용모로 경국지색傾國之色

이었다.

이에 조비는 유씨를 보고 말했다: "나는 조 승상의 아들이다. 내가 너희 집안을 보호해 줄 테니, 너희는 염려하지 말라."

그리고는 곧바로 칼을 잡고 당상堂上에 앉았다.

한편, 조조가 여러 장수들을 거느리고 기주성冀州城으로 들어가는데, 막 성문을 들어서려고 할 때 허유가 말을 달려 앞으로 가까이 오더니 채찍으로 성문을 가리키면서 조조를 부르며 말했다: "아만阿瞞아! 네가 나를 얻지 않았으면 어떻게 이 문으로 들어갈 수 있겠느냐?"(*심히 교만하고 천박하다.)

조조는 크게 웃었다. 그러나 여러 장수들은 그 말을 듣고 다들 불쾌해 했다. (*후에 가서 허저가 허유를 죽이게 되는 것은 이 일 때문이다.)

조조가 원소의 부문府門 앞에 이르러 물었다: "누가 벌써 이 문으로 들어갔느냐?"

수문장이 대답했다: "세자께서 안에 계십니다."

조조가 조비를 불러내서 꾸짖었다. 그때 유씨가 나와서 절을 하며 말했다: "세자가 아니었으면 첩의 집안을 보전할 수 없었사옵니다. 바라옵건대 견씨甄氏를 바쳐서 세자의 처첩이 되게(執箕帚) 해주십시오."

조조는 견씨를 불러오라고 했다. 견씨가 앞으로 나와 절을 하자 조조가 그녀를 보고 말했다: "참으로 내 며느리 감이구나!"

마침내 조비로 하여금 그녀를 받아들이도록 했다. (*본래는 원씨가 조씨의 딸을 처로 삼으려고 했던 것인데, 반대로 조씨가 원씨의 며느리를 처로 삼게 되었다.)

〖 2 〗 조조는 기주를 평정하고 나서 직접 원소의 무덤을 찾아가서 제물을 차려놓고 재배한 다음 몹시 슬프게 곡을 했다. (*이렇게 할 수 있는 것이 바로 간웅의 행태이다)

그는 여러 관원들을 돌아보고 말했다: "옛날에 나와 본초本初가 함께 군사를 일으켰을 때, 본초가 나에게 '만약 이번 일이 성공하지 못하면 그대는 어디를 근거지로 삼을 생각이오?' 하고 묻기에, 내가 그에게 물었지: '귀하는 어떻게 하실 생각이십니까?' 그러자 본초가 말했지: '나는 남으로는 황하를 의거하고 북으로는 연燕과 대代, 그리고 사막沙漠의 무리들을 의지하여 남쪽을 향해 천하를 다투려고 하오. 그리한다면 아마 뜻을 이룰 수 있을 것이오.' 그래서 내가 대답했지: '저는 천하에 뛰어난 지혜와 힘이 있는 자들을 임용하여 그들을 올바른 도道로써 부릴 것입니다. 그리 한다면 안 될 것이 없을 것입니다.' 라고. (*호뢰관 사건 이전에 있었던 일을 말한 것이다.) 이런 말을 서로 나눈 것이 바로 어제 같은데 이제는 본초가 이미 세상을 떠나고 없으니 내 어찌 울지 않을 수 있겠느냐?"

여러 사람들은 모두 탄식했다. 조조는 황금과 비단과 양식을 원소의 아내 유씨에게 보내주도록 했다. (*유씨는 이것을 받고서 부끄러워하지 않았는가?)

그리고는 명령을 내렸다: "하북의 주민들은 전란을 겪었으니 금년의 조세와 부역을 전부 면제해 주도록 하라!" (*이것은 간웅이 민심을 수습하는 방법이다.)

그리고 한편으로 표문表文을 써서 조정에 기주성 함락 사실을 보고하고 조조 자신이 기주목冀州牧을 겸했다.

〖 3 〗 하루는 허저가 말을 달려서 동문으로 들어가다가 마침 허유를 만났다. 허유가 허저를 부르더니 말했다: "만약 내가 없었다면 너희가 어떻게 이 성문을 출입할 수 있겠느냐?"

허저가 화가 나서 말했다: "우리가 죽을 고비를 수없이 넘기고 피를 흘려가면서 싸워서 빼앗은 성인데, 네가 어찌 감히 네 공로라고 허풍을 떤단 말이냐!"

허유가 꾸짖었다: "너희들이야 전부 하찮은 놈들이니 말할 가치조차 없다."

허저는 크게 화가 나서 칼을 빼서 허유를 죽인 다음, (*허유가 죽어 마땅한 행동을 한 것은 이때가 아니라 먼저 그가 조조를 보고 아만阿瞞아! 하고 불렀을 때이다.) 그 머리를 들고 조조에게 가서, 허유가 이처럼 무례하게 굴었다고 하면서 "제가 그를 죽여 버렸습니다"고 말했다.

조조曰: "자원(子遠: 허유)과 나는 오랜 친구이기에 서로 농담을 했던 것인데 왜 그를 죽였느냐!"(*간웅의 거짓말이다.)

허저를 엄하게 꾸짖고는 허유를 후히 장사지내 주도록 했다. (*이 모두 간웅이 사람들을 속이는 것이다.)

그리고 나서 사람들에게 기주 땅의 현사賢士들을 두루 찾아보도록 했다.

기주의 백성들이 말했다: "기도위騎都尉 최염崔琰은, 자字를 계규季珪라 하는데, 청하(淸河: 산동성 임청현臨淸縣 동쪽) 동무성東武城 사람으로, 전에 여러 차례 원소에게 계책을 올렸으나 원소가 채택해 주지 않았으므로 병을 핑계대고 물러나서 현재 집에 와 있습니다."

조조는 즉시 최염을 불러와서 기주의 별가종사(別駕從事: 부주목副州牧에 상당하는 직위)로 임명했다. (*이는 인재들의 마음을 얻기 위한 간웅의 방식이다.)

그러고 나서 말했다: "어제 이 고을의 호적을 살펴보았더니 인구가 전부 30만 명이나 되었소. 큰 주州라고 할 수 있소."

최염曰: "지금 천하가 무너져서 구주九州는 산산조각 갈라져 있을 뿐만 아니라 원씨 형제 둘이서 서로 싸우는 바람에 기주 백성들은 수없이 죽어 나가서 그 해골이 들판에 그대로 널려 있는 형편입니다. 승상께서는 급히 백성들의 풍속을 위로하여 도탄에 빠져 있는 그들을 구해주려고 하지 않으시고 먼저 호적부터 따지시는데, 이것이 어찌 이 고을의 남녀 백성들이 명공께 바라는 바이겠습니까?"(*조조는 방금 그 인구수 많음을 자랑했는데, 최염은 도리어 그들의 비참한 상황을 애석해 하고 있으니, 현사라는 이름이 참으로 헛말이 아니다.)

조조는 그 말을 듣고 자세를 바로 고쳐 사과한 후 그를 상빈上賓으로 대우했다.

〖 4 〗 조조는 기주를 평정하고 나서 사람을 시켜서 원담의 소식을 알아보도록 했다. 이때 원담은 군사를 이끌고 감릉(甘陵: 산동성 임청현臨淸縣 동쪽), 안평(安平: 하북성 기현冀縣), 발해渤海, 하간(河間: 하북성 헌현獻縣 동남) 등지에서 노략질을 하고 있다가 원상이 패해서 중산(中山: 하북성 정현定縣)으로 달아났다는 소식을 듣고는 군사를 거느리고 그를 치러 갔다. 원상은 싸울 생각이 없어서 곧장 유주幽州로 달아나서 원희를 찾아갔다. 원담은 원상의 군사들을 전부 항복시키고 나서 기주를 다시 치려고 했다. 조조가 사람을 보내서 그를 불렀으나 원담은 가지 않았다. 조조는 크게 화가 나서 글을 보내 딸과의 혼인 약속을 파기해 버리고 직접 대군을 거느리고 그를 치기 위해 곧바로 평원(平原: 산동성 평원현 서남)으로 갔다.

원담은 조조가 직접 군사를 거느리고 오고 있다는 말을 듣고는 유표에게 사람을 보내서 구원을 요청했다. 유표는 현덕을 불러와서 상의했다.

현덕曰: "이제 조조는 이미 기주를 깨뜨려서 그 군세가 한창 강성합니다. 그러므로 원씨 형제는 오래지 않아 틀림없이 조조에게 사로잡히고 말 것인즉 그를 구해주려고 해도 무익無益한 일입니다. 하물며 조조는 항상 이곳 형양荊襄 땅을 노리고 있는 상황이므로 우리는 다만 군사들의 힘을 기르고 스스로를 지키고 있어야지 함부로 움직여서는 안 됩니다."

유표曰: "그렇다면 뭐라고 하면서 거절하지?"

현덕曰: "글을 써서 원씨 형제에게 주시되 서로 화해하기를 바란다는 명목을 내세워 완곡하게 거절하시면 될 것입니다."

유표는 그의 말을 옳게 여겨 먼저 사람을 보내서 원담에게 글을 전하도록 했다. 그 글의 내용은 대략 이러했다:

"군자는 피난을 가도 원수의 나라로는 가지 않는다고 하였소. 일전에 들으니, 그대는 조조에게 무릎을 꿇고 항복을 했다는데, 이는 부모의 원수를 망각하고, 형제의 정의情誼를 내버리고, 동맹同盟을 맺은 사람들을 부끄럽게 만드는 일이오. 만약 '기주冀州'(즉, 기주목사 원상)가 아우로서의 도리를 다하지 않으면, 우선 마음을 차분히 하여 서로 따르고, 일이 끝난 후에 천하 사람들로 하여금 그 시비是非와 곡직曲直을 가리도록 하는 것이 또한 높은 의리에 합당하지 않겠소?"(*먼저 그가 조조에게 항복한 일을 꾸짖고, 다음에 원상과 화목하게 지내도록 권유하고 있다.)

또 원상에게 보낸 글은 이러했다:

"'청주靑州'(즉, 청주자사 원담)는 본래 성격이 조급하여 가까이하기 힘들고, 시비와 곡직을 가림에 있어 분명하지 못한 점이 있소. 그러니 그대는 마땅히 먼저 조조를 없애버려서 돌아가신 부모님의 원한을 풀어드리고, 일이 끝난 후에 시비와 곡직을 가리는 것이 또한 좋지 않겠소? 만약 길을 잃고 바른 길로 돌아오지 않는다면, 이는 곧 이름난 사냥개 한로韓盧와 세상에서 가장 영리한 토끼 동곽東郭이 끝까지 서로 쫓고 쫓기다가 끝내는 함께 쓰러져 죽어서 지나가던 농부가 힘 안 들이고 그 둘을 주웠다(韓盧東郭自困於前, 而遺田父之獲也)는 옛 얘기처럼 되고 말 것이오."(*먼저 원담과 사이좋게 되는 것의 이점을 말하고, 후에 원담을 공격하는 것의 해를 말하고 있다.)

〖 5 〗 원담은 유표의 글을 받아보고 그에게는 구원병을 파병해줄 뜻이 없음을 알고, 또 스스로 조조를 대적해낼 수 없음을 헤아리고는 마침내 평원을 버리고 남피(南皮: 하남성 남피南皮 동북쪽)로 달아나서 그곳을 지켰다. 조조는 그를 추격해서 남피로 갔다.

이때 날씨가 매우 추워서 뱃길(즉, 청하淸河)이 모두 얼어붙어 군량을 실은 배들을 움직일 수가 없었다. 조조는 그곳 백성들에게 얼음을 깨서 배를 끌도록 했는데, 백성들은 그 명령을 듣고는 도망가 버렸다. 조조는 크게 화가 나서 그들을 붙잡아 죽이려고 했다. (*간웅의 본래 모습을 드러낸다.) 백성들은 그 소문을 듣고 영채 안으로 찾아가서 자수했다.

조조曰: "내가 만약 너희들을 죽이지 않는다면 나의 호령이 행해지지 않을 것이고, 너희들을 죽이려 하니, 내 또한 차마 너희들을 죽이지 못하겠구나. 너희들은 빨리 산속으로 달아나서 그곳에 몸을 숨기고 피하거라. 나의 군사들에게 붙잡히지 않도록 해라."(*자기는 그들을 놓아주지만 만약 자기 군사들이 그들을 붙잡는다면 그는 이렇게 말할 것이다: "사람들을 죽인 것은 군사들이지 내가 아니다."라고. 간웅의 극치를 보여준다.)

백성들은 모두 눈물을 흘리며 떠나갔다.

원담이 군사들을 이끌고 성을 나가서 조조의 군사들을 대적하는데, 양군이 서로 마주보고 진을 치자 조조가 말을 타고 나와서 채찍으로 원담을 가리키며 꾸짖었다: "내 너를 후히 대우해 주었건만 어찌하여 딴마음을 품느냐?"

원담曰: "너는 내 경계를 침범하고, 내 성을 빼앗았으며, 나에게 딸을 주기로 해놓고 주지 않았으면서 도리어 내가 딴마음을 품었다고 말하는가!"

조조는 크게 화가 나서 서황에게 나가 싸우라고 했다. 원담은 팽안

彭安에게 그를 맞아 싸우라고 했다. 두 말이 서로 어우러져 몇 합 싸우지도 않아 서황은 팽안을 베어 말 아래로 떨어뜨렸다. 원담의 군사는 패하여 달아나 남피성 안으로 물러갔다. 조조는 군사들을 보내서 사면으로 성을 포위하도록 했다. 원담은 당황해서 신평辛評에게 조조를 찾아가서 항복하겠다고 약속하도록 했다. (*이때 왜 원상과 화해하고 원상에게 구해 달라고 청하지 않는가?)

조조曰: "원담 이 새끼는 계속 이랬다저랬다 하므로(反復無常) 믿기 어렵다. 자네 아우 신비辛毗는 내가 이미 중용하고 있으니 자네 역시 여기 머물러 있어도 좋다."

신평曰: "승상의 말씀은 옳지 않습니다. 제가 들은 바로는, '주인이 귀하게 되면 신하가 영화롭고, 주인이 근심이 있으면 신하가 욕을 본다(主貴臣榮, 主憂臣辱)'고 했습니다. 저는 오랫동안 원씨를 섬겨 왔는데 어찌 그를 배반할 수 있습니까?"

조조는 그를 붙들어 둘 수 없을 것임을 알고 돌려보냈다. 신평이 돌아가서 원담에게, 조조가 투항을 받아주려고 하지 않는다고 말했다.

원담이 그를 꾸짖었다: "네 아우가 현재 조조를 섬기고 있으니 너도 딴 마음을 품는 거냐?"

신평은 그 말을 듣고 그만 기가 막히고 가슴이 답답해지면서 정신을 잃고 땅에 쓰러졌다. 원담이 부축하여 밖으로 내가라고 명했는데, 잠시 후에 그만 죽고 말았다. 원담 역시 자기 말을 후회했다.

곽도가 원담에게 말했다: "내일 백성들을 모조리 몰아 앞장세우고 그 뒤를 이어 군사들을 내보내서 조조와 한 번 죽기 살기로 싸워봅시다."(*백성을 아끼지 않는 자가 어찌 땅을 보전할 수 있겠는가?)

원담은 그 말대로 하기로 했다.

그날 밤 남피의 백성들을 모조리 동원해서 모두들 칼과 창을 들고 명령을 기다리도록 했다. 다음날 날이 밝아올 무렵 서문西門을 활짝 열고 군사들은 뒤에 서고 백성들을 앞장세워 크게 함성을 지르면서 일제히 몰려나가서 곧바로 조조의 영채로 달려들었다. 양편 군사들은 서로 뒤섞여서 어지럽게 싸웠는데, 진시(辰時: 오전 7시~9시)부터 오시(午時: 오전 11시~오후 1시)까지 싸웠으나 승부는 나지 않고 죽은 시체들만 땅에 즐비하게 깔렸다.

조조는 완벽한 승리를 거두지 못하는 것을 보고 말을 타고 산 위로 올라가서 직접 독전督戰의 북을 쳤다. 장수와 군사들이 그것을 보고 힘을 떨쳐 앞으로 나아가자 원담의 군사는 크게 패했다. 백성들 가운데 죽은 자가 무수히 많았다.

이때 조홍이 위엄을 떨치며 적진으로 돌진하다가 마침 원담을 만나서 칼을 들어 마구 내리 찍었다. 원담은 마침내 전투 중에 조홍에게 죽고 말았다. (*원담을 죽인 사람은 조조의 아우이다. 왜 조씨에게는 형제간의 우애가 있었는데 원씨에게는 형제간의 우애가 없었을까?)

곽도는 자기 진영이 크게 어지러워지는 것을 보고 급히 말을 달려 성 안으로 들어갔다. 그러나 악진이 멀리서 바라보고 활에다 화살을 메겨 그를 쏘아 해자에 떨어뜨렸는데, 사람과 말이 함께 해자 속에 떨어지고 말았다. (*곽도는 백성들을 몰고 가서 군사로 삼았는데, 그런 짓을 한 그가 죽은 것은 당연하다.)

조조는 군사들을 이끌고 남피南皮로 들어가서 백성들을 위로했다. 그때 갑자기 한 떼의 군사들이 당도했는데, 곧 원희의 부하 장수 초촉焦觸과 장남張南이었다. 조조가 직접 군사를 이끌고 나가서 그들을 맞았다. 그러나 두 장수는 창을 거꾸로 잡고 갑옷을 벗어버리고 투항하러 왔다. 조조는 그들을 열후列侯로 봉했다. 또 하북 지방의 농민 반란군 흑산적黑山賊의 괴수 장연張燕이 군사 10만 명을 이끌고 와서 항복했다. 조조는 그를 평북장군平北將軍으로 봉했다.

조조는 원담의 수급을 높이 매달아 많은 사람들에게 보이도록 하고,

감히 그 앞에서 곡哭을 하는 자가 있으면 그 목을 베도록 했다. 그리고 그 머리를 북문 밖에 매달아 놓도록 했다.

〖 6 〗한 사람이 흰 천으로 만든 관(布冠)을 쓰고 상복을 입고 와서 원담의 머리 아래에서 곡을 했다. 좌우 사람들이 그를 붙잡아 가지고 가서 조조를 보았다. 조조가 그에게 누구인지, 왜 곡을 했는지를 물어 보니, 그는 바로 청주별가靑州別駕 왕수王修로서, 청주자사인 원담의 밑에 있으면서 그에게 바른 말을 간하다가 쫓겨났는데, 지금 원담의 죽음을 알았기에 와서 곡을 했다는 것이다.

조조曰: "너는 내 명령을 알고 있었느냐, 모르고 있었느냐?"

왕수曰: "알고 있었습니다."

조조曰: "너는 죽는 게 두렵지 않느냐?"

왕수曰: "나는 그가 살아 있을 때 그 밑에서 청주별가 벼슬까지 했는데, 그가 죽었는데도 곡을 하지 않는다면 이는 의義가 아닙니다. 죽는 것이 두려워서 의를 망각한다면 어떻게 이 세상에 설 수 있겠습니까? 만약 원담의 시신을 거두어 장사지내 줄 수 있다면, 저는 도륙을 당하더라도 여한이 없습니다."

조조曰: "하북에는 의사義士들이 어찌 이리도 많은가! 원씨가 이들을 쓸 수 없었던 것이 애석하구나. 만약 그가 이들을 쓸 줄만 알았다면 내가 어찌 감히 눈을 바로 뜨고 이곳 땅을 넘볼 수 있었겠나!"(*이 한 구절로 앞의 저수沮授, 심배審配, 신평辛評 등을 모두 합쳐서 칭찬하고 있다.)

그리고는 원담의 시신을 거두어 장사지내 주도록 하고, 예를 다해 왕수를 상빈上賓으로 대우하면서 그를 사금중랑장司金中郎將으로 임명했다. 그리고 나서 그에게 물었다: "지금 원상은 이미 원희에게 찾아 갔는데, 그를 잡으려면 어떤 계책을 써야겠소?"

왕수는 대답하지 않았다.

조조曰: "과연 충신이로군."(*형제간의 의리에 밝은 자는 반드시 군신 간에 서로 지켜야 할 도리도 안다.)

조조가 다시 곽가에게 물어보니, 곽가가 말했다: "항복해 온 원씨의 장수 초촉焦觸과 장남張南 등으로 하여금 그를 치도록 하시지요."

조조는 그의 말을 좇아 곧바로 초촉·장남, 여광·여상, 마연馬延·장의 張顗 등으로 하여금 각기 휘하 군사들을 이끌고 세 방면으로 나누어 가서 유주를 치도록 했다. 그리고 다른 한편으로는 이전과 악진으로 하여금 장연張延과 합세하여 병주并州로 가서 고간高幹을 치도록 했다.

〖 7 〗 한편 원상과 원희는 조조의 군사가 오면 대적해내기 어려울 것으로 생각하고 마침내 성을 버리고 군사들을 이끌고 오환烏桓을 찾아가려고 밤낮없이 요서遼西로 달아났다. 유주자사幽州刺史 초촉焦觸은 유주의 여러 관원들을 모아놓고 피를 마시고 맹세하면서 원씨를 배반하고 조씨에게 항복할 일을 함께 상의했다.

초촉이 먼저 말했다: "나는 조 승상을 당세의 영웅으로 알고 있다. 그래서 지금 투항하러 가려고 하는데, 내 명령을 따르지 않는 자는 목을 벨 것이다."

차례대로 피를 마시는데, 순서가 별가 한형韓珩에게 이르자 한형은 칼을 땅에 내던지며 큰소리로 말했다: "나는 원공袁公 부자로부터 두터운 은혜를 받았소. 지금 주인의 패망을 보고도 지모를 써서 구해드리지 못하고 용기를 내서 따라 죽을 수 없는 것만 해도 의리에 어긋나는데, 조조에게 항복하여 그의 신하가 되는 일을 내 어찌 차마 하겠소!"

여러 사람들의 얼굴이 다 하얗게 변했다.

초촉曰: "무릇 대사를 일으키려면 마땅히 대의大義부터 세워야 한다. 일의 성취 여부는 어느 한 사람으로 인해 결정되는 것이 아니다.

한형이 기왕에 그런 뜻을 갖고 있다면 따로 편한 대로 하시오."

그리고는 한형을 밖으로 밀어 내보냈다. (*오환촉(烏桓觸)은 한형을 죽이지 않는데, 그 역시 기이한 인물이다.) 오환(烏桓)촉은 마침내 성 밖으로 나가서 세 방면으로 나뉘어 오는 군사들을 영접하고 곧바로 조조에게 투항했다. 조조는 크게 기뻐하며 그를 높여 진북장군鎭北將軍으로 삼았다.

〖 8 〗 그때 갑자기 정탐꾼이 와서 보고했다: "악진, 이전, 장연이 병주를 치고 있는데 고간高幹이 호관구(壺關口: 산서성 장치시長治市 동남의 호구산 아래 있음)를 굳게 지키고 있어서 깨뜨리지 못하고 있습니다."

조조가 직접 군사를 점검하여 앞으로 나아가니 세 장수가 맞이하면서 고간이 호관에서 막고 있어서 공격하기가 어렵다고 말했다.

조조는 장수들을 모아놓고 고간을 쳐부술 계책을 같이 상의했다.

순유曰: "고간을 쳐부수려면 반드시 거짓 항복하는 사항계詐降計를 써야만 합니다."

조조는 그의 말에 동의하고 원씨로부터 항복해 온 장수 여광呂曠과 여상呂翔을 불러서 귓속말로 여차여차하게 하라고 말했다.

여광 등은 수십 명의 군사들을 이끌고 곧장 호관 아래로 가서 큰소리로 불렀다: "우리는 본래 원 장군 수하에 있었던 장수들인데 부득이해서 조조에게 항복했다. 그러나 조조의 사람됨이 종잡을 수 없는데다 우리를 박대하기에 우리는 지금 옛 주인을 다시 모시려고 돌아온 것이다. 빨리 관문을 열어 들어가도록 하라."

고간은 믿을 수 없어서 두 장수만 관 위로 올라와서 이야기하라고 했다.

두 장수는 갑옷을 벗고 말을 버려두고 성 안으로 들어가서 고간에게 말했다: "조조의 군사는 갓 도착했으므로 군사들의 마음이 아직 안정되지 않았으니 이 틈을 타서 오늘 밤 영채를 습격하십시오. 우리들이 앞장서겠습니다."

고간은 기뻐하며 그 말을 따라서 (*여씨 두 형제는 원상을 버리고 원담에게 항복했고, 또 원담을 버리고 조조에게 항복했는데, 이번에는 또다시 조조를 버리고 고간에게 항복하겠다는 것이다. 비록 이번 항복이 진짜라 하더라도 그들은 반복무상한 인간들임을 고려했어야 하는데, 고간은 그들을 믿고 의심하지 않았으니, 그가 패한 것은 당연한 일이다.) 그날 밤 여광과 여상을 앞장세우고 1만여 명의 군사들을 이끌고 앞으로 나아갔다. 조조의 영채에 도착할 때쯤 배후에서 함성이 크게 울리더니 사방에서 복병들이 일어났다. 고간은 적의 계략에 걸려든 줄 알고 급히 호관성으로 돌아갔으나 성은 이미 악진과 이전에게 빼앗긴 뒤였다.

고간은 길을 열고 달아나서 흉노匈奴의 왕(單于: 흉노의 왕을 '선우(單于)'라고 하며, 이 경우 '單'은 '선'으로 읽는다)을 찾아갔다. 조조는 군사들을 거느리고 관 어귀를 막고 있으면서 군사들로 하여금 고간을 추격하도록 했다. 고간이 선우의 지경에 도착하자 마침 북방의 유목민족 북번北番의 좌현왕左賢王과 마주쳤다.

고간은 말에서 내려 땅에 엎드려 절을 하면서 말했다: "조조가 제 영토를 집어삼키고는 이제 왕자王子의 지경까지 침범하려고 합니다. 제발 저희를 구원해 주시어 같이 힘을 합쳐 제 잃은 땅을 되찾도록 함으로써 북방을 보존하시기 바랍니다."

좌현왕曰: "나는 조조와 원수진 일이 없는데 어찌 그가 내 땅을 침범한단 말인가? 너는 나로 하여금 조씨와 서로 원수가 되게 하려는 것이냐!"

그는 고간을 꾸짖어 물리쳤다. 고간은 아무리 생각해도 달리 길이 없어 유표를 찾아가는 수밖에 없었다. 가다가 상로(上潞: 섬서성 상현商縣)에 이르렀을 때, 도위都尉 왕염王琰의 손에 죽고 말았다. 왕염은 그의 수급을 조조에게 보냈다. 조조는 왕염을 열후로 봉해 주었다.

〖 9 〗 병주가 평정되고 나자 (*먼저 청주를 취하고, 다음으로 기주를 취하고, 또 다음으로 유주를 취하고, 지금 또 병주를 평정함으로써 이에 4개 주가 하나로 연결되었다.) 조조는 오환烏桓을 치는 문제를 상의했다.

조홍曰: "원희와 원상은 병사들과 장수들이 패망하여 세력이 바닥나자 멀리 사막으로 달아나 버렸는데, 우리가 지금 군사들을 이끌고 오환을 치러 갔다가 만일 유비와 유표가 우리가 없는 틈을 타서 허도를 습격한다면, 우리는 미처 구원할 수가 없을 것이고, 그렇게 되면 적지 않은 화를 당하게 될 것입니다. 군사들을 돌리시고 진군하지 않는 게 상책입니다."

곽가曰: "여러분 말씀은 틀렸습니다. 비록 주공의 위명威名이 천하에 떨친다고 해도, 사막에 사는 자들은 자신들이 멀리 변방에 떨어져 있음을 믿고 틀림없이 아무런 방비도 하지 않을 것입니다. 그들의 무방비 상태를 노려서 갑자기 쳐들어간다면 틀림없이 쳐부술 수 있습니다. (*먼저 오환을 칠 수 있음을 설명한다.)

그리고 또 원소는 오환에게 은혜를 베풀어준 적이 있는데다 원상과 원희 형제가 아직 살아 있으므로 이들을 없애버리지 않으면 안 됩니다. (*다음으로 오환을 치지 않을 수 없음을 설명한다.)

유표劉表는 기껏해야 같이 앉아서 얘기나 나눌 손님(坐談之客)과 같은 존재에 불과하고,(*먼저 유표는 걱정할 필요 없음을 설명한다.) 그 자신도 자기 재능이 유비를 다루기에 부족하다는 것을 알고 있을 것입니다. 그는 유비에게 중임을 맡기려니 그를 제어할 수 없을까봐 두렵고, 가벼운 임무를 맡긴다면 유비가 그를 위해 일하려고 하지 않을 것입니다. 그러므로 나라를 비워놓고 원정을 나가시더라도 주공께서는 염려하실 게 없습니다."(*다음으로 유비는 고려는 해야 하지만 염려할 필요는 없음을 설명한다.)

조조曰: "봉효(奉孝: 곽가)의 말이 극히 옳다."

드디어 조조는 대소 전군(三軍)을 거느리고 수천 량의 수레를 끌고 앞을 바라보고 출발했다. 그러나 눈에 보이는 것이라곤 끝없이 펼쳐진 누런 모래뿐이었고, 광풍이 사방에서 불어오고, 길은 울퉁불퉁 평탄하지 않아서 사람도 말도 걸어가기가 어려웠다. 조조는 군사를 되돌리고픈 마음이 있어서 곽가에게 물었다. 곽가는 이때 낯선 물과 흙에 적응하지 못하여 수레 안에서 앓아누워 있었다.

조조가 울며 말했다: "내가 사막의 무리들을 평정해 보려는 욕심에서 공을 이처럼 멀고 험한 곳으로 끌고 나와 온갖 고생을 다 시킨 결과 병까지 들게 하였으니, 내 마음이 어찌 편하겠는가."

곽가曰: "저는 승상의 대은大恩을 입었으므로 비록 죽는다고 해도 그 만분의 일도 갚지 못할 것입니다."

조조曰: "나는 북쪽 땅이 이처럼 험한 것을 보고 회군하고 싶은 마음인데, 어떻겠는가?"

곽가曰: " '싸움에서는 신속함이 중요하다(兵貴神速)'고 했습니다. 지금 천 리 밖의 적을 습격하려고 하면서 군수물자를 운반하는 수레(輜重)들이 이렇게 많아서는 성공을 기대하기 어렵습니다. 가볍게 무장한 병사(輕兵)들로 가는 속도를 두 배로 하여 달려가서 적이 무방비 상태일 때 엄습하는 것이 낫습니다. 다만 반드시 길을 잘 아는 사람을 얻어서 안내하도록 해야만 합니다."

마침내 곽가는 역주(易州: 하북성 역현)에 남겨두어 병 조리를 하도록 하고, 길을 안내할 향도관嚮導官을 찾았다.

〖 10 〗 사람들은 원소의 옛 장수 전주田疇가 이 지방을 잘 알고 있다고 추천했다. 조조는 그를 불러서 물어보았다.

전주曰: "이 길은 여름과 가을 사이에는 물이 있어서 얕은 곳이라고 해도 수레와 말이 통하지 못하고, 깊은 곳이라고 해도 배를 띄울 수 없으므로 움직이기가 몹시 어렵습니다. 이보다는 차라리 군사를 돌려서 노룡구(盧龍口: 노룡채盧龍寨. 하북성 희봉구喜峰口 일대)로 해서 백단(白檀: 하북성 승덕시承德市 서남)의 험준한 곳을 넘어가면 텅 빈 공터가 나오는데, 거기에서 앞으로 나아가 유성(柳城: 요령성 금주시錦州市 서북) 가까이 다가가서 그들이 아무런 대비도 하지 않을 때 엄습하는 편이 낫습니다. 그렇게 한다면 답돈(蹋頓: 오환족의 맹주 선우單于의 이름)을 단 한 번의 싸움으로 사로잡을 수 있습니다."

조조는 그 말을 좇아서 전주를 정북장군靖北將軍으로 봉하여 향도관으로 삼아 앞장을 서도록 하고, 장료는 그 다음에, 조조 자신은 후미後尾를 단속하면서 경기병輕騎兵들을 데리고 행군 속도를 두 배로 빨리하여 나아갔다.

전주가 장료를 인도하여 백랑산(白狼山: 요령성 능원현凌源縣 동남)에 이르렀을 때 마침 원희와 원상이 답돈과 만나서 수만 명의 기병들을 거느리고 오고 있었다. 장료는 급히 이를 조조에게 보고했다. 조조가 직접 말고삐를 당겨 높은 곳에 올라가서 바라보니 답돈의 군사들은 대오隊伍도 없이 들쭉날쭉 정연하지 못했다. 조조가 장료에게 말했다: "적병은 질서정연하지 못하니 곧바로 들이쳐도 되겠다."

그리고는 지휘 기(麾)를 장료에게 넘겨주었다. 장료는 허저, 우금, 서황을 이끌고 네 방면으로 나누어 산을 내려가서 힘껏 급습했다. 답돈의 군사들은 큰 혼란에 빠졌다. 장료가 말에 박차를 가해 달려가서 답돈을 베어 말 아래로 떨어뜨리자, 남은 무리들은 전부 항복했다. 원희와 원상은 수천 명의 기병들을 이끌고 요동遼東으로 달아나 버렸다.

〖 11 〗 조조는 군사들을 거두어서 유성柳城으로 들어가서 전주를 유정후柳亭侯로 봉하여 유성을 지키도록 했다.

전주가 울면서 말했다: "저는 의리를 저버리고 도망친 사람입니다.

두터운 은혜를 입어 온전히 살아남은 것만 해도 천만다행입니다. 어찌 노룡盧龍의 영채를 팔아서 상과 녹을 받겠습니까! 죽어도 감히 후侯의 작위를 받을 수 없습니다."(*전주가 조조를 위해 자기가 살았던 고장을 배반하는 계책을 냈는데, 비록 왕수王修가 조조의 질문에 전혀 대답하지 않았던 것에는 미치지 못하지만, 그래도 조조가 내려주는 후작을 받지 않았으니 여광 등의 무리보다는 훨씬 뛰어난 자라고 할 수 있다.)

조조는 그의 말을 의롭게 생각하여 전주를 의랑(議郞: 고문직)으로 임명했다. 조조는 선우單于를 따르던 사람들을 위무하고, 준마 1만 필을 거두어가지고 그날로 회군했다.

이때 날씨는 춥고 또 가물어서 2백 리를 행군하는 동안 마실 물이 없었다. 군중에는 또 양식이 떨어져 말을 잡아서 먹고, 땅속을 3,40길이나 파서야 겨우 마실 물을 얻었다.

조조는 역주易州로 돌아와서 앞서 오환을 치러 가지 말자고 간한 적이 있는 조홍 등에게 후한 상을 내리고는 여러 장수들에게 말했다: "내가 이번에 위험을 무릅쓰고 원정을 해서 요행히 성공했다. 비록 이기기는 했지만 이는 하늘이 도와주신 것이다. 그러므로 이번 일을 본보기로 삼아서는 안 된다. 여러분이 가지 말라고 말렸던 것이 바로 만전지책萬全之策이었다. 그래서 내가 상을 내린 것이니 앞으로도 간하기를 어려워하지 말라."(*간했다는 이유로 전풍을 죽인 원소와는 참으로 천양지차가 난다.)

조조가 역주에 돌아왔을 때, 곽가는 이미 수일 전에 죽었는데도 영구를 관청에 그대로 놓아두고 있었다.

조조가 가서 제사를 지내주고 대성통곡을 하며 말했다: "봉효가 죽다니! 이는 하늘이 나를 버리시는 것이다."

그리고는 여러 관원들을 돌아보고 말했다: "여러분의 나이는 모두 나와 동년배들인데, 봉효 혼자서 제일 적었다. 그래서 나는 나의 훗날 일을 그에게 부탁하려고 했는데 뜻밖에도 중년에 일찍 죽고 말았으니, 나는 심장이 떨어지고 창자가 끊어지는 듯 아프다."

이때 곽가 측근에 있던 사람이 곽가가 임종에 즈음하여 봉해 놓은 글을 바치며 말했다: "곽공이 임종을 앞두고 친필로 이 글을 쓰고는 부탁하기를 '승상께서 만약 이 글에서 말한 대로만 하신다면 요동의 일은 평정될 것이다.' 라고 하셨습니다."

조조는 그 서신을 뜯어서 보고 고개를 끄덕이며 한숨을 지었다. 그러나 여러 사람들은 모두 그 뜻을 알지 못했다.

다음날, 하후돈이 여러 사람들을 이끌고 들어와서 아뢰었다: "요동 태수 공손강公孫康은 오래 전부터 조정에 복종하지 않고 있는데, 지금은 원희와 원상이 또 그에게 찾아가 있으니 틀림없이 후환이 될 것입니다. 그가 아직 움직이지 않고 있을 때 속히 가서 친다면 요동을 얻을 수 있습니다."

조조가 웃으면서 말했다: "여러분의 위력을 번거롭게 할 필요 없이 수일 후에는 공손강이 직접 원씨 형제의 수급首級을 보내올 것이다."

여러 장수들은 모두 그 말을 믿으려고 하지 않았다.

〖 12 〗 한편 원희와 원상은 수천 기병을 이끌고 요동으로 달아났다. 요동 태수 공손강公孫康은 본래 양평(襄平: 요령성 요양시遼陽市) 사람으로 무위장군武威將軍 공손도公孫度의 아들이다.

이날 원희와 원상이 자기에게 몸을 의탁하려고 찾아온 것을 알고 본부에 소속된 관원들을 모아놓고 이 일을 상의했다.

공손공曰: "원소가 살아있을 때에도 일찍이 요동을 집어삼킬 생각을 한 적이 있습니다. 지금 원희와 원상이 싸움에 패하여 군사와 장수들을 잃어버리고 몸을 의탁할 곳이 없자 우리를 찾아온 것인데, 이는 바로 비둘기나 뻐꾸기가 까치의 집을 빼앗으려는(鳩奪鵲巢) 것과 같은 생각입니다. 만약 저들을 받아들여 준다면 후에 틀림없이 우리를 죽이려고 할 것입니다. 차라리 저들을 속여서 성 안으로 들어오게 한 다음 죽여서 그 머리를 조공에게 바치는 편이 낫습니다. 그렇게 하면 조공은 틀림없이 우리를 후하게 대우해줄 것입니다."

공손강曰: "다만 겁나는 것은 조조가 군사를 이끌고 요동으로 내려오지 않을까 하는 것인데, 만약 그렇다면 차라리 원씨 형제를 받아들여서 우리를 돕도록 하는 편이 낫지 않을까?"(*이러한 전절轉折이 한 번 있기 때문에 비로소 곽가가 유언으로 남긴 계책의 기이함이 드러나는 것이다.)

공손공曰: "사람을 보내서 저쪽 사정을 알아보도록 하면 될 것입니다. 만약 조조 군사가 우리를 치러 올 것 같으면 두 원씨 형제를 받아들여 머물러 있도록 하고, 만약 조조 군사가 움직이지 않고 있으면 두 원씨 형제를 죽여서 그 머리를 조공에게 보내주도록 합시다."

공손강은 그 말을 좇아서 사람을 보내서 조조 군사의 소식을 알아보도록 했다.

〖 13 〗한편 원희와 원상은 요동에 이르러 둘이서 은밀히 상의했다: "요동의 군사가 수만 명이나 되니 조조와 맞붙어 싸워볼 만하다. 지금 잠시 요동에 몸을 의탁해 있다가 후에 공손강을 죽이고 그 땅을 빼앗아 힘을 길러서 중원과 겨룬다면 하북을 되찾을 수 있을 것이다."(*공손공의 예상 대로다.)

이렇게 상의를 마친 후 공손강을 만나러 들어갔다. 공손강은 역참에 머물러 있으면서 병을 핑계대고 즉시 만나주지 않았다.

하루가 못 되어 첩자가 돌아와서 보고했다: "조조의 군사들은 역주易州에 주둔하고 있는데 요동으로 내려올 뜻은 전혀 없었습니다."

공손강은 크게 기뻐하면서 먼저 벽의 휘장 뒤에다 도부수들을 숨겨놓고 두 원씨 형제를 들어오도록 했다. (*이 모두 곽가의 계산속에 들어 있었다.) 서로 인사를 마치고 자리에 앉으라고 권했다.

이때 날씨가 매우 추웠는데, 원상은 침상 위에 요와 이불이 없는 것을 보고 공손강에게 말했다: "자리를 좀 깔아주십시오."

공손강이 눈을 부라리며 말했다: "너희 두 사람의 머리는 장차 만리 길을 가야 하는데 자리는 깔아서 뭘 하겠느냐!"

원상은 크게 놀랐다.

공손강이 큰소리로 야단쳤다: "너희들은 왜 손을 쓰지 않느냐?"

도부수들이 몰려나와 좌석으로 다가가서 두 사람의 머리를 베어버렸다. 그리고는 그것을 나무 상자에 담아서 사람을 시켜서 역주로 보내고 조조를 만나보도록 했다. (*이 모두 곽가의 예상에 들어 있다.)

이때 조조는 역주에서 군사들을 그대로 눌러두고 움직이지 않았다. 하후돈과 장료가 들어와서 건의했다: "만약 요동으로 내려가지 않으시려면 허도로 돌아가시지요. 유표가 다른 마음을 먹을까 두렵습니다."

조조曰: "두 원가 놈의 수급만 오면 곧바로 회군할 것이다."(*그 이유를 전혀 설명해주지 않으니, 호로병 속에 무슨 약이 들어있는지 알 수가 없다.)

여러 사람들은 모두 속으로 웃었다. 그때 갑자기 요동의 공손강이 보낸 사람이 원희와 원상의 수급을 가지고 왔다는 보고가 들어왔다. 여러 사람들은 모두 깜짝 놀랐다.

사자가 서신을 올렸다. 그것을 보고 나서 조조는 크게 웃으며 말했다: "봉효가 예상했던 그대로이군!"

찾아온 사자에게 상을 후하게 내리고 공손강을 양평후襄平侯·좌장군左將軍에 봉했다. 여러 관원들이 물었다: "봉효가 예상했던 대로라는 것은 무슨 말씀이십니까?"

조조는 마침내 곽가의 서신을 꺼내서 그들에게 보여주었다. 그 글의 내용은 대략 이러했다:

"지금 들으니 원희와 원상이 몸을 의탁하러 요동으로 찾아갔다고 합니다. 명공께서는 결코 군사를 보내서는 안 됩니다. 공손강은 오래 전부터 원씨가 자기 땅을 병탄할까봐 두려워했으므로, 두 원씨 형제가 몸을 찾아가면 반드시 의심을 품을 것입니다. 만약 우리가 군사를 끌고 가서 저들을 치게 되면 저들은 틀림없이 힘을 합쳐서 대적할 것이므로 쉽사리 깨뜨리지 못할 것입니다. 만약 저들을 느슨하게 풀어놓는다면 공손강과 원씨들은 틀림없이 저희끼리 서로 도모하려 할 것입니다. 형세가 그렇게 되어 있습니다."(*곽가의 유서를 여러 사람들의 눈으로 보게 해준다. 서술 기법이 교묘하다.)

모두들 그를 열렬히 칭찬했다. 조조는 여러 관원들을 이끌고 가서 곽가의 영전에 다시 제사를 지냈다. 곽가가 죽은 해에 그의 나이 38세였으니, 정벌 전쟁에 따라다니는 11년 동안 기이한 공훈을 많이 세웠다. 후세 사람이 그를 칭찬하는 시를 지었으니:

하늘이 곽봉효를 낳으니	天生郭奉孝
영웅 무리들 중에 첫째가는 호걸이다.	豪杰冠群英
뱃속에는 경서와 사서의 지혜 들어 있고	腹內藏經史
가슴 속에는 병법과 도략 감추고 있다.	胸中隱甲兵
지모의 운용은 월왕구천 도왔던 범여와 같고	運謀如范蠡
계책의 결단은 한고조 도왔던 진평과 닮았다.	決策似陳平
애석하구나, 몸이 먼저 죽으니	可惜身先喪
중원의 대들보가 기울었도다.	中原樑棟傾

조조는 군사를 거느리고 기주로 돌아가면서 사람들로 하여금 먼저 곽가의 영구를 메고 허도로 가서 안장女葬시켜 주도록 했다.

〖 14 〗 정욱 등이 청했다: "북방은 이미 평정되었으니 이제 허도로 돌아가시면 하루속히 강남으로 내려갈 계책을 세우셔야 합니다."

조조가 웃으며 말했다: "내 그런 생각을 한 지 오래 됐다. 여러분이 한 말은 바로 내 뜻과 일치한다."(*일찌감치 후문의 적벽대전에 대한 복선을 깔아 놓는다.)

이날 밤 조조는 기주성의 동쪽 누대 위에서 묵으며 난간에 기대어 우러러 천문을 살펴보았다. (*후문에서 지하의 금빛을 서술하기 위해 먼저 천상의 천문을 서술한다. 장부(鬪笋)의 아귀처럼 절묘하게 들어맞는다.) 이때 순유가 곁에 있었는데, 조조는 손으로 하늘을 가리키며 말했다: "남방에 왕성한 기운(旺氣)이 찬란하게 빛나고 있으니, 아직은 도모할 수 없을 것 같다."(*후문의 적벽대전에서의 패배에 대한 복선이다.)

순유曰: "승상의 하늘과 같은 위엄(天威)으로 어디인들 복종시키지 못하겠습니까?"

두 사람이 한창 천문을 살펴보고 있을 그때, 문득 한 줄기 금빛 광채가 땅속에서 뻗어 나왔다.

순유曰: "이것은 틀림없이 땅속에 보배가 있기 때문입니다."

조조는 누대를 내려가서 사람들에게 광채가 뻗어 나오는 곳의 땅을 파도록 했다.

별들이 마침 정남을 가리키자　　　　　　星文方向南中指
금은보배가 곧바로 북쪽 땅에서 나오네.　　金寶旋從北地生

어떤 물건을 얻게 될지 모르겠거든 다음 회를 읽어보도록 하라.

제 33 회 모종강 서시평序始評

(1). 원상의 모친 유씨劉氏의 투기妬忌는 심히 잔혹했다. 그러면서도 성이 함락된 후에는 죽음으로써 절조를 지키지 못하고 며느리

견씨甄氏를 조비曹丕에게 바쳐서 구차하게 살아남으려고 했으니 그 열성烈性 없음이 어찌 이 지경까지 이르렀는가? 이로부터 알 수 있는 것은, 정조貞操를 지키는 부인들은 반드시 투기하지 않고, 투기하는 부인들은 반드시 정조를 지키지 않는다. 유방의 부인 여후呂侯는 항우에게 사로잡혔으나 죽지 않았기 때문에 황제의 비妃를 돼지처럼 만들어 죽이는 잔혹한 형벌을 시행할 수 있었고, 한漢 성제成帝의 조趙 황후는 어린 새 쏴 죽이기를 일삼았으므로 황제의 후손들을 많이 죽였으며, 당唐의 측천무후則天武后 무조武曌는 취우(聚麀: 부자父子가 한 여자와 성 관계를 갖는 일. 무조는 처음에는 당 태종의 첩이었다가 후에 태종의 아들 고종의 비가 되었다.)하는 수치스런 짓(이를 〈聚麀之恥〉라고 한다.)까지 했으므로 고종의 황후와 소비蕭妃를 살해했던 것이다. 이 어찌 투기하는 부인들의 행태에 대한 분명한 증험(明驗)이 아니겠는가!

(2). 허유許攸를 죽인 자는 조조이지 허저가 아니다. 허유는 여러 차례 조조를 위해 계책을 내었으나 조조가 허유를 죽이려고 한 지는 오래 되었다. 자신이 직접 그를 죽이고 싶었으나 친구를 죽였다는, 공신을 죽였다는 소리를 듣게 되는 것이 두려워서 특별히 허저의 손을 빌렸던 것이다. 허저가 허유를 죽였으나 조조는 그에게 죄를 준 적이 없기 때문에 허저가 그를 죽인 것이 아니라 조조가 그를 죽였다고 말하는 것이다.

(3). 조조는 때로는 어질고 때로는 포악했다. 백성들에게 가을 조세를 면제해 준 것은 어진 행위이고, 백성들로 하여금 얼음을 깨서 배를 끌도록 한 것은 그 얼마나 포악한 행동이냐! 도망가는 백성들을 죽이지 않고 놓아준 것은 어진 행동이지만, 또 군사들에게

붙잡히지 말도록 하라고 명령하면서도 군사들에게 백성들을 죽이지 말도록 금지하지 않는 것은 얼마나 포악한 행동이냐! 그가 포악하게 행동한 것은 그의 진짜 모습이고, 그가 어질게 행동한 것은 그의 가짜 모습이다. 대개 조조가 기주의 백성들을 대한 태도와 그가 원소를 대한 태도에는 아무런 차이가 없었다. 그의 자식을 죽이고, 그의 부녀들을 빼앗고, 그의 땅을 취하고도 그 묘지 앞에서 곡을 하였다. 그런즉 그가 곡을 한 것은 진정한 자비일까 아니면 거짓 자비일까? 간웅의 간사함은 보통 사람들이 헤아릴 수 있는 바가 아니다.

(4). 급히 몰아치면 합치고 느슨히 하면 갈라지는 것, 이것이 곽가가 기주를 손에 넣기 위해 고안해낸 계책이다. 그가 요동遼東에 대한 계책을 낸 것도 역시 이와 같은 것이었다.

조조가 북으로 진군해 가면 원담과 원상은 화합했고, 그가 병력을 남쪽으로 돌리면 원담과 원상은 서로 싸웠다. 원담과 원상의 관계를 보면, 그리고 원희·원상과 공손강의 관계를 보면 어찌 이와 다르겠는가! 다만 조조와 원담의 관계에서는 양쪽 다 서로 죽이려고 했지만, 원희·원상과 공손강의 관계에서는 한 쪽은 살려두고 한 쪽은 죽였던 것이다. 기주에 대해서는, 그들이 난을 일으키기를 기다려서 이쪽에서 그들을 멸했고, 요동의 경우에는 그들이 자멸하기를 기다리기만 하고 이쪽에서 그들을 멸하려고 다시 수고하지는 않았다. 그러나 여기에는 서로 다른 것이 없다.

제**34**회

채부인, 병풍 뒤에서 밀담 엿듣고
현덕, 말 타고 단계檀溪를 뛰어 건너다

〖 1 〗 한편 조조는 금빛이 솟아나는 곳의 땅을 파서 구리로 만든 참
새, 즉 동작銅雀 하나를 얻자 순유荀攸에게 물었다: "이것은 무슨 조짐
인가?"

순유曰: "옛날 순舜 임금의 모친은 옥으로 된 참새(玉雀)가 품 안에
들어오는 꿈을 꾸고 나서 순舜을 낳았다고 합니다. 지금 동작을 얻으신
것 역시 길조吉兆입니다."(*후에 조비曹조는 순 임금이 요堯 임금으로부터
선위 받은 일을 배우려고 하는데, 여기서 먼저 일필一筆을 숨겨놓고 있다.)

조조는 크게 기뻐하며 곧바로 높은 누대를 지어서 이 일을 축하하도
록 했다. 그리하여 그날부터 흙을 파서 터를 닦고 나무를 잘라서 재목
을 마련하고 기와를 굽고 벽돌을 다듬어 장하漳河 가에다 동작대를 쌓
도록 했는데, 약 1년 안에 공사를 마칠 계획이었다. (*큰 싸움 후에 또

큰 토목공사를 일으키려고 하는데, 백성을 사랑하는 사람이 이럴 수 있나?)

둘째 아들 조식曹植이 건의했다: "만약 여러 층의 높은 누대(層臺)를 세우려면 반드시 세 개를 세워야 합니다. 가운데 있는 가장 높은 것은 동작대銅雀臺라고 이름을 짓고, 왼편의 하나는 옥룡대玉龍臺, 오른편의 하나는 금봉대金鳳臺라고 이름을 지으십시오. 그리고 다시 두 개의 구름다리(飛橋)를 만들어 공중에 가로로 걸쳐 놓으면 참으로 장관일 것입니다."

조조曰: "내 아들의 말이 매우 근사하다. 훗날 누대가 완성되면 충분히 나의 노년을 즐길 수 있을 것이다."

원래 조조에게는 아들 다섯이 있었는데, 그 중에서도 조식曹植만이 성품이 민첩하고 지혜로운데다 글까지 잘 지어서 (*뒤에 가서 일곱 걸음 걷는 동안 문장을 짓는(七步成章) 일의 복선이다.) 조조는 평소 그를 몹시 사랑했다. 그래서 그는 조식과 조비曹丕를 업군(鄴郡: 하북성 자현磁縣 남쪽)에 남겨두어 누대를 짓도록 하고, 장연張燕으로 하여금 북방 영채를 지키도록 했다.

조조는 항복받은 원소의 군사들과 함께 5,60만 명의 군사들을 거느리고 허도로 돌아와서 공신들에게 대대적으로 작위를 봉해 주었다. 그리고 또 천자에게 표문을 올려서 곽가에게 정후貞侯 작위를 추증(追贈: 사후에 작위를 주는 것)하고, 그의 아들 곽혁郭奕을 부중府中에서 기르도록 했다. (*이상으로 북방 정벌과 관련된 일은 끝맺고, 이하에서는 전적으로 남방의 일만 서술한다.)

그리고는 다시 여러 모사들을 모아놓고 남으로 가서 유표를 칠 일을 상의했다.

순욱曰: "대군이 방금 북방 정벌을 마치고 돌아왔으므로 곧바로 다시 출동해서는 안 됩니다. 일단 반년 동안 기다리면서 군사들의 힘과 사기를 기른다면 유표와 손권은 단 한 번의 공격으로 깨뜨릴 수 있습니다.”

조조는 그의 말을 좇아서 마침내 군사들을 나누어서 둔전屯田을 경영
하면서 출동명령을 기다리도록 했다.

〖 2 〗 한편 현덕이 형주에 온 후로 유표는 그를 매우 후하게 대우해
주었다. 하루는 같이 모여 술을 마시고 있는데, 그때 갑자기 항복해온
장수 장무張武와 진손陳孫이 강하(江夏: 호북성 무창 서남)에서 백성들을
노략질하면서 반란을 공모한다는 보고가 들어왔다.

유표가 놀라서 말했다: “두 도적놈이 또 반란을 일으키면 적지 않은
피해를 입게 될 텐데!”

현덕曰: “형님께서는 우려하실 필요 없습니다. 이 유비가 직접 가서
그들을 토벌하겠습니다.”

유표는 크게 기뻐하며 즉시 군사 3만 명을 현덕에게 주어 그들을 토
벌하러 가도록 했다. 현덕은 명령을 받고 즉시 출발하여 하루도 되기
전에 강하에 도착했다. 장무와 진손이 군사를 이끌고 나와서 맞이했
다. 현덕이 관우, 장비, 조운과 함께 말을 달려 나가서 문기門旗 아래에
서 바라보니 장무가 타고 있는 말은 극히 우람한 준마였다.

현덕曰: “저것은 틀림없이 천리마千里馬일 것이다.”

미처 말이 끝나기도 전에 조운이 창을 꼬나들고 달려 나가 곧장 적
진을 들이쳤다. 장무가 말을 달려 나와서 맞았다. 미처 3합을 못 싸우
고 장무는 조운의 창에 찔려서 말 아래로 떨어졌다. 조운은 즉시 말고
삐와 재갈을 잡아당겨서 말을 끌고 진으로 돌아왔다. 진손이 이를 보
고 그것을 빼앗으려고 곧바로 뒤좇아 왔다. 이를 본 장비가 크게 소리
를 지르며 장팔사모丈八蛇矛를 꼬나들고 곧바로 뛰쳐나가 진손을 찔러
죽였다. 수하의 무리들은 모두 뿔뿔이 흩어졌다.

현덕은 남은 무리들의 항복을 받고 강하의 여러 현縣들을 다시 평정

하고 군사를 돌려서 돌아왔다. (*이 단락에서는 전적으로 현덕이 말을 얻게 된 일만 이야기하고 있는데, 뒷부분에서 단계檀溪를 뛰어 건너는 일의 주인공이 바로 이 말이다.)

유표는 성 밖까지 나가 그를 맞이하고, 같이 성 안으로 들어가서 연석을 베풀어 그의 공로를 축하했다.

술이 얼큰하게 취하자 유표가 말했다: "내 아우가 이처럼 영웅의 재주를 지니고 있으니, 이제 형주는 믿고 의지할 데가 생겼다. 다만 걱정되는 것은 남방의 소수민족 남월南越이 시도 때도 없이 침범해 오는 것이다. 그리고 장노張魯와 손권도 모두 걱정거리들이고."(*단지 남월과 장노와 손권만 걱정하고 조조는 걱정하지 않고 있는데, 유표란 사람은 가까운 일만 알고 먼 일은 알지 못하는 사람이라 할 수 있다.)

현덕曰: "이 아우에게 세 장수가 있는데 충분히 일을 맡길 만합니다. 장비로 하여금 남월의 지경을 순찰하도록 하고, 운장으로 하여금 고자성固子城을 막고 지킴으로써 장노를 억누르고, 조운으로 하여금 삼강三江을 막아 지킴으로써 손권을 대적하도록 한다면 무슨 걱정거리가 있겠습니까?"(*현덕이 걱정하는 것은 다만 조조뿐이다.)

유표는 기뻐하면서 현덕의 말대로 하려고 했다.

채모蔡瑁가 자기 여동생 채蔡 부인에게 고했다: "유비가 세 장수를 파견하여 밖에 나가 있도록 하고 자기는 형주에 남아 있으려고 하는데, 오래 되면 틀림없이 우환거리가 될 것입니다."

이에 채 부인이 밤에 유표에게 말했다: "내가 들으니 많은 형주 사람들이 유비와 왕래하고 있답니다. 이를 막지 않으면 안 됩니다. 더이상 그가 성 안에 거주하도록 내버려 두는 것은 이로울 게 없으니 그를 내보내서 다른 데로 가도록 하십시오."

유표曰: "현덕은 어진 사람이오."

채씨曰: "다만 딴 사람의 마음이 당신 마음과 같지 않다는 것이 두려울 뿐입니다."

유표는 망설이며 대답하지 않았다.

〖 3 〗 다음날 유표가 성 밖으로 나갔다가 현덕이 타는 말이 극히 우람한 것을 보고 물어서 그것이 장무張武가 타던 말임을 알았다. 유표는 칭찬하기를 마지않았다. 현덕은 곧바로 그 말을 유표에게 보내주었다. 유표는 크게 기뻐하며 그 말을 타고 성 안으로 돌아왔다. 장릉章陵태수 괴월蒯越이 그 말을 보고 웬 말이냐고 물었다.

유표曰: "이 말은 현덕이 보내준 것이다."

괴월曰: "예전에 돌아가신 제 형 괴량蒯良은 말의 관상을 아주 잘 보았는데, 그래서 저 역시 말의 관상에 대해 좀 압니다. 이 말은 눈 아래에 눈물주머니(淚槽)가 있고 이마 옆에 흰 점이 나 있으므로 그 이름을 '적로的盧'('的' 자체에 '백색', '말의 흰 이마', '이마에 흰 반점이 있는 말' 등의 뜻이 있다.)라고 부릅니다. 이 말은 자기를 타는 주인을 해칩니다. 장무는 이 말 때문에 죽었습니다. 주공께서는 그 말을 타셔서는 안 됩니다."(*만약 장무를 죽게 한 것이 적로的盧라고 말한다면, 여포를 죽게 한 것은 적토마赤兎馬라고 말할 것인가? 말에게 허물을 돌려서는 안 될 것이다.)

유표는 그 말을 곧이들었다.

다음날 현덕을 청해 와서 술을 마시면서 말했다: "어제는 좋은 말을 선사해 줘서 내 그 후의에 깊이 감사하네. 다만 아우님(賢弟)은 불시不時에 싸우러 나가야 하는 몸이니 이 말을 타는 게 좋겠어. 내 도로 돌려주겠네."

현덕은 일어나서 고맙다고 인사했다.

유표는 또 말했다: "아우님이 오랫동안 이곳에 머물러 있으면 군사 일을 못하게 될까봐 두렵네. 양양(襄陽: 호북성 양번시襄樊市)에 속한 신야

현(新野縣: 하남성 신양新野 남)은 물자와 양식(錢糧)이 제법 넉넉한 곳이니 아우는 휘하 군사들을 이끌고 그곳에 가서 주둔해 있도록 하는 게 어떻겠나?"(*이 몇 마디 말은 이미 전에 부인의 말에 망설이면서 대답하지 않을 때 생각해둔 것이다.)

현덕은 그렇게 하겠다고 대답했다.

다음날, 현덕은 유표에게 하직인사를 하고 휘하 군사들을 이끌고 곧장 신야로 가려고 (*형주에서 신야로 주둔지를 옮기는 것은 전에 서주에서 소패로 주둔지를 옮긴 것과 동일한 형편이다.) 막 성문을 나서는데, 문득 보니 한 사람이 말 앞에서 길게 절을 하면서 "공께서 타신 그 말은 타서는 안 됩니다"고 말하는 것이었다.

현덕이 보니 바로 유표의 참모, 즉 막빈幕賓으로 있는 이적伊籍으로, 자字를 기백機伯이라고 하는 산양(山陽: 산동성 금향현 서북) 사람이었다. 현덕은 급히 말에서 내려 그 이유를 물어보았다.

이적曰: "어제 괴이도(蒯異度: 괴월)가 유 형주(劉荊州: 유표)에게 하는 말을 들었는데, '이 말의 이름은 적로的盧라고 하는데, 이 말을 타게 되면 그 주인을 해칩니다' 라고 말했습니다. 그래서 공에게 돌려준 것인데 공께서 어찌 다시 이 말을 탈 수 있습니까?"

현덕曰: "선생께서 저를 아껴주심에 깊이 감사드립니다. 그러나 사람의 생사는 다 천명天命에 달려 있는데 어찌 말이 해칠 수 있겠습니까?"

이적은 현덕의 높은 식견에 탄복하고, 이때부터 늘 현덕과 사귀었다. (*후에 이적은 현덕을 두 번이나 구해 주게 된다.)

〖 4 〗 현덕이 신야에 온 뒤로부터 군사들과 백성들은 다 기뻐했고 정치도 일신一新되었다.

건안 12년(서기 207년. 신라 나해 이사금 12년) 봄에 감甘 부인이 유선劉禪

을 낳았다. 이날 밤 흰 학(白鶴) 한 마리가 현의 관아 지붕 위로 날아와서 큰소리로 40여 차례 울고는 서쪽으로 날아갔다. (*후에 유선이 서천西川에서 40여년 간 칭제하게 되는데, 이를 예고하는 것이다.) 또 분만할 즈음에는 아름다운 향기가 집안에 가득했다. 감 부인이 일찍이 밤에 꿈을 꾼 적이 있는데, 하늘을 우러러 보다가 북두칠성을 삼키는 꿈이었다. 그 후에 회임을 하게 되었으므로 어릴 때에는 그를 아두阿斗라고 불렀다.

이때 조조는 한창 군사를 거느리고 가서 북방을 정벌하고 있을 때였다. 현덕은 이에 형주로 가서 유표에게 말했다: "지금 조조는 모든 군사들을 다 동원하여 북방을 치러 나갔기 때문에 허창은 텅 비어 있습니다. 만약 이 빈틈을 타서 형주와 양주襄州의 군사들을 이끌고 가서 습격한다면, 대사를 성취할 수 있습니다."(*앞의 회를 읽을 때 조조가 북방 정벌을 나가서 오환烏桓을 치고 있을 때 유비가 형주에서 잠만 자고 있는 것을 심히 괴이하게 생각했었는데, 지금 이곳을 보니 비로소 영웅이 모략을 꾸미고 있었음을 알 수 있다.)

유표曰: "나는 아홉 개 군을 차지하고 앉아 있는 것으로 족하네. 다른 일을 도모할 필요가 어디 있는가?"(*전 회에서 곽가가 예상했던 그대로이다.)

현덕은 입을 다물어버렸다. 유표는 그를 청하여 뒤채로 들어가서 같이 술을 마셨다. 술이 얼근히 취하자 유표가 갑자기 길게 한숨을 쉬었다.

현덕曰: "형님께서는 어찌하여 한숨을 쉬십니까?"

유표曰: "내게 남한테 쉽사리 말하기 어려운 걱정거리가 있다네."

현덕이 다시 물어보려고 하는데 마침 채蔡 부인이 나오더니 병풍 뒤에 섰다. 유표는 곧 머리를 숙이고 말을 하지 않았다. 잠시 후 술자리가 파하여 현덕은 혼자 신야로 돌아왔다.

〖 5 〗 그해 겨울, 조조가 유성柳城에서 돌아왔다는 말을 듣고 현덕은 유표가 자기 말을 들어주지 않은 것을 몹시 아쉬워했다. 갑자기 어느 날 유표가 사자를 보내서 현덕에게 형주로 와서 만나자고 청했다. 현 덕은 사자를 따라 갔다. 유표는 그를 맞아 서로 인사를 한 후 그를 청 하여 뒤채로 들어가서 같이 술을 마셨다.

술을 마시다가 유표가 현덕에게 말했다: "근래에 들으니 조조가 군 사를 거느리고 허도로 돌아왔는데 그 형세가 나날이 강성해지고 있다 고 하더군. 그는 틀림없이 형주와 양양 땅을 집어삼킬 생각을 하고 있 을 거야. 전날 아우가 한 말을 듣지 않아서 그 좋은 기회를 놓치고 만 것이 후회되네."

현덕曰: "지금은 천하가 갈라지고 쪼개져서 매일같이 싸움이 일어 나고 있는 형편이니 기회가 어찌 또 없겠습니까? 만약 후에 기회가 왔 을 때 그에 대응할 수만 있다면 지난 번 일은 후회할 필요 없습니 다."(*지나간 일은 간해 봐야 소용없지만 장래의 일은 그래도 추구할 수 있 다(往者不可諫, 來者猶可追).〈논어 · 미자편〉)

유표曰: "내 아우의 말이 아주 맞아."

둘은 서로 권커니 잣거니 하며 술을 마셨다. 술이 얼큰하게 취했을 때 유표가 갑자기 눈물을 줄줄 흘렸다. 현덕이 그 이유를 물어보자 유 표가 말했다: "내가 속으로 걱정거리가 있어서 전에도 아우에게 말하 려고 했으나 사정이 여의치 않아서 못 했어."

현덕曰: "형님께서는 무슨 결단하시기 어려운 일이라도 있으십니 까? 만약 이 아우를 쓰실 일이 있다면 이 아우는 죽는 한이 있어도 사 양치 않겠습니다."

유표曰: "나의 전처 진씨陳氏의 소생인 큰아들 기琦는 사람됨은 비 록 어질지만 마음이 부드럽고 나약하여 큰일을 하기에 부족하고, 후처 채씨蔡氏의 소생 작은아들 종琮은 상당히 총명해. 그래서 나는 후계자로 첫째를 제쳐놓고 둘째를 세우고 싶으나, 그렇게 하면 예법에 어긋난다는 것이 걱정이야. 그렇다고 장자를 세우려고 하니 채씨 문중 사람들이 군무軍務를 몽땅 장악하고 있으니 어쩌겠나. 그리 하면 후에 틀림없이 변란이 일어날 거야. 이래서 결정을 못 하고 있다네."

현덕曰: "자고로 후계자로 장자를 제쳐놓고 그 아우를 세우는 것은 변란이 일어나도록 하는 길입니다. 만약 채씨 집안의 권력이 너무 큰 것이 염려되신다면 서서히 그것을 깎아 나가시면 될 것입니다. 사랑에 푹 빠져서 어린 아들을 후계자로 세워서는 안 됩니다."(*이야말로 정론이다.)

유표는 입을 다물었다.

〖 6 〗 원래 채부인은 전부터 현덕을 의심하여 현덕이 유표와 이야기하고 있는 것만 보면 반드시 와서 몰래 엿들었다. 이때도 마침 병풍 뒤에 있다가 현덕이 하는 말을 듣고는 속으로 그를 몹시 미워했다. 현덕은 스스로 실언했음을 깨닫고 곧바로 자리에서 일어나 측간으로 갔다. 그는 그곳에서 자기 허벅지에 살이 다시 붙은 것을 보고 자신도 몰래 그만 눈물을 주르르 흘렸다. (*유표가 눈물을 흘린 것은 아녀자의 태도지만 현덕이 눈물을 흘린 것은 영웅의 기상이다.)

잠시 후에 다시 자리로 들어가니 유표가 현덕의 얼굴에 눈물자국이 있는 것을 보고 이상히 여기며 물었다.

현덕은 길게 한숨을 내쉬고 말했다: "제가 전에는 언제나 몸이 말안장에서 떠나지를 않아서 허벅지의 살이 다 빠졌었는데, 요즘에는 오랫동안 말을 타지 않았더니 허벅지에 살이 붙었습니다. 세월은 덧없이 흘러가고 머잖아 노년이 될 텐데 그런데도 아직 공을 세우지 못하고 있는 것이 슬퍼서 그랬습니다."

유표曰: "내가 듣기로, 아우님이 허창에 있을 때 조조와 같이 푸른 매실을 안주로 술을 마시면서 영웅에 대해 토론할 때, 아우님은 당세의 명사들을 전부 다 거명擧名했으나 조조는 그들 전부를 영웅으로 인정하지 않고 오로지 '천하의 영웅으로는 오직 사군使君과 조조뿐'이라고 했다고 하더군. 조조는 자신이 권력을 잡고 있으면서도 오히려 감히 아우보다 뛰어나다는 말을 하지 못했는데, 어찌 공을 세우지 못할까봐 걱정을 한단 말인가?"

현덕은 술김에 그만 입에서 나오는 대로 대답하고 말았다: "이 유비에게 최소한의 터전만 있어도 천하의 녹록한 무리들이야 정말로 염려할 필요가 없지요."(*전에 조조 앞에서는 짐짓 어리석은 사람인 체하더니 지금 유표 앞에서는 반대로 영웅의 본색을 드러내고 있다.)

유표는 그 말을 듣고는 입을 다물어버렸다. 현덕은 자기가 실언했음을 깨닫고 술 취했다는 핑계를 대고 얼른 자리에서 일어나 역참으로 돌아가서 쉬었다. (*전에는 현덕이 입을 다물었고, 후에는 유표가 입을 다문다. 전에는 유표가 장탄식을 했고, 후에는 현덕이 장탄식을 한다. 전에는 유표가 눈물을 흘렸고, 후에는 현덕이 눈물을 흘린다. 전에는 현덕이 스스로 실언한 것을 알고 몸을 일으켜 측간으로 갔고, 후에는 또 현덕이 실언한 것을 알고 술 취했다는 핑계를 대고 일어났다. 이 모든 것은 일부러 두 가지 일들이 서로 대비가 되도록 묘사한 것이다.) 후세 사람이 현덕을 칭찬해서 지은 시가 있으니:

조조가 영웅들을 손가락으로 꼽아가며	曹公屈指從頭數
천하영웅으로는 사군밖에 없다고 했지.	天下英雄獨使君
허벅지 살 다시 붙은 걸 오히려 탄식하니	髀肉復生猶感歎
천하가 어찌 셋으로 나뉘지 않겠는가?	爭敎寰宇不三分

〖 7 〗한편 유표는 현덕의 말을 듣고 비록 입으로 말은 안 했으나 속으로는 언짢아서 현덕과 헤어지고 나서 안채로 들어갔다.

채부인曰: "방금 전에 내가 병풍 뒤에서 현덕이 하는 말을 들었는데 사람을 아주 업신여기는 태도에서 그가 형주를 집어삼킬 뜻이 있음을 충분히 볼 수 있었어요. 지금 만약 그를 제거하지 않는다면 틀림없이 후환이 될 겁니다."

유표는 아무런 대답도 하지 않고 다만 머리만 가로저을 뿐이었다. 채씨는 이에 은밀히 채모蔡瑁를 불러들여 이 일을 상의했다.

채모曰: "먼저 관사館舍로 가서 그를 죽여 버리고, 그 다음에 주공께 알리도록 합시다."

채씨는 그의 말에 동의했다. 채모는 밖으로 나가서 곧바로 그날 밤에 군사를 점검했다.

〖 8 〗 한편 현덕은 관사에서 촛불을 밝혀놓고 앉아 있다가 삼경(三更: 밤 11시~새벽 1시 사이)이 지나서 막 자리에 들려고 하는데, 홀연 한 사람이 문을 두드리고 들어 왔는데 보니 이적伊籍이었다. 원래 이적은 채모가 현덕을 해치려고 하는 것을 알고서 일부러 한밤중에 알려주려고 왔던 것이다. (*이때가 이적이 현덕을 구해준 첫 번째이다.) 그때 이적은 채모의 음모를 현덕에게 일러주고 현덕에게 급히 떠나라고 재촉했다.

현덕曰: "경승(景升: 유표)에게 하직인사도 하지 않고 어떻게 곧바로 떠나간단 말이오?"

이적曰: "공께서 만약 하직인사를 하러 가신다면 틀림없이 채모에게 해를 입게 될 것입니다."

현덕은 이에 이적과 작별을 한 다음 급히 따라온 자들을 불러서 일제히 말에 올라 날이 밝기를 기다리지 않고 그날 밤으로 달아나서 신야로 돌아갔다. 채모가 군사를 거느리고 관사에 도착했을 때에는 현덕은 이미 멀리 가버린 뒤였다.

채모는 한 발 늦은 것을 후회하고 시 한 수를 벽에다 써놓고 곧장 유표에게 가서 말했다: "유비에게 배반할 뜻이 있습니다. 그는 벽에다 반란을 주제로 한 시를 써놓고 하직인사도 하지 않고 가버렸습니다."

유표가 믿지 않고 친히 관사로 가서 보니 과연 네 구로 된 시가 씌어 있었다. 그 시는 이러했다:

몇 해를 부질없이 고단하게 지내며	數年徒守困
헛되이 옛 산천만 바라보았네.	空對舊山川
용이 어찌 못 속에서 살아갈 수 있으랴	龍豈池中物
우뢰를 타고 하늘로 올라가고 싶네.	乘雷欲上天

〖 9 〗 유표는 시를 보고 크게 화가 나서 칼을 뽑으며 말했다: "내 맹세코 이 의리 없는 놈을 죽여 버리고 말 테다!"

몇 발자국 걸어가다가 그는 정신이 번쩍 들어서 말했다: "내가 현덕과 꽤 오래 같이 지내 봤지만 그가 시를 짓는 것은 한 번도 본 적이 없다. 이는 틀림없이 웬 놈이 우리 사이를 이간질하기 위해 꾸민 짓이다."

그리고는 발길을 돌려서 관사로 들어가서 칼끝으로 그 시를 긁어 없앤 다음 칼을 버리고 말에 올랐다.

채모가 청했다: "군사들을 이미 점검해 놓았으니 곧바로 신야로 가서 유비를 사로잡아 오도록 해주십시오."

유표日: "서둘러서는 안 된다. 나중에 천천히 도모하도록 하라."

채모는 유표가 의심을 하면서 결단을 내리지 않는 것을 보고 몰래 채부인과 상의하여, 수일 내로 많은 관원들을 양양襄陽에 대거 모이도록 한 다음 술자리에서 현덕을 처리하기로 작정했다.

다음날, 채모가 유표에게 아뢰었다: "근년에는 해마다 풍년이 들었습니다. 그러므로 많은 관원들을 양양에 모이도록 해서 그간의 수고를 위로하고 앞으로도 열심히 일하도록 권면하는 뜻을 보이려고 하니, 주공께서 직접 참석해 주시기 바랍니다."

유표曰: "나는 근래 조금만 움직여도 숨이 차서 사실 갈 수가 없다. 두 아들에게 나 대신에 주인이 되어 손님들을 대접하도록 하라."

채모曰: "공자들은 아직 어린데, 예절에 어긋나는 일이 아닐까 염려됩니다."

유표曰: "그렇다면 신야로 가서 현덕에게 나 대신에 손님들을 대접해 달라고 청해 보거라."(*현덕을 모임에 참석해 달라고 청하는 데 채모의 말이 아니라 유표의 말을 이용하는 것이 아주 묘한 점이다.)

채모는 속으로 자기 계획대로 되어 가는 것을 기뻐하면서 사람을 보내서 현덕에게 양양으로 와 달라고 청했다.

〖 10 〗 한편 현덕은 달아나서 신야로 돌아가서 실언을 하여 화를 자초할 것임을 스스로 알았으나, 그 일을 여러 사람들에게 말하지는 않았다. 그런데 홀연 사자가 와서 양양으로 와 달라고 청하는 것이었다.

손건曰: "어제 주공께서 총총히 돌아오시며 심기가 매우 불편해 하시는 것을 보고 저는 형주에서 틀림없이 무슨 사고가 있었을 것이라 짐작했습니다. 그런데 지금 갑자기 모임에 오시라고 청하는데, 가벼이 가셔서는 안 됩니다."

현덕은 그제야 어제 일을 여러 사람들에게 말해 주었다.

운장曰: "형님은 실언하신 것에 대해 혼자 의심하고 계시지만, 정작 유 형주(劉荊州: 유표)는 책망하려는 뜻이 전혀 없을지도 모릅니다. 남들의 말을 가벼이 믿어서는 안 됩니다. 양양은 여기서 멀지도 않은데, 만약 가지 않으면 도리어 유 형주가 의심하게 될 것입니다."

현덕曰: "운장의 말이 옳다."

장비曰: " '잔치 치고 좋은 잔치 없고, 모임 치고 좋은 모임 없다'고 했습니다. 차라리 가지 않는 게 낫습니다."

조운曰: "제가 마보군 3백 명을 데리고 같이 가서 주공을 무사히 보호해 드리면 됩니다."

현덕曰: "그렇게 하는 것이 매우 좋겠다."

마침내 조운과 함께 그날로 양양으로 갔다. 채모가 성에서 나와 영접했는데 그 뜻이 매우 겸손하고 정중했다. 그 뒤를 이어 유기劉琦와 유종劉琮 두 아들이 한 무리의 문무 관료들을 이끌고 나와서 맞이했다. 현덕은 두 공자가 다 있는 것을 보고 전혀 의심하지 않았다.

이날 그들은 현덕에게 관사에서 잠시 쉬도록 청했다. 조운은 3백 명의 군사들을 이끌고 관사를 에워싸고 보호했다. 조운은 갑옷을 입고 칼을 차고 앉으나 서나 잠시도 현덕의 곁을 떠나지 않았다.

유기가 현덕에게 알렸다: "아버님께서는 몸을 조금만 움직여도 숨이 차서 거동하실 수가 없으므로 특별히 숙부님께 아버님 대신에 손님들을 대접하고 각처의 수령들과 관원들을 위로하고 권면勸勉해 주기를 부탁하셨습니다."

현덕曰: "나는 본래 이 같은 큰일을 감당할 수 없지만, 기왕에 형님의 분부가 계셨으니 따르지 않을 수가 없군."

〖 11 〗 다음날 9군郡 42주州의 관원들이 벌써 다 당도했다고 알려왔다.

채모는 그 전에 미리 장릉章陵 태수 괴월蒯越을 불러서 계책을 상의했다: "유비는 천하의 효웅이므로 이곳에 오래 머물러 있으면 후에 반드시 해가 되오. 그러므로 오늘 그를 없애버려야 되오."

괴월曰: "그랬다가 군사와 백성들의 신망을 잃게 될까봐 두렵소."

채모曰: "내 이미 은밀히 유 형주(劉荊州: 유표)의 분부를 받아 놓았소."

괴월曰: "기왕에 그렇다면 미리 준비해 놓고 있어야 하오."

채모曰: "동문 밖의 현산峴山으로 가는 큰 길(大路)은 이미 내 아우 채화蔡和로 하여금 군사를 이끌고 가서 지키도록 해놓았고, 남문 밖은 이미 채중蔡中으로 하여금 지키도록 해놓았으며, 북문 밖도 이미 채훈 蔡勳으로 하여금 지키도록 해놓았소. 서문만은 지킬 필요가 없소. 그 앞은 단계檀溪로 막혀 있으므로 비록 유비의 군사가 수만 명이라 하더라도 건너기가 쉽지 않기 때문이오."(*먼저 이처럼 험하다는 것을 말함으로써 바로 후의 글에서 그곳을 벗어나는 일의 기이함을 보여주려는 것이다.)

괴월曰: "내가 보니 조운은 앉으나 서나 잠시도 현덕의 곁을 떠나지 않던데, 그래서는 손을 쓰기가 어려울 것 같소."

채모曰: "내 이미 군사 5백 명을 성 안에 매복해 있도록 준비해 두었소."

괴월曰: "문빙文聘과 왕위王威 두 사람으로 하여금 바깥 대청에다 따로 한 자리 차려놓고 무장들을 대접하도록 하시오. 그리고 먼저 조운을 청해서 그곳에 붙들어 놓은 후에 일을 벌여야 할 것이오."

채모는 그의 말대로 따르겠다고 했다. (*장수張繡가 조조를 도모하려고 먼저 사람을 시켜서 전위典韋에게 술을 잔뜩 먹여서 취하게 했던 것(*제16회의 일)과 같은 방법이다.)

그날 소와 말을 잡아 잔치를 크게 벌였다. 현덕은 적로마的盧馬를 타고 관아로 간 후 말을 끌고 가서 후원에 매어 놓도록 했다. 모든 관원들이 전부 대청 안으로 올라갔다. 현덕이 주인 자리에 앉자 두 공자는 그 양편으로 나뉘어 앉았고, 그 나머지는 각기 직위 순서대로 자리에 앉았다. 조운은 칼을 차고 현덕의 곁에 서 있었다. 그때 문빙과 왕위가 들어오더니 조운에게 따로 마련되어 있는 자리로 가자고 청했다. 조운은 사양하고 가지 않으려고 했으나 현덕이 조운에게 그리로 가도록 하자 조운은 마지못해서 나갔다.

채모는 바깥을 철통같이 만들어 놓고 현덕이 데리고 온 3백 명의 군사들을 전부 관사로 돌려보낸 다음 술이 한창 얼큰하게 취하기를 기다려서 신호를 올려 즉시 손을 쓰려고 했다. 술이 세 순배 돌았을 때 이적伊籍이 일어나서 잔을 돌리며 현덕 앞에 이르러 그에게 눈짓을 하고 나지막한 소리로 말했다: "측간에 다녀오십시오."

현덕은 그 의미를 알아차리고 즉시 일어나서 측간으로 갔다. 이적은 잔 돌리기를 마치자 급히 후원으로 들어가서 현덕을 만나 귓속말로 알려주었다: "채모가 사군使君을 해치려는 계책을 꾸미고 성 밖 동, 남, 북 세 곳 모두에다 군사들을 두어서 지키고 있습니다. 오직 서문으로만 달아날 수 있습니다. 공은 빨리 도망가십시오."(*이때가 이적이 현덕을 두 번째로 구한 것이다.)

현덕은 크게 놀라서 급히 매어놓은 적로마의 고삐를 풀고, 후원의 문을 열고 말을 끌어낸 다음, 몸을 날려서 말에 올라타고는 따르는 자들조차 돌아보지 않고 단기필마로 서문을 향해 달아났다. 문지기가 누구냐고 물었으나 현덕은 대답도 하지 않고 말에 채찍을 가하여 달려 나갔다. 문지기는 현덕을 막아내지 못하자 급히 채모에게 보고했다. 채모는 즉시 말에 올라 5백 명의 군사들을 이끌고 그 뒤를 쫓아갔다.

〖 12 〗 한편 현덕이 서문을 박차고 나갔으나 몇 마장(里) 못가서 앞에 큰 내(溪)가 있어서 가는 길을 가로막고 있었다. 그것은 단계檀溪인데, 그 폭은 여러 길(丈)이나 되고, 물은 양강襄江과 서로 통하고 있어서 물살이 매우 빨랐다. 현덕은 냇가에 이르렀으나 건널 수 없음을 보고 말머리를 돌려서 다시 되돌아갔다. 멀리 바라보니 성 서편에 먼지가 자욱하게 일어나는데 추격병들이 곧 당도할 것 같았다.

현덕曰: "이번엔 죽었구나!"

그러면서 곧바로 말머리를 되돌려서 냇가로 다시 갔다. 고개를 돌려 바라보니 추격병들은 이미 바짝 가까이 오고 있었다. 현덕은 당황하여 그대로 말을 몰아 냇가로 내려갔다. 그러나 몇 걸음 가지 않아서 말의 앞발이 푹 빠지며 옷이 다 젖었다. 현덕은 이에 채찍질을 가하면서 큰 소리로 외쳤다: "적로的盧야! 적로야! 네가 오늘 나를 해칠 테냐!"

말이 끝나자 그 말이 갑자기 물속에서 몸을 솟구치더니 단 한 번 만에 세 길(三丈)이나 훌쩍 뛰어 서쪽 기슭으로 날아 올라갔다. 현덕은 마치 운무雲霧 속을 헤치고 나온 것 같았다.

〖 13 〗 후에 소蘇 학사(學士: 송대의 소식蘇軾)가 고풍古風 시 한 편을 지어 현덕이 탄 말이 단계를 단번에 뛰어 건넜던 일을 노래하였으니, 그 시에서 이르기를:

늙어가면서 꽃 지는 늦은 봄철에	老去花殘春日暮
벼슬길 찾아다니다가 마침 단계에 이르렀지.	宦遊偶至檀溪路
마차 세우고 멀리 바라보며 홀로 배회하는데	停驂遙望獨徘徊
눈앞에 붉은 버들가지 떨어져 흩날리네.	眼前零落飄紅絮
한漢의 운수 쇠한 때를 속으로 생각해보니	暗想咸陽火德衰
용호상쟁하며 서로 대치하던 때였구나.	龍爭虎鬪交相持
양양의 회합에서 왕손王孫들 술 마실 때	襄陽會上王孫飮
좌중의 현덕의 몸에 위험이 닥쳤지.	坐中玄德身將危
나 살려라, 도망쳐서 홀로 서문 나섰으나	逃生獨出西門道
뒤에선 추격병들 다시 바짝 쫓아왔지.	背後追兵復將到
앞에 놓인 단계는 안개 속에 물살 급한데	一川烟水漲檀溪
천리마 질타하여 앞으로 뛰어들었지.	急叱征騎往前跳
맑고 푸른 물에 말발굽 풍덩 빠지자	馬蹄踏碎靑玻璃
공중에 바람소리 내며 채찍을 휘둘렀지.	天風響處金鞭揮
귓가엔 수천 기마 달려오는 소리만 들릴 때	耳畔但聞千騎走
물속에서 갑자기 용 두 마리 솟아올랐지.	波中忽見雙龍飛

하나는 서천西川에서 나라 세울 영명한 주인	西川獨覇眞英主
하나는 그가 탄 준마, 둘이 서로 잘 만났네.	坐上龍駒兩相遇
단계의 시냇물은 여전히 동으로 흐르는데	檀溪溪水自東流
준마와 영주는 지금 어디에 있는가?	龍駒英主今何處
냇가에서 탄식하고 있으니 마음이 쓰라린데	臨流三嘆心欲酸
석양은 쓸쓸히 텅 빈 산을 비추고 있네.	斜陽寂寂照空山
천하삼분의 옛일도 꿈속처럼 흐릿한데	三分鼎足渾如夢
그 자취만 부질없이 세상에 전해지네.	踪跡空流在世間

〖 14 〗현덕이 단계의 서쪽으로 뛰어 건너 동쪽 기슭을 돌아보니 채모가 이미 군사를 이끌고 냇가에 도착했다. 그가 큰소리로 불렀다: "사군使君께선 왜 술자리에서 도망치십니까?"

현덕曰: "내 너와 원수진 일이 없는데, 무슨 이유로 나를 해치려 하느냐?"

채모曰: "제겐 그런 마음 결코 없습니다. 사군께선 남의 말을 곧이 듣지 마십시오."

현덕은 채모의 손이 활을 잡고 화살을 메기고 있는 것을 보고 급히 말머리를 돌려서 서남쪽을 향해 달려갔다.

채모는 좌우를 돌아보며 말했다: "이 무슨 천우신조天佑神助냐?"

막 군사를 거두어서 성으로 돌아가려고 하는데 서문 안으로부터 조운이 군사 3백 명을 이끌고 쫓아오고 있는 것이 보였다. 이야말로:

| 준마 한 번 뛰어 주인을 구했는데 | 躍去龍駒能救主 |
| 쫓아온 범 같은 장수 원수를 죽이려 한다. | 追來虎將欲誅仇 |

채모의 목숨이 어찌될지 모르겠거든 다음 회를 읽어보도록 하라.

(1). (논어에서 말하기를) 관중管仲에게는 〈삼귀三歸〉가 있다고 했
는데("管子有三歸." 〈論語 · 八佾篇〉), 혹자는 말하기를, 그것은 대臺
를 말하는 것이라고 했고, 혹자는 말하기를, 그것은 여자를 말하는
것이라고 했다. 지금 헤아려 보면, 아마도 관중은 〈삼귀씨三歸氏〉의
딸을 얻고 기뻐했던 것 같다. 그러나 이것으로 그 대臺의 이름을
지었는지는 알 수 없다. 그러므로 이 대臺 역시 여자를 말하는 것이
지 돌아갈 곳이 두세 곳 있다는 뜻은 아니다.

그러나 동작대의 이교二橋는 그렇지 않다. 조식曹植이 세운 것은
옥룡대玉龍臺와 금봉대金鳳臺를 연결하는 두 구름다리(二橋)였으나
조조가 얻고자 했던 것은 손책孫策과 주유周瑜의 처인 이교(二喬), 즉
두 교씨喬氏 부인이었던 것이다. '橋교'와 '喬교'는 다른 것이다.

(2). 조조가 기주冀州를 공격할 때 유비는 유표에게 허도를 습격
하라고 권하지 않았으나, 조조가 오환烏桓을 공격할 때에는 유표에
게 허도를 습격하라고 권했다. 그 이유가 무엇인가?

기주에서 허도를 구하러 돌아오는 길은 멀지 않다. 멀지 않으므
로 습격할 수가 없었다. 그러나 오환에서 허도를 구하러 오는 길은
멀다. 멀기 때문에 습격할 수가 있다. 이처럼 그 형세가 서로 다른
것이다. 또한 이전에 원담을 구해주지 않음으로써 유표가 조조를
겁내고 있음을 보여주었기 때문에 조조는 틀림없이 유표를 가벼이
보고 대비하지 않을 것인바, 그 대비 없을 때를 틈타서 습격한다면
이것이 이른바 "처음에는 수줍은 처녀처럼 있다가 나중에는 마치
달아나는 토끼 같이 재빠르다(始如處女, 後若脫兎)"는 것으로, 참
으로 병가의 묘산妙算이다. 그러나 유표는 유비의 이 말을 들어주지

않음으로써 이 기회를 놓쳐버렸으니, 참으로 안타까운 일이다.

(3). (항우와 유방이 싸울 당시 항우의 장수) 범증范增은 패공(沛公: 유방)을 죽이고자 했으나 항우가 차마 그러지 못했다. 채모蔡瑁는 현덕을 죽이고자 했으나 유표가 차마 그러지 못했다. 그러나 홍문鴻門에서의 연회석상에는 항우가 있었으므로 범증이 자기 맘대로 할 수 없었지만, 양양襄陽에서의 연회석상에는 유표가 없었으므로 채모가 자기 뜻대로 할 수 있었다. 이로써 말한다면, 양양에서의 연회가 홍문에서의 연회보다 훨씬 더 위험했다고 할 수 있다.

제35회

현덕, 남장에서 수경선생 만나고
선복, 신야에서 영주英主 만나다

〖 1 〗 한편 채모蔡瑁가 막 성으로 돌아가려고 하는데 조운이 군사를 이끌고 뒤를 쫓아서 성에서 나왔다.

원래 조운은 한창 술을 마시고 있다가 갑자기 군사들이 움직이는 것을 보고는 급히 안으로 들어가서 살펴보았으나 자리에는 현덕이 보이지 않았다. 조운은 크게 놀라서 밖으로 나가서 관사로 찾아갔는데 누군가가 "채모가 군사들을 이끌고 서쪽으로 쫓아갔다."고 말하는 것을 들었다.

조운은 화급히 창을 들고 말에 올라 신야로부터 데리고 온 3백 명의 군사들을 이끌고 서문 밖으로 달려 나갔는데, 마침 그때 채모를 만나서 급히 물어보았다: "우리 주공께선 어디 계시오?"

채모日: "사군使君께서는 자리를 피해 떠나가셨는데 어디로 가셨는지는 모르겠소."

조운은 신중하고 세심한 사람인지라 조급하게 덤벙대지 않고 즉시 말에 채찍질을 가하여 앞으로 갔다. 멀리 바라보니 큰 내(溪)만 보이고 달리 갈 길이 보이지 않아서 다시 말머리를 돌려서 큰소리로 채모에게 따져 물었다: "당신이 우리 주공을 잔치에 나오시도록 청했잖소. 그런데 무슨 이유로 군사를 이끌고 쫓아온 것이오?"

채모曰: "9개 군郡 42개 주와 현(州縣)의 관료들이 전부 여기에 모여 있소. 나는 상장上將으로서 어찌 호위를 하지 않을 수 있소?"

조운曰: "당신은 내 주인을 핍박해서 어디로 가시게 한 것이오?"

채모曰: "나는 사군께서 필마단기로 서문을 나가셨다는 말을 듣고 여기까지 달려왔으나 보이지 않았소."

조운은 한편으로 놀랐고 한편으로는 그의 말이 의심쩍어 곧장 냇가로 가서 자세히 살펴보니, 건너편 기슭에 물 자국이 보였다.

조운은 속으로 생각했다: "설마 말을 탄 채 이 내(溪)를 뛰어 건너시기야 했을라고?"

그리고는 3백 명의 군사들에게 사방으로 흩어져서 찾아보도록 했으나 전혀 종적을 찾을 수가 없었다. 조운이 다시 말머리를 돌려보니 채모는 이미 성 안으로 들어가고 없었다. 조운은 곧바로 성문을 지키는 군사를 붙잡고 캐물었다. 그러나 다들 말하기를: "유 사군께서는 나는 듯이 말을 달려 서문을 나가버렸습니다."라고 했다.

조운은 다시 성 안으로 들어가려고 했으나, 또한 복병이 있을까봐 두려워서 마침내 군사를 이끌고 신야로 돌아갔다.

〔 2 〕 한편 현덕은 말을 탄 채 뛰어서 내를 건너가자 마치 술 취한 듯, 얼이 빠진 듯 해서 이렇게 생각했다: "이 넓은 내를 단 한 번 뛰어서 건너다니, 이 어찌 하늘의 뜻이 아니랴."

그는 천천히 남장(南漳: 호북성에 속한 현. 양양시襄陽市 서남, 의성시宜城市 서쪽)을 향해 말에 채찍질을 하여 갔다. 해가 곧 서산을 넘어가려 할 때였다. 한참 가고 있는데 한 목동이 소 등에 타고서 짧은 피리를 불며 오는 것이 보였다.

현덕은 한숨을 쉬었다: "나는 저애보다도 못하구나!"

즉시 말을 세우고 그 아이를 구경했다.

그 목동 역시 소를 세우고 불던 피리를 멈추고는 현덕을 자세히 보더니 말했다: "장군께선 혹시 황건적을 깨뜨리신 유현덕이 아니신지요?"

현덕이 깜짝 놀라서 물었다: "이런 촌구석에 사는 어린아이인 네가 어떻게 내 이름을 아느냐?"(*말을 탄 사람은 소 등에 있는 사람을 몰라봐도 소 등에 탄 사람은 뜻밖에도 말을 탄 사람을 알아보았다.)

목동曰: "저는 본래 몰랐습니다. 그러나 늘 스승님을 모시고 있기에 손님들이 찾아오시는 날에는 자주 '유현덕劉玄德이란 분이 있는데 키는 일곱 자 다섯 치나 되고, 손을 아래로 내리면 무릎을 지나고, 눈은 뒤를 돌아보면 자기 귀를 볼 수 있는데, 그는 당세의 영웅이야' 하고 말씀하셨어요. 그런데 지금 장군을 자세히 살펴보니 생기신 모양이 바로 그러하기에 틀림없이 그분이라고 생각했지요."(*목동의 입을 빌려 현덕의 생김새를 그려 보이고 있다.)

현덕曰: "네 스승님은 어떤 분이시냐?"

목동曰: "제 스승님의 성씨는 복성複姓인 사마司馬이시고, 함자銜字는 휘徽이시고, 자字를 덕조德操라 하시는데, 영주潁州 사람이십니다. 도호道號는 수경선생水鏡先生이라고 하십니다."(*영웅을 알아볼 줄 아니 스승 수경의 안목보다 못하지 않다.)

현덕曰: "너의 스승님은 누구와 벗하시느냐?"(*그 사람을 모르면 그가 사귀는 벗을 보면 된다. 또한 스스로를 '수경水鏡'이라 부른다고 하기에 이런 질문이 나오게 된 것이다.)

목동曰: "양양襄陽의 방덕공龐德公과 방통龐統이란 분들과 벗하십니다."(*여기에서는 현덕이 사마휘를 만난 것을 이야기하는데, 이는 바로 제갈량을 만나게 되는 복선이다.)

현덕曰: "방덕공과 방통은 어떤 분들이시냐?"

목동曰: "두 분은 서로 숙질叔姪 간이세요. 방덕공 어른은 자字를 산민山民이라 하시는데 제 스승님보다 열 살 위이시고, 방통이란 어른은 자字를 사원士元이라 하시는데 제 스승님보다 다섯 살 아래예요. 하루는 제 스승님이 나무 위로 올라가서 뽕잎을 따고 계시는데 마침 방통 어른께서 찾아오셨어요. 두 분은 나무 아래에 앉아 함께 말씀을 나누셨는데, 하루 종일 같이 말씀을 나누면서도 전혀 지치지 않으셨어요. 제 스승님께선 방통 어른을 매우 좋아하시면서 아우라고 부르세요."

현덕曰: "네 스승님은 지금 어디에 계시느냐?"

목동이 먼 곳을 가리키며 대답했다: "저 앞의 숲속에 있는 바로 저 집에 계세요."

현덕曰: "내가 바로 유현덕이다. 너는 나를 안내해서 네 스승님을 뵙게 해다오."

〖 3 〗 동자는 곧바로 현덕을 인도하여 두 마장(里) 남짓 가서 그 집 앞에 이르러 말에서 내렸다. 안으로 들어서서 중문 앞에 이르니 홀연 거문고 소리가 들렸는데 그 소리가 매우 아름다웠다.

현덕은 동자에게 잠시 알리지 말라고 하고는 귀를 기울여 그 소리를 들었다. 거문고 소리가 갑자기 그치더니 더 이상 나지 않았다.

한 사람이 웃으면서 밖으로 나오며 말했다: "거문고 가락이 맑고 그윽했는데 소리가 중간에 갑자기 높고 우렁찬 가락으로 바뀌었다. 이는 틀림없이 영웅이 엿듣고 있기 때문일 것이야."

동자가 그를 가리키며 현덕에게 말했다: "이분이 바로 제 스승님이신 수경선생이세요."

현덕이 그 사람을 보니 소나무 같은 얼굴모습(松形)에 학의 골격(鶴骨)에다 풍채도 비범해서 자신도 모르게 급히 앞으로 나아가서 인사를 드렸는데, 그가 입고 있는 옷은 그때까지도 젖어 있었다.

수경曰: "공께서는 오늘 다행히도 큰 어려움을 면했소이다."

현덕은 놀라고 의아해 하기를 마지않았다.

동자曰: "이분은 유현덕이세요."

수경은 초당으로 청해 들여서 손님과 주인으로 나뉘어 자리를 잡고 앉았다. 현덕이 보니 서가 위에는 책들이 가득 쌓여 있고, 창밖에는 소나무와 대나무들이 빽빽이 심어져 있었으며, 돌로 만든 상 위에는 거문고가 가로놓여 있어 맑은 기운이 감돌았다. (*은연 중에 제갈량의 초려 대신에 먼저 그와 똑같은 상황을 묘사하고 있다.)

수경이 물었다: "명공은 어떻게 오셨습니까?"

현덕曰: "우연히 이곳을 지나가다가 어린 동자가 가르쳐줘서 존안(尊顔)을 뵙게 되었는데, 너무나 기쁘고 다행입니다."

수경이 웃으면서 말했다: "공께선 숨길 필요 없습니다. 공은 지금 틀림없이 어려운 상황을 피해서 여기 오신 것입니다."

현덕은 마침내 양양에서 있었던 일을 사실대로 말했다.

수경曰: "나는 공의 기색을 살펴보고 이미 그런 줄 알았습니다."

그리고는 현덕에게 물었다: "내가 명공의 존함을 들은 지가 오래 됐는데, 무슨 이유로 지금까지 이렇듯 실의에 빠져서 불운하게 지내고 있습니까?"

현덕曰: "운이 나빠서 이렇게 되었습니다."

수경曰: "그렇지 않습니다. 그 이유는 장군의 좌우에서 장군을 도와줄 인재를 얻지 못했기 때문입니다."(*장차 두 사람을 천거하려고 하면서 먼저 그의 좌우에 사람 없음을 얘기한다.)

현덕曰: "저는 비록 재주가 없지만, 문관文官으로는 손건, 미축, 간옹 등이 있고 무장武將으로는 관우, 장비, 조운과 같은 사람들이 있어서 충성을 다해 저를 도와주고 있습니다. 저는 그들의 힘에 상당히 많이 의지하고 있습니다."

수경曰: "관우, 장비, 조운은 모두 만 명을 대적할 수 있는 장수들이지만, 애석한 것은 그들을 잘 쓸 수 있는 사람이 없다는 것입니다. 손건이나 미축 같은 자들이야 백면서생白面書生들일 뿐, 훌륭한 경륜으로 세상을 구제할 수 있는 인재(經綸濟世之才)들은 못 되지요."(*은연중에 현덕의 좌우에 있는 사람들은 자기가 생각하는 사람들에 미치지 못한다고 말하고 있다.)

현덕曰: "저 역시 일찍이 몸을 낮추어 산골짜기에 숨어 있는 훌륭한 인재(遺賢)들을 찾아본 적이 있습니다만, 아직 그런 사람들을 만나지 못했으니 어쩌겠습니까!"

수경曰: "공자는 '열 집이 모여 사는 작은 마을에도 충성스럽고 신실한 사람은 있다(十室之邑, 必有忠信)'고 했는데, 이런 말씀이야 당연히 들어보셨겠지요. (출처: 〈논어·공야장〉) 그런데 어찌 사람이 없다고 하십니까?"(*내가 천거해주고 싶은 사람이 있다고 말하지 않고 다만 천하에 사람이 없는 것은 아니라는 말만 하고 있다.)

현덕曰: "제가 어리석고 무식해서 알아보지 못한 것이니, 부디 가르쳐주시기 바랍니다."(*수경이 사람이 없는 것은 아니라고 말하기를 기다린 후에야 현덕은 그 사람이 누구인지 묻고 있다.)

수경曰: "공께서는 형주와 양양의 여러 군郡 아이들이 부르는 노래를 들어보셨습니까? 그 동요는 이렇습니다:

팔구년 사이 쇠잔해지기 시작하여　　　　八九年間始欲衰
십삼 년째 이르면 남아있는 사람 하나 없네　　至十三年無子遺

| 결국 천명이 돌아갈 데 있으니 | 到頭天命有所歸 |
| 진흙 속에 있던 용 하늘로 날아오르네. | 泥中蟠龍向天飛 |

이 노래는 건안建安 초에 불리기 시작했습니다. 건안 8년(서기 203년)에 이르러 유경승(劉景升)이 전처를 잃고 나서 곧바로 집안이 어지러워졌으니, 이것이 이른바 '쇠잔해지기 시작해서(始欲衰)'의 뜻입니다. '남아있는 사람 하나 없네(無子遺)'란 멀지 않아 유경승이 세상을 떠나고 나면 그 수하의 문관과 무장들이 다 영락해서 하나도 남아있지 않게 된다는 것입니다. '천명은 돌아갈 데 있으니(天命有歸)'와 '용 하늘로 날아오르네(龍向天飛)'란 아마도 장군을 가리키는 말일 것입니다."(*잠시 묻는 사람에 대해서는 대답해 주지 않고 갑자기 스스로 동요에 대해 설명하고 있다. 채모蔡瑁는 거짓 시를 지어 현덕을 용에 비유했는데, 수경은 동요를 해석하면서 현덕을 용에 비유하였다.)

현덕은 그 말을 듣고 놀라면서 고맙다고 인사를 하고 말했다: "제가 어찌 감히 그에 해당할 수 있겠습니까?"

수경曰: "지금 천하의 기재奇才들은 전부 이곳에 있으니 공께서 직접 그들을 찾아가셔야 합니다."

현덕이 급히 물었다: "그 천하의 기재들은 어디에 있습니까? 과연 누가 천하의 기재입니까?"

수경曰: "복룡伏龍과 봉추鳳雛 두 사람 중에 한 사람만 얻어도 천하를 안정시킬 수 있을 것입니다."

현덕曰: "복룡과 봉추란 어떤 사람입니까?"

수경은 손뼉을 치고 크게 웃으며 말했다: "됐어요, 그만합시다!"

(*복룡과 봉추라고만 말해주고 다시 그들의 이름을 분명히 말해 주지는 않고 단지 "됐어요, 그만합시다!"라고 한다. 참으로 절세의 묘한 문장이다.)

현덕이 재차 묻자, 수경이 말했다: "날이 이미 저물었으니 장군께선 여기서 하룻밤 묵어가시지요. 내일 말씀드리겠습니다."(*이때에 의당 그 이름을 말해줘야 하는데 또 내일로 미루고 있다. 아주 바짝 가까이 다가갔다가는 또 다시 느슨하게 뒤로 물러서고 만다. 절묘하다.)

　수경은 즉시 동자에게 술과 음식을 차려 내오도록 해서 대접하고, 말은 후원으로 끌고 가서 먹이를 먹이도록 했다. 현덕은 저녁 대접을 받고 나서 초당 곁방에 가서 잤다.

　〖 4 〗 현덕은 수경이 한 말을 생각하느라 자리에 누워서도 잠을 이루지 못했다. 밤이 깊었을 무렵 갑자기 한 사람이 옆방 문을 두드리고 들어가는 소리가 들렸다.

　수경曰: "원직元直은 어디서 오는가?"

　현덕은 자리에서 일어나 가만히 귀 기울여 들어보았다.

　그 사람이 대답하는 말이 들렸다: "오래 전부터 유경승(劉景升: 유표)이 선한 사람을 좋아하고 악한 사람을 미워한다(善善惡惡)는 말을 듣고 일부러 만나보러 찾아갔었는데, 가서 만나보니 한갓 허명(虛名: 빈이름)뿐이더군요. 그는 선한 자를 좋아하면서도 쓸 줄 모르고 악한 자를 미워하면서도 내칠 줄 모르는 위인이더군요. (*이것이 유표가 망한 이유이다.) 그래서 글을 남겨 작별하고 이리로 오게 되었습니다."

　수경曰: "공은 왕을 보좌할 재주를 지니고 있으므로 마땅히 사람을 가려서 섬겨야 할 텐데 어찌 경솔하게 경승景升 같은 사람을 찾아가서 만난단 말인가? 그리고 영웅호걸을 바로 눈앞에 두고도 공은 스스로 알아보지 못하는군."

　그 사람이 말했다: "선생의 말씀이 옳습니다."

　현덕은 그들의 대화를 엿듣고 크게 기뻐하며 속으로 생각했다: "이 사람은 틀림없이 복룡이거나 봉추일 것이다." 그리고는 즉시 나가서 만나보고 싶었으나, 다시 생각해 보니 너무 덤벙대는 것은 아닌지 염려가 되었다.

날이 밝기를 기다려서 현덕은 수경을 뵙자고 청하여 물어보았다: "간밤에 온 사람은 누구입니까?"

수경曰: "그는 나의 벗이오."

현덕이 만나보기를 청하자, 수경이 말했다: "그 사람은 영명한 주인을 찾아가서 몸을 의탁하겠다면서 벌써 다른 데로 가버렸습니다."(*장차 현덕에게 찾아가려고 한다는 말은 하지 않는 것이 묘한 점이다.)

현덕이 그 사람의 성명을 물어보자, 수경은 웃으면서 말했다: "됐어요, 그만합시다."(*그의 이름을 말해 주지 않는 것이 묘한 점이다.)

현덕이 재차 물었다: "복룡과 봉추는 과연 어떤 사람입니까?"

수경은 역시 그저 웃기만 하면서 말했다: "됐어요, 그만합시다." (*지난 밤에는 내일 말해 주겠다고 해놓고선 그 약속한 내일이 되었는데도 말해주지 않는 점이 묘하다.)

현덕은 수경에게 절을 하고 산에서 내려가 자기를 도와 함께 한漢 황실을 부축하자고 절을 하며 간청했다.

수경曰: "산야山野에서 한가하게 지내는 사람이 세상에 나가서 무슨 일을 할 수 있겠습니까? 나보다 열 배나 나은 사람이 따로 있는데, 그가 공에게 가서 도와줄 테니, 공께서는 그 사람을 찾아가 보셔야 할 것입니다."(*자기는 나가지 않고 사람만 천거하고, 사람을 추천하면서도 그가 스스로 찾아가 뵙기를 바란다. 묘하다.)

한창 이야기를 하고 있을 때 갑자기 집 밖에서 사람들이 떠들고 말우는 소리가 들렸다.

동자가 들어와서 아뢰었다: "어떤 장군 한 분이 군사들 수백 명을 이끌고 집으로 왔습니다."

현덕이 크게 놀라서 급히 밖으로 나가서 보니 바로 조운이었다. 현덕은 크게 기뻤다.

조운이 말에서 내려 들어와서 보고 말했다: "제가 어젯밤에 현縣으로 돌아가서 주공을 찾아보았으나 볼 수 없어서 밤새도록 묻고 물어서 여기까지 왔습니다. 주공께서는 급히 신야현으로 돌아가시지요. 누가 현으로 쳐들어와서 싸우고 있을까봐 염려됩니다."(*이때에는 다만 채모 蔡瑁의 군사들이 올까봐 염려했는데, 후문에서 보면 도리어 조인曹仁의 군사들이 쳐들어온다.)

현덕은 수경에게 하직인사를 하고 조운과 함께 말에 올라 신야新野로 달려갔다. 몇 마장(里) 가지 않았을 때 한 떼의 군사들이 달려왔는데, 보니 운장과 익덕이었다. 서로 만나서 크게 기뻐하면서 현덕이 말을 타고 단계를 뛰어 건넜던 일을 말해 주자, 다 같이 감탄하고 놀랐다.

〖 5 〗 현덕은 현에 당도하여 손건 등과 상의했다.

손건曰: "우선 유경승에게 글을 보내서 이번 일을 알리도록 하시지요."

현덕은 그의 말을 좇아서 즉시 손건에게 글을 가지고 형주로 가도록 했다. 유표가 그를 불러들여 물었다: "나는 현덕에게 양양의 회합에 가 달라고 청했던 것인데, 무슨 까닭으로 그 자리에서 도망쳤는가?"

손건은 서찰을 올리고 채모가 음모를 꾸며서 해치려고 했던 일과, 말을 타고 단계를 뛰어 건너서 간신히 빠져나간 일들을 자세히 이야기했다. 유표는 크게 화를 내며 급히 채모를 불러와서 꾸짖었다: "네가 어찌 감히 내 아우를 해치려 든단 말이냐!"

그리고는 그를 끌고 나가서 목을 베라고 명했다. 채 부인이 나와서 울면서 그의 목숨을 살려달라고 빌었으나, 유표의 노여움은 여전히 풀리지 않았다.

손건이 아뢰었다: "만약 채모를 죽인다면 황숙께서는 이곳에서 마

음 편히 계실 수 없을 것 같아 염려됩니다."

유표는 이에 채모를 꾸짖기만 한 후 풀어주고, (*이것이 이른바 악한 자를 미워하면서도 내칠 줄 모른다는 것이다.) 장자 유기劉琦에게 손건과 같이 현덕한테 가서 사죄드리도록 했다. 유기는 명을 받들고 신야로 갔다. 현덕은 그를 맞이하여 술자리를 베풀어 대접했다. 술이 얼큰하게 취하자 유기가 갑자기 눈물을 떨어뜨렸다.

현덕이 그 까닭을 묻자, 유기가 말했다: "계모 채씨는 늘 저를 해코지하려는 마음을 품고 있지만, 이 조카에게는 그 화를 면할 계책이 없습니다. 부디 숙부님께서 가르쳐 주십시오."

현덕은 그저 조심하고 효도를 다하라고 권하고 그렇게 한다면 자연히 아무런 화도 없을 것이라고 말해 주었다. 다음날 유기는 울면서 작별인사를 했다. 현덕은 말을 타고 유기를 배웅하러 성 밖으로 나가서 자기 말을 손으로 가리키며 말했다: "만약 이 말이 아니었으면 나는 이미 황천에 갔을 것이다."

유기曰: "그것은 말의 힘이 아니라 숙부님의 홍복洪福이십니다."

이야기를 마치고 작별하자, 유기는 눈물을 흘리면서 떠나갔다.

〖6〗현덕이 말머리를 돌려서 성으로 들어오는데 문득 저잣거리에서 갈포 두건에 베 도포 차림을 하고 검은 띠를 띠고 검정 신을 신은 사람 하나가 길게 노래를 부르며 오는 것이 보였다. 그가 부르는 노래 가사는 이러했다:

천지가 뒤집히려 함이여	天地反覆兮
불(火: 漢朝)이 꺼지려 하네.	火欲殂
큰집이 무너지려 함이여	大廈將崩兮
기둥 하나로는 지탱하기 어렵다네.	一木難扶
산골짜기에 현자 있음이여	山谷有賢兮

밝은 주인 찾아가려 하네.   欲投明主
밝은 주인은 현자를 찾고 있음이여   明主求賢兮
그러나 나를 알아보지 못하네.   却不知吾

현덕은 이 노래를 듣고 속으로 생각했다: "이 사람은 수경이 말한 그 복룡이나 봉추가 아닐까?"(*현덕은 복룡과 봉추라는 말을 들은 후로, 복룡과 봉추가 누구인지 몰라서, 시시때때로 이에 관심을 기울이다보니 만나는 사람마다 이런 추측을 하게 된 것이다.)

그는 곧바로 말에서 내려 그를 만나본 다음 그를 청하여 현의 관아로 들어가서 그의 성명을 물어보았다.

그가 대답했다: "저는 영상潁上 사람으로 성은 선單, 이름은 복福이라고 합니다. (*자기 진짜 이름을 말하지 않는 점이 묘하다.) 오래 전부터 사군께서 현사賢士들을 불러 모으고 계신다는 말을 듣고 찾아가서 몸을 의탁하고 싶었으나 감히 문득 찾아올 수 없었습니다. 그래서 일부러 저잣거리에서 노래를 불러 들으시도록 했던 것입니다."(*저잣거리에서 노래를 부른 사람이 전날 밤에 수경선생 집의 대문을 두드렸던 사람인 줄 누가 알았겠는가.)

현덕은 크게 기뻐하여 그를 상빈上賓으로 대우했다.

선복曰: "조금 전에 사군께서 타고 오셨던 말을 다시 한 번 살펴보도록 해주십시오."(*현덕은 방금 사람을 얻어서 기뻐하고 있는데 선복은 도리어 먼저 말부터 살펴보려고 하니, 기이하다.)

현덕은 말안장을 벗기고 대청 아래로 끌어오도록 했다.

선복曰: "이것은 적로的盧라는 말이 아닙니까? 비록 천리마千里馬이긴 하지만 주인을 해칠 말이니 타셔서는 안 됩니다."

현덕曰: "그 일은 이미 겪었소."

그리고는 단계를 뛰어넘었던 일을 자세히 이야기해 주었다. (*주인을 해친다는 말은 장무張武의 죽음에서 들어맞은 것이지 단계를 뛰어 건넌 일에서 들어맞은 것이 아니다.)

선복曰: "그것은 주인을 구한 것이지 주인을 해친 것이 아닙니다. 언제고 반드시 한 주인을 해칠 것입니다. 제게 액땜하는 한 가지 방도가 있습니다."

현덕曰: "그 방도를 알려주시오."

선복曰: "공이 마음속으로 원한을 품고 있는 사람에게 이 말을 주어서 이 말이 그 사람을 해칠 때까지 기다렸다가 그 후에 타시면 자연히 무사할 것입니다."

현덕은 그 말을 듣고 안색을 바꾸며 말했다: "공이 여기 처음 와서 나를 정도正道로 가르치려고 하지 않고 자기 이롭자고 남 해치는 것부터 가르치시다니, 이 유비는 감히 그 가르침을 받지 못하겠습니다."

선복이 웃으면서 사과했다: "전에 사군께서는 인덕仁德이 많으신 분이란 말을 들었으나 감히 곧바로 믿을 수가 없겠기에 일부러 시험 삼아 이 말을 해본 것입니다."

현덕 역시 태도를 바꾸고 자리에서 일어나 고맙다고 인사를 하며 말했다: "이 유비에게 어찌 남에게 미칠 만한 인덕仁德이 있겠습니까? 오직 선생께서 저를 가르쳐 주셔야지요."

선복曰: "제가 영상潁上에서 이리로 오다가 신야新野 사람들이 노래 부르는 것을 들었는데, 그 노래 가사에서: '신야 목사 유 황숙께서 이곳에 오신 후로 백성들 살림 풍족해졌다'라고 했습니다. 이것으로도 사군使君의 인덕이 사람들에게 미치고 있음을 볼 수 있었습니다."

현덕은 이에 선복을 군사軍師로 삼아서 휘하 군사들을 훈련시키도록 했다.

〖 7 〗 한편 조조는 기주冀州에서 허도로 돌아온 뒤로 항상 형주를 빼

앗으려는 뜻을 가지고서 특별히 조인과 이전 및 항복해 온 장수 여광呂曠과 여상呂翔 등에게 군사 3만 명을 거느리고 가서 번성樊城에 주둔해 있으면서 형양荊襄을 호시탐탐 노려보고 그 내부 사정을 탐지하도록 했다.

그때 여광과 여상이 조인에게 건의했다: "지금 유비가 신야에 군사들을 주둔시켜 놓고 군사들을 모집하고 말을 사들이며 마초와 군량을 쌓고 있는데, 그 뜻이 작지 않습니다. 빨리 치지 않아서는 안 됩니다. 우리 두 사람은 승상께 항복한 뒤로 아직 한 치의 공도 세운 바가 없는데, 바라건대 정예병 5천 명만 내어주신다면 유비의 머리를 베어다 승상께 바치겠습니다."

조인은 크게 기뻐하며 여광과 여상에게 군사 5천 명을 주어 신야를 들이치도록 했다. 정탐꾼이 이 소식을 현덕에게 급보했다. 현덕은 선복을 청하여 이 일을 상의했다.

선복曰: "적병이 쳐들어오는 이상, 저들을 우리 지경 안으로 들어오도록 해서는 안 됩니다. 관공關公으로 하여금 일군을 이끌고 왼편으로 나가서 오는 중로中路의 적들을 대적하도록 하고, 장비로 하여금 일군을 이끌고 오른편으로 나가서 오는 적의 후위後衛를 치도록 하고, 주공께서는 직접 조운을 이끌고 출병하시어 적을 정면에서 맞아 치신다면 적을 깨뜨릴 수 있습니다."

현덕은 그 말을 좇아서 즉시 관우와 장비 두 사람을 보낸 뒤에 선복, 조운 등과 함께 2천 명의 군사들을 이끌고 적을 맞이하러 관문을 나갔다. 몇 마장(里) 못가서 문득 보니 산 뒤쪽에서 먼지가 자욱하게 일어나면서 여광과 여상이 군사를 이끌고 오고 있었다. 양편에서는 각기 전투대형의 양 날개(兩翼)에서 화살을 쏘아 상대의 접근을 막았다.

현덕이 말을 타고 문기 아래로 나가서 큰소리로 외쳤다: "오는 자가 누구이기에 감히 우리 지경을 침범하는가?"

여광이 말을 타고 나가서 말했다: "나는 대장 여광이다. 승상의 명을 받들고 특별히 너를 사로잡으러 왔느니라."

현덕은 크게 화가 나서 조운에게 나가 싸우도록 했다. 두 장수가 어우러져 싸우기를 미처 몇 합 못 되어 조운이 여광을 창으로 찔러 말 아래로 떨어뜨렸다. 현덕이 군사를 휘몰아 덮치자 여상은 이를 막아낼 수가 없어서 군사를 이끌고 곧바로 달아났다.

한창 달아나고 있을 때 길 옆에서 한 떼의 군사들이 뛰쳐나왔는데, 앞장선 대장은 관운장이었다. 운장이 한바탕 들이치자 여상은 군사를 태반이나 잃고 혈로를 뚫고 달아났다. 그러나 10리도 못 가서 또 한 떼의 군사들이 가는 길을 막았는데, 앞장선 대장이 장팔사모를 꼬나들고 큰소리로 외쳤다: "장익덕이 여기 있다!"

그러면서 곧장 여상에게 달려들었다. 여상은 손도 미처 못 놀려보고 장비의 창에 찔려서 몸이 벌렁 뒤집혀지면서 말에서 떨어져 죽었다. 남은 군사들은 사방으로 흩어져 달아났다.

현덕이 군사들을 하나로 합쳐서 쫓아가 태반이나 사로잡았다. 현덕은 군사를 돌려 현으로 돌아와서 선복을 후히 대우하고 군사들을 위로하고 포상했다.

〖 8 〗 한편 패한 군사들은 돌아가서 조인에게 두 여呂 장군이 피살되고 수많은 군사들이 사로잡혔음을 알렸다. 조인은 크게 놀라서 이전과 대책을 상의했다.

이전曰: "두 장수가 적을 깔보다가 죽었소. 지금은 다만 군사들을 움직이지 말고 승상께 보고를 올려 대군을 일으켜 와서 토멸討滅하는 것이 상책이오."

조인曰: "그렇지 않소. 지금 두 장수가 싸우다가 죽고 또 수많은 군사들을 잃었으니, 이 원수를 급히 갚지 않을 수 없소. 신야 같은 탄환

만한 작은 땅(量新野彈丸之地)을 치는데 어찌 승상의 대군을 수고롭게 한단 말이오?"

이전曰: "유비는 인걸人傑이므로 가벼이 보아선 안 되오."

조인曰: "공은 어찌 그리도 겁이 많소?"

이전曰: "병법에서도 이르기를 '적을 알고 나를 알면 백 번 싸워 백 번 이긴다(知彼知己, 百戰百勝)'고 하였소. 내가 싸우는 것을 겁내서가 아니라 단지 반드시 이긴다고 장담할 수 없기에 그러는 것이오."

조인이 화를 내며 말했다: "공은 혹시 두 마음을 품고 있는 건 아니요? 나는 반드시 유비를 사로잡으려고 하오."

이전曰: "장군이 만약 가신다면 나는 번성樊城을 지키고 있겠소."

조인曰: "당신이 만약 나와 같이 가지 않는다면, 이는 정말로 두 마음을 품고 있는 것으로 볼 수밖에 없소."

이전은 하는 수 없이 조인과 함께 군사 2만 5천 명을 점고해서 강을 건너 신야를 향해 나아갔다. 이야말로:

부장副將들의 시체 실어오는 수모 당하자 　　偏裨旣有輿尸辱

주장主將들이 치욕 씻으러 다시 군사 일으키네. 　主將重興雪恥兵

승부가 어찌될지 모르겠거든 다음 회를 읽어보도록 하라.

제 35 회 모종강 서시평序始評

　(1). 본 회의 이야기는 현덕이 공명孔明을 찾아가고 공명이 현덕을 만나보는 이야기를 끌어들이기 위한 도입부에 해당한다. 장차 남양의 제갈량의 초려草廬를 이야기하기에 앞서 먼저 남장南漳의 수경장水鏡莊을 끌어들이고 있고, 장차 공명이 군사軍師가 되기에 앞서 먼저 선복單福이 군사가 되는 이야기를 끌어들이고 있다. 다만 이뿐만이 아니라 전회에서는 옥룡玉龍과 금봉金鳳에 대한 이야기가

있었는데 본회에서는 복룡伏龍과 봉추鳳雛 이야기가 나오며, 전회에
서는 참새(雀)와 말(馬) 이야기가 있었는데 본회에서는 봉鳳과 용龍
의 이야기가 나온다. 이는 전회의 이야기는 또한 본회 이야기의 도
입부임을 말하는 것이다.

　그러면서도 끝내 그 봉鳳과 용龍이 누구를 가리키는지 분명히 밝
히지 않고 있다. 수경이 그 용과 봉의 이름을 말하려고 하지 않을
뿐만 아니라 선복 역시 자기의 진짜 이름을 말하려고 하지 않는
다. "방통龐統"이란 두 글자가 동자의 입에서 언뜻 튀어나왔으나
현덕은 역시 그 사람이 곧 봉추鳳雛인 줄 알지 못하며, "원직元
直"이란 두 글자가 수경의 입에서 밤에 언뜻 튀어나왔으나 현덕은
역시 그 사람이 선복인 줄 모른다. 보일 듯 말 듯 하는 것이 마치
드리워진 수렴 안에 있는 미인처럼 전신을 드러내지 않고 다만 얼
굴 반쪽만 드러내서 사람의 마음을 황홀하게 만들어 짐작조차 할
수 없도록 만든다. 심지어 "제갈량諸葛亮"이란 세 글자도 이야기
전체를 통하여 한 번도 드러나지 않고 또한 마치 담장 너머로 들리
는 패옥佩玉의 소리와 같을 뿐 결코 반쪽 얼굴조차 볼 수가 없다.

　(2). 조운이 양양襄陽 성 밖 단계檀溪 냇가에서 연거푸 몇 번이나
왔다 갔다 했으나 현덕을 보지 못하게 되자 그의 마음은 급해졌을
것이다. 만약 익덕이 이곳에 있었다면 그는 틀림없이 채모蔡瑁를
죽였을 것이고, 만약 운장이 이곳에 있었다면 비록 채모를 죽이지
는 않는다 하더라도 틀림없이 그를 사로잡아 그에게서 자기 형이
간 곳을 알아내려고 했을 것이다. 어찌 채모를 가벼이 놓아 보내주
고는 자신이 직접 신야로 찾아가고 또 남장으로 찾아가려고 했겠
는가? 이들 세 사람의 충성심과 용기는 다 같지만 조자룡의 사람됨
은 극히 치밀하고 섬세하고 극히 차분했다. 사람마다 각자의 성격

이 있어서 각각 다른데, 그것을 참으로 잘 그려 보여주고 있다.

(3). 현덕은 출렁이는 물결을 솟구쳐 뛰어올라 건넌 후 홀연히 동자의 피리 부는 소리를 듣고, 선생의 거문고 소리를 들었으며; 번개처럼 달아나고 바람처럼 달린 후에 홀연히 돌로 만든 책상과 맑은 향기, 소나무 우거진 집에서 차(茶)가 익는 냄새를 맡는다. 심장이 놀라 뛰고 담이 덜덜 떨리는 바로 그 순간에도 금방 기운이 차분히 가라앉고 정신이 여유로워졌던 것이다. 이는 참으로 마치 약수(弱水: 옛날 중국에서 신선이 살던 곳에 있었다는 물 이름. 부력浮力이 아주 약해서 기러기 털처럼 가벼운 물건도 가라앉았다고 함)를 건너자마자 바로 봉래(蓬萊: 전설에 신선이 산다는 산 이름)를 찾아가고, 고해苦海를 벗어나자마자 낭원(閬苑: 선경仙境)에서 노니는 것처럼 황홀한 것이 마치 그의 몸은 신선의 경계境界에 있는 것은 아닌지 의심스러울 지경이다. 심지어 한밤중에 수경과 원직이 같이 나누는 말을 듣는 것은 마치 왕적신王積薪이란 사람이 객사에서 밤에 고부간에 바둑 두는 소리를 듣는 것과 흡사한데, 비록 지극히 또록또록 하게 들렸으나 역시 추측만 할 뿐이었던 것처럼, 들을 수는 있어도 알 수는 없었고, 들을 수는 있어도 볼 수는 없었는바, 그 신묘함이 더욱 지극하였다.

(4). 수경이 복룡伏龍과 봉추鳳雛를 천거하면서도 그 사람을 분명히 밝히려고 하지 않았는데, 이는 천거하면서도 오히려 천거하지 않은 것과 같다. 그러나 곧바로 말하지 않은 것은 바로 천거하기를 정중히 한 것이다.

왜 그런가? 그 사람을 정중히 여기면서도 그를 천거하는 말이 정중하지 않으면 듣는 사람은 그것이 정중한 천거인 줄을 모른다.

정중하게 말한 것은 그 사람이 중요한 사람임을 알도록 하려는 것
이다. 말하는 것조차 가벼이 말해서는 안 되는 것이라면 만나보는
것 또한 가벼이 만나보게 할 수 없는 것이니, 그 사람을 쓰는 것
또한 어찌 가벼이 쓸 수 있겠는가?

초려草廬를 애써 세 번이나 찾아가는(三顧) 것은 이렇기 때문에 감
히 뒤로 미룰 수 없는 일이며, 백리를 지고 가야 할 짐(百里之任)은
이렇기 때문에 감히 욕되게 할 수 없는 것이다.

제36회

현덕, 계책을 써서 번성 습격하고
원직, 말을 달려와서 제갈량을 천거하다

〖 1 〗 한편 조인曹仁은 분을 못 이겨 마침내 휘하 군사를 크게 일으켜 그날 밤으로 강을 건너가서 신야를 짓밟아 버리려고 생각했다.

한편 선복單福은 싸움에서 이기고 신야로 돌아와서 현덕에게 말했다: "조인은 번성樊城에 군사들을 주둔시켜 놓고 있는데 지금쯤은 두 장수가 죽은 걸 알고 틀림없이 대군을 일으켜 싸우러 올 것입니다."

현덕曰: "저들을 어떻게 막지요?"

선복曰: "저들이 만약 군사들을 데리고 온다면 번성은 텅 비게 될 것이니, 그 틈을 타서 번성을 빼앗으면 됩니다."

현덕이 계책을 묻자, 선복은 그의 귀에다 대고 나지막히 여차 여차 하면 된다고 말했다. 현덕은 크게 기뻐하며 미리 준비를 해두었다.

그때 갑자기 정탐꾼이 달려와서 보고했다: "조인이 대군을 이끌고 강(江: 즉, 한수漢水의 지류)을 건너왔습니다."

선복日: "과연 내 짐작대로다."

그는 곧바로 현덕에게 군사를 이끌고 나가서 적을 맞이하도록 청했다. 양군이 서로 마주보고 진을 치자 조운이 말을 타고 나가서 적장을 불러 대답하라고 외쳤다. 조인은 이전으로 하여금 나가서 조운과 싸우도록 했다. 약 10여 합 쯤 싸우다가 이전은 당해 내지 못할 줄 알고 말머리를 돌려서 진으로 돌아왔다. 조운이 말을 몰아 그 뒤를 쫓았으나 양익兩翼의 군사들이 활을 쏘아서 가까이 오지 못하게 막았다. 마침내 양군은 각기 싸움을 중지하고 영채로 돌아갔다.

이전이 돌아가서 조인을 보고 말했다: "적의 군사들은 정예로우니 저들을 깔보아서는 안 됩니다. 차라리 번성으로 돌아가는 게 낫겠습니다."

조인이 크게 화를 내며 말했다: "너는 출전하기 전에도 이미 우리 군사들의 사기를 꺾어놓고 지금 또 적과 내통하여 일부러 져주고 왔으니, 그 죄는 참수형에 해당한다!"

그리고는 곧바로 도부수를 불러서 이전을 끌고 나가서 목을 베라고 했다. 여러 장수들이 극력 말려서야 겨우 그만두었다. 그리고는 이전을 후군으로 돌리고 조인 자신이 전위부대가 되어 군사들을 이끌고 가기로 했다.

다음날 북을 치며 진군해서 진형을 벌여놓은 다음 사람을 시켜서 현덕에게 물어보게 했다: "우리 진형陣形을 알아보겠는가?"(*조인이 재주를 부리려다가 선복의 지모만 드러내 보이고 만다.)

선복은 곧바로 높은 곳에 올라가서 살펴본 뒤 현덕에게 말했다: "저것은 '팔문금쇄진(八門金鎖陣: 쇠 자물통을 채워놓은 8개의 문처럼 되어 있는 진이란 뜻)'이란 것입니다. 팔문八門이란 휴休, 생生, 상傷, 두杜, 경景, 사死, 경驚, 개開라고 불리는 여덟 개의 문(八門)으로서, 만약 생문生門,

경문景門, 개문開門으로 들어가면 길吉하고, 상문傷門, 경문驚門, 휴문休門으로 들어가면 깨지고, 두문杜門, 사문死門으로 들어가면 망합니다. 지금 저들은 비록 여덟 개의 문(八門)을 정연하게 벌여놓기는 했으나 중간에서 전체를 주관하는 것이 없으므로 만약 동남쪽 귀퉁이의 생문生門으로 쳐들어가서 정서 쪽의 경문景門으로 빠져나온다면 저들의 진형은 틀림없이 혼란에 빠지고 말 것입니다."

현덕은 명을 내려 군사들로 하여금 진을 굳게 지키고 있도록 한 다음, 조운으로 하여금 군사 5백 명을 이끌고 동남쪽으로부터 쳐들어가서 곧장 서쪽으로 나가도록 했다. 조운은 명령을 받자 창을 꼬나들고 말에 올라 군사들을 이끌고 곧장 동남쪽 귀퉁이로 가서 일제히 고함을 지르며 적진 속으로 쳐들어갔다. 조인은 곧바로 북쪽을 향해 달아났다. 조운은 그 뒤를 쫓아가지 않고 도리어 서문으로 뛰쳐나갔다가 다시 서쪽에서 급히 돌아 동남쪽으로 해서 왔다. 조인의 군사는 큰 혼란에 빠졌다. (*이것은 조운의 용맹을 말하는 것이 아니라 선복의 지략을 말하고 있는 것이다.) 이때 현덕이 군사를 휘몰아 쳐들어가자 조인의 군사는 크게 패하여 물러갔다. 선복은 추격하지 말라고 하고는 군사들을 수습하여 돌아왔다.

〖 2 〗 한편 조인은 싸움에서 한 차례 패하고 나서야 비로소 이전의 말을 믿고는 다시 그를 청하여 상의했다: "유비 군중에는 틀림없이 유능한 사람이 있어서 그 때문에 결국 우리 진이 깨진 것이다."

이전曰: "우리가 여기에 있지만 번성樊城이 몹시 염려됩니다."

조인曰: "오늘 밤에 적의 영채를 습격하러 가세. 만약 이기면 다시 계책을 상의하기로 하고, 만약 이기지 못하면 곧바로 군사를 물려서 번성으로 돌아가세."

이전曰: "안 됩니다. 유비는 틀림없이 준비해 놓고 있을 겁니다."

조인曰: "이렇게 의심이 많아서야 어떻게 용병用兵을 한단 말인가!"

끝내 조인은 이전의 말을 듣지 않고 자신이 직접 군사들을 이끌고 전위 부대가 되고, 이전으로 하여금 뒤에서 지원하도록 하고는 그날 밤 이경(二更: 밤 9시~11시 사이)에 적의 영채를 습격하러 갔다.

한편, 선복이 영채 안에서 현덕과 한창 상의하고 있는데 갑자기 한 바탕 광풍이 불어왔다.

선복曰: "오늘 밤 조인은 반드시 우리 영채를 습격하러 올 겁니다."

현덕曰: "저들을 어떻게 막지요?"

선복은 웃으며 말했다: "제가 이미 미리 대책을 세워 놓았습니다."

그리고는 주도면밀하게 군사들을 나누어 배치해 놓았다.

이경二更이 되어 조인의 군사들이 영채 가까이 가서 보니, 영채 안의 사방에서 불이 일어나서 영채의 울타리를 태우고 있었다. 조인은 사전 대비가 되어 있는 줄 알고 급히 퇴군 명령을 내렸다. 그때 조운이 덮쳐 왔는데, 조인은 미처 군사를 수습하여 영채로 돌아갈 경황이 없어서 북쪽 강을 향해 달아났다.

가까스로 강변에 도착하여 배를 구해서 막 강을 건너려고 할 때 강기슭 위에서 한 떼의 군사가 몰려왔는데, 앞장선 장수는 장비였다. (*이는 모두 앞에서 선복이 현덕의 귀에 대고 말해 준 계책에 들어 있었다.) 조인은 죽기로 싸웠고, 이전은 조인을 보호해서 배에 올라 강을 건넜다. 조인의 군사들 태반은 물속에 빠져 죽었다. 조인은 강을 건너서 강기슭 위로 올라간 후 그대로 번성까지 달아나서 군사들에게 성문을 열라고 소리치도록 했다.

바로 그때 성 위에서 북소리가 울리더니 한 장수가 군사들을 이끌고 나오며 큰소리로 호통을 쳤다: "내 이미 번성을 차지한 지 오래다."

모두들 놀라서 보니 관운장이었다. (*이 역시 앞에서 선복이 현덕의 귀에 대고 말해 준 계책에 들어 있었다.) 조인은 크게 놀라서 말머리를 돌려 곧바로 달아났다. 운장이 뒤에서 쫓아오며 들이쳤다. 조인은 또 수많은 군사들을 잃고 밤새도록 달려서 허창으로 돌아갔다. 도중에 사람들에게 물어보고 나서야 비로소 선복이 적군의 군사軍師로 있으면서 꾀를 내고 계책을 세운 것임을 알았다.

〘 3 〙 조인이 패해서 허창으로 돌아간 일은 더 이상 말하지 않기로 한다.

한편 현덕이 완전한 승리를 거둔 후 군사를 이끌고 번성으로 들어가자 현령 유필劉泌이 나가서 맞이했다. 현덕은 백성들을 위로하고 안정시켜 주었다.

현령 유필은 장사長沙사람으로 그 또한 한실 종친이었다. 그는 현덕을 자기 집으로 초청하여 연석을 베풀어 대접했다. 현덕이 보니 한 사람이 유필의 곁에서 모시고 서 있었다. 현덕은 그 사람의 풍채가 훤칠하고 위풍당당한 것을 보고 유필에게 물었다: "이 사람은 누구요?"

유필曰: "이는 제 생질 구봉寇封입니다. 본래 나후羅侯 구씨寇氏의 아들인데 부모가 다 돌아가셔서 이곳에 와서 의탁하고 있습니다."

현덕은 그가 마음에 들어서 양자를 삼고 싶다고 했다. 유필은 흔쾌히 허락하면서 곧바로 구봉에게 현덕에게 절을 올리고 아버지로 모시라고 했다. 그리고 성과 이름도 유봉劉封으로 고쳤다. 현덕은 그를 데리고 돌아가서 운장과 익덕에게 절을 올리도록 하고 숙부로 모시도록 했다.

운장曰: "형님께서는 이미 아들이 있는데 또 양자를 들일 필요가 어디 있습니까? 후에 반드시 난이 일어날 것입니다."(*운장 역시 관평關平

을 거두어 아들로 삼았으면서 유독 현덕이 구봉寇封을 거두어 아들로 삼는 것을 반대한 것은, 신하의 아들은 서로 후사가 되려고 다툴 염려가 없지만 군왕의 아들은 서로 후계자가 되기 위해 다툴 염려가 있기 때문이다.)

현덕曰: "내가 그를 친자식처럼 대해 준다면 그도 반드시 나를 친아비처럼 섬길 텐데 무슨 난이 생긴단 말인가!"

그 말에 운장은 마음이 언짢았다. (*이 일로 후에 가서 맹달孟達이 모반을 하면서 유봉을 설득하여 관공을 도와주지 못하도록 (*제79회) 한다.)

현덕은 선복과 의논하여 조운으로 하여금 군사 1천 명을 이끌고 가서 번성을 지키도록 했다. 현덕은 군사들을 거느리고 신야로 돌아갔다.

〖 4 〗 한편 조인과 이전은 허도로 돌아가서 조조를 보고 울면서 땅에 엎드려 죄를 청하면서 장수와 군사들을 잃은 일을 자세히 말했다.

조조曰: "이기고 지는 것은 싸움에서는 항상 있는 일(勝負乃軍家之常)이다. 다만 누가 유비를 위해 계책을 냈는지 모르겠구나."(*가장 긴요한 것을 묻고 있다.)

조인曰: "그것은 선복單福이 낸 계책입니다."

조조왈: "선복은 어떤 사람이냐?"(*조조만 그가 어떤 사람인지 모른 것이 아니라 현덕 역시 이때에는 그가 과연 어떤 사람인지 모르고 있었다.)

정욱이 웃으면서 말했다: "그는 선복이 아닙니다. 그 사람은 어려서부터 격검擊劍 배우기를 좋아했는데, 중평中平 말년(동한 영제靈帝 말년. 서기 189년)에 다른 사람의 원수를 대신 갚아주기 위해 사람을 죽이고는 머리를 풀어헤치고 얼굴에 칠을 하고 달아나다가 형리刑吏에게 붙잡히고 말았습니다. 형리가 이름을 묻는데도 대답을 하지 않자, 형리는 그를 결박하여 수레에 태워 가지고 저잣거리에서 북을 치며 주리를 돌려서 그를 아는 사람이 나타나기를 바랐던 것인데, 설령 그를 알아보는 사람이 있어도 감히 나서서 말을 하지 않았습니다. 그런데 그의 동료가 묶은 것을 몰래 풀고 구해 주어서 마침내 성과 이름을 바꾸어 도망쳤습니다.

그 뒤로 마음을 바꾸어 학문에 뜻을 두고 이름 있는 선생들을 두루 찾아다녔습니다. 일찍이 사마휘司馬徽와도 담론을 나눈 적이 있습니다. (*처음에는 호방하고 의협심이 강한 사람(豪俠)이었으나 그 후에 명사名士가 되었다.) 이 사람은 바로 영주潁州 사람 서서徐庶로서, 자를 원직元直이라 합니다. 선복單福은 그의 가명假名입니다." (*선복의 진짜 이름이 이때 와서 비로소 정욱의 입을 빌려 분명히 밝혀진다.)

조조曰: "서서의 재주는 그대와 비교하면 어떻소?"

정욱曰: "저보다 열 배나 뛰어납니다." (*후에 원직元直이 공명을 칭찬하는 말과 비슷하다.)

조조曰: "아깝구나, 현사賢士가 유비에게 돌아갔으니! 유비에게 날개(羽翼)가 생겼구나! 이를 어떻게 하지?"

정욱曰: "서서가 비록 유비한테 가 있기는 하지만 만약 승상께서 쓰시고자 하신다면 그를 불러오는 것은 어렵지 않습니다."

조조曰: "어떻게 하면 그가 나를 찾아오도록 할 수 있소?"

정욱曰: "서서는 본래 효성이 지극한 사람입니다. 어려서 그 부친을 여의고 집에는 노모만 있습니다. 현재는 그의 아우 서강徐康마저 죽고 없어서 노모를 모시고 봉양할 사람이 없습니다. 승상께서 사람을 시켜서 그 모친을 속여 허창으로 데려온 후 편지를 쓰도록 하여 그 아들을 부른다면, 서서는 틀림없이 올 것입니다." (*승상의 이름으로 부르려는 것이 아니라 그 모친의 이름으로 부르려는 것이니, 그는 처음부터 서서를 불러올 수 없다는 것을 알고 있었다.)

조조는 크게 기뻐하며 사람을 시켜서 그날 밤으로 달려가서 서서의 모친을 모셔오도록 했다.

〖 5 〗 하루도 지나기 전에 서서의 모친을 데리고 왔다. 조조는 그 노모를 후하게 대접하며 말했다: "노모老母의 아들 서원직은 천하의 기재奇才요. 그런데 지금 신야新野에서 역신逆臣 유비를 도우면서 조정을 배반하고 있는데, 이는 바로 아름다운 옥이 더러운 진흙 속에 떨어져 있는(美玉落於汚泥之中) 것처럼 참으로 애석한 일이오. 이제 노모께서 편지를 쓰셔서 그가 허도로 돌아오도록 불러준다면, 내가 천자께 말씀드려서 반드시 큰 상이 내려지도록 하겠소."(*먼저 그 아들이 역신을 도우며 배반하고 있다는 말로 협박하고, 이어서 아름다운 옥이 더러운 진흙 속에 떨어져 있는 것과 같다는 말로 마음을 흔들어 놓고, 그 후에 다시 천자의 이름으로 압박하고, 큰 상으로 유혹하고 있는데, 이 모두가 부인을 속이는 말들이다.)

그리고는 좌우에 명하여 종이와 필묵을 갖다 주도록 해서 서서의 모친에게 편지를 쓰라고 명했다.

서서의 어머니가 말했다: "유비는 어떤 사람입니까?"(*곧바로 화를 내지 않고 먼저 한 마디 묻는 것이 매우 교묘하다.)

조조曰: "패군沛郡의 소인배 놈이 함부로 황숙皇叔이라 부르고 있는데, 신의라고는 전혀 없는 놈이다. 이른바 밖은 군자이나 안은 소인이라고 할 수 있는 놈(外君子而內小人者)이다."(*먼저 현덕은 결코 종친이 아니라고 말하고, 다음으로 현덕은 좋은 사람이 아니라고 말한다. 전부 부인을 속이는 말이다.)

서서의 어머니가 언성을 높여 말했다: "너는 어찌 거짓말을 그리도 심하게 하느냐! 나는 오래 전부터 현덕은 중산정왕中山靖王의 후예이며 효경황제孝景皇帝 각하의 현손玄孫으로서 자기 몸을 낮춰 선비들을 맞아들이고, 사람들을 공손하게 대하기 때문에 어지신 분이라는 소문이 일찍부터 널리 퍼져서 세상의 어린애들이나 백발의 노인들과 목동牧童과 나무꾼(樵夫)들까지 그의 이름을 다 알고 있는, 진정한 당세의 영웅이라고 들었다. 내 아이가 그를 돕고 있다니, 그야말로 바로 제 주인을 만난 것이다. 너는 비록 한漢의 승상丞相이란 이름으로 행세하고 있지만 실은 이 한漢 나라의 역적이다. 그런데도 반대로 현덕을 역신逆臣이라 부르면서 내 아이로 하여금 밝은 주인을 배반하고 어두운 주인에게 오도록 하려느냐? 너는 어찌 스스로 부끄러운 줄도 모르느냐!"

말을 마치자 돌로 된 벼루를 집어 들어 조조에게 던졌다. (*이 돌로 된 벼루 하나는 진시황을 죽이려고 장량張良이 박랑사博浪沙에서 역사力士를 시켜서 던졌던 철추에 맞먹는다.) 조조는 크게 화가 나서 큰소리로 무사에게 서서의 어머니를 붙잡고 밖으로 나가서 목을 베도록 했다.

정욱이 급히 그를 말리려고 안으로 들어가서 조조에게 간했다: "서서의 모친이 승상의 노여움을 돋우는 것은 자신을 죽여 달라는 것입니다. 승상께서 만약 그 노인을 죽이신다면 의롭지 못하다는 불명예를 자초하게 되고 서서 모친의 덕德만 이루어주는 것이 됩니다. 서서의 모친이 죽고 나면 서서는 죽음을 각오하고 유비를 도와 복수하려고 할 것입니다. 그러니 차라리 살려두시어 서서로 하여금 몸과 마음이 두 곳으로 갈라져 있도록 한다면, 그가 설령 유비를 돕더라도 제 능력껏 다하지 못하게 될 것입니다. 당분간 서서의 모친을 살려두신다면 제가 계책을 써서 서서를 속여서 이리로 오도록 해서 승상을 도와드리도록 하겠습니다."(*조조를 위한 정욱의 계획은 참으로 훌륭하다.)

조조는 그의 말을 옳게 여겨 마침내 서서의 모친을 죽이지 않고 별실로 보내서 그곳에서 공양하도록 했다. (*조조가 서서의 모친을 죽이지 않은 것은 왕릉王陵의 고사故事를 반면거울로 삼은 것이다.)

(*왕릉王陵: 한漢의 공신. 진秦 말 유방이 패현沛縣에서 봉기했을 때 그는 수천 명을 모아서 남양南陽에 할거하고 있었는데, 후에 한漢과 초楚가 서로 싸울 때 유방에게 귀의했다. 그러자 항우項羽가 그의 모친을 군중軍中으로 잡아와서 왕릉에게 항복해 오라고 협박했다. 그러자 왕릉의 모친은 그가

전심으로 유방을 섬길 수 있도록 칼로 자결했다.—역자)

〖 6 〗 정욱은 날마다 찾아가서 문안을 드리고, 자기는 일찍이 서서
와 형제의 의를 맺었다고 거짓말을 하면서 서서의 모친을 마치 자기
친모처럼 대했다. 또 때때로 여러 가지 물건들을 보내드렸는데, 그때
마다 반드시 친필로 서찰을 써서 같이 보냈다. 서서의 어머니도 그 때
문에 역시 친필로 답서를 써서 보내야 했다.

정욱은 서서 모친의 필적筆跡을 속임수를 써서 손에 넣자 그 글씨체
를 모방하여 가서(家書: 집안에서 오는 편지) 한 통을 작성했다. 그리고는
심복 한 사람에게 그 가서를 가지고 신야현으로 곧장 달려가서 선복이
거처하는 군중 막사(行幕)를 물어 찾아가 전해 주도록 했다.

군사가 그 사람을 안내하여 서서에게 데리고 가서 만나도록 했다.
서서는 모친의 가서를 가지고 왔다는 말을 듣고 급히 그를 불러들여
물었다.

그 사람이 말했다: "저는 역참에서 일하는 심부름꾼인데 노부인의
분부를 받들어 전해드릴 가서를 가지고 왔습니다."

서서가 겉봉을 뜯어보니, 가서의 내용은 이러했다:

"근자에 네 아우 강康이 죽은 후로는 눈을 들어 사방을 둘러보아
도 혈육이라곤 하나 없어서 슬픔에 빠져 있던 중에, 뜻밖에도 조
승상이 사람을 시켜서 나를 속여 허창許昌으로 데려와서는 네가 배
반을 했다면서 나를 오랏줄로 묶어 감옥에 가두려고 했는데, 마침
정욱 등이 구원해준 덕에 갇히는 것은 면했다. 만약 네가 와서 항
복을 한다면 내가 죽음을 면할 수 있을 것 같다. 이 글이 이르는
날 이 어미가 너를 낳아 길러준 은혜(劬勞之恩)를 생각하여 밤낮을
가리지 말고 달려와서 효도를 다하고, 그런 후에 천천히 함께 고향
으로 돌아가서 농사지을 궁리를 한다면 (*교묘한 점은, 이 구절은 그

에게 조조를 섬기라고 지시하지 않고 있어서 그 어미의 말소리와 흡사하다는 것이다.) 큰 화를 면할 수 있을 것이다. 나는 지금 목숨이 실한 오라기에 매달려 있는 것과 같으므로 오로지 네가 와서 구원해 주기만 바랄 뿐이다. 다시 여러 말 하지 않겠다."

〖 7 〗 서서徐庶는 그 가서를 다 읽고 나서 눈물을 샘솟듯이 펑펑 쏟으면서 그것을 가지고 현덕에게 가서 말했다: "저는 본래 영주潁州 사람 서서徐庶인데 자를 원직元直이라고 합니다. 도망을 다니느라 이름을 선복單福으로 바꿨던 것입니다. 전에 유경승(劉景升: 유표)이 현사賢士들을 부르고 받아들인다는 말을 듣고 일부러 찾아가 만나서 같이 여러 가지 일들을 이야기해 보고는 그가 무능한 사람임을 알게 되었습니다. 그래서 글을 써놓고 헤어진 다음 깊은 밤중에 사마수경司馬水鏡의 집으로 가서 그 일을 이야기했었습니다. 그랬더니 수경이 저에게 주인을 못 알아본다고 몹시 책망하면서, '유劉 예주께서 여기 계시는데 왜 그를 섬기지 않느냐?'고 했습니다. (*이 말은 현덕도 전에 들어보지 못한 것인데, 이에 이르러 비로소 보충 설명하는 것이 참으로 묘하다.) 그래서 제가 일부러 미친 체하고 저잣거리에서 노래를 불러 사군의 마음을 움직여 보려고 했던 것인데, 다행히 사군께서는 저를 버리시지 않고 곧바로 중용해 주셨습니다.

그러나 노모께서 지금 조조의 간계에 속아서 허창으로 갔다가 옥에 갇혀 계시는데, 장차 노모를 해치려 하고 있습니다. 노모께서 손수 글월을 써 보내시어 저를 부르시니, 저는 가지 않을 수가 없습니다. 견마지로犬馬之勞를 다하여 사군께 보답하고 싶었지만, 노모께서 붙잡혀 계시니 제가 사군을 위해 진력盡力할 수 없게 되었습니다. 지금은 일단 하직을 고하고 후일에 다시 만나 뵐 수 있도록 궁리해 보겠습니다."

현덕은 그 말을 듣고 통곡하며 말했다: "모자간의 친함은 천륜天倫

이오. 원직은 이 유비에 대해서는 괘념치 마시고 우선 모친부터 만나 뵌 후에 혹시 다시 가르침을 받을 수 있을지 기다려 봅시다."(*현덕이 그를 더 이상 붙들어 두려고 하지 않은 것은 정말로 효자의 마음을 잘 체득하고 있었기 때문이다.)

서서는 곧바로 하직을 고하고 떠나려고 했다.

현덕曰: "부디 하룻밤만 더 같이 보내고 내일 송별연을 한 뒤 떠나가도록 하시지요."

손건이 은밀히 현덕에게 말했다: "원직은 천하의 기재奇才인데 오랫동안 신야에 있었기 때문에 아군我軍의 실정을 전부 알고 있습니다. 지금 만약 조조에게 가도록 내버려 두신다면, 그는 반드시 중용될 것이고, 그렇게 되면 우리가 위험해질 것입니다. 주공께서는 그를 억지로라도 붙들어 두시고 절대 놓아 보내지 마십시오. 조조는 원직이 오지 않는 것을 보면 반드시 그의 모친을 죽이고 말 것입니다. 원직은 자기 모친이 죽은 것을 알고 나서 모친의 원수를 갚기 위해서라도 있는 힘을 다해 조조를 치려고 할 것입니다."(*이 역시 교묘한 계책이다. 다만 어진 사람으로서는 차마 할 수 있는 것이 아니다.)

현덕曰: "안 되오. 남을 시켜서 그 모친을 죽이도록 한 후 내가 그 아들을 쓴다는 것은 어질지 못한(不仁) 일이오. 붙들어 두고 가지 못하게 함으로써 그 모자지간의 천륜을 끊는 것은 의롭지 못한(不義) 일이오. 나는 차라리 죽을지언정 어질지 못하고 의롭지 못한 일은 하지 않을 것이오."(*현덕이 서서를 붙들어 두자는 손건의 계책을 거절한 것은 선복이 말의 관상을 보고 건의한 말(相馬之說)을 거절한 것과 같은 뜻이다.)

여러 사람들은 모두 그 말에 감탄했다.

〖 8 〗 현덕은 서서를 청해 와서 함께 술을 마시려고 했다.

서서曰: "지금 노모께서 갇혀 계신다는 말을 듣고 나니 비록 아무리 좋은 술(金波玉液)이라도 목으로 넘기지 못하겠습니다."

현덕曰: "이 유비는 공이 가신다는 말을 듣고 나니 마치 좌우 양 팔을 잃은 것 같아서 비록 용의 간(龍肝)과 봉황의 뇌수(鳳髓)로 만든 진미일지라도 역시 맛을 모르겠습니다."

두 사람은 서로 마주 앉아 울면서 그 자리에 앉은 채 날이 밝기를 기다렸다.

여러 장수들이 이미 성 밖에다 송별연을 베풀기 위한 연석을 마련해 놓았다. 현덕과 서서는 나란히 말을 타고 성을 나갔다. 역참의 여관(長亭)에 이르러 말에서 내려 서로 작별인사를 했는데, 현덕이 술잔을 들고 서서에게 말했다: "유비는 선생과의 연분(緣分)이 얕고 박해서 선생과 같이 지낼 수 없게 되었습니다. 부디 선생께서는 새 주인을 잘 섬겨서 공명(功名)을 이루십시오."

서서가 울면서 말했다: "저는 재주도 없고 지혜도 얕건만 사군께서는 저를 중용해 주셨습니다. 이제 불행히도 중도에 서로 헤어지게 되었으나 이는 사실 노모 때문입니다. 설령 조조가 저를 핍박하더라도 저는 죽을 때까지 그를 위해서는 단 한 가지 계책도 내지 않을 것입니다."

현덕曰: "선생께서 가버리고 나면 이 유비 역시 멀리 산림 속으로 들어가서 숨어 지낼까 합니다."

서서曰: "제가 사군(使君)을 모시고 함께 왕업이나 패업(王覇)을 도모하려고 했던 것은 이 마음(方寸) 하나를 믿었기 때문인데, 이제 노모의 일 때문에 마음이 어지러워졌으므로, 설령 이곳에 남아 있더라도 도모하시는 일에 유익할 게 없습니다. (*진정에서 우러나와 하는 실화(實話)이다.) 사군께서는 따로 고명한 현자를 구해서 보좌를 받으시어 함께 대업을 도모하도록 하셔야지 어찌 곧바로 이처럼 낙심하신단 말입니까?"

현덕曰: "아무리 천하의 고명한 현자라 하더라도 선생보다 뛰어난 사람은 없을 것입니다."(*이 말로부터 곧바로 공명이란 이름을 이끌어내야 했다.)

서서曰: "저는 한낱 가죽나무나 상수리나무처럼 쓸모없는 용렬한 재목과 같은 자인데, 어찌 그런 과분한 말씀을 하십니까?"(*다만 스스로 겸손하기만 할 뿐 여전히 공명이란 이름은 꺼내지 않고 있다.)

서서는 작별하기에 앞서 다시 여러 장수들을 돌아보고 말했다: "부디 여러분은 사군을 잘 섬기어서 여러분의 이름을 서책(竹帛)에 남기고 공적을 사서(靑史)에 기록되도록 해야 합니다. 결코 중동무이하는 이 서서를 본받아서는 안 됩니다."

그 말에 모든 장수들은 비감해졌다. 현덕은 차마 서로 헤어지기 어려워서 한참 동안 바래다주고 나서 또 한참 더 바래다주었다.

드디어 서서가 작별인사를 했다: "사군께서는 멀리까지 배웅해 주시려고 수고하지 마십시오. 이제 여기서 작별인사를 올리겠습니다." (*이때도 여전히 멀리 배웅해주는 것을 사양할 뿐, 공명이란 이름은 꺼내지 않고 있다.)

현덕이 말 위에서 서서의 손을 잡고 말했다: "선생께서 이제 가시면 우리는 각기 서로 멀리 떨어져 있게 되는데, 어느 날에야 다시 만나볼 수 있을지 모르겠습니다."

말을 마치자 눈물을 비 오듯 흘렸다. 서서 역시 눈물을 흘리고 울면서 떠나갔다. 현덕은 숲가에 말을 세우고 서서가 말을 타고 종자를 데리고 총총히 떠나가는 뒷모습을 바라보다가 그만 울음을 터뜨리며 말했다: "원직이 떠나가 버렸구나! 나는 앞으로 어떻게 한단 말인가?"

눈에 눈물을 글썽이며 서서가 떠나간 쪽을 바라보았지만 숲이 가로막아서 보이지 않았다. 현덕은 채찍으로 가리키며 말했다: "내 저곳의 나무들을 모조리 베어 버리고 싶다."

여러 사람들이 그 이유를 묻자, 현덕이 말했다: "서원직을 바라보는 나의 눈길을 가로막기 때문이다."

〖 9 〗 한창 바라보고 있을 때 갑자기 서서가 말에 채찍질을 하여 돌아오고 있는 것이 보였다.

현덕曰: "원직이 다시 돌아오고 있다. 혹시 갈 생각이 없어진 건 아닐까?"

곧바로 기뻐서 말에 박차를 가해 앞으로 나아가 맞이하며 물었다: "선생께서 이처럼 돌아오시다니, 틀림없이 무슨 하실 말씀이 있어서지요?"

서서가 말을 멈추고 현덕에게 말했다: "제가 마음이 마치 헝클어진 실처럼 혼란해서 그만 한 말씀 여쭙는 것을 잊었습니다. 이곳에 기이한 인사가 한 사람 있는데 바로 양양 성 밖 20리 떨어진 융중隆中에서 살고 있습니다. 사군께서는 왜 그를 찾아가 보시지 않으십니까?"(*이때서야 비로소 요긴한 말 한 마디를 하면서 요긴한 한 사람을 천거하고 있다. 그러면서도 그 이름은 말하지 않고 먼저 그가 사는 곳부터 말하고 있다.)

현덕曰: "수고스럽지만 원직이 나를 위해 그를 청해 와서 만나보게 해주시오."

서서曰: "그 사람은 이쪽에서 불러와서 만나볼 수 있는 그런 인물이 아닙니다. 사군께서 몸소 찾아가셔서 만나보셔야 합니다. 만약 이 사람만 얻을 수 있다면 바로 주周 문왕文王이 여망(呂望: 강태공)을 얻고 한漢 고조高祖가 장량(張良: 장자방)을 얻은 것이나 다를 바 없습니다."

현덕曰: "그 사람은 선생과 비교하면 그 재주와 덕이 어떻습니까?"

서서曰: "저와 비교하는 것은, 비유하자면 노둔한 말(駑馬)을 기린에 비교하는 것과 같고, 갈가마귀를 난새나 봉황에 비교하는 것과 같습니다. 이 사람은 늘 자신을 관중(管仲: 춘추시대 제齊 나라의 유명한 정치가)과 악의(樂毅: 전국시대 연燕 나라의 유명한 장군)에 견준 적이 있습니다. 그러나 제가 보기에는 관중과 악의도 이 사람보다는 못한 것 같습니다. 이 사람은 천하를 마음대로 주름잡을 수 있는(經天緯地) 재주가 있으니 아마도 천하에 그와 겨룰 수 있는 사람은 단 한 사람도 없을 것입니다."(*아직도 그 사람을 칭찬만 할 뿐 그 이름은 말해주지 않고 있다.)

현덕은 기뻐서 말했다: "그 사람의 성과 이름을 들려주시겠습니까?"(*현덕도 이때 와서야 비로소 그 이름을 물어본다.)

서서曰: "그 사람은 본래 낭야국琅琊國 양도현(陽都縣: 산동성 기남현沂南縣 남쪽) 출신으로 성은 복성複姓으로 제갈諸葛이고, 이름은 량亮, 자는 공명孔明입니다. (*이에 이르러 비로소 공명의 이름을 말하고 있다. 빙빙 돌고 돌아 천천히 말해주는 것의 극치이고, 또한 정중함의 극치이다.) 한漢의 사예교위司隸校尉 제갈풍諸葛豊의 후손입니다. 그의 선친은 이름이 규珪, 자는 자공子貢으로 태산군의 부副 군수(郡丞)로 있었으나 일찍이 돌아가셨습니다.

제갈량은 그의 숙부 제갈현諸葛玄에게 몸을 의지하고 있었는데, 제갈현은 형주목荊州牧 유경승劉景升과 오랜 교분이 있었습니다. 그래서 형주로 가서 그에게 의지하고 있다가 마침내 양양에 정착해서 살게 되었습니다. 뒤에 제갈현이 세상을 떠나자 제갈량은 그 아우 균均과 함께 남양(南陽: 남양군 등현鄧縣 융중隆中)에서 직접 농사를 지으며 지내고 있습니다. (*이제 그 가문의 이력까지 자세히 말해주고 있다.)

그는 일찍이 양보음(梁父吟: 梁甫吟)이란 노래를 읊기 좋아했습니다. 그가 사는 곳에 와룡강臥龍岡이라는 이름의 한 언덕이 있기 때문에 자신의 호號를 '와룡선생臥龍先生'이라고 지었습니다. 이 사람이야말로 이 시대의 다시없는 기재奇才이니, 사군께서는 급히 직접 찾아가 보셔야 합니다. 만약 이 사람이 사군을 보좌해 주려고만 한다면 천하를 안정시키지 못할까봐 걱정할 필요는 전혀 없습니다."

현덕曰: "전에 수경선생께서 나에게 '복룡伏龍과 봉추鳳雛 두 사람 가운데 한 사람만 얻어도 천하를 안정시킬 수 있을 것이다' 라고 했습니다. 지금 말씀하신 사람이 바로 복룡이나 봉추 아닌가요?"(*와룡臥龍 이란 말을 듣고 복룡伏龍을 기억해 내고, 복룡이란 말을 듣고 봉추鳳雛를 기억해 낸다. 우여곡절이 심하다.)

서서曰: "봉추는 양양 사람 방통龐統을 말하고, 복룡이 바로 제갈공명입니다."(*수경은 두 사람을 천거하면서 한 사람의 이름도 말해주지 않았는데, 원직은 한 사람을 천거하면서 두 사람의 이름을 말해주고 있다. 묘하게 대비가 된다.)

현덕은 펄쩍 뛰면서 말했다: "오늘에야 비로소 복룡과 봉추라는 말을 알게 되었습니다. 그런 대현大賢이 바로 눈앞에 계실 줄 어찌 기대나 했겠습니까. 선생께서 말씀해 주시지 않았으면 이 유비는 눈이 있어도 장님과 마찬가지였습니다."

후세 사람이 서서가 말을 달려 와서 제갈공명을 천거한 일을 칭찬하여 지은 시가 있으니:

고현高賢 다시 못 만난다니 가슴 아파서　　　痛恨高賢不再逢
갈림길에서 울며 작별하는 둘의 정 애틋하다.　臨岐泣別兩情濃
소개하는 말 한 마디 봄철 천둥소리 같이　　　片言却似春雷震
잠자던 남양의 용 깨어나게 하네.　　　　　　能使南陽起臥龍

서서는 공명을 천거하고 나서 다시 현덕과 작별하고 말에 채찍질을 하여 떠나갔다. 현덕은 서서가 일러주는 말을 듣고 비로소 사마덕조司馬德操가 한 말의 뜻을 깨닫고는 마치 술에서 갓 깨어난 듯, 꿈에서 갓 깨어난 듯했다.

그는 여러 장수들을 이끌고 신야로 돌아오자 곧바로 예물을 후히 갖추어 관우, 장비와 함께 공명을 청해 오려고 남양으로 갔다.

〖 10 〗한편 서서는 현덕과 작별하고 떠나왔으나 떠나보내기 서운해
하는 현덕의 정을 느끼면서 혹시 공명이 산에서 나와서 현덕을 섬기려
고 하지 않을까봐 염려되어 마침내 말을 타고 곧장 와룡강 아래로 달
려가서 초려草廬로 들어가 공명을 만났다. (*원직의 사람됨이 매사에 마
음을 다하는 것을 말하고 있다.) 공명이 그가 찾아온 뜻을 물었다.

　서서가 말했다: "나는 본래 유 예주를 섬기려고 하였소. 그러나 노
모께서 조조에게 붙잡혀 계시면서 글을 보내와서 나를 부르시기에 어
쩔 수 없이 그를 포기하고 가는 길이오. 떠날 때에 공을 현덕에게 천거
하였소. 현덕이 일간 곧 찾아와서 뵙기를 청할 것이오. 공은 부디 거절
하지 마시고 평소의 큰 재주를 펼치어 그를 도와준다면 참으로 다행이
겠소!"

　공명은 그 말을 듣고 안색을 바꾸며 말했다: "그대는 나를 제사상에
올려지는 희생의 제물로 생각하시오?"

　말을 마치고는 소매를 떨치고 안으로 들어가 버렸다.

　서서는 무안하고 창피해서 물러 나와 다시 말에 올라 길을 재촉하여
모친을 뵈러 허도로 갔다. 이야말로:

　　벗에게 한 마디 당부함은 주인 사랑해서이고　　囑友一言因愛主
　　천리 먼 집으로 달려감은 모친 생각해서이네.　　赴家千里爲思親
　　뒷일이 어찌될지 모르겠거든 다음 회를 읽어보도록 하라.

*〈양보음(梁甫吟)〉
걸어서 제齊나라 도성 문 나오면　　　　　　　　　　步出齊城門
저만치 멀리에 탕음리 보이지　　　　　　　　　　　遙望蕩陰里
그 마을에 무덤 세 개 있는데　　　　　　　　　　　里中有三墓

서로 비슷한 게 연이어 있지.　　　　　　　　纍纍正相似

그게 누구의 무덤인지 물어보니　　　　　　　問是誰家塚

전강田疆과 공손접公孫接, 고야씨古冶氏의 것이라네.　田疆古冶氏

그들의 힘 남산을 떠밀 수 있었고　　　　　　力能排南山

문장력은 천하를 뒤엎을 수 있었지.　　　　　文能絶地紀

그러나 하루아침에 참소를 당하자　　　　　　一朝被讒言

복숭아 두 개로 세 장사 죽었다네.　　　　　二桃殺三士

누가 이런 모략 꾸며낼 수 있었을까　　　　　誰能爲此謀

제齊 나라 재상 안영晏嬰이었다네.　　　　　國相齊晏子

제 36 회 모종강 서시평序始評

　(1). 본 회의 이야기는 공명이 주主이고 선복單福은 그의 빈賓이고, 방통龐統 역시 그의 빈賓이다. 수경水鏡은 복룡伏龍과 봉추鳳雛 둘을 천거했으나 선복은 오로지 복룡만 천거하면서 그에 곁들여 봉추를 말했던 것이다. 즉, 공명에 대해서는 상세하게, 방통에 대해서는 간략하게 말하는데, 이것이 글(文)에는 주主와 빈賓의 구별로 나타나는 것이다.

　대개 글의 주主는 무겁게, 빈賓은 가볍게 다루는데, 그렇기 때문에 현덕은 선복이 원직元直인 줄 알고 나서도 수경장에서 먼저 들었던 것에 대해 언급하지 않으며, 봉추가 방통인 줄 알고 나서도 앞서 목동의 입을 통해 들은 것에 대해서는 언급하지 않는다. 이는 현덕이 이때 말할 새가 없었기 때문이 아니라 실은 작가가 이때 기록할 새가 없었기 때문이다. 종합하면, 작가가 주의를 기울이는 것은 정필正筆에 있고 방필旁筆은 모두 생략된 바에 있다.

(2). 방통에게 숙부가 있고 공명에게도 숙부가 있다. 서서에게
아우가 있고 공명 역시 아우가 있다. 방통의 숙부는 수경의 친구였
고, 공명의 숙부는 유표와 오랜 교분이 있었다. 서서는 모친은 살
아계셨지만 아우는 죽었고, 공명은 아우는 살아 있지만 부친이 돌
아가셨다. 방통의 내력은 목동의 입으로 말해지고, 서서의 내력은
정욱의 입으로 말해지며, 공명의 내력은 서서의 입으로 말해진다.
방통을 말할 때에는 다만 그 숙부에 대해서만 언급하고, 서서를 말
할 때에는 다만 그 모친과 그 아우에 대해서만 언급하지만, 공명을
말할 때에는 그 아우와 숙부뿐만 아니라 그 부모와 조상에 대해서
까지 언급한다. 혹은 먼저 혹은 나중에, 혹은 간략하게 혹은 상세
하게, 들쑥날쑥 가지런하지 않으니 참으로 서사敍事의 묘품妙品이라
할 것이다.

(3). 채모蔡瑁가 가짜로 현덕의 시詩를 썼으나 유표는 그것을 의
심했고, 정욱은 서서 모친의 가서家書를 가짜로 썼으나 서서는 그
것을 진짜로 믿었다. 어찌 서서의 지혜가 유표만도 못했는가? 모
자간의 정이 간절했기 때문이다. 느긋하면 자세히 헤아리기가 쉽
지만, 급하면 상세하게 따져보지 못한다(緩則易於審量, 急則不及致
詳). 소원하면 방관하게 되고 그러면 분명하게 볼 수 있지만, 친하
면 관심을 갖게 되고 그러면 혼란스러워진다(疏則傍觀者淸, 親則關
心者亂). 만약 서서가 머뭇거리면서 달려가지 않았다면 그는 효자
라고 할 수 없다. 그러므로 군자는 서서의 실수를 책망하지 않는
것이다.

제37회

사마휘, 다시 명사를 천거하고
유비, 삼고초려를 하다

〖 1 〗 한편 서서徐庶는 길을 재촉하여 허창許昌으로 갔다. (건안 12년
(서기 207년) 11월.) 조조는 서서가 이미 당도한 것을 알고 곧바로 순욱荀
彧, 정욱程昱 등 모사들에게 나가서 그를 맞이하도록 했다. 서서가 상
부相府로 들어가서 조조를 만나 뵈었다. (*모친 때문에 몸을 굽혔지 조조
때문에 몸을 굽힌 것은 아니다.)

조조曰: "공은 고명한 선비로서 어찌하여 몸을 굽혀 유비 같은 사람
을 섬겼소?"

서서曰: "저는 어렸을 때 도망쳐서 강호를 떠돌아다니다가 우연히
신야新野에 이르러 현덕과 가까이 지내게 되었습니다. 노모가 이곳에
계시는데 다행히 승상께서 자애롭게 보살펴 주신다니 실로 부끄럽고
도 감사한 마음 그지없습니다."(*자기 모친을 죽이려고 한 사람에게 반대

로 자기 모친을 자애롭게 보살펴줘서 고맙다고 인사를 하고 있다. 참으로 만부득이萬不得已 해서 한 말이다.)

조조曰: "공이 이제 이곳에 왔으니 아침저녁으로 자당慈堂 어른을 곁에서 모실 수 있게 되었소. 그리고 나 역시 훌륭한 가르침을 받을 수 있게 되었소."

서서는 정중히 고맙다고 인사를 하고 밖으로 나와 급히 가서 모친을 뵙고 대청 아래 엎드려 울며 절을 했다.

모친은 크게 놀라서 말했다: "네가 웬 일로 여기 왔느냐?"

서서曰: "근자에 신야에서 유劉 예주를 섬기고 있었는데 어머님께서 보내신 서찰을 받고 밤낮을 가리지 않고 이리로 달려왔습니다."

모친은 발끈 화를 내며 손으로 책상을 내리치고 꾸짖었다: "이 못난 자식아! 여러 해 동안 강호를 떠돌아다니기에 나는 그래도 네놈의 학업學業에 진전이 있을 것으로 생각했는데 어찌하여 도리어 처음만도 못하단 말이냐! (*원직은 처음에는 일개 협객俠客에 불과했으나 그 후 뜻밖에도 명사名士가 되었으니, 본래는 처음보다 나중에 더 나아진 것이다. 그런데도 도리어 처음보다 못하다고 책망하니, 아주 묘하다.)

너는 이미 글을 읽었으니 모름지기 임금에 대한 충성(忠)과 부모에 대한 효도(孝)는 동시에 둘 다 온전히 할 수 없다(忠孝不能兩全)는 이치쯤은 알아야 할 것 아니냐! 그런데 어찌하여 조조는 임금을 속이는 역적이고 유현덕은 인의仁義의 사람으로 사해에 널리 알려져 있는데다가 또한 한실漢室의 후예라는 것도 모른단 말이냐?

네가 이미 그를 섬기고 있다면 너는 주인을 올바로 얻은 것이다. 그런데도 지금 위조 편지 한 장을 받고는 자세히 살펴보지도 않고 곧바로 영명한 주인을 버리고 사악한 역적을 찾아옴으로써 스스로 더러운 이름을 취하고 말다니, 참으로 어리석은 놈이구나!

내 무슨 낯으로 너를 보겠느냐? 너는 조상을 욕되게 하면서 헛되이 천지간을 살아가는 놈이로구나!"

꾸중을 들은 서서는 땅에 엎드려 감히 모친을 우러러 보지도 못했다. 모친은 스스로 일어나 돌아서 병풍 뒤로 들어가 버렸다.

조금 후 하인이 나와서 알렸다: "노부인께서는 스스로 대들보에 목을 매셨습니다."

서서가 황급히 들어가서 구하려고 했으나 모친의 숨은 이미 끊어져 있었다. (*본래는 모친의 생명을 보전하기 위해서 돌아왔던 것인데 돌아옴으로써 도리어 모친의 죽음을 재촉하고 말았다. 죽을 때까지 원직은 원한을 품게 되었다.) 후세 사람이 〈서서의 모친을 칭찬하는 시(徐庶母讚)〉를 지었으니:

어질도다, 서서의 모친이여	賢哉徐母
향기로운 그 이름 천고에 전해오네.	流芳千古
절개 지켜 흠 없었으니	守節無虧
집안이 그로 인해 바른 길 걸었네.	於家有輔
올바른 도리로 자식을 가르쳤고	敎子多方
처신을 바로 하려 스스로 애를 썼네.	處身自苦
꿋꿋한 기개 산과 같았고	氣若丘山
의리는 폐부肺腑에서 우러나왔네.	義出肺腑
인의의 사람 유 예주(유비)를 찬미하고	讚美豫州
간신 역적 위 무후(조조)를 야단쳤네.	毁觸魏武
가마솥에 삶겨 죽는 것 두려워하지 않았고	不畏鼎鑊
도끼날에 목 떨어지는 것도 겁내지 않았네.	不懼刀斧
오로지 두려워했던 것은	唯恐後嗣
자식이 조상을 욕보이는 것.	玷辱先祖
칼로 자진한 왕릉王陵의 모친과 동류였고	伏劍同流
베틀 위의 베를 자른 맹자 모친과 동렬이었네.	斷機堪伍

살아서는 어진 모친으로 이름났고	生得其名
의로운 죽음으로 후세에 모범 보였네.	死得其所
어질도다, 서서의 모친이여	賢哉徐母
향기로운 그 이름 천고에 전해오네.	流芳千古

서서는 모친이 이미 돌아가신 것을 보고 통곡을 하다가 기절하여 땅에 쓰러졌다가 한참 후에야 비로소 깨어났다. 조조는 사람을 시켜서 장례 예물을 보내어 조문하도록 하고, 또 친히 가서 제사를 지냈다. 서서는 모친을 허창의 남쪽 들판에 장사지내고, 거상居喪 중에는 묘를 지켰다. 서서는 조조가 보내주는 물건들은 하나도 받지 않았다. (*이상으로 서서에 대한 이야기는 마치고, 이하에서는 오로지 공명에 대해서만 이야기한다.)

〚 2 〛 이때 조조는 남정南征 문제를 상의하려고 했다. 순욱이 간했다: "지금은 날씨가 추우므로 군사를 움직여서는 안 됩니다. 잠시 기다렸다가 봄이 되어 따뜻해지거든 그때 가서 군사를 크게 일으켜 기세 좋게 쳐내려가도록 해야 합니다."

조조는 그 말을 따랐다. 그리고는 장하漳河의 물을 끌어와서 못을 만들어 이를 현무지玄武池라고 이름 짓고, 그 안에서 수군을 훈련시키면서 남정 준비를 했다.

한편, 현덕이 막 예물을 갖추어 제갈량을 찾아뵈러 융중隆中으로 가려고 하는데, 갑자기 보고가 들어왔다: "문밖에 웬 선생 한 분이 와 계십니다. 높은 관에 넓은 허리띠를 두르고(裳冠博帶) 도인의 풍모風貌를 하신 범상치 않은 분께서 특별히 주공을 뵙기 위해 찾아오셨다고 합니다."

현덕曰: "이는 혹시 공명孔明이 아닐까?"

곧바로 의관을 가지런히 하고 맞이하러 나가서 보니 사마휘司馬徽였다. 현덕은 크게 기뻐하면서 후당後堂으로 청해 들어가서 높은 자리에 앉도록 한 다음 삼가 물었다: "저는 선생님을 하직한 후로 날마다 군무軍務에 바빠서 다시 찾아뵙지를 못했습니다. 지금 이처럼 왕림해 주시니, 평소 우러러 사모하던 마음에 큰 위로가 되옵니다."

사마휘曰: "서원직이 여기에 있다는 말을 듣고 한 번 만나 보려고 일부러 왔습니다."

현덕曰: "근자에 조조가 서서의 모친을 잡아 가두자 그의 모친이 인편에 서찰을 보내서 허창으로 돌아오라고 불렀으므로, 그는 이미 허창으로 갔습니다."

사마휘曰: "이는 조조의 계략에 걸려들고 만 것이오. 내가 이전에 듣기로는, 원직의 모친은 지극히 현명한 분이라고 했소. 비록 조조에게 붙잡혀 가서 갇혀 있더라도 절대로 서찰을 보내서 자기 아들을 부르려고 하실 분이 아니오. 그 서찰은 위조한 것이 틀림없소. 만약 원직이 가지 않았다면 그 모친은 오히려 살아 계시겠지만, 이제 이미 갔다니 모친께선 틀림없이 죽었을 것이오."

현덕이 놀라서 그 까닭을 물었다.

사마휘曰: "원직의 모친은 의기가 높으시므로, 틀림없이 조조에게 속아서 돌아온 자기 아들을 보기 부끄러워하실 것이오."(*그 아들은 모르는데 그 벗은 알고 있으니, 이것이 이른바 관심자는 흐리멍덩한데 방관자는 맑다(關心者亂, 傍觀者淸)는 것이다.)

현덕曰: "원직이 떠나갈 때 저에게 남양南陽의 제갈량諸葛亮을 천거했는데, 그는 어떤 사람입니까?"(*이 말이 바로 정문正文이다. 이 앞서의 말들은 단지 여담에 불과하다.)

사마휘가 웃으면서 말했다: "원직이 가고 싶으면 제 혼자 가면 될 것을 왜 또 남까지 끌어내서 심혈을 쏟도록 하려는가?"(*이 말이야말로 천거하지 않으면서 천거하는 것이고, 칭찬하지 않으면서 칭찬하는 것이다(不薦之薦, 不讚之讚). 묘한 것은, 지극히 한가롭고 지극히 냉랭하게 한다는 것이다.)

현덕曰: "선생님께선 어찌 그런 말씀을 하십니까?"

사마휘曰: "박릉博陵의 최주평崔州平, 영주潁州의 석광원石廣元, 여남汝南의 맹공위孟公威 및 서원직徐元直 이들 네 사람이 공명과 가장 친하게 지내는 벗들이오. 이 네 사람은 어느 한 분야에서 정밀해지고 순수해지기(精純) 위해 애쓰는데, 오직 공명만은 홀로 전체적인 큰 국면을 살펴보고 있소. 그는 일찍이 두 손으로 무릎을 끌어안고 길게 읊더니 네 사람을 보고 말한 적이 있소: '그대들이 벼슬길에 오른다면 자사刺史나 군수郡守 자리까지는 오를 수 있을 것이다.' 그때 여럿이서 공명의 뜻은 어떠한지 물어보자, 공명은 웃기만 하고 대답은 하지 않았소. 그는 항상 자신을 관중管仲과 악의樂毅에 견주었는데, 그의 재주는 이루 헤아릴 수가 없을 정도요."

현덕曰: "영주에는 현사賢士들이 왜 이렇게 많습니까?"

사마휘曰: "예전에 은규(殷馗: 제31회에서 소개되었다.)란 사람이 천문을 잘 살펴보았는데, 그가 일찍이 말한 적이 있습니다: '많은 별들이 영주 분야에 모여 있으므로 그 땅에서는 틀림없이 현사들이 많이 날 것이다' 라고."(*현덕이 찾고 있고 수경이 천거하고 있는 것은 단 한 사람의 현사이다. 그런데도 그 한 현사를 내버려두고 영주 지방에 현사 많음을 자랑하고 있다.)

그때 운장이 곁에 있다가 말했다: "제가 듣기로는 관중과 악의는 춘추시대와 전국시대 때의 유명한 인물로서 그 공로가 천하를 뒤덮었다고 하던데, 공명이 자신을 이 두 사람에게 견주는 것은 너무 지나친 것 아닙니까?"

사마휘가 웃으며 말했다: "내가 보기에는 그 두 사람에게 견주는 것은 합당치 못한 것 같소. 나는 그를 다른 두 사람에게 견주고 싶소."

운장이 그 두 사람이 누구인지 물었다.

사마휘日: "주周 왕조가 팔백년 간 흥성하도록 만든 강태공(姜太公: 姜子牙. 呂尙)과 한漢 왕조가 사백년 간 왕성하도록 만든 장량(張良: 張子房)에게 견줄 수 있을 것이오."

그 말을 듣고 많은 사람들은 놀라서 입을 딱 벌렸다.

사마휘는 계단을 내려서서 하직인사를 하고 가려고 했다. 현덕이 더 머물러 있으라고 붙들었으나 그는 듣지 않았다.

사마휘는 문을 나서자 하늘을 우러러보며 큰소리로 웃으며 말했다: "와룡臥龍이 비록 그 주인은 얻겠지만 때를 얻지 못하니, 애석하구나!"

말을 마치자 표연히 가버렸다. (*수경을 마치 한가롭게 떠 있는 구름이나 들판의 학처럼 그리고 있다. 홀연히 날아왔다가 홀연히 날아가 버린다.) 현덕은 감탄하며 말했다: "정말로 은거隱居하고 있는 현사賢士로다!"

〖 3 〗 다음날 현덕은 관우, 장비 그리고 따르는 사람들과 함께 융중으로 갔다. 멀리 바라보니 산기슭 밭에서 농부 몇이서 호미로 김을 매면서 노래를 부르고 있었다:

푸른 하늘은 둥그런 덮개 같고	蒼天如圓蓋
큰 땅은 네모난 바둑 판 같네.	陸地如棋局
세상 사람들 검은 돌과 흰 돌처럼 나뉘어	世人黑白分
영욕榮辱을 다투느라 분주히 오가네.	往來爭榮辱
이겨서 영광을 차지한 자 스스로 편안하고	榮者自安安
져서 욕을 보는 자 반드시 고생한다.	辱者定碌碌
남양에 은거하는 사람 있어	南陽有隱居
베개 높이 베고 누워서 계속 잠만 자네.	高眠臥不足

현덕은 노래 소리를 듣고 말을 세우고 농부를 불러서 물어보았다:
"이 노래는 누가 지은 것이냐?"

농부曰: "와룡선생께서 지으신 것입니다."(*그 사람을 보기 전에 먼
저 그가 지은 노래를 듣는다.)

현덕曰: "와룡선생은 어디에 사시느냐?"

농부曰: "이 산 남쪽부터는 일대가 높은 언덕인데, 이곳이 바로 와
룡강臥龍岡입니다. 이 언덕 앞에 나무가 듬성듬성한 숲이 있고, 그 안
에 초가집 한 채가 있는데 바로 제갈 선생께서 살고계신 곳입니다."

현덕은 고맙다고 말하고 말에 채찍질을 하여 앞으로 갔다. 몇 마장
(里) 못 가서 멀리 와룡강이 보였는데, 과연 그 맑은 경치가 범상치 않
았다. (*그 사람을 보기 전에 먼저 그가 사는 땅을 본다.) 후세 사람이 와룡
이 살던 곳에 대해 읊은 고풍古風 시 한 편이 있으니, 그 시의 내용은
이렇다:

양양성에서 서쪽으로 이십 리 떨어진 곳은	襄陽城西二十里
일대가 높은 언덕으로 옆으론 시냇물 흐른다.	一帶高岡枕流水
높은 언덕 굽이진 곳엔 흰 구름 솟아오르고	高岡屈曲壓雲根
시냇물은 졸졸 하얀 돌들 사이로 흐른다.	流水潺湲飛石髓
지세는 용이 바위 위에 똬리 튼 것 같고	勢若困龍石上蟠
지형은 봉황이 소나무 그늘에 앉은 것 같다.	形如單鳳松陰裏
사립문 반쯤 닫혀 초가집 가리고 있는데	柴門半掩閉茅廬
그 안에 고명한 선비 누워서 일어나지 않네.	中有高人臥不起
키 큰 대나무 우거져 푸른 병풍 두른 듯하고	修竹交加列翠屛
사철마다 울타리엔 들꽃 향기 그윽하다.	四時籬落野花馨
침상머리에 쌓인 것은 전부 서책들이고	床頭堆積皆黃卷
찾아오는 손님들 가운데 무식한 사람 없네.	座上往來無白丁
회색 털 원숭이 때때로 문 두드려 과일 바치고	叩戶蒼猿時獻果

문지기 늙은 학은 밤에 경 읽는 소리 듣는다.　　守門老鶴夜聽經
오래된 비단 주머니 속엔 거문고 들어 있고　　囊裏名琴藏古錦
벽에 걸린 보검에는 소나무 무늬 비친다.　　壁間寶劍映松文
초가 안에 계신 선생 홀로 우아하시나　　廬中先生獨幽雅
한가할 때엔 몸소 밭 갈기에 힘쓰신다.　　閒來親自勤耕稼
봄철 천둥소리에 놀라 꿈 깨기 기다렸다가　　專待春雷驚夢回
휘파람 길게 불어 천하 안정시키리.　　一聲長嘯安天下

〖 4 〗 현덕은 집 앞에 이르러 말에서 내려 직접 사립문을 두드렸다. 동자童子 하나가 나와서 누구시냐고 물었다.

현덕曰: "한漢 좌장군左將軍·의성정후宜城亭侯·예주목豫州牧·황숙皇叔 유비劉備가 특별히 선생을 뵙기 위해 찾아왔느니라."

동자曰: "저는 그렇게 긴 이름을 다 외울 수 없습니다."

현덕曰: "너는 그냥 유비가 찾아왔다고만 여쭈어라."

동자曰: "선생님께선 오늘 아침에 잠시 나가셨습니다."

현덕曰: "어디로 가셨느냐?"

동자曰: "가시는 곳이 일정하지 않아서 어디로 가셨는지는 모르겠습니다."

현덕曰: "언제쯤 돌아오시느냐?"

동자曰: "돌아오시는 때 역시 일정치 않습니다. 어떤 때는 네댓 날, 또 어떤 때는 열흘이 넘어서야 돌아오십니다."

현덕은 실망하여 탄식하기를 마지않았다.

장비曰: "만나볼 수 없다고 하니 돌아가면 그만이지요."

현덕曰: "일단 잠깐만 더 기다려 보자."

운장曰: "차라리 일단 돌아가고, 나중에 다시 사람을 보내서 돌아와 있는지 알아보도록 하는 게 좋겠습니다."

현덕은 그의 말대로 하기로 하고, 동자에게 부탁했다: "선생께서 돌아오시거든 유비란 사람이 찾아왔었다고 여쭈어라."

그리고는 곧바로 말에 올랐다. 몇 마장(里) 가서 말을 멈추고 돌아서서 융중隆中의 경치를 구경했다. 과연 산은 높지는 않아도 빼어나게 아름다웠고, 시냇물은 깊지는 않아도 아주 맑아서 바닥이 다 보였으며, 땅은 넓지는 않아도 평탄했고, 숲은 크지는 않아도 나무들이 무성했다. 원숭이와 학들은 서로 사이좋게 지내고, 소나무와 참대들이 어우러져 푸른 숲을 이루었다. 현덕은 경치 구경에 한참 동안이나 넋을 잃고 있었다.

〖 5 〗 그때 문득 훤칠한 용모에 풍채는 당당하고, 머리에는 소요건逍遙巾을 쓰고 몸에는 검정 무명 두루마기를 입은 사람이 청려장青藜杖을 짚고 산간 오솔길로 오고 있는 것이 보였다.

현덕曰: "이분은 틀림없이 와룡선생이시다!."

그는 급히 말에서 내려 앞으로 나아가 인사를 하고 물었다: "선생께서는 와룡선생이 아니신지요?"

그 사람이 말했다: "장군은 누구십니까?"

현덕曰: "유비라고 합니다."

그 사람이 말했다: "저는 공명이 아니고 공명의 친구로서 박릉博陵 사람 최주평崔州平이라 합니다."

현덕曰: "존함을 들은 지 오랜데 만나뵙게 되어 반갑습니다. 우선 여기에 잠시 앉아서 한 마디 가르침을 받았으면 합니다."

두 사람은 숲속 돌 위에 마주 앉고, 관우와 장비는 그 곁에 모시고 섰다.

주평曰: "장군께서는 왜 공명을 만나려고 하십니까?"

현덕曰: "지금은 바야흐로 천하가 크게 어지러워져서 사방이 온통 들끓고 있습니다. 그래서 공명을 만나보고 나라를 안정시킬 방책을 얻고 싶어서입니다."

주평이 웃으면서 말했다: "공께서 어지러운 세상을 바로잡는 일을 주主로 삼으시려는 것은, 비록 어진 마음이기는 하지만, 다만 자고自古로 치세治世와 난세亂世는 고정되어 있지 않고 늘 변해 왔습니다.

한 고조께서 백사白蛇를 베어죽이고 봉기하여 무도한 진秦을 멸한 때부터는 난세(亂)에서 치세(治)로 들어간 때입니다. 그리하여 서한 말 애제(哀帝: 기원전 6~1년)와 평제(平帝: 기원전 1~서기 5년)의 대代에 이르기까지 2백 년간 오랫동안 태평세월을 누렸습니다. 그러나 왕망王莽이 황위皇位를 찬탈한 때로부터 다시 난세로 들어갔습니다. 그러다가 광무(光武: 25~56년) 때에 중흥하여 왕조의 기틀을 다시 정비하였으니, 이는 다시 난세에서 치세로 들어간 때입니다.

그 후 지금까지 200년이 지났는데, 백성들이 편안하게 지내온 지 이미 오래 됐기 때문에 전란이 다시 사방에서 일어나고 있는 것입니다. 지금은 바로 치세에서 난세로 들어가는 때이므로 이를 갑작스럽게 안정시킬 수는 없습니다.

장군께서는 공명으로 하여금 어지러워진 천하를 바로 돌리도록(斡旋 天地) 하고 갈라진 하늘과 땅을 하나로 깁도록 하려(補綴乾坤) 하시지만, 아마도 이는 쉬운 일이 아니어서 공연히 심력心力만 낭비하고 마는 것이 되지 않을까 두렵습니다. '하늘의 이치(天理)를 따르는 자는 편안하고, 하늘의 이치를 거스르는 자는 고생만 하며(順天者逸, 逆天者勞)', '천수天數가 있으면 천리天理도 이를 빼앗지 못하며, 천명天命이 정해 놓은 것을 사람이 억지로 어찌지 못한다(數之所在, 理不得而奪之, 命之所定, 人不得而强之)'는 말을 들어보지 못하셨습니까?"

현덕曰: "선생의 말씀은 참으로 고견高見이십니다. 다만 이 유비는 한 황실의 후예이므로 마땅히 나라를 바로 일으켜 세워야만 할 입장에 있으니, 어찌 감히 이것을 천수와 천명에만 맡겨놓을 수 있겠습니까?"(*이는 공명이 "성공과 패배, 이롭고 불리함은 미리 헤아릴 수 없다(成敗利鈍非所逆睹)"라고 한 말과 같은 뜻이다(*제97회의 '후後출사표').)

주평曰: "일개 시골 촌부인 저는 장군과 더불어 천하의 일을 논의하기에는 부족합니다. 마침 명공께서 물어보시기에 망령되이 한 말씀 드렸을 뿐입니다."

현덕曰: "선생의 가르침은 잘 받았습니다. 다만 공명께서 어디로 가셨는지 모르십니까?"

주평曰: "저 역시 그를 찾아보려고 왔던 차이므로, 정말로 어디로 갔는지 모릅니다."

현덕曰: "선생을 모시고 같이 저의 현(즉, 신야현)으로 돌아갔으면 하는데, 어떻게 생각하십니까?"

주평曰: "제 천성이 한가한 것을 좋아하고 공명功名에 뜻을 두지 않은 지 오래 되었습니다. 훗날 다시 뵙도록 하지요."

말을 마치자 그는 길게 절을 하고 가버렸다.

현덕은 관우, 장비와 함께 다시 말에 올라 귀로에 올랐다.

장비曰: "공명은 만나보지도 못하고 도리어 생각지도 않았던 썩은 선비를 만나서 너무 오래 한담閑談만 했네!"

현덕曰: "한담이 아니라 이 역시 은자隱者의 말이다."

〖 6 〗세 사람이 신야로 돌아온 후 며칠 지나서 현덕은 사람을 시켜서 공명의 소식을 알아보도록 했다. 그가 돌아와서 보고했다: "와룡선생께선 이미 돌아오셨습니다."

현덕은 즉시 말을 준비하도록 지시했다.

장비曰: "그까짓 촌놈 하나 만나려고 형님께서 직접 가실 필요가 어디 있습니까. 사람을 시켜서 불러오면 되지요."

현덕이 꾸짖었다: "너는 어찌 맹자께서 하신 말씀도 들어보지 못했느냐? 맹자께서는: '현자를 만나보려고 하면서도 그에 합당한 예로써 하지 않는 것은 마치 그가 들어오기를 바라면서도 그가 들어올 문을 닫아버리는 것과 같다(欲見賢而不以其道, 猶欲其入而閉之門也)'고 하셨느니라. 공명은 이 시대의 대현大賢이신데 어떻게 가만히 앉아서 불러올 수 있겠느냐?"(*공명은 스스로를 관중과 악의에 견줄 줄 알았고, 현덕은 〈맹자〉를 읽을 줄 알았다.)

그리고는 곧바로 말에 올라 다시 공명을 만나보려고 갔다. 관우와 장비 역시 말을 타고 같이 따라나섰다.

때는 마침 한겨울이어서 (건안 12년(서기 207년) 12월) 날씨가 매우 추운데다 먹구름이 온 하늘을 뒤덮고 있었다. 몇 마장(里) 못 가서 갑자기 북풍이 살을 에듯 무섭게 몰아치며 함박눈이 펑펑 쏟아졌다. 산들은 마치 옥돌 무더기처럼 변했고, 숲은 흡사 은銀장식처럼 되었다. (*와룡강의 설경은 틀림없이 더욱 볼 만할 것이다.)

장비曰: "천지가 꽁꽁 얼어붙어 싸움도 할 수 없는 이런 추위에 왜 쓸모없는 사람을 만나보러 멀리까지 가야만 합니까? 차라리 신야로 돌아가서 눈바람을 피하는 게 낫겠습니다."

현덕曰: "나는 공명이 나의 지극한 정성을 알아주도록 하려고 해서 그러는 것이다. 아우들은 추위가 겁나거든 먼저 돌아가도 좋다."

장비曰: "죽음조차도 겁내지 않는데 어찌 추위를 겁내겠소! 다만 형님께서 공연히 속이나 썩이실까봐 염려가 되서 그러는 것이지요."(*군사를 움직일 때에도 추위를 겁내지 않는데 손님을 방문하러 가면서 추위를 겁내다니, 우습다.)

현덕曰: "여러 말 말고 그냥 따라서 같이 가자."

〖 7 〗 초려草廬에 가까이 갔을 때, 갑자기 길옆 주점 안에서 누군가

가 노래 부르는 소리가 들려왔다. 현덕은 말을 세우고 들어보았다. 그 노래 가사는 이러했다:

장사가 여태 공명 못 이룬 것은	壯士功名尙未成
아, 오랫동안 따뜻한 봄날 못 만났기 때문.	嗚呼久不遇陽春
그대는 보지 못했는가?	君不見
동해의 강태공이 초야를 떠나서	東海老叟辭荊榛
문왕의 수레 타고 함께 가서 왕사王師 된 것을.	後車遂與文王親
무왕이 은殷을 칠 땐 팔백 제후 기약 없이 모여	八百諸侯不期會
맹진孟津을 건널 때 잉어들이 배에 뛰어들었고	白魚入舟涉孟津
목야의 싸움에서 피가 강을 이루었으니	牧野一戰血流杵
빛나는 그의 공로 무신들 중 으뜸이었다.	鷹揚威烈冠武臣
그대는 또 보지 못했는가?	又不見
고양의 술꾼(酈食其) 출신 본래 미천했지만	高陽酒徒起草中
발 씻는 유방劉邦 보고는 절도 하지 않았지.	長揖硙磄隆準公
그러나 왕업에 관한 그의 식견 높음에 놀라	高談王霸驚人耳
발 씻다말고 자리 내주며 영웅 풍모 흠모했지.	輟洗延坐欽英風
그런 그가 제齊의 일흔 두 성城 항복시키자	東下齊城七十二
천하에 그의 자취 이을 수 있는 장수 없었네.	天下無人能繼踪
그러나 위의 두 사람도 어진 천자 못 만났다면	兩人非際聖天子
지금 그들이 영웅인 줄 누가 알아주겠는가.	至今誰復識英雄

(*노래에 나오는 여망呂望, 즉 강태공과 역생(酈生), 즉 역이기(酈食其)에서 취하고 있는 것은 결국 관중管仲과 악의樂毅에 관한 일이다. 관중은 제齊의 재상이었고 여망은 제齊에 봉해졌다. 악의는 제齊의 70여개 성을 함락시켰고, 역이기 역시 제齊의 70여개 성을 항복시켰다. 공명은 자신을 관중과 악의에 견주었는데, 이 노래를 지은이는 공명과 흡사하다. 그러므로 여기서 이 노래를 부르고 있는 사람 역시 관중과 악의와

흡사하다.)

　노래가 끝나자 또 한 사람이 탁자를 치면서 노래를 불렀다. (*이 사람은 또 누구인가?) 그 노래 가사는 이러했다:

우리 고高 황제皇帝 칼 들고 천하 평정하여	吾皇提劍淸寰海
한漢나라 세우신 지 사백 년이 지나	創業垂基四百載
환제, 영제 말년에는 국운(火德)이 쇠약해져	桓靈季業火德衰
간신적자들 조정 대권 장악했지.	奸臣賊子調鼎鼐
푸른 구렁이 용상에 내려와 앉고	靑蛇飛下御座旁
요사스런 무지개는 옥당玉堂에 섰지.	又見妖虹降玉堂
도적떼들 사방에서 개미떼처럼 모여들고	群盜四方如蟻聚
간사한 영웅들 모두 들고 일어났지.	奸雄百輩皆鷹揚
우리는 휘파람 길게 불며 그냥 박수나 치고	吾儕長嘯空拍手
답답하면 마을 술집 와서 술이나 마신다네.	悶來村店飮村酒
자기 한 몸 잘 보전하면 날마다 편안한데	獨善其身盡日安
불후의 이름 천추에 남기려 할 필요 어디 있나.	何須千古名不朽

　〖 8 〗 두 사람은 노래를 다 부르고 나서 손뼉을 치며 크게 웃었다.
　현덕이 말했다: "혹시 와룡선생도 이 안에 계시는가?"
　현덕이 곧바로 말에서 내려 술집 안으로 들어가 보니 두 사람이 탁자에 기대고 서로 마주보고 앉아서 술을 마시고 있었는데, 왼편(上席)에 있는 사람은 얼굴이 희고 수염이 길었으며, 오른편(下席)에 있는 사람은 용모가 단정하고 예스러운 모습이었다.
　현덕이 읍을 하고 물었다: "두 분 중에 누가 와룡선생이십니까?"
　긴 수염을 한 사람이 말했다: "공은 누구시오? 와룡을 찾아서 뭘 하려고 그러시오?"

현덕曰: "저는 유비라고 합니다. 선생을 찾아뵙고 세상을 구제하고 백성을 편안히 할 계책을 물어보려고 합니다."

긴 수염을 한 사람이 말했다: "우리는 와룡이 아니고, 둘 다 와룡의 친구들이오. 나는 영주穎州의 석광원石廣元이고, 이분은 여남汝南의 맹공위孟公威란 사람이오."(*수경水鏡이 공명의 친구들을 말하면서 서서徐庶 이외에 최崔, 석石, 맹孟 세 사람이 있다고 했는데, 이제 현덕은 뜻하지 않게 그들 모두를 만난다. 하나는 처음 공명을 방문한 후에 만나고, 하나는 공명을 방문하기 전에 만난다.)

현덕은 기뻐서 말했다: "제가 두 분의 존함을 들은 지는 오래 되었는데, 우연히 이렇게 만나 뵙게 되어 참으로 반갑습니다. 지금 여기에 따르는 말들도 있으니, 두 분께서는 함께 와룡선생 집으로 가서 같이 얘기나 나누도록 하시지요."

석광원曰: "우리는 모두 산야에서 살아가는 게으름뱅이들인지라 나라 다스리고 백성들 편안히 하는 일 같은 것은 알지도 못하니, 물어보려고 애쓰지 마십시오. 명공께서는 말에 오르시어 와룡이나 찾아가 보십시오."

〖 9 〗 현덕은 이에 두 사람과 작별하고 말에 올라 와룡강을 찾아 갔다. 집 앞에 이르러 말에서 내려 문을 두드려서 동자에게 물었다: "선생께서는 오늘 댁에 계시느냐?"

동자曰: "현재 대청 위에서 책을 읽고 계십니다."

현덕은 크게 기뻐하며 곧바로 동자를 따라서 안으로 들어갔다. 중문에 이르니 문 위에 크게 쓴 대련對聯 하나가 보였는데, 이르기를:

담박하게 함으로써 뜻을 밝게 하고　　　　　　　淡泊以明志
평온히 함으로써 먼 앞날 내다본다.　　　　　　寧靜以致遠

현덕이 한참 보고 있을 때 갑자기 안에서 읊조리는 소리가 들려서 문가에 서서 가만히 엿보니, 초당 위에서 한 젊은이가 화로 앞에서 무릎을 끌어안고 노래를 부르고 있었다. 그 노래 가사는 이러했다:

봉황은 천 길 높은 하늘에서 빙빙 날아도　　　鳳翺翔於千仞兮
오동나무 아니면 깃들지 않는다네.　　　　　　非梧不棲
선비는 한 고장에서 숨어 살아도　　　　　　　士伏處於一方兮
자기 주인 아니면 섬기지 않는다네.　　　　　　非主不依
즐겨 시골에서 몸소 농사지으니　　　　　　　樂躬耕於隴畝兮
나는 내 초가집을 좋아한다네.　　　　　　　　吾愛吾廬
도도한 마음 잠시 거문고와 서책에 의탁하니　聊寄傲於琴書兮
때天時가 오기만을 기다리고 있다네.　　　　　以待天時

〚 10 〛 현덕은 그의 노래가 끝나기를 기다렸다가 초당으로 들어가서 인사를 하고 말했다: "유비는 오랫동안 선생을 흠모해 왔으나 연분이 얕아서 뵙지를 못했습니다. 전에 서원직徐元直이 선생님을 칭찬하며 추천하기에 삼가 댁을 찾아왔으나 뵙지 못하고 그냥 돌아갔습니다. 오늘은 특별히 눈바람을 무릅쓰고 왔더니 이렇듯 존안尊顔을 우러러 뵐 수 있게 되어 실로 천만다행입니다."

그 젊은이가 황급히 일어나 답례를 하면서 말했다: "장군께선 제 형님을 만나보시려는 유劉 예주가 아니십니까?"

현덕이 놀라고 의아해서 말했다: "선생 또한 와룡이 아니십니까?"

소년曰: "저는 와룡의 아우 제갈균諸葛均입니다. 저희는 형제가 세 사람인데 큰형은 제갈근諸葛瑾으로 현재 강동의 손중모(孫仲謀: 손권) 밑에서 그 막료로 있고, 공명孔明은 바로 제 둘째형입니다."(*전에 서서는 단지 공명의 아우에 대해서만 말하고 그 형은 말하지 않았는데, 지금 제갈균의 입을 통해 제갈근에 대해 보충설명하고 있다. 단지 형 하나 동생 하나뿐인데도 이들을 두 차례로 나누어 설명하고 있는바, 참으로 서사敍事의 묘품이다.)

현덕曰: "와룡께서는 지금 댁에 계신가요?"

제갈균曰: "어제 최주평崔州平과 약속하고 밖으로 놀러 갔습니다."

현덕曰: "어디로 놀러 갔습니까?"

제갈균曰: "때로는 작은 배를 타고 강호에서 놀기도 하고, 때로는 승려나 도사를 찾아 산 위로 오르기도 하고, 때로는 친구를 찾아 마을로 가기도 하고, 때로는 신선들이 산다는 동굴 안에서 거문고도 타고 바둑도 둡니다. 오고 가는 것이 일정치 않아 간 곳을 모르겠습니다."

현덕曰: "나와는 이렇게도 인연이 얕은가? 두 번이나 찾아왔는데도 대현大賢을 못 뵙게 되다니!"

제갈균曰: "잠시 앉으십시오, 차를 올리겠습니다."

장비曰: "선생도 없다는데, 형님, 그만 말에 오르시지요."

현덕曰: "내 이미 여기까지 와 놓고 어찌 말 한 마디 없이 그냥 돌아간단 말이냐."

그리고는 제갈균에게 말했다: "형님이신 와룡선생께서는 군사책략(韜略)에 정통하시어 매일 병서兵書를 보신다고 들었는데, 그에 관한 이야기를 들어볼 수 있겠습니까?"

제갈균曰: "저는 모릅니다."

장비曰: "그 사람에게 물어본들 뭐 하겠어요! 눈바람이 거센데 빨리 돌아갑시다."(*익덕의 초조해 함을 빌려서 현덕의 겸손함과 공경스러움을 더욱 돋보이게(襯出) 하고 있다.)

현덕이 그에게 가만히 있으라고 꾸짖었다.

제갈균曰: "형님이 안 계시니 감히 행차를 오래 머무시도록 권하지 못하겠습니다. 형님이 돌아오시면 일간 찾아가 뵙도록 하겠습니다."

현덕曰: "어찌 감히 선생께서 왕림해 주시기를 바라겠습니까. 수일 후에 제가 다시 와야지요. 종이와 붓을 빌려주시면 가형 앞으로 글을 한 장 남겨 이 유비의 간곡한 뜻이나 전하고 싶습니다."(*첫 번째 왔을 때는 이름만 전했고, 두 번째 와서는 글을 남긴다. 올 때마다 점점 더 가까워지고 있다.)

제갈균은 곧바로 지필묵紙筆墨을 가져다 주었다. 현덕은 언 붓을 입김을 불어 푼 다음 종이를 펼쳐놓고 글을 썼는데, 그 내용은 이러했다:

"저 유비는 오래 전부터 선생의 존함을 흠모하여 두 차례 뵈러 왔습니다만 뵙지 못하고 그냥 돌아가게 되니 서운한 마음 이루 말할 수 없습니다. 저 유비는 한 황실의 후예로서 외람되이 명성과 작위를 얻고 있으나, 조정은 쇠락하고 기강은 무너지고, 군웅들이 나라를 어지럽히고, 악당들이 임금을 속이고 있는 것을 엎드려 보고만 있자니 제 심장과 간담은 온통 찢어지는 듯합니다. 제게는 비록 이를 바로잡아 구제하려는 간절한 마음은 있지만 실로 이를 실천할 경륜과 계책이 없습니다.

우러러 바라는 바는, 선생께서 인자하신 마음과 충의의 뜻으로 흔쾌히 (문왕을 도와 주周를 건국하는 데 큰 공을 세운) 여망(呂望: 강태공)과 같은 큰 재주를 펼쳐 주시고, (한 고조 유방을 도와 한漢을 건국하는 데 공을 세운) 장자방(子房: 장량)과 같은 큰 계략을 펼쳐보여 주신다면 (*여망과 장자방의 이름을 거론한 것은 바로 사마휘와 서서가 말한 것과 서로 대응하도록 하기 위해서다.) 천하를 위해 이보다 더한 다행이 없을 것이고, 사직社稷을 위해서도 이만한 다행이 없을 것입니다.

우선 이 몇 자의 글로 제 뜻을 전하고 다시 목욕재계한 후 찾아와서 존안을 뵙고 면전에서 저의 진심을 아뢰고자 하오니 너그러이 헤아려 주시기를 간절히 바라옵니다."

〖 11 〗 현덕은 다 쓰고 나서 그것을 제갈균에게 건네 준 다음 하직을 고하고 문을 나왔다. 제갈균이 그를 문밖까지 바래다주자, 현덕은 재삼 그에게 간절한 뜻을 표한 다음 헤어졌다. (*처음 왔을 때에는 동자에게 부탁했고, 두 번째 와서는 그 아우에게 부탁한다. 올 때마다 점점 가까워진다.)

현덕이 막 말에 오르려고 하다가 문득 보니 동자가 울타리 밖을 향해 손을 흔들면서 "선생님께서 오십니다!" 하고 외치는 것이었다.

현덕이 그곳을 보니, 작은 다리 서쪽에서 한 사람이 방한모를 머리에 덮어쓰고 몸에는 여우 털 갖옷을 입고 당나귀를 타고 오는데, 그 뒤로는 푸른 옷을 입은 동자 하나가 호리술병을 손에 들고 눈을 밟으며 따라오고 있었다. (*절묘한 한 폭의 그림이다.) 그 사람은 다리를 지나오면서 입으로 시 한 수를 읊조렸는데, 그 시는 이러했다:

지난밤엔 북풍이 차갑게 불더니	一夜北風寒
만리 하늘에 검붉은 구름 두껍게 끼었네.	萬里彤雲厚
끝없는 공중에 눈발 어지러이 날리면서	長空雪亂飄
강산의 옛 모습 몽땅 바꿔 놓았네.	改盡江山舊
고개 들어 허공 쳐다보니	仰面觀太虛
마치 옥룡玉龍들이 싸우고 있는 듯하다.	疑是玉龍鬪
옥룡 비늘 어지럽게 휘날리며	紛紛鱗甲飛
잠깐 동안에 온 우주에 두루 퍼지네.	頃刻遍宇宙
나 홀로 나귀 타고 작은 다리 건너가며	騎驢過小橋
매화꽃 마른 것을 탄식하노라.	獨歎梅花瘦

현덕은 노래를 듣고 말했다: "이분은 정말로 와룡이시다."

그는 말안장에서 구르듯이 내려 앞으로 나아가 인사를 하고 말했다: "선생께서 이런 추위를 무릅쓰시기는 쉽지 않겠습니다. 이 유비가 기다리고 있은 지 오래되었습니다."

그 사람은 황망히 나귀에서 내려 답례를 했다. 이때 제갈균이 뒤에서 말했다: "이분은 제 형님 와룡이 아니고 형님의 장인어른이신 황승언黃承彦이십니다."

현덕曰: "방금 읊으신 귀절은 극히 절묘했습니다."

황승언曰: "늙은 사람이 작은사위 집에서 〈양보음(梁父吟)〉을 보고 그 한 편을 외웠지요. 마침 작은 다리를 지나가다가 우연히 울타리 사이의 매화를 보고 가슴에 와 닿아서 그것을 읊었던 것인데, 손님께서 듣고 계시는 줄은 몰랐습니다."

현덕曰: "사위님을 보셨습니까?"

황승언曰: "이 늙은 사람도 바로 그를 보려고 오는 것입니다."

현덕은 그 말을 듣고는 황승언과 작별인사를 하고 다시 말에 올라서 돌아오려고 하는데, 바로 그때 눈바람이 더욱 거세졌다. 현덕은 고개를 돌려 와룡강을 바라보면서 서글퍼지는 마음을 금치 못했다. (*지난번에는 경치를 구경했는데, 이번에는 경치 구경할 마음은 없고 다만 우울하기만 하다. 매우 정치情致 있게 묘사하고 있다.)

〖 12 〗 후세 사람이 현덕이 눈바람을 무릅쓰고 공명을 찾아간 일만을 읊은 시가 있는데, 그 시의 내용은 이러하다:

눈바람 휘날리던 날 현량賢良 찾아갔으나	一天風雪訪賢良
못 만나고 돌아오니 그 마음 서글프다.	不遇空回意感傷
내와 다리 얼어붙고 산의 돌은 미끄러운데	凍合溪橋山石滑
추위는 말안장까지 스며들고 갈 길은 멀다.	寒侵鞍馬路途長
눈송이들 머리 위로 배꽃 같이 떨어지고	當頭片片梨花落
버들개지 같은 눈송이들 얼굴 마구 때리는데	撲面紛紛柳絮狂
말고삐 잡고 서서 고개 돌려 멀리 바라보니	回首停鞭遙望處

작은 은 조각들이 와룡강에 가득 쌓인다.　　　　爛銀堆滿臥龍岡

〖 13 〗 현덕이 신야新野로 돌아온 뒤로 시간을 질질 끌다보니 어느덧 이른 새봄이 되었다. (*겨울에 눈이 오면 용은 칩거하지만 봄이 되어 우레 가 치면 용은 일어난다. 누워있는 용(臥龍)을 찾아가려는 사람은 본래 봄철에 찾아가야만 한다.) 현덕은 점쟁이에게 시초蓍草 점을 쳐서 길일吉日을 택 하도록 하여 3일간을 목욕재계하고 새 옷으로 갈아입고 다시 공명을 만나보려고 와룡강으로 가려고 했다.

관우와 장비가 이 말을 듣고는 언짢아 하다가 마침내 둘이 같이 들 어가서 현덕에게 간했다. 이야말로:

대현大賢이 영웅의 뜻에 따르려 하지 않아　　　高賢未服英雄志
몸 낮춰 찾아가려니 뜻밖에 호걸들이 의심한다　屈節偏生傑士疑
그들이 무슨 말로 간하는지 모르겠거든 다음 회를 읽어보도록 하라.

제 37 회 모종강 서시평序始評

　(1). 현덕이 공명을 만나보고자 하는 마음이 급해서 수경水鏡의 말을 듣고는 그가 공명인 줄로 생각하고, 최주평崔州平을 보고도 그 를 공명인 줄로 생각하고, 석광원石廣元과 맹공위孟公威를 보고도 그 들을 공명인 줄로 생각하고, 제갈균과 황승언黃承彦을 보고도 그들 을 공명인 줄로 여겼는데, 이는 마치 긴 밤에 날 밝기를 기다리는 사람이 등불 빛을 보고는 날이 밝은 줄로 생각하고, 달빛을 보고는 날이 밝은 줄로 생각하고, 별빛을 보고도 날이 밝은 줄로 생각하는 것과 같다. 또한 가뭄 때 밤에 비를 기다리는 사람이 바람소리를 듣고는 비가 오는 줄로 생각하고, 샘물 흐르는 소리를 듣고는 비가 오는 줄로 생각하고, 물이 새는 소리를 듣고도 또 비가 오는 줄로

생각하는 것과 같다. 〈서상곡西廂曲〉에서 말하기를 "바람에 대나무 흔들리는 소리를 금패金佩 울리는 소리라 하고, 달이 구름 사이로 지나가면서 꽃에 그늘이 지는 것을 보고는 미인(玉人)이 오는 줄로 의심하네."라고 하였다. 현덕이 목마른 자가 물을 찾는 심정으로 현자를 얻고자 한 것 역시 이와 같은 종류이다. 공명이 비록 세상에 나가고 싶어 하지 않았다 하더라도 어찌 나가지 않고 배길 수 있겠는가?

(2). 하늘의 뜻을 따르는 자는 편안하고 하늘의 뜻을 거스르는 자는 고생만 한다(順天者逸, 逆天者勞). 물론 서서의 경우처럼 시작은 있어도 끝맺음이 없는 것은 차라리 애초에 나가지 않는 것만 못할 것이다. 가령 공명 같은 경우에도 죽을 때까지 자기 온 힘을 다했으나 결국 위魏를 멸망시키지 못하고 오吳를 병탄하지도 못했는데, 서서가 무엇을 해낼 수 있었겠는가!

그러나 만약 춘추시대의 현사賢士들이 모조리 장저長沮 · 걸익桀溺 · 접여接輿 · 장인丈人(*이들은 전부 〈논어 · 미자편微子篇〉에 등장하는 은둔자들로, 이들은 공자의 동분서주 하는 모습을 비웃었다.)들만 배우고, 그것이 불가능한 줄 알면서도 하려고 애썼던(知其不可而爲之) 공자孔子 같은 사람이 없었다면, 그 누가 존주尊周의 의리를 후대 만년에 드러내 보일 수 있었겠는가? 만약 삼국三國의 명사들이 전부 수경水鏡과 최주평崔州平 · 석광원石廣元 · 맹공위孟公威를 배우려 하고, 뜻을 결단하여 자기 몸을 죽여가면서 이롭고 손해됨을 따지지 않았던 공명 같은 사람이 없었다면, 그 누가 한漢을 떠받들려는 마음을 천년 후세에 전할 수 있었겠는가? 현덕은 말하기를 "어찌 감히 이를 운수(數)와 운명(命)에만 맡겨둘 수 있겠는가!"라고 했는데, 공명도 이와 같은 마음이 아니었을까?

(3). '담박(淡泊)하다'는 것과 '평온(寧靜)하다'는 말은 공명의 일생의 근본에 해당하는 특성이다. 담박함에서 그 사람의 차분(冷)함을 알 수 있고, 평온함에서 그 사람의 한가(閑)함을 알 수 있다. 천하는 극히 한가하고 극히 차분한 사람이 아니면 극히 긴박하고 극히 복잡다단한 일들을 해낼 수 없다. 후에 박망博望에서 주둔지를 불태운 때로부터 기산祁山을 여섯 번 내려간 일에 이르기까지, 무수히 많은 긴박하고 복잡다단한 일들은 모두 극히 한가하고 극히 차분한 가운데서 쌓아온 것이다.

(4). 수경水鏡이 "그 천시를 얻지 못했다(未得其時)"고 한 말과 최주평이 "공연히 심력만 낭비한다(徒費心力)"고 한 말을 보고 독자들은 눈을 곧바로 오장원五丈原에서 일어나는 한 편의 이야기(*제103회, 104회)로 돌리게 된다. 대개 공명이 일에 착수하기도 전에 이미 작가는 그를 위한 결말 한 붓(筆)을 숨겨두고 있다. 지금 통속소설(稗官小說)을 쓰는 작가들은 왕왕 앞에서는 뒤를 돌아보지 않고, 뒤에 가서는 앞을 돌아보지 않는다. 게다가 통속소설을 읽는 독자들 역시 왕왕 앞에서는 그 뒤를 잊어버리고, 뒤에 가서는 그 앞을 잊어버린다.

혹자는 말했다: "이런 사람들에겐 〈삼국지〉를 읽도록 해야 한다."

그러나 나는 말한다: "이런 사람들은 〈삼국지〉를 읽지 못하도록 해야 한다."

제38회

공명, 융중에서 천하삼분 계책 정하고
손권, 장강에서 싸워 부친의 원수 갚다

〖 1 〗 한편, 현덕은 공명을 두 번 찾아갔으나 만나지 못하자 또다시 찾아가려고 했다.

관공曰: "형님이 두 번이나 직접 찾아가신 것만 해도 그 예가 너무 지나치십니다. 생각해 보니, 제갈량은 허명虛名만 있고 실제로 실력은 없기 때문에 일부러 피하면서 감히 형님을 만나보려고 하지 않는 것 같습니다. (*지금도 명사名士에게 글을 부탁하거나 명의名醫에게 병 치료를 부탁했을 때 질질 끌면서 빨리 해주지 않을 경우, 이런 말로 책망한다.) 형님은 어찌하여 그 사람에게 이토록 홀려 있습니까?"

현덕曰: "그렇지 않다. 옛날 제齊 환공桓公은 동곽야인東郭野人이란 대수롭지 않은 신하 하나를 만나보려고 다섯 번이나 찾아가서 겨우 한 번 만나보았다고 한다. (*관공이 〈춘추〉를 즐겨 읽으므로 그에게 〈춘추〉에 나오는 이야기를 해주고 있다.) 하물며 나는 지금 대현大賢을 만나보려는 것 아니냐?"

장비曰: "형님이 틀렸소. 그까짓 촌놈이 무슨 대현이란 말이오? 이번엔 형님께서 가실 필요 없습니다. 만약 그가 오지 않으면 내가 삼밧줄로 꽁꽁 묶어 가지고 오겠습니다."

현덕이 그를 꾸짖었다: "너는 어찌 주周 문왕文王께서 강자아(姜子牙: 강태공)를 찾아뵌 이야기도 들어보지 못했느냐? 문왕 같은 분조차도 현자를 그처럼 공경했는데, 너는 어찌 이처럼 무례하게 군단 말이냐? 이번에는 너는 가지 마라. 나는 운장과 같이 가겠다."

장비曰: "두 형님께서 다 가시는데 이 아우가 어찌 뒤에 떨어져 있을 수 있습니까!"

현덕曰: "네가 만약 같이 가겠다면, 무례한 짓을 해서는 안 된다."

장비는 그러겠다고 약속했다. 그리하여 세 사람은 말을 타고 따르는 사람들을 데리고 융중으로 갔다.

〖 2 〗 초려草廬에서 반 마장(里: 약 2백 미터) 떨어진 곳에서 현덕 일행은 말에서 내려 걸어가다가 (*그를 공경하는 마음이 이와 같았다.) 마침 제갈균諸葛均을 만났다. 현덕은 급히 인사를 하고 물었다: "형님께선 댁에 계신가요?"

제갈균曰: "어제 저녁에 막 돌아왔으니, 장군께서 오늘은 만나보실 수 있을 것입니다."

그는 말을 마치고는 훌쩍 따로 가버렸다.

현덕曰: "이번에는 요행히 선생을 만나 뵐 수 있겠구나!"

장비曰: "저 사람은 무례하구나! 우리를 집까지 안내해 줘도 될 텐데 어찌 그냥 혼자 가버린단 말인가?"

현덕曰: "그 사람도 자기 일이 있는데 어찌 강요할 수 있겠느냐?"

(*만약 제갈균이 현덕을 보고는 곧바로 급히 되돌아가서 공명에게 알려 공명과 함께 문 앞까지 나와서 맞이하며 인사를 한다면, 그들은 와룡의 형제일 수가 없다.)

세 사람이 집 앞에 이르러 문을 두드리자 동자가 문을 열고 나와서 무슨 일이냐고 물었다.

현덕曰: "애야, 수고 좀 해줘야겠다. 들어가서 유비가 선생님을 만나 뵈러 왔다고 여쭈어라."

동자曰: "오늘은 선생님께서 댁에 계시기는 하지만, 지금은 초당에서 낮잠을 주무시고 계십니다."

현덕曰: "그렇다면 잠시 알리지 마라."

현덕은 관우, 장비 두 사람에게 문밖에서 기다리고 있으라고 했다. 그리고는 천천히 걸어서 집 안으로 들어가 보니 선생은 초당의 평상 위에 반듯이 누워서 자고 있었다. 현덕은 섬돌 아래에서 두 손을 마주잡고 공손히 서 있었다. 한참이 지나도 선생은 깨어나지 않았다.

이때 관우와 장비는 밖에서 오래 서 있었지만 아무런 인기척도 나지 않아 안으로 들어가 보니 현덕은 여전히 그대로 시중드는 자세로 서 있었다.

장비는 크게 화가 나서 운장에게 말했다: "저 선생이란 자는 어찌 저리도 오만하단 말인가! 우리 형님께서 섬돌 아래에 서 있는 것을 보고도 자기는 그냥 높직이 드러누워 낮잠을 핑계대고 일어나지 않고 있다니! 내가 집 뒤로 가서 불을 질러버리는데도 어디 일어나는지 안 일어나는지 한 번 봅시다."

운장은 그를 재삼 말렸다. 현덕은 두 사람에게 문밖으로 나가서 기다리도록 했다. 그리고 당상을 바라보니 선생은 몸을 뒤척이며 일어나는 것처럼 보였다. 그런데 갑자기 벽 쪽으로 돌아눕더니 다시 잠을 잤다. 동자가 알리려고 하자 현덕이 말렸다: "잠시 그냥 두고 놀라시게 하지 마라."

그리고 또 한 시진(時辰: 약 2시간)이나 서 있은 후에야 비로소 공명이 잠에서 깨어나더니 입으로 시를 읊었다: (*여전히 곧바로 일어나지 않고 우선 스스로 시부터 읊는 것이 묘하다.)

큰 꿈에서 누가 먼저 깨어나는가	大夢誰先覺
나의 일생 나 스스로 알고 있네.	平生我自知
초당에서 봄잠 실컷 자고 났더니	草堂春睡足
창문 밖에 해는 길기도 하다.	窓外日遲遲

〖 3 〗 공명은 시를 다 읊고 나서 몸을 뒤치고 동자에게 물었다: "속세의 손님이 오지 않았느냐?"

동자曰: "유황숙께서 여기 서서 기다리신 지 오래 됐습니다."

공명은 그때서야 비로소 몸을 일으키며 말했다: "왜 빨리 알리지 않았느냐? 옷을 갈아입어야겠다."

그리고는 곧 몸을 돌려 후당으로 들어갔다. 또 한참 지나서야 비로소 의관을 단정히 하고 나와서 현덕을 맞이했다.

현덕이 보니 공명이 키가 8척이나 되었고, 얼굴은 관모冠帽에 매다는 백옥白玉 같았고, 머리에는 윤건(綸巾: 비단 천으로 만든 두건. 일명 제갈건)을 썼고, 몸에는 학창(鶴氅: 소매가 넓고 뒷솔기가 갈라진 흰옷의 가를 돌아가며 검은 형겊을 넓게 댄 외투)을 입었는데, 세속을 완전히 초탈한 신선神仙의 기개가 있었다. (*현덕의 눈으로 공명을 그려 보이고 있다.)

현덕은 그에게 절을 하고 말했다: "한 황실의 끝머리 후예이자 탁군涿郡의 우둔한 사내에 불과한 제가 오래 전에 선생의 존함을 들었을 때 마치 천둥소리가 제 귀를 뚫는 듯했습니다. 전에 두 번 뵈러 찾아왔었으나 한 번도 뵙지 못하고 천한 이름을 적어 책상 위에 두고 갔었는데, 혹시 보셨는지 모르겠습니다."

공명曰: "남양의 촌사람(野人)이 게으름이 습성이 되어버려 여러 차례 장군께서 왕림하시도록 하였으니 부끄럽기 그지없습니다."

두 사람은 인사를 하고 나서 손님과 주인으로 자리를 나누어 앉았다. 동자가 차를 올렸다.

차를 마시고 나서 공명이 말했다: "지난 번 글의 뜻을 보고 장군께서 백성과 나라를 걱정하시는 마음은 충분히 알았습니다. 그렇지만 저는 아직 나이도 어리고 재주가 얕아서 물어보시는 것(下問)에 올바로 대답할 수 없는 게 한스럽습니다."

현덕曰: "사마덕조司馬德操의 말과 서원직徐元直의 이야기가 어찌 빈말(虛談)들이겠습니까? 바라건대 선생께선 이 비천한 사람을 버리지 마시고 부디 가르침을 주십시오."

공명曰: "덕조와 원직은 천하의 고명한 선비들이오. 그러나 저는 한낱 농사꾼에 지나지 않는데 어찌 감히 천하의 일을 이야기하겠습니까? 두 분이 잘못 천거했습니다. 장군께서는 어찌하여 아름다운 옥돌(美玉)을 내버리고 쓸모없는 막돌(頑石)을 구하려고 하십니까?"

현덕曰: "대장부가 세상을 경영할 기이한 재주를 품고 있으면서 어찌 산속에서 헛되이 늙어갈 수 있습니까? 바라건대 선생께서는 천하의 백성들을 생각하시어 이 유비의 우둔함을 깨우쳐 주시고 가르침을 주십시오."

〖 4 〗 공명이 웃으며 말했다: "장군의 뜻을 한번 들어보고 싶습니다."

현덕은 사람들을 물리치고 자리를 바짝 가까이 당겨 앉으며 말했다: "한 황실이 기울어지고, 간신들이 왕명을 훔쳐(竊命) 나라를 다스리는 것을 보고 이 유비는 스스로의 힘도 헤아려보지 않고 대의大義를 천하에 펴고자 했지만, 지혜가 얕고 책략이 모자라서 결국 성취해 놓은 게 아무것도 없습니다. 부디 선생께서 저의 우둔함을 깨우쳐 주시고 현재의 곤경에서 건져 주신다면 실로 천만다행이겠습니다."(*공명이 그 뜻을 물어보자 현덕이 속에 품었던 뜻을 말한다. 비로소 두 사람은 깊은 이야기로 들어간다.)

공명曰: "동탁이 모반한 이후 천하의 호걸들이 동시에 들고 일어났습니다. 본래 조조의 세력은 원소에게 미치지 못했으나 끝내 원소를 이길 수 있었던 것은 비단 천시天時를 얻었을 뿐만 아니라 또한 사람의 계책도 뛰어났기 때문입니다(非唯天時, 抑亦人謀).

지금 조조는 이미 백만 대병을 보유하고 있으면서 천자를 끼고 제후들을 호령하고 있으므로, 사실 그와는 맞붙어 싸워서는 안 됩니다. (*먼저 조조를 쳐서 이길 수 없음을 설명한다.) 그리고 손권은 강동을 점거하고 있은 지 이미 삼대三代가 지났고, 지세地勢가 험한데다 백성들은 그를 따르고 있으므로, 그와 동맹을 맺어 원군援軍으로 삼을 수는 있지만 그를 쳐서 빼앗을 수는 없습니다. (*다음으로 손권도 취할 수 없음을 설명한다.)

형주荊州는 북쪽으로는 한수漢水와 면수(沔水: 한수의 상류)를 차지하고, 남쪽으로는 남해(南海: 광동, 광서 지구)까지의 물산과 자원을 전부 얻을 수 있고, 동쪽으로는 오회(吳會: 오군과 회계군의 합칭合稱. 강소성 진강鎭江 동남)와 연접해 있고, 서쪽으로는 파군巴郡과 촉군(蜀郡: 지금의 중경과 성도를 중심으로 한 사천 지구)까지 통하고 있는데, 이곳은 서로들 차지하려고 무력으로 다투는 땅이므로 그에 합당한 주인이 아니고서는 지켜낼 수 없습니다. 이곳은 아마 하늘이 장군께 주시려는 곳이라고 생각되는데, 장군께서는 혹시 뜻이 있으십니까?(*이는 형주는 취해도 된다는 말이다.)

익주益州는 지세가 험한 변방인데다 기름진 들판이 천리에 걸쳐 펼쳐져 있어서 물산이 풍부하므로 '천연의 곳간(天府)'이라 부르는 곳입니다. 그래서 고조高祖께서는 이곳을 근거로 제업帝業을 이루셨던 것입니다. 현재 이곳은 인구도 많고 물산도 풍족하건만, 이곳을 다스리고 있는 유장劉璋은 어리석고 나약해서 그들을 돌볼 줄 모릅니다. 그래서 지혜와 능력이 있는 인사들은 밝은 주군(明君)을 만나기를 기대하고 있습니다. (*이 말은 익주는 취할 수 있다는 것이다.)

장군께서는 한 황실의 후예이신데다 신의信義 있는 사람으로 천하에 그 이름이 나 있으므로 영웅들의 마음을 얻어 그들을 심복시킬 수 있고, 또 장군께서는 현자를 생각하는 마음이 마치 목마른 자가 물을 찾듯이 하고 계신지라, 만약 형주와 익주를 차지하고 있으면서 그 요충지(險要地)들을 잘 지켜서 보전하고, 서쪽으로는 여러 오랑캐 민족(戎族)들과 사이좋게 지내고, 남쪽으로는 이족彝族과 월족越族들을 잘 어루만지며, 밖으로는 손권과 손을 잡으시고 안으로는 정사를 잘 다스리면서 (*손권은 취할 수는 없지만 손을 잡을 수는 있다.) 천하의 세력 판도에 변화가 생기기를 기다렸다가, 일단 변화가 생겼을 때 상장군上將軍 하나에게 형주의 군사들을 거느리고 완성(宛城: 하남성 남양시南陽市)과 낙양洛陽을 향해 진격하도록 명하시고, 장군께서는 몸소 익주의 군사들을 거느리시고 진천(秦川: 감숙성 동남부와 섬서성 중부와 남부 지구)으로 나가신다면 백성들은 모두 음식을 싸들고 나와서 장군을 맞이할 것입니다. (*조조는 현재는 비록 취할 수 없어도 결국에 가서는 그를 쳐야만 한다.) 참으로 이렇게만 하신다면 대업大業도 이룰 수 있고 한漢 황실도 일으켜 세울 수 있을 것입니다.

이것이 제가 장군을 위해 생각해낸 계책입니다. 장군께서 이를 한번 시도해 보십시오.”(*바둑돌을 놓기도 전에 바둑판 전체의 형세를 완전하게 계산하고 있으니, 이 어찌 천하제일의 고수가 아니겠는가?)

〖 5 〗 공명은 말을 마치고 동자에게 그림 한 축軸을 가지고 나와서

대청 중앙에 걸도록 한 다음, 손으로 가리키며 현덕에게 말했다: "이 것은 서천(西川: 현재의 사천성 전체와 섬서성 남부 일대가 포괄되는 익주益州) 의 54개 주의 지도입니다. (*선생은 이 지도를 언제 찾았는지 모르겠다. 그간 베개를 높이 하고 누워 있었던 것은 진짜 잠을 자고 있었던 것이 아님을 알 수 있다.) 장군께서 패업覇業을 이루고자 하신다면 북쪽은 천시天時 를 얻은 조조에게 양보하시고, 남쪽은 지리地利를 얻은 손권에게 양보 하시고, 장군께서는 인화人和를 차지하시면 됩니다. (*천시와 지리와 인 화를 나누어 가질 수 있다는 것이 기이하다.)

그렇게 하기 위해서는 먼저 형주를 취하여 터전으로 삼은 후에 즉시 서천을 취하여 나라의 기틀(基業)을 세움으로써 솥의 세 발 모양의 형 세, 즉 정족지세鼎足之勢를 이루도록 하십시오. 그렇게 한 후에는 중원 中原을 도모할 수 있습니다."(*이미 솥의 세 발과 같은 형세를 이루라고 말 해 놓고는 또 중원을 도모하라고 말하는데, 대개 정족지세鼎足之勢를 이루는 것은 천시天時를 따르는 것이며, 중원을 도모하는 것은 인사人事를 다하는 것 이다. 공명의 계책은 이 말에서 이미 다 밝혀졌다.)

현덕은 그의 말을 듣고 나서 자리에서 벌떡 일어나 두 손을 마주잡 고 고맙다고 인사하며 말했다: "선생의 말은 꽉 막혀 있던 제 가슴속 을 확 뚫어주어서 저로 하여금 마치 짙은 안개를 헤치고 푸른 하늘을 보는 것처럼 해주셨습니다. 그러나 형주의 유표劉表와 익주의 유장劉璋 은 모두 한실의 종친宗親인데 제가 어찌 차마 그것을 빼앗을 수 있습니 까?"

공명曰: "제가 밤에 천문天文을 살펴보았더니, 유표는 오래 살지 못 할 것 같았습니다. 그리고 익주의 유장은 나라를 세울 만한 인물이 못 되므로 어느 정도 시간이 지난 후에는 반드시 장군한테 돌아올 것입니 다."

현덕은 그 말을 듣고 머리를 바닥에 닿도록 숙이고 절을 하며 고맙다고 말했다.

　다만 이 자리에서 한 말은 공명이 초려草廬를 나가기 전에 이미 천하가 셋으로 나뉠(三分天下) 것을 알고 있었다는 것으로, 이는 참으로 만고萬古의 사람들이 미칠 수 없는 것이라 하겠다. 후세 사람이 그를 칭찬하여 지은 시가 있으니:

현덕은 그때 신세 고단함을 탄식했는데	豫州當日嘆孤窮
남양 땅에 와룡 있어 얼마나 다행인가.	何幸南陽有臥龍
훗날 천하삼분 할 곳을 알고자 하니	欲識他年分鼎處
선생은 웃으면서 지도를 가리켰네.	先生笑指畵圖中

　〖 6 〗현덕은 절을 하고 공명에게 청했다: "저는 비록 이름도 없고 덕도 박하지만 부디 선생께서 이 미천한 몸을 버리지 마시고 산을 나가시어 저를 도와 주십시오. 저는 반드시 선생의 밝은 가르치심을 공손히 받들겠습니다."

　공명曰: "저는 오랫동안 농사일을 즐겨온 데다 세상사에 관여하기를 귀찮아하므로 장군의 명을 받들 수가 없습니다."

　현덕曰: "선생께서 산을 나가시지 않으면 백성들은 어찌합니까?"

　말을 마치자 눈물이 줄줄 흘러 겉옷의 소매를 적셨고, 옷깃까지 다 젖었다.

　공명은 그 뜻이 참으로 진심에서 우러난 것임을 알고 말했다: "장군께서 기왕에 저를 버리시지 않겠다고 하셨으니, 저도 견마지로犬馬之勞를 다 바치겠습니다."(*이는 공명이 현덕의 성의에 감동해서 허락한 것이다.)

　현덕은 크게 기뻐하며 곧바로 관우와 장비에게 들어와서 황금과 비단 등의 예물을 바치도록 했으나 공명은 한사코 사양하면서 받으려 하지 않았다.

현덕曰: "이것은 대현大賢을 초빙할 때의 예물이 아니라 단지 저의 작은 정성(寸心)을 표시하려는 것일 뿐입니다."

공명은 그제야 받았다. 이리하여 현덕 일행은 그 집에서 하룻밤을 같이 묵었다.

다음날, 제갈균이 돌아오자 공명은 그에게 당부했다: "나는 유황숙께서 세 번이나 찾아주시는 은혜(三顧之恩)를 입었으니 나가지 않을 수가 없구나. 너는 여기에서 부지런히 밭을 갈면서 밭을 묵히는 일이 없도록 해라. 나는 공을 이루는 그날로 곧바로 돌아올 것이다."(*막 산을 나가려고 하면서 곧바로 돌아올 일을 생각하는데, 공명이야말로 참으로 담박淡泊하고 평온(寧靜)한 사람이다.)

후세 사람이 이를 감탄하여 지은 시가 있으니:

출세하기 전에 물러날 일 생각했으니	身未升騰思退步
공을 이루던 날엔 떠날 때의 말 기억했으리.	功成應憶去時言
그러나 선주의 간곡한 부탁 있은 후여서	只因先主丁寧後
별이 가을바람 불 때 오장원에서 떨어졌네.	星落秋風五丈原

〖 7 〗 또 고풍시古風詩 한 편이 있으니, 이르기를:

한 고조 유방께서 석 자(三尺) 길이 검으로	高皇手提三尺雪
망탕산에서 밤에 백사 죽이고 봉기했지.	硭碭白蛇夜流血
진秦과 초楚를 평정하고 함양으로 들어가서	平秦滅楚入咸陽
세운 한 나라, 2백년 전에 끊어질 뻔했지.	二百年前幾斷絕
크도다, 광무제여! 낙양에서 중흥하여	大哉光武興洛陽
계속 전해오다가 환제·영제 때 또 무너졌네.	傳至桓靈又崩裂
헌제 때 도읍을 허창으로 옮기니	獻帝遷都幸許昌
호걸들 도처에서 어지러이 일어났네.	紛紛四海生豪杰
조조는 천시天時 얻어 권세를 전단했고	曹操專權得天時

강동에선 손권이 나라를 세웠네.　　　　　　江東孫氏開鴻業

세력 약한 현덕은 천하를 도망 다니다가　　孤窮玄德走天下

홀로 신야에 몸 붙이곤 백성들 걱정했네.　　獨居新野愁民危

남양의 와룡선생 큰 뜻을 지니시어　　　　　南陽臥龍有大志

용병과 온갖 계략을 속에 숨기고 있었다네.　腹內雄兵分正奇

서서가 떠나가며 해준 말 기억하여　　　　　只因徐庶臨行語

초려를 세 번 찾아가 선생과 마음 통했다네.　茅廬三顧心相知

선생의 그때 나이 겨우 27세였는데　　　　　先生爾時年三九

거문고와 서책 수습하여 초려를 떠났다네.　　收拾琴書離隴畝

먼저 형주 취하고 후에 서천 취하는　　　　　先取荊州後取川

큰 경륜 펼치어 무너진 하늘 기웠다네.　　　大展經綸補天手

부드러운 혀 위에선 바람 불고 우레 쳤고　　縱橫舌上鼓風雷

담소 중에도 흉중에선 별들 자리 바꿔쳤네.　談笑胸中換星斗

늠름한 위풍 떨치어 천하를 안정시켜　　　　龍驤虎視安乾坤

천추만고에 그 이름 길이길이 남겼다네.　　萬古千秋名不朽

(*공명이 와룡강을 나갈 때의 나이는 겨우 27세였다.)

　현덕 등 세 사람은 제갈균과 작별하고 공명과 함께 신야로 돌아왔다. 현덕은 공명을 군사軍師로 대접하고, 먹을 때는 같은 식탁에서 먹고, 잠잘 때는 같은 침상에서 자면서 하루 종일 함께 천하대사를 의논했다.

　공명이 말했다: "조조는 기주冀州에 현무지玄武池란 못을 만들어놓고 수군을 훈련시키고 있는데, 이는 틀림없이 강남을 침범할 뜻이 있기 때문입니다. 주공께서는 은밀히 사람을 시켜서 강동으로 가서 그곳의 내부 사정을 탐지하도록 하십시오."

　현덕은 그의 말을 좇아서 사람을 강동으로 보내어 그곳의 내막을 탐지하도록 했다. (*다음 글에서는 동오東吳에 대하여 얘기하고 하는데, 여기는 곧 나무 가지에서 잎으로 넘어가는 곳에 해당한다.)

〖 8 〗 한편 손권은 손책이 죽은 후로 강동을 차지하고 있으면서 부형父兄의 기업을 이어받고 널리 현사賢士들을 받아들였는데, 오회(吳會: 오군과 회계군의 합칭合稱. 강소성 진강鎭江 동남)에다 영빈관(賓館)까지 만들어 놓고 고옹顧雍과 장굉張紘으로 하여금 사방에서 찾아오는 빈객들을 맞아들이도록 했다.

그 후 해마다 사람들은 서로서로 천거하여 찾아왔는데, 이때 천거되어 등용된 사람들의 면면을 보면 회계군會稽郡의 감택(闞澤: 자는 덕윤德潤), 팽성군彭城郡의 엄준(嚴畯: 자는 만재曼才), 패군沛郡의 설종(薛綜: 자는 경문敬文), 여남군汝南郡의 정병(程秉: 자는 덕추德樞), 오군吳郡의 주환(朱桓: 자는 휴목休穆)과 육속(陸績: 자는 공기公紀), 오군의 장온(張溫: 자는 혜서惠恕), (*〈삼국지연의〉에는 장온張溫이란 사람이 둘 나온다. 앞에서 나온 장온은 동탁에 의해 죽임을 당한 사람으로, 낙양 사람이고, 여기서의 장온은 오군吳郡 사람이다.) 오군의 능통(凌統: 자는 공적公績), 회계군 오상현烏傷縣의 낙통(駱統: 자는 공서公緖), 오군 오정烏程의 오찬(吾粲: 자는 공휴孔休) 등이다. 이런 여러 사람들이 모두 강동으로 찾아오자 손권은 이들을 존경의 예로 매우 후하게 대우했다.

그리고 또 여러 명의 뛰어난 장수들을 얻었는데, 여양군의 여몽(呂蒙: 자는 자명子明), 오군의 육손(陸遜: 자는 백언伯言), 낭야의 서성(徐盛: 자는 문향文嚮), 동군의 반장(潘璋: 자는 문규文珪), 여강군廬江郡의 정봉(丁奉: 자는 승연承淵) 등이 이들이다.

이런 문관과 무장 여러 사람들이 같이 보좌했으므로, 이로부터 강동에는 인재가 많다는 소문이 나게 되었던 것이다. (*방금 현덕이 현사 하나를 얻었음을 얘기하고 나서 곧바로 이어서 손권이 많은 인재들을 얻었음을 얘기하고 있다. 정보·황개·주태·한당 등은 손견이 얻은 인사들이고, 주유·장소·장굉·우번·태사자 등은 손책이 얻은 인사들이고, 노숙·제갈근·고옹 등은 손권이 처음 자리에 올랐을 때 얻은 인사들이고, 지금 말한 감택·여몽 등 여러 사람들은 특히 나중에 찾아온 사람들이다. 전에는 나누어 서술하고 여기서는 전체를 뭉뚱그려서 서술하고 있는바, 혹은 상세하게 혹은 간략하게 서술하고 있는 필법들이 각각 교묘하다.)

〖 9 〗 건안 7년(서기 202년), 조조는 원소를 깨뜨리고 사자를 강동으로 보내서 손권으로 하여금 아들을 조정으로 들여보내서 천자의 행차를 모시게 하도록 했다. (*원술은 여포로 하여금 딸을 보내도록 해서 인질로 잡으려고 했는데, 조조는 손권으로 하여금 그 아들을 보내도록 해서 인질로 잡으려고 한다. 다 같은 의도이다.) 손권이 머뭇거리며 결단을 못 내리자 그의 모친 오吳 태부인太夫人이 주유와 장소 등을 불러서 자기 앞에서 의논을 하도록 했다.

장소曰: "조조가 우리로 하여금 아들을 조정에 들여보내도록 하려는 것은 바로 그가 제후들을 견제하는 수법입니다. 그러나 만약 들여보내지 않으면 그가 군사를 일으켜서 강동으로 쳐내려 올까봐 두려운데, 그렇게 되면 형세는 틀림없이 위태로워질 것입니다."(*기왕에 볼모 잡히게 되면 견제를 받게 된다는 것을 알면서도 볼모잡히지 않으면 장차 위험에 처하게 될까봐 걱정하는데, 이는 구멍 밖으로 머리를 내밀고 바깥 사정을 살피는 쥐처럼 우유부단하여 결단성이 없는 생각이다.)

주유曰: "지금 장군께서는 부형께서 물려주신 넉넉한 물자와 여섯 개 군郡의 사람들을 이어받아서 병사들은 정예롭고 군량은 넉넉하며 장병들은 모두 윗사람의 명령을 잘 받들고 있는데 뭐가 겁이 나서 남에게 볼모잡히려 한단 말입니까? 일단 볼모잡히게 되면 조씨曹氏와 화친을 하지 않을 수가 없고, 그가 오라고 부르면 가지 않을 수 없습니다. 이렇게 되면 남의 통제를 받게 됩니다. 그러니 차라리 보내지 말고 천천히 사태의 변화를 지켜보면서 달리 좋은 계책을 세워서 방어하도록 하는 편이 낫습니다."(*공명은 현덕을 위해 계책을 낼 때 단 몇 마디 말로 그 의혹을 풀어준다. 주유 역시 손권을 위해 계책을 내면서 단 몇 마디 말로 그 의혹을 풀어준다.)

오 부인曰: "공근(公瑾: 주유)의 말이 옳다."

손권은 마침내 주유의 말을 좇아 사자를 그대로 돌려보내고 아들을 보내지 않았다. 이 일이 있은 다음부터 조조는 강남으로 쳐내려갈 뜻을 품게 되었다. 단지 마침 그때 북방이 평온치 못해서 남정南征할 겨를이 없었을 뿐이다. (*조조에 대한 얘기를 살짝 내려놓고 다시 동오에 대해 얘기한다.)

건안 8년(서기 203년) 11월, 손권은 군사를 이끌고 황조黃祖를 치러가서 대강(大江: 장강) 가운데서 싸워 황조의 군사를 패배시켰다.

그러나 이때 손권의 부장 능조凌操가 가볍고 빠른 배를 타고 앞장서서 하구(夏口: 호북성 무한시 무창武昌)로 쳐들어갔다가 황조의 부장 감녕甘寧이 쏜 화살을 맞고 죽었다.

능조의 아들 능통凌統은 이때 나이 겨우 15살이었는데, 힘껏 싸워서 부친의 시체를 빼앗아 가지고 돌아왔다. (*전에는 손책이 부친의 시신을 찾아 돌아왔는데, 지금은 능통이 부친의 시신을 빼앗아 돌아왔다. 두 사건의 시간은 서로 멀리 떨어져 있지만 서로 대비되고 있다.) 손권은 형세가 불리한 것을 보고 군사를 거두어 동오東吳로 돌아왔다.

〖 10 〗 한편 손권의 아우 손익孫翊은 단양丹陽 태수로 있었는데, 그는 성미가 강파른데다가 술을 좋아했다. 그는 술 취하고 나면 채찍으로 군사들을 때리기 일쑤였다. (*전에 여포의 부하장수 송헌宋憲과 위속魏續이 여포를 배반하게 된 것도(제19회의 일), 그리고 후에 가서 장비의 부하 장수

범강范疆과 장달張達이 장비를 찔러죽이게 되는 것도(제81회의 일) 모두 이처럼 술 취한 후의 매질 때문이다.) 단양의 독장督將인 규람嬀覽과 군승(郡丞: 군의 부태수)인 대운戴員 두 사람은 늘 손익을 죽이려는 마음을 갖고 있었다. 그리하여 손익의 시종侍從 변홍邊洪이란 자와 손을 잡아 그를 심복으로 만든 후, 손익 죽이는 일을 공모하게 되었다.

그때 마침 손익은 여러 장수와 현령들을 모두 단양에 모아서 연석을 베풀어 대접하려고 했다.

손익의 처 서씨徐氏는 미모에다 지혜까지 겸비한 여자였는데, 주역周易 점까지 아주 잘 쳤다. 이날 점을 쳐보니 나온 괘卦가 매우 흉하여 손익에게 연회에 나가지 말라고 권했다. 그러나 손익은 그 말을 듣지 않고 (*부인의 말을 듣지 않는 것은 본래는 잘하는 일이지만, 지혜로운 부인의 말까지 듣지 않는 것은 도리어 바보 같은 짓이다.) 마침내 여러 사람들과 크게 연회를 열고 술을 마시다가 밤이 되어서야 자리를 파하고 흩어졌다. 변홍은 칼을 차고 뒤를 따라 문밖으로 나오자마자 즉시 칼을 뽑아 손익을 찔러 죽였다. 규람과 대운은 모든 죄를 변홍에게 덮어씌우고 그를 체포하여 저잣거리로 끌고 가서 목을 베어 버렸다. (*사마소司馬昭가 조모曹髦를 죽이도록 사주해 놓고는 그 죄를 성제成濟에게 덮어씌운 것과(제114회의 일) 똑같다.) 두 사람은 그 기세를 몰아 손익의 집안 재물과 시첩들을 약탈했다.

규람은 서씨가 미모임을 보고 그녀에게 말했다: "내가 네 남편의 원수를 갚아 주었으니 너는 내 말을 들어야 한다. 듣지 않으면 죽여 버릴 것이다."

서씨曰: "남편이 돌아간 지 얼마 안 돼서 내 차마 곧바로 당신 말에 따를 수는 없소. 그믐날까지 기다려서 제사를 지내고 상복을 벗은 다음 성친(成親: 결혼)을 하더라도 늦지 않아요."(*시키는 대로 따르지도 않고 또 죽지도 않으니, 그 임기응변이 지극하다.)

규람은 그 말에 따랐다.

서씨는 이에 전에 손익의 심복 장수였던 손고孫高와 부영傅嬰을 은밀히 부중府中으로 불러들여 눈물을 흘리면서 부탁했다: "돌아가신 주인께서는 살아계실 때 늘 두 분의 충성과 의로움에 대해 말씀하셨어요. 이번에 규람과 대운 두 도적놈이 제 남편을 모살하고는 그 죄를 변홍에게 덮어씌운 후 우리 집 재물과 노비들을 전부 빼앗아 나눠 가졌습니다. 그리고 규람은 제 몸까지 강제로 차지하려고 하기에 저는 이미 거짓으로 허락하여 그를 안심시켜 놓았습니다.

두 분 장군께서는 오늘 밤 안으로 사람을 오후(吳侯: 손권)께 보내서 이 사실을 알려드리고, 한편으로는 비밀히 계책을 세워 두 도적을 죽여 이 원수들에게 받은 치욕을 씻어주세요. 그러면 죽어서도 그 은혜를 잊지 않겠습니다."

말을 마치고 두 번 절을 했다.

손고와 부영은 눈물을 흘리며 말했다: "우리는 평소 태수님의 은혜를 입어 왔습니다. 오늘 이 변고를 당하고도 곧바로 따라 죽지 않았던 것은 바로 원수를 갚을 계획을 했기 때문입니다. (*이 두 마디 말은 곧 서씨의 뜻이다.) 부인께서 명하시는 일에 어찌 감히 전력을 다하지 않겠습니까!"

그리고는 은밀히 심복 사자를 손권에게 보내서 보고하도록 했다.

〖 11 〗 그믐날이 되자 서씨는 먼저 손고와 부영 두 사람을 불러서 밀실의 휘장 뒤에 숨어 있도록 한 후 대청 위에다 제사상을 차려놓았다. 제사를 마치고는 곧바로 상복을 벗어버리고 목욕을 하고 향유를 바르고 몸단장을 곱게 한 후 아무 일도 없었다는 듯이 태연히 웃고 이야기했다. 규람은 이 말을 듣고 매우 기뻐했다.

밤이 되자 서씨는 시비侍婢를 보내서 규람을 부중으로 들어오도록 청하여 (*먼저 가서 청한 것이 임기응변의 극치이다.) 대청 가운데다 술상을 차려놓고 술을 대접했다. 그가 술이 취하자 서씨는 규람에게 밀실로 들어가자고 했다. 규람은 기뻐하면서 술에 취하여 안으로 들어갔다.

그때 서씨가 큰소리로 말했다: "손孫 장군과 부傅 장군은 어디 계십니까?"

두 사람은 즉시 휘장 뒤에서 칼을 들고 뛰쳐나왔다. 규람이 미처 손을 쓸 새도 없이 부영이 내리치는 칼에 바닥으로 쓰러지자, 손고가 곧바로 다시 칼을 내리쳐서 즉시 죽여 버렸다. (*술자리에서 죽이지 않고 밀실에서 죽인 것은 대운이 알고 오지 않을까 염려해서이다. 치밀하기 그지없다.)

서씨는 다시 사람을 보내서 대운에게 술 마시러 오라고 청했다. 대운이 부중으로 들어와서 대청 가운데 이르자 역시 손고와 부영 두 장수가 나와서 그를 죽여 버렸다. 그리고는 한편으로 사람들을 보내서 두 도적의 식솔들과 그 잔당들을 모조리 죽이도록 했다. 그런 다음 서씨는 다시 상복을 차려입고 규람과 대운의 수급首級을 손익의 영전에 올려놓고 제사를 지냈다. (*이때 비로소 제대로 된 제사상이 차려졌다.)

하루가 지나지 않아 손권이 직접 군사들을 거느리고 단양丹陽에 도착해서 보니 서씨가 이미 규람과 대운 두 도적을 죽인 뒤였다. 손권은 손고와 부영을 아문장牙門將으로 봉하여 단양을 지키도록 하고, 서씨를 데리고 집으로 돌아가서 여생을 보내도록 했다. 강동 사람들로 서씨를 칭찬하지 않는 사람은 하나도 없었다. 후세 사람이 그녀를 칭찬해서 지은 시가 있으니:

재색 절개 겸전한 사람 세상에 없다고 하나	才節雙全世所無
하루아침에 악당 제거한 여인 있었네.	姦回一旦受摧鋤
못난 신하 도적 따르고 충신은 목숨 바치지만	庸臣從賊忠臣死

이들 모두 동오의 여장부에 미치지 못하네.　　　不及東吳女丈夫

〖 12 〗한편 동오 각처의 산적들은 모두 평정되고, 장강 안에는 전선 7천여 척이나 있었으므로, 손권은 주유를 대도독大都督으로 임명하여 강동의 수륙 군사들을 총지휘하도록 했다. (*후의 적벽대전을 위한 복선이다.)

건안 12년(서기 207년) 겨울 10월, 손권의 모친 오 태부인은 병이 위독해지자 주유와 장소 두 사람을 불러와서 말했다: "나는 본래 오吳 땅 사람인데, 어릴 때 부모를 여의고 동생 오경吳景과 함께 월越 땅으로 가서 살았소. 후에 손씨 집안으로 시집와서 아들 넷을 낳았소. 첫째 아들 책策을 낳을 때 나는 달이 품속으로 들어오는 꿈을 꾸었고, 후에 둘째 아들 권權을 낳을 때에는 또 해가 품속으로 들어오는 꿈을 꾸었소. (*해가 달보다 뛰어나다. 후에 손권이 칭제稱帝하게 되는 복선이다.) 점쟁이가 말하기를 '해와 달이 품속에 들어오는 꿈을 꾸면 그 자식들이 크게 귀하게 된다.'고 하였소. 그런데 불행히도 첫째인 책策을 일찍이 잃었소. 이제 강동의 기업을 둘째 권權에게 맡기려고 하니, 바라건대 공들은 한마음으로 그를 도와주기 바라오. 그리 해준다면 나는 죽어도 걱정이 없겠소."

그리고는 또 손권에게 당부하여 말했다: "너는 자포(子布: 장소)와 공근(公瑾: 주유)을 스승(師傅)의 예로 섬기고 소홀히 대해서는 안 된다. 내 여동생은 나와 함께 너의 아버지께 시집을 왔으니 역시 너의 어머니이기도 하다. 내가 죽은 후 너는 내 여동생 섬기기를 마치 나를 섬기듯이 해야 한다. 그리고 네 누이동생 역시 잘 돌봐주고, 좋은 신랑감을 골라서 시집을 보내 주거라."(*후에 가서 현덕을 사위로 맞이하게 된다.)

말을 마치고는 곧바로 숨을 거두었다. 손권은 슬피 곡을 하고 예를 다 갖추어 장사를 지내주었는데, 이는 따로 말할 필요도 없다.

〖 13 〗 다음해 봄, 손권은 황조黃祖 칠 일을 의논했다.

장소曰: "상복을 입으신 지 1년도 안 됐는데, 군사를 움직여서는 안 됩니다."

주유曰: "원수를 갚아 원한을 푸는 일인데 왜 꼭 1년이 지나기를 기다려야 한단 말입니까?"(*남이 상중에 있을 때는 치면 안 되고, 상중에 있는 사람이 남을 쳐도 안 된다. 그러나 부친의 원수를 갚는 일이라면 안 될 것이 없다. 원수를 갚는 일이라면 바로 상복을 입은 채로도 군사를 일으켜야 하는데 어찌 상복을 벗을 때까지 기다린단 말인가? 장소의 식견은 왕왕 주유에 미치지 못한다.)

손권은 주저하며 결정을 내리지 못하고 있었다. 마침 그때 북평도위北平都尉 여몽呂蒙이 들어와서 손권에게 보고했다:

"제가 용추龍湫의 수상 요새(水口)를 지키고 있는데 갑자기 황조의 부장 감녕甘寧이 항복해 왔습니다. 제가 자세히 심문審問해 보았는데, 그의 자는 흥패興霸이고 파군(巴郡: 사천성 충현忠縣) 임강(臨江: 파군의 치소로 지금의 중경시) 사람입니다. 그는 경서와 사서(書史)에 상당히 밝았으며, 기운도 셌고, 유협(游俠: 떠돌이 협객)을 좋아하여 일찍이 도망 다니는 자들을 불러 모아 강호를 종횡으로 누비고 다닌 적이 있습니다.

그는 허리에 구리 방울(銅鈴)을 차고 다녔는데, 사람들은 그 방울 소리만 들으면 모조리 그를 피해 달아났다고 합니다. 또 일찍이 서천西川 지방에서 나는 비단, 즉 서천금(西川錦)으로 타고 다니는 배의 돛을 만들었기 때문에 당시 사람들은 모두 그를 '비단 돛배의 도적', 즉 '금범적錦帆賊'이라고 불렀다고 합니다.

그는 후에 전날의 잘못을 뉘우치고 선한 일을 하기 위해서 무리를 이끌고 유표를 찾아갔다고 합니다. 그러나 유표가 큰일을 이룰 만한 인물이 못 됨을 알고는 곧바로 동오로 찾아와서 투항하고자 했으나 중간에 황조를 만나서 하구(夏口: 호북성 무한시 무창武昌)에 머물러 있게 되었다고 합니다.

앞서 동오가 황조를 깨뜨릴 때, 황조는 감녕의 힘으로 하구를 되찾았으면서도 감녕을 심하게 박대했다고 합니다. 도독 소비蘇飛가 여러 차례 감녕을 황조에게 중용하도록 천거했으나, 황조는 '그는 강에서 노략질이나 하던 도적 출신인데 어찌 중용할 수 있겠나!' 라고 말했다고 합니다. (*주창周倉은 황건적 출신인데도 관공關公은 그를 자기 심복으로 삼았다. 그러나 감녕은 강 도적 출신이라고 해서 황조는 그를 심복으로 삼으려고 하지 않았다. 군자는 사람을 씀에 있어서 융통성을 발휘하지만 소인은 사람을 쓸 때 극도로 편파적이고 얽매인다.) 감녕은 이 일로 황조에 대해 깊은 원한을 품게 되었다고 합니다. (*이 일로 후에 황조를 죽이게 된다.)

소비가 그의 마음을 알고는 집에 술상을 차려놓고 그를 자기 집으로 초대하여 말했다고 합니다: '내가 공을 여러 번 천거했으나 주공이 쓸 줄을 모르니 어쩌겠는가. 세월은 덧없이 흘러가는데 인생이 살면 얼마나 살겠는가. 그러니 자네는 모름지기 스스로 원대한 계획을 세우도록 하게. 내가 공을 악현鄂縣의 수령으로 천거할 테니, 공은 스스로 앞길을 결정하도록 하게.' (*소비가 감녕을 황조에게 천거한 것은 감녕을 위해서였지 황조를 위해서가 아니었다. 만약 황조를 위하여 천거했다면 황조에게 이렇게 말했어야 한다: "그를 중용하지 않으려면 죽여서 적국을 도와주지 못하도록 해야 합니다." 그런데도 어찌 그를 오군吳郡에 들어가도록 이끌어 주었단 말인가? 소비가 벗을 위해서 모책을 낸 것은 '충忠'이라고 할 수 있으나, 주군을 위해서 모책을 냈던 것은 '불충不忠'이었다.)

감녕은 이리하여 하구를 떠나올 수 있었다고 합니다. 그는 강동으로 오려고 했으나, 혹시 강동에서는 전에 자기가 황조를 구하기 위해 능조凌操를 죽인 일에 대해 원한을 품고 있을까봐 두려워하였습니다. 그래서 제가, 주공께서는 현능賢能한 사람 구하기를 마치 목마른 사람이 물을 찾듯이 하고 계시므로(求賢若渴) 지난날의 원한을 마음에 새겨두

고 있지 않을 뿐만 아니라, 하물며 그때 일은 각자 자기 주인을 위해서

한 일인데 어찌 원한 따위를 품겠느냐고 다 말해 주었습니다. 이리하

여 감녕이 흔쾌히 무리들을 이끌고 강을 건너 주공을 뵈러 온 것이오

니, 그 승낙 여부는 주공께서 결정해 주시기 바랍니다."

손권은 크게 기뻐하며 말했다: "내가 흥패(興覇: 감녕)를 얻었으니 이

제 틀림없이 황조를 깨뜨릴 수 있게 되었다."

그리고는 곧바로 여몽으로 하여금 감녕을 데리고 들어오도록 했다.

감녕이 들어와서 절을 하고 나자, 손권이 말했다: "흥패가 여기 왔

으니 내 마음이 매우 흡족하오. 내 어찌 지난날의 원한을 마음에 새겨

두고 있겠는가? (*황조는 감녕의 공적조차 평가해주지 않는데 손권은 감녕

의 원한조차 마음에 새겨두지 않는다. 피차가 서로 정반대이다.) 아무 의심

도 하지 말고 황조를 깨뜨릴 계책을 가르쳐 주기 바라오."

감녕曰: "지금 한漢나라의 운명은 나날이 위태로워지고 있습니다.

조조는 결국 황제의 자리를 빼앗고 말 것입니다. 그리고 남쪽의 형주

땅을 반드시 빼앗으려고 할 것입니다. 그러나 유표는 먼 앞일을 생각

할 줄 모르고 그 아들도 어리석고 무능해서 부친의 기업을 이어받아

보존해 갈 능력이 없으니, 명공께서는 속히 이를 취하도록 하십시오.

만약 지체하신다면 조조가 먼저 취할 것입니다. (*공명은 현덕에게 형주

를 취하라고 권했는데, 감녕 역시 손권에게 형주를 취하라고 권하고 있다.)

지금은 우선 황조부터 취하셔야 합니다. 황조는 이제 너무 늙어서

정신이 흐릿해지더니 재물만 밝히면서 관리들과 백성들의 재물을 빼

앗고 있어서 사람들은 모두 그를 원망하고 있습니다. 병장기는 정비되

어 있지 않고, 군중에는 기율이 없습니다. 명공께서 만약 치러 가신다

면 그의 군세는 반드시 깨뜨려질 것입니다. 황조의 군사를 깨뜨린 다

음 북을 치며 서쪽으로 나아가 초관楚關을 차지하고, 그 다음 파巴, 촉

蜀 지방을 도모하신다면 패업을 성취할 수 있습니다." (*공명은 현덕에게

파巴·촉蜀을 취하라고 권했는데, 감녕 역시 손권에게 파巴·촉蜀을 취하라고 권하고 있다. 이러한 식견을 가진 사람을 어찌 강 위의 도적으로만 볼 수 있단 말인가?)

손권曰: "이야말로 금옥金玉처럼 귀한 말이다."

〖 14 〗 손권은 이리하여 주유를 대도독으로 삼아 수군과 육군을 총독하도록 하고, 여몽을 선두부대의 선봉으로 삼고, 동습董襲과 감녕을 부장副將으로 삼고, 손권 자신은 10만 대군을 거느리고 황조를 치러 나섰다.

첩자가 이 사실을 탐지하여 강하江夏로 알리자, 황조는 급히 여러 장수들을 모아 놓고 상의한 후 소비蘇飛를 대장으로 삼고, 진취陳就와 등룡鄧龍을 선봉으로 삼고, 강하의 군사들을 전부 일으켜 적을 맞으러 나갔다.

진취와 등룡은 각기 한 대隊의 전선戰船들을 거느리고 면수沔水의 하구下口를 가로막았다. 전선 위에는 강궁과 쇠뇌 1천여 개를 설치해 놓고, 굵은 밧줄로 수면 위에 전선들을 단단히 붙들어 매놓았다. (*후문에서 조조의 전선들은 연환連環으로 묶어 놓는데, 이곳에서 황조의 배들은 굵은 밧줄로 묶었다. 연환은 자를 수 없지만 밧줄은 자를 수 있다.)

동오의 군사들이 당도하자 황조 군의 전선 위에선 북소리를 울리면서 화살과 쇠뇌를 일제히 발사했다. 동오의 군사들은 감히 앞으로 나아가지 못하고 물 위에서 뒤로 몇 마장(里)이나 물러났다.

이를 보고 감녕이 동습에게 말했다: "일이 이미 이런 상황에 이르렀으니 진격할 수밖에 없소."

그리고는 작은 배 1백여 척을 뽑아서, 배 1척 당 정예병 50명씩 태웠다. 20명은 노를 젓고 30명은 저마다 갑옷을 입고 손에는 칼을 잡고 날아오는 화살과 돌을 무릅쓰고 곧바로 적의 전선 옆으로 가서 전선들을 붙들어 매어놓은 굵은 밧줄을 칼로 찍어서 끊어버리자, 전선들은 마침내 종횡으로 어지러이 뒤엉켰다.

감녕은 몸을 날려서 적의 전선 위로 올라가서 칼로 등용을 찍어 죽였다. 이를 본 진취陳就는 배를 버리고 달아났다. 여몽은 진취가 달아나는 것을 보고 작은 배로 뛰어내려 자신이 직접 노를 저어 곧바로 적의 선대船隊로 들어가서 불을 질러 배들을 태워버렸다. 진취가 황급히 강기슭 위로 올라가려고 할 때, 여몽이 필사적으로 쫓아가서 칼로 가슴을 찌르자 그는 뒤로 벌렁 나자빠졌다. (*이상은 수군水軍의 전공을 묘사하고 있다.)

소비가 군사를 이끌고 와서 강기슭 위에서 지원하려고 할 때 동오의 여러 장수들이 일제히 강기슭 위로 올라왔으므로, 그 세력을 당해낼 수가 없었다. 황조의 군사는 대패했다. 소비는 큰 길을 버리고 들판으로 도망치다가 마침 동오의 대장 반장潘璋을 만났다. 둘은 말을 탄 채 서로 어우러져 싸웠으나 몇 합 싸우지 못하고 소비는 반장의 손에 사로잡혀서 곧장 손권이 타고 있는 배로 옮겨져 손권 앞으로 끌려갔다. (*이상은 육로에서의 전공을 묘사하고 있다.)

손권은 좌우에 명하여 그를 함거檻車에 가둬 놓도록 하여 황조를 사로잡을 때까지 기다렸다가 같이 죽이려고 했다. 그리고는 전군을 재촉해서 밤낮을 가리지 않고 하구夏口를 공격하도록 했다. 이야말로;

비단 돛배 도적 출신을 쓰지 않아서 只因不用錦帆賊
큰 밧줄로 매어놓은 선단 깨어지게 되었다. 致令衝開大索船

황조와의 승부가 어찌 될지 모르겠거든 다음 회를 읽어보도록 하라.

제 38 회 모종강 서시평序始評

(1). 공명은 이미 조조와는 싸워서는 안 된다고 말해 놓고 또 말

하기를 "중원을 도모할 수 있다(中原可圖)"고 했는데 그 이유가 무엇인가?

대개 한漢과 그 역적賊은 양립할 수 없으므로 비록 천시天時를 안다고 하더라도 반드시 인사人事를 다해야만 천하에 대의大義를 밝힐 수 있기 때문이다. 또한 그가 한 말은 그대로 된 것도 있고 되지 않은 것도 있다. "솥발처럼 천하를 셋으로 나눈다(三分鼎足)"고 한 말은 그대로 된 것이고; "공을 이룬 후에는 고향으로 돌아온다(成功歸田)"고 한 말은 그대로 되지 않은 것이다. 반드시 말한 대로 해야 했던 것은 "세 번이나 찾아주신 은혜에 보답한다(酬三顧之恩)"는 말이고, 반드시 그대로 하지 말았어야 할 것은 "후사를 부탁하신 유언의 무거움을 생각한다(念托孤之重)"는 것이었다.

전체적인 규모로는 본래 그 계획이 전에 이미 정해져 있었으므로 도리를 살펴가며 적절히 조정하고 후에 가서 변통變通을 하더라도 무방한 것이다. 만약 한 마디 말을 했다고 반드시 그 말대로 해야 한다면, 천하에는 마치 인쇄판으로 찍은 것처럼 똑같은 일(印版事體)이 있어야 하고, 옛 사람들과 마치 인쇄판으로 찍은 것처럼 똑같은 말(印版言語)을 해야 하며, 글은 마치 인쇄판으로 찍은 것처럼 똑같은 문장(印版文章)이 있어야 한다는 것인가?

(2). 혹자가 말했다: "공명은 현덕에게 손권의 땅과 조조의 땅을 취하라고 권하지 않고 현덕에게 두 유씨의 땅(劉表의 형주와 劉璋의 서천)을 취하라고 권했는데, 장차 한 황실을 붙들어 세우려고 하면서 반대로 그 종실宗室을 잘라서 가지는 일은 해서는 안 되는 일 아닌가?"

나는 말한다: "그렇지 않다. 두 유씨의 땅은 만약 현덕이 취하지 않는다면 틀림없이 손씨나 조씨의 소유가 되고 말 것이다. 그러므

로 손권으로부터 형주를 취하기 위해 싸우는 것보다 유표로부터 형주를 받는 것이 더 낫지 않겠는가? 이 점이 현덕이 처음에 잘못 생각(失計)한 것이다. 유장으로부터 서천西川을 취하는 것은 조조로부터 서천을 취하는 것과 다를 게 없다. 이것이 바로 공명이 후의 일을 미리 계산한 것이다. 이것을 가지고 공명을 책망해서는 안 된다."

(3). 공명이 초려草廬를 나간 것을 이야기하고 난 후 독자들은 바로 눈을 비비고 공명이 하는 일을 보려고 하는데, 갑자기 신야新野의 일은 내버려두고 동오의 일을 꺼내고 있다. 이는 손권을 한편으로 미뤄놓고 푸대접해서는 안 되기 때문일 뿐만 아니라, 또한 동오는 장차 공명이 유세遊說를 하러 가는 배경이 되기 때문이다.

그리고 신야와 동오 사이에 있는 문장들 역시 서로 연결되고 이어지고 있다. 공명은 현덕을 위해 계책을 내고 주유는 손권을 위해 계책을 낸다. 손권은 부친 손견의 원수를 갚고 서씨徐氏는 남편 손익孫翊의 원수를 갚는다. 또한 현덕이 현상賢相을 얻을 때 손권은 양장良將을 얻는다. 공명은 현덕에게 형주와 익주를 도모하도록 권하는데, 감녕도 손권에게 형주와 익주를 도모하도록 권한다. 이와 같은 종류들은 모두 자연스럽게 서로 대비를 이루고 있으니, 이 어찌 절묘한 문장들이 아니겠느냐?

(4). 두 교씨喬氏 자매는 각각 두 사위들(즉, 손책과 주유)에게 나뉘어 시집을 갔으나 두 오씨吳氏 자매는 함께 한 남자(즉, 손견)에게 시집을 갔다. 손권의 모친이 손권에게 말하기를: "내가 죽은 후 너는 내 동생 섬기기를 마치 나를 섬기듯이 하라"고 했다. 그러므로 손권의 모친이 죽기 전에는 손권은 자기 이모姨母를 서모庶母라고 생

각했으나, 모친이 죽은 후에는 손권의 이모는 계모繼母가 되었다. 이모가 서모일 때에도 보통의 서모와 같지 않고, 이모가 계모가 되었을 때에도 보통의 계모와는 같지 않다. 그러므로 손권이 효도를 다하고 싶지 않아도 하지 않을 수가 없었다. 그러나 손권만이 그런 것은 아니다. 무릇 계모와 돌아가신 모친의 관계는 자매姉妹 항렬이다. 그런즉 서모庶母와 적모嫡母의 관계 역시 자매 항렬인 것이다. 어찌 반드시 이모라야만 모친의 자매가 될 수 있겠으며, 어찌 반드시 모친의 자매를 섬길 때에만 효도를 다하겠는가?

(5). 당唐나라 장수 이세적李世勣은 도적 출신인데, 감녕 역시 도적 출신이다. 이세적의 처음 호칭은 '무뢰한 도적'이란 뜻의 "무뢰적無賴賊"이었고, 이어서 '당해내기 어려운 도적'이란 뜻의 "난당적難當賊"이었고, 마지막 호칭은 '아름다운 도적'이란 뜻의 "가적佳賊"이었는데, 감녕의 호칭 역시 '비단 돛배의 도적'이란 뜻의 "금범적錦帆賊"이었다. 그러나 이세적은 후에 측천무후則天武后에게 아부하였으나 감녕은 끝까지 손권을 충성으로 섬겼다. 그러므로 이세적의 "가佳"는 "아름다운" 것이 될 수 없었지만, 감녕의 호칭에 붙은 "비단 금錦" 자는 진짜 비단이었던 것이다.

(6). 오늘날 공명을 배우려는 자들은 그가 초려草廬에서 계책을 정한 것(決策草廬)은 배울 줄 모르고 단지 그가 낮잠 자는 것만 배운다. 감녕甘寧을 배우려는 자들은 그가 나쁜 행실을 고쳐서 바른 데로 돌아간 것(改邪歸正)은 배울 줄 모르고 다만 그가 해적질을 할 때 구리방울을 달고 비단 돛을 달고 다녔던 것만 배운다. 손권을 배우려는 자들은 그가 현자를 존경하고 유능한 인사들을 예우하고(尊賢禮士) 부모의 원수를 갚으려고 한 것은 배울 줄 모르고 다만

그가 상중에서 전쟁을 했던 것만 배운다. 서씨徐氏를 배우려는 자들은 그의 지모와 절의(智謀節義)는 배울 줄 모르고 다만 야하고 짙은 화장 하는 것(濃粧艶裹)만 배운다. 그러면서도 웃고 말하면서 태연하니, 이야말로 가소로운 일이다!

제 39 회

형주성의 공자, 세 번이나 계책 묻고
공명, 처음으로 박망파에서 군대를 지휘하다

〖 1 〗 한편 손권은 군사들을 독려하여 하구夏口를 공격했다. 황조는 군사들이 패배하고 장수들이 죽어서 끝까지 지켜내지 못할 줄 알고 마침내 강하성江夏城을 버리고 형주荊州로 달아났다.

감녕은 황조가 틀림없이 형주로 달아날 것으로 예상하고 동문 밖에 군사들을 매복시켜 놓고 기다리도록 했다. (*황조가 감녕을 등용하지 않은 것은 전국시대 때 양혜왕(梁惠王: 〈맹자〉 제1장에 나오는 위왕魏王)이 장수 위앙衛鞅을 쓰지 않았던 것과 같다.)

황조가 수십 명의 기병들을 데리고 동문으로 뛰쳐나가 한창 달리고 있을 때 고함소리가 나면서 감녕이 앞길을 가로막고 나왔다.

황조가 말 위에서 감녕에게 말했다: "내 전날 자네를 박대한 적이 없는데, 지금 왜 나를 이처럼 몰아치는가?"

감녕이 꾸짖었다: "내가 전날 강하江夏에서 공을 많이 세웠지만 너는 나를 한낱 '강에서 노략질이나 하던 도적놈'으로 대했다. 그랬던 네가 오늘 아직도 무슨 할 말이 있느냐!"(*감녕은 스스로를 도적으로 생각하지 않았는데 황조는 그를 도적놈으로 대우했다. 그런데 오늘에 와서는 정말로 황조의 적이 되었다.)

황조는 그로부터 벗어나기 어려울 줄 깨닫고 말머리를 돌려 달아났다. 감녕이 군사들을 제치고 직접 황조의 뒤를 쫓아가는데, 문득 뒤에서 함성이 일어나면서 여러 기마들이 뒤쫓아 오고 있었다. 감녕이 돌아다보니 정보程普였다. 감녕은 정보가 와서 서로 공을 다투게 될까봐 염려되어 황급히 활을 잡고 화살을 메겨 황조의 등을 쏘았다. 황조가 화살을 맞고는 몸이 벌렁 뒤집혀지며 말에서 떨어졌다. 감녕은 그 머리를 베어 가지고 말머리를 돌려서 자기 수하 군사들과 정보의 군사들을 하나로 합친 다음, 돌아가서 손권에게 황조의 수급을 바쳤다.

손권은 황조의 머리를 나무상자에 담아서, 강동으로 돌아가 선친의 영전에 바치고 제사를 지낼 때까지 보관해 두도록 했다. (*제7회의 일과 대응한다. 전에 손책은 산 황조와 죽은 손견을 바꿀 수 있었는데, 지금 손권은 죽은 황조를 바쳐서 죽은 손견에게 제사지낼 수 있게 되었다. 이와 같은 아들이 있는 한 손견은 죽지 않았다고 할 수 있다.) 그리고 전군에 상을 후하게 내리고 감녕을 도위都尉로 승진시켰다. 그리고는 군사를 나누어 주어 강하江夏를 지키도록 하려고 상의했다.

장소曰: "외따로 홀로 떨어져 있는 성(孤城)은 지켜내기 어렵습니다. 일단 강동으로 돌아가는 편이 낫습니다. 우리가 황조를 깨부순 것을 유표가 알게 되면, 그는 틀림없이 원수를 갚으러 올 것입니다. 우리가 군사들을 편히 쉬게 한 상태에서 멀리서 오느라 지친 유표의 군사들을 친다면 우리는 틀림없이 그를 패퇴시킬 수 있습니다. 유표를 물리친 뒤에 그 기세를 타고 공격해 간다면 형주와 양양을 손에 넣을 수 있습니다.”

손권은 그의 말을 좇아서 마침내 강하를 버려두고 강동으로 회군했다.

〔2〕 소비는 함거 안에 갇혀 있으면서 비밀히 사람을 시켜서 감녕에게 구원을 청했다.

감녕曰: “소비가 말하지 않더라도 내 어찌 그를 잊어버리겠느냐?”

대군이 오회吳會에 이르자 손권은 소비의 머리를 베어서 황조의 수급과 같이 선친의 영전에 제물로 바치도록 하라고 했다.

감녕은 이에 들어가서 손권을 보고 땅에 머리를 조아리고 울면서 아뢰었다: “제가 이전에 만약 소비를 만나지 못했더라면 저는 이미 뼈가 구덩이 속에 묻혀 있을 것입니다. 그렇게 되었더라면 어찌 장군 휘하에서 목숨 바쳐 싸울 수 있겠습니까? 지금 소비의 죄는 참수당해 마땅하지만, 저는 옛날 그가 베풀어준 은혜를 생각하여, 차라리 제 관작官爵을 반납함으로써 소비의 죄를 대속代贖하고자 하옵니다.”(*감녕은 여몽이 아니었으면 손권을 만나볼 수가 없었고, 소비가 아니었으면 여몽을 만나볼 수가 없었다. 이처럼 그 근원을 찾아서 은덕 갚을 줄 아는 것은 혈기 있는 남자이고 의기義氣 없는 장부가 아닌 것이다.)

손권曰: “그가 자네에게 은혜를 베풀어 주었다니 내 자네를 위해서 그를 용서해 주겠다. 다만, 그가 만약 도망가면 어찌 하겠느냐?”

감녕曰: “소비가 참수형을 면할 수 있게 되면 그 은혜에 더할 수 없이 감사할 텐데 어찌 도망치려고 하겠습니까? 만약 그가 도망을 간다면 이 감녕의 머리를 계단 아래에다 바치겠습니다.”(*기왕에 관작을 반납하면서까지 그 죄를 대속하고자 했고, 또 자기 수급을 바쳐서라도 그를 보증서겠다고 한다. 은덕 갚기를 이와 같이 해야 비로소 덕을 베푼 사람을 저버리지 않게 된다.)

손권은 이에 소비를 용서하여 풀어 주고 황조의 머리만 제사상에 바쳤다. 손권은 제사를 지낸 다음 연석을 베풀어 문관과 무장들을 전부 모아 놓고 전공戰功을 축하했다.

〖 3 〗 한창 술을 마시고 있는데 문득 보니 좌중에 있던 한 사람이 대성통곡을 하며 일어서더니 칼을 빼어 손에 잡고 곧장 감녕에게 덤벼들었다. 감녕은 당황하여 앉아 있던 의자를 들어 그를 막았다. 손권이 놀라서 그 사람을 보니 능통凌統이었다. 본래 감녕이 강하에 있을 때 자기 부친 능조凌操를 활로 쏘아 죽인 일이 있었기 때문에 오늘 서로 만나자 원수를 갚으려고 했던 것이다. (*손권이 원수 갚은 일을 묘사하고 나서 곧바로 이어서 감녕이 보은한 일을 서술한다. 감녕이 보은한 일을 서술하고 나서 곧바로 또 이어서 능통이 원수 갚으려고 한 일을 묘사한다. 의사義士의 의로움(義)과 효자의 효성(孝)이 각각 훌륭하게 묘사되고 있다.)

손권이 급히 말리며 능통에게 말했다: "흥패가 자네 부친을 쏘아 죽였으나, 그때는 각자 자기 주인을 위해서 힘을 다하지 않을 수 없었기 때문이다. 그러나 이제는 이미 한집 식구가 되었는데 어찌 다시 옛날 원수를 갚으려고 한단 말이냐? 만사萬事를 모두 내 얼굴을 봐서 참도록 하게."

능통은 머리를 땅에 닿도록 조아리고 통곡하며 말했다: "한 하늘 아래 같이 살 수 없는(不共戴天) 원수를 어떻게 갚지 않고 참을 수 있단 말입니까!"

손권과 여러 관원들이 재삼 말렸으나 능통은 그저 눈을 부릅뜨고 감녕을 노려보기만 했다. 손권은 그날로 감녕으로 하여금 군사 5천 명과 전선戰船 1백 척을 거느리고 하구夏口로 가서 지키도록 함으로써 능통을 피하게 했다. 감녕은 정중히 고맙다고 인사를 하고는 군사를 거느리고 따로 하구로 가버렸다. 손권은 또 능통에게 승렬도위丞烈都尉란 벼슬을 더해 주었으므로 능통은 한을 머금은 채 그만둘 수밖에 없었다.

동오에서는 이때부터 전선들을 많이 만들었고, 군사들을 나누어 장강의 강기슭을 지켰고, 또 손정孫靜에게 명하여 한 갈래의 군사들을 이끌고 오회吳會를 지키도록 했다. 그리고 손권 자신은 대군을 거느리고 시상(柴桑: 강서성 구강시九江市 서남)으로 가서 주둔하고, 주유周瑜는 날마다 파양호(鄱陽湖: 강서성 파양현에 있는 호수 이름)에서 수군을 훈련시키면서 싸움에 대비했다.

〖 4 〗 한편 현덕은 사람을 보내서 강동의 소식을 알아보도록 했는데, 그가 돌아와서 보고했다: "동오에서는 이미 황조黃祖를 쳐서 죽였고 현재는 시상柴桑에다 군사를 주둔시켜 놓고 있습니다."

현덕은 곧바로 공명을 청해와서 계책을 상의했다. 한창 이야기하고 있을 때 갑자기 유표가 사람을 보내 와서 현덕에게 의논할 일이 있으니 형주로 와달라고 청했다.

공명曰: "이는 틀림없이 강동이 황조를 쳐부쉈기 때문에 주공을 청하여 원수 갚을 계책을 상의하려는 것입니다. 제가 주공을 모시고 함께 가서 기회를 보아가며 대처하겠습니다. 따로 좋은 계책이 있을 것입니다."

현덕은 그의 말을 좇아 운장을 남겨두어 신야를 지키도록 하고, 장비에게는 5백 명의 군사들을 이끌고 형주로 따라오라고 했다.

현덕이 말 위에서 공명에게 말했다: "이번에 경승을 만나면 어떻게 대답해야지요?"

공명曰: "먼저 양양襄陽에서 있었던 일부터 사과하십시오. 그가 만약 주공께 강동을 치러 가라고 명하시거든, 절대로 그러겠다고 대답하지 마십시오. 단지 일단 신야로 돌아가서 군사들을 정돈하겠다고만 말씀하십시오."(*이는 공명이 손권에게 밉보이고 싶지 않았기 때문이다. 바로 후문에서 현덕이 동오를 찾아가서 의탁할 수 있는 여지를 남겨놓기 위해서다.)

현덕은 공명이 말한 대로 하기로 하고 형주로 가서 역참에 자리를 잡았다. 장비에게는 성 밖에 군사를 주둔시켜 놓고 기다리도록 한 다음, 현덕은 공명과 함께 성 안으로 들어가서 유표를 만났다. 인사를 하고 나서 현덕은 계단 아래에서 죄를 청했다.

유표曰: "나는 이미 아우님이 해를 입은 일을 다 알고 있네. 그 당시 즉시 채모蔡瑁의 머리를 베어 아우님에게 주려고 했는데, 여러 사람들이 그의 목숨만은 살려달라고 빌기에 일단 용서해 주었다네. 아우님은 아무쪼록 탓하지 말아 주기 바라네."

현덕曰: "그것은 채 장군과는 상관없는 일입니다. 생각해 보니 모두가 아랫사람들이 저지른 일 같습니다."

유표曰: "지금 강하를 빼앗기고 황조가 죽임을 당했기에 같이 보복할 계책을 의논해 보려고 아우님을 불렀다네."

현덕曰: "황조는 성질이 난폭하고 사람을 쓸 줄 몰라서 이런 화를 당하게 된 것입니다. 지금 만약 군사를 일으켜서 강동을 치러 갔다가 혹시 조조가 북에서 내려온다면, 그때는 또 어떻게 하시렵니까?"

유표曰: "나는 이제 나이도 많고 병도 많아서 일을 처리할 수가 없으니 아우님이 이리로 와서 나를 도와주고, 내가 죽은 후에는 아우가 곧바로 이 형주의 주인이 되어주게나."(*전에는 도겸陶謙이 서주徐州를 양보했는데, 여기서는 유표가 형주를 양보하고 있다.)

현덕曰: "형님께선 어찌 그런 말씀을 하십니까! 이 유비 따위가 어찌 감히 그런 중임을 감당해낼 수 있겠습니까?"

공명이 현덕에게 눈짓을 했다. 그러자 현덕이 말했다: "천천히 좋은 계책을 생각해 보도록 하겠습니다."

그리고는 하직인사를 하고 밖으로 나와서 역참으로 돌아왔다.

공명曰: "유경승께서는 형주를 주공에게 맡기고 싶어 하시는데, 왜 거절하셨습니까?"

현덕曰: "경승께서는 나를 대하기를 지극한 은혜와 예로써 해주셨는데, 내 어찌 차마 그가 위기에 처한 틈을 타서 형주를 빼앗을 수 있단 말이오?"

이 말을 듣고 공명은 탄식하여 말했다: "참으로 인자하신 주인이로구나."(*이때 현덕이 만약 형주를 취했더라면 이후의 무수히 번잡한 수고들을 면할 수 있었을 것이다. 만약 현덕의 인자함이 아니었으면 어찌 본서의 이야기 전개에 이처럼 많은 곡절들이 있을 수 있겠는가?)

〖 5 〗한창 일을 상의하고 있을 때 갑자기 공자 유기劉琦가 만나보러 왔다고 알려왔다. 현덕이 그를 맞아들이자 유기는 바닥에 엎드려 울면서 말했다: "계모가 저를 용납해 주지 않아 제 목숨은 언제 죽게 될지 모르는 형편입니다. 숙부께서는 부디 저를 불쌍히 여기시어 구해 주십시오."

현덕曰: "그것은 조카님의 집안 일인데 어찌 내게 묻는가?"

공명은 옆에서 보고 빙긋이 웃었다. 현덕은 공명에게 계책을 물었다.

공명曰: "그런 남의 집안일에 저는 감히 관여할 수가 없습니다."

잠시 후 현덕은 유기를 배웅해 주러 밖으로 나가서 그에게 나직이 귀띔해 주었다: "내일 내가 공명에게 나 대신 조카를 답방하게 할 테니, 그때 조카가 여차여차하게 해보게. 그는 틀림없이 묘한 계책을 일러줄 걸세."

유기는 고맙다고 인사하고 돌아갔다.

다음날 현덕은 배가 아프다는 핑계를 대고 공명에게 자기 대신에 유기를 답방해 달라고 부탁했다. 공명은 그리하겠다고 승낙했다.

공명이 유기의 집 앞에 이르러 말에서 내려 들어가서 그를 만나보았다. 유기는 공명을 후당으로 안내했다. 차를 마시고 나서 유기가 말했다: "계모가 저를 용납해 주지 않고 있습니다. 선생께서 한 마디 말씀으로 저를 구해 주시기 바랍니다."(*이는 유기가 첫 번째로 계책을 구한 것이다.)

공명曰: "저는 손님으로서 이곳에 와 있는 사람인데 어찌 감히 남의 혈육지간(骨肉之間)의 일에 관여할 수 있겠습니까? 만약 말이 새어 나가기라도 한다면 그 해가 적지 않을 것입니다."

말을 마치자 몸을 일으켜 하직인사를 하려고 했다. (*이는 공명의 첫 번째 거절이다.)

유기曰: "기왕 이렇게 왕림해 주셨는데, 어찌 감히 푸대접을 해서 돌아가시도록 할 수 있겠습니까?"

그리고는 공명을 만류하여 밀실로 들어가서 같이 술을 마셨다. 술을 마시다가 유기가 또 말했다: "계모가 저를 용납해 주지 않고 있는데, 선생께서 한 마디 말씀으로 저를 구해 주시길 간절히 바랍니다."(*이는 유기의 두 번째 계책 요구이다.)

공명曰: "이 일은 제가 감히 계책을 말씀드릴 일이 못 됩니다."

말을 마치고는 또 하직인사를 하려고 했다. (*이는 공명의 두 번째 거절이다.)

유기曰: "선생께서 말씀 안 해 주시겠다면 그만이지, 왜 곧바로 떠나가시려고 하십니까?"

공명은 이에 다시 자리에 앉았다.

유기曰: "제게 고서古書가 한 권 있는데, 선생께서 한 번 살펴봐 주십시오."

그리고는 공명을 안내하여 작은 다락방으로 올라갔다. (*후당에서 밀실로, 밀실에서 작은 다락방으로, 갈수록 더욱 자세히 묘사하고 있다.)

공명曰: "책은 어디 있습니까?"

유기가 엎드려 울면서 말했다: "계모가 저를 용납해 주지 않아 제 목숨이 언제 죽을지 모르는 형편인데도 선생께선 끝내 저를 구해 줄 말씀 한 마디 못 해 주시겠습니까?"(*이는 유기의 세 번째 계책 요구이다.)

공명은 얼굴을 붉히며 일어나 곧바로 다락방에서 내려가려고 했다. (*이는 공명의 세 번째 거절이다.)

그러나 다락방을 오르내리는 사다리는 이미 치워지고 없었다. (*이는 현덕이 귓속말로 가르쳐준 계책이다.)

유기曰: "제가 좋은 계책을 가르쳐 달라고 하는데도 선생께선 말이 새어 나갈까봐 겁을 내시어 말씀해 주려 않으십니다. 그러나 지금 여기는 위로는 하늘에 이를 수 없고 아래로는 땅에 이를 수 없는 곳이므로 선생의 입에서 나온 말씀은 오직 저의 귀로만 들어갈 뿐이니 가르쳐 주셔도 되지 않겠습니까?"(*이때는 병풍 뒤에서 엿듣는 사람이 전혀 없었다.)

공명曰: " '관계가 소원한 사람은 관계가 친밀한 사람들을 이간시킬 수 없다(疏不間親)'란 말이 있습니다. 그러니 제가 어떻게 공자를 위한 계책을 말씀드릴 수 있겠습니까?"

유기曰: "선생께선 끝까지 제게 가르침을 주려 하지 않으시는군요! 제 목숨이 어차피 보전될 수 없는 것이라면 차라리 선생 앞에서 당장 죽어버리고 말겠습니다."

그리고는 칼을 들어 자기 목을 찌르려고 했다. (*이 역시 현덕이 귓속말로 가르쳐준 계책이다.)

공명은 그를 제지하며 말했다: "좋은 방법이 있기는 합니다."

유기가 절을 하며 말했다: "그렇다면 곧바로 가르쳐 주십시오."

공명曰: "공자公子께서는 어찌 (춘추시대 때 진晉 헌공獻公의 두 공자)신생申生과 중이重耳의 이야기도 들어보지 못했습니까? 신생은 계속 나라 안에 있다가 죽었지만, 중이는 나라 밖으로 달아나 있어서 무사했습니다. (*유기는 공명에게 고서를 보여드리겠다고 했지만, 이는 도리어 공명이 유기에게 고서를 읽어보도록 가르치고 있다.)

황조가 최근에 죽어서 지금은 강하江夏를 지킬 사람이 없습니다. 공자께서는 왜 위에다 말씀 올려서 군사를 데리고 나가서 강하를 지키겠다고 건의해보지 않으십니까? 그렇게 하면 화를 피할 수 있을 것입니다."(*어떤 사람은 공명을 비웃으면서 그가 유기를 위해 내준 계책은 병법에서 36번째 계책인 "도망치는 것이 상책(走爲上計)"이라는 것인데, 어찌하여 이처럼 괴롭힌 다음에야 겨우 말해 주는가? 하고 말한다. 그러나 이는 달아나는 것도 용이한 일이 아님을 모르고(不知走爲不容易) 하는 말이다. 남이 모르게 달아나야만 비로소 달아날 수 있다. 만약 남이 그가 달아나는 것을 알게 된다면 그는 달아날 수도 없고, 달아나서 위험에서 벗어날 수도 없다.)

유기는 두 번 절을 하여 가르침에 대하여 고마움을 표한 다음 사다리를 가져오도록 하여 공명을 다락 아래로 내려 보냈다. 공명이 작별하고 돌아가서 현덕을 보고 이 일을 자세히 말해 주자, 현덕은 크게 기뻐했다.

〖 6 〗 다음날 유기는 부친에게 자기가 직접 강하로 가서 지키겠다고 말씀드렸다. 유표는 주저하면서 결단을 못 내리고 현덕을 청해 와서 같이 의논했다.

현덕曰: "강하는 중요한 곳이므로 본래 다른 사람이 지킬 수 있는 곳이 아닙니다. 바로 공자가 직접 가서 지켜야만 합니다. 그리하여 동남 방면의 일은 형님 부자분이 맡도록 하시고 서북 방면의 일은 제가 맡도록 하겠습니다."(*유표로 하여금 손권을 맡도록 하고 자신은 조조를 맡겠다는 것으로, 이 역시 공명이 가르쳐 준 것이다.)

유표曰: "근래 들으니 조조는 업군鄴郡에다 현무지玄武池를 파놓고 수군을 훈련시킨다고 하던데, 이는 틀림없이 남쪽을 칠 생각이 있다는 것이오. 방비를 하지 않으면 안 되겠소."(*유표는 바로 전까지는 손권을 방어하려고 했었는데, 현덕이 조조를 말하자 말이 떨어짐과 동시에 곧바로 조조를 방어하자고 말한다.)

현덕曰: "저도 이미 알고 있습니다. 형님께서는 염려하지 마십시오."

마침내 유표에게 하직인사를 하고 신야로 돌아왔다. 유표는 유기로 하여금 군사 3천 명을 이끌고 강하로 가서 지키도록 했다. (*후문에서 현덕이 강하로 도망쳐 가게 되는 배경이 된다.)

〖 7 〗 한편 조조는 삼공(三公: 태위太尉, 사도司徒, 사공司空)의 직위를 없애버리고 자신이 승상丞相의 직위에서 삼공이 하던 일들을 겸했다. 모개毛玠를 동조연(東曹椽: 고위 관료의 선발과 군軍에 필요한 인원을 선발하는 일을 하는 관직명)에 임명하고, 최염崔琰을 서조연(西曹椽: 승상부의 관원을 선발하는 일을 하는 관직명)에 임명하고, 사마의司馬懿를 문학연(文學椽: 사람들에게 유학儒學을 가르치는 일을 담당한 관직)에 임명했다.

사마의의 자字는 중달仲達로 하내온(河內溫: 하남성 온현) 사람으로 영천潁川 태수 사마준司馬雋의 손자이자 경조윤京兆尹 사마방司馬防의 아들이고, 주부主簿 사마랑司馬朗의 아우였다. (*사마의에 대해서만 그 가세家世를 자세히 서술한 것은 위魏가 한漢을 대신하기에 앞서 일찌감치 진晉이 위魏를 대신하게 되는 것의 복필伏筆이다.)

이로부터 문관들이 대거 갖추어졌다. 그리고는 무장들을 모아놓고 남정南征 문제를 상의했다.

하후돈이 건의했다: "근래에 들으니 유비가 신야에서 매일 군사들

을 훈련시키고 있다고 합니다. 틀림없이 후환이 될 테니 일찌감치 쳐서 없애버리는 것이 좋겠습니다."

조조는 즉시 하후돈을 도독으로 삼고, 우금·이전·하후란夏侯蘭·한호韓浩를 부장副將으로 삼아서 군사 10만 명을 거느리고 곧바로 박망성博望城으로 가서 신야新野를 엿보도록 했다. (*형양을 엿보지 않고 신야를 엿보도록 한 것은, 조조는 본래 유표를 경시하고 현덕을 중시했기 때문이다.)

순욱이 간했다: "유비는 영웅입니다. 게다가 지금은 제갈량이 군사軍師로 있으므로 적을 가볍게 보아서는 안 됩니다."

하후돈曰: "유비는 쥐새끼 같은 자입니다. 내 그놈을 반드시 사로잡아 오겠습니다."(*현덕을 경시하는 것이 조조와 서로 반대이다.)

서서徐庶曰: "장군은 유현덕을 가볍게 보지 마시오. 지금 현덕은 제갈량을 얻어서 그의 보좌를 받고 있으니, 이는 마치 범에게 날개가 돋은 것과 같소이다."

조조曰: "제갈량은 어떤 사람이오?"

서서曰: "제갈량의 자字는 공명孔明이고 도호道號는 와룡선생臥龍先生인데, 그는 천지를 마음대로 주무를 수 있는 재주(經天緯地之才)가 있고, 귀신들조차 알기 어려운 변화무쌍한 계책(出鬼入神之計)을 내는데, 참으로 당세의 기인奇人입니다. 결코 얕보아서는 안 됩니다."

조조曰: "공과 비교하면 어떻소?"

서서曰: "저를 어찌 감히 제갈량과 비교할 수 있겠습니까? 제가 반딧불과 같다면 제갈량은 바로 밝은 달빛과 같습니다."(*그 이름의 뜻이 '밝다(亮)'이고, 자字는 '크게 밝다(孔明)'이니, 참으로 그 이름에 손색이 없다.)

하후돈曰: "원직(元直: 서서)의 말은 틀렸습니다. 나는 제갈량을 지푸라기(草芥)처럼 여깁니다. 겁낼 게 뭐 있습니까! 내가 만약 한번 싸움에서 유비와 제갈량을 사로잡지 못한다면 제 수급을 승상께 바치겠습니다.”

조조曰: “자네는 속히 승전의 소식을 보내와서 내가 안심할 수 있도록 하라.”

하후돈은 씩씩한 모습으로 조조에게 하직인사를 하고 군사를 이끌고 출발했다.

〖 8 〗 한편 현덕은 공명을 얻은 이후로 그를 스승의 예로 대했다. 그러자 관우와 장비 두 사람은 언짢아하며 말했다: “공명은 나이가 어린데 무슨 재주와 배운 게 있다고? 형님께서 그를 대우하시는 게 너무 지나쳐! 게다가 그가 자기 실력을 증명해 보인 적도 없는데 말이야!”

현덕曰: “내가 공명을 얻은 것은 마치 물고기가 물을 만난 것과 같다(我得孔明, 猶魚之得水也). 두 아우는 다시는 여러 말 하지 말라!”

관우와 장비는 이 말을 듣고 더 이상 말하지 않고 물러갔다.

하루는 누가 얼룩소의 꼬리를 보내왔는데, 현덕은 그 꼬리의 털을 가지고 모자를 만들었다. 공명이 들어와 보고는 정색을 하고 말했다: “명공明公께서는 더 이상 원대한 뜻은 없으시고 다만 이런 것을 일삼고 계시는 겁니까?”

현덕은 모자를 땅에 내던지고 사과하며 말했다: “내 잠시 이것으로 걱정을 잊어보려고 했을 뿐이오.”

공명曰: “명공께서는 스스로를 조조에 비해 어떻다고 생각하십니까?”

현덕曰: “그만 못합니다.”

공명曰: “명공의 군사라고는 불과 수천 명에 지나지 않는데, 만일 조조의 군사들이 쳐들어온다면 어떻게 막으려고 하십니까?”

현덕曰: “나는 바로 그 일을 걱정하고 있었습니다. 좋은 계책이 떠오르지 않아요.”

공명曰: "속히 민병民兵을 모집하도록 하십시오. 제가 직접 그들을 가르치면 적과 싸우도록 할 수 있습니다."

현덕은 곧 신야의 백성들을 모집하여 3천 명을 얻었다. 공명은 아침 저녁으로 그들에게 진법陣法을 가르치며 훈련시켰다.

〚 9 〛 그때 갑자기 보고가 들어오기를, 조조가 보낸 하후돈이 군사 10만 명을 이끌고 신야로 쳐들어오고 있다는 것이었다.

장비는 이 소식을 듣고 운장에게 말했다: "공명으로 하여금 앞으로 나아가서 적을 맞이하도록 하면 되겠네요."

한창 이야기하고 있을 때 현덕이 두 사람을 불러들여서 말했다: "하후돈이 군사를 이끌고 오는데, 어떻게 적을 맞이하면 좋겠느냐?"

장비曰: "형님은 왜 '물(水)'로 하여금 나가서 맞이하도록 하지 않습니까?"(본 회 뒤의 〈모종강 서시평〉 (3). 참조.)

현덕曰: "지모智謀야 공명에게 의지하겠지만, 용맹이라면 반드시 두 아우가 있어야 하는데 어찌 사양한다는 말이냐!"

관우와 장비가 나간 다음 현덕은 공명을 청해 와서 상의했다.

공명曰: "다만 염려되는 것은, 관우와 장비 두 사람이 제 명령을 들으려고 하지 않는 것입니다. 주공께서 만약 제가 군사를 움직이도록 하고 싶으시다면 부디 주장主將의 검과 인수印綬를 빌려주십시오."(*한신韓信 같은 대장도 장군의 인수를 차고 지휘 단에 오르지 않으면 번쾌樊噲 같은 장수에게 명령을 내릴 수 없고, 공명도 주장의 검과 인수를 가지지 않고서는 관우와 장비에게 명령을 내릴 수가 없었다.)

현덕은 곧바로 주장의 검과 인수를 공명에게 주었다. 공명은 마침내 여러 장수들을 불러 모아 명령을 하달하기로 했다.

장비가 운장에게 말했다: "일단 명령을 들으러 가보기는 합시다. 가서 그가 어떻게 군사들을 배치하는지 봅시다."

공명은 명령을 내렸다: "박망파博望坡 왼편에 예산豫山이란 산이 있고 그 바른편에는 안림安林이란 숲이 있는데 그곳에는 군사들을 매복시켜 놓을 만하다. 운장은 군사 1천 명을 이끌고 예산으로 가서 매복하고 적병이 올 때까지 기다리되, 일단 오거든 그대로 지나가도록 내버려두고 대적하지 말라. 적의 군량과 마초를 실은 수레(輜重)들은 틀림없이 뒤쪽에 있을 것이다. 남쪽에서 불이 일어나는 것이 보이거든 곧바로 군사들을 출격시켜 그 군량과 마초를 불살라 버리도록 하라.

그리고 익덕은 군사 1천 명을 이끌고 안림 뒤쪽의 골짜기로 가서 매복해 있다가 남쪽에서 불이 일어나는 것이 보이거든 뛰쳐나와 박망성의 군량과 마초를 쌓아둔 곳으로 가서 불을 질러 태워버리도록 하라.

관평關平과 유봉劉封은 군사 5백 명을 이끌고 인화물引火物들을 준비하여 박망파 뒤쪽의 양편에서 기다리고 있다가 초경(初更: 저녁 7시~9시)이 되어 적군이 이르거든 곧바로 불을 질러라."

또 공명은 번성樊城에 있는 조운을 불러오라고 해서 선두부대로 삼은 후 지시했다: "싸우되 이기려고 하지 말고 오로지 지기만 해야 한다. 그리고 주공께서는 직접 일군을 이끌고 후원 부대를 맡아 주십시오. 모두들 각각 지시대로 행동할 것이며, 실수가 없도록 해야 한다."

운장曰: "우리는 모두 나가서 적을 맞아 싸울 것이지만, 군사軍師께선 무슨 일을 하려는지 모르겠소."

공명曰: "나는 그냥 가만히 앉아서 현성縣城을 지킬 것이다."

장비가 크게 웃으며 말했다: "우리는 모두 나가서 목숨 걸고 싸우라고 해놓고선 자기는 집안에 가만히 앉아 있겠다는 것이군. 엄청 편안하시겠소."

공명曰: "주장의 검과 인수가 여기 있다! 명령을 어기는 자는 목을 벨 것이다!"

현덕曰: "자네들은 어찌 '전략은 막사 안에서 세우지만, 그것이 천리 밖에서의 승패를 결정한다(運籌帷幄之中, 決勝千里之外)'는 말도 들어보지 못했는가? 두 아우는 명령을 어겨서는 안 된다."

장비가 비웃으며 떠나는데, 운장이 그에게 말했다: "우리는 일단 그의 계책이 들어맞는지 안 맞는지를 보고나서, 그때 가서 그에게 따지더라도 늦지 않아."

두 사람은 떠나갔다. 여러 장수들도 모두 공명의 전략을 납득하지 못하여 지금은 비록 명령에 따르고 있지만 다들 마음에 의혹을 품었다. (*또 여러 장수들이 공명의 말을 믿지 않는 것을 그리고 있다. 앞에서는 하후돈이 공명을 우습게 여겼는데, 이는 적이기 때문에 믿지 않으려고 했던 것이지만, 지금 여러 장수들은 다 같은 아군이면서도 역시 공명의 말을 믿으려고 하지 않는다. 먼저 이 양쪽의 불신不信이 있음으로써 다음 글에서의 기묘함이 더욱 두드러지는 것이다.)

공명이 현덕에게 말했다: "주공께서는 오늘 곧바로 군사를 이끌고 박망산 아래로 가서 주둔해 계십시오. 내일 황혼 무렵에 적군이 반드시 그곳에 당도할 테니, 그때 주공께서는 곧바로 영채를 버리고 달아나시다가, 불이 일어나는 것이 보이시거든 즉시 군사를 돌려서 덮치도록 하십시오. 저는 미축, 미방과 함께 군사 5백 명을 이끌고 가서 현을 지키고 있겠습니다."

그리고는 손건과 간옹에게 명하여 승전을 축하할 연석을 준비하고 각각의 공로를 기록할 공로부功勞簿를 만들어 놓고 기다리도록 했다. 이처럼 군사배치를 마쳤으나, 현덕 역시 마음속으로 긴가민가해 하며 불안해했다. (*여러 장수들만 공명을 믿지 않을 뿐 아니라 현덕조차도 역시 믿지 못함으로써 아래 글에서의 기묘함이 더욱 두드러진다.)

〖 10 〗 한편 하후돈은 우금于禁 등과 함께 군사를 이끌고 박망에 이

르러 정예병의 절반으로 선두부대를 삼고 그 나머지는 모두 군량을 실은 수레를 호송해 가도록 했다. (*군량 실은 수레가 뒤에 있는데 바로 공명이 말한 그대로다.)

때는 마침 가을이어서 가을바람이 서서히 불기 시작했다. (*이는 한가한 붓놀림(閑筆)이 아니고 후문에서 불이 맹렬하게 타는 것을 안받침하기 위해서이다. 이를 문장 기법상 '츤염(襯染)'이라고 부른다.) 군사들이 길을 재촉해서 가고 있을 때, 멀리 바라보니 전면에서 먼지가 갑자기 일어나고 있었다.

하후돈은 곧바로 군사들을 벌여 세워놓고 길 안내자에게 물었다: "여기가 어디냐?"

그가 대답했다: "저 앞이 바로 박망파이고, 그 뒤쪽은 나천羅川 어귀입니다."

하후돈은 우금과 이전에게 대오를 관장하도록 하고는 자신이 직접 말을 타고 대오 앞으로 나갔다. 멀리서 군사들이 오는 것을 보더니 하후돈은 갑자기 큰소리로 웃었다. 여러 사람들이 물었다: "장군께선 왜 웃으십니까?"

하후돈曰: "내가 웃었던 것은, 서원직이 승상 앞에서 제갈량을 마치 하늘이 내려 보낸 사람(天人)이라도 되는 양 과장한 일 때문이다. 지금 그가 용병하는 것을 보니, 저따위 군사들을 선봉으로 삼아서 우리와 대적하겠다고 하는데, 이야말로 개나 양을 몰아서 범과 싸우도록 하는 것과 마찬가지다. (*이는 민병民兵들로서, 적을 유인하기 위해서이다.) 나는 승상 앞에서 유비와 제갈량을 산 채로 잡아오겠다고 큰소리쳤는데, 이제 반드시 내가 말한 대로 될 것이다."(*하후돈의 교만함을 극도로 묘사함으로써 다음 글에서의 패배를 반대로 돋보이도록 하고 있다. 이를 문장 기법상 '반츤(反襯)'이라고 부른다.)

그리고는 직접 말을 몰아 앞으로 나갔다. 조운이 말을 타고 나가자,

하후돈이 욕을 했다: "너희가 유비를 따르는 것은 마치 고혼孤魂이 귀신을 따라다니는 꼴이니라!"

조운이 크게 화를 내며 말을 달려 나가 싸웠다. 두 말이 서로 어우러져 싸우기를 몇 합 되지도 않아 조운은 거짓 패하여 달아났다. 하후돈은 그 뒤를 추격해 갔다. 조운이 약 10여 리 달아나다가 말을 돌려서 또 싸웠다. 몇 합 싸우지도 않고 또 달아났다. 둘이 싸우는 모습을 보고 한호韓浩가 말에 박차를 가해 앞으로 나가서 간했다: "조운이 적을 유인하고 있는데, 매복이 있을까 두렵습니다."

하후돈曰: "적의 군사가 이와 같다면, 설령 10면으로 매복해 있다고 하더라도 내가 무엇을 겁내겠는가!"

그는 끝내 한호의 말을 듣지 않고 곧바로 박망파까지 쫓아갔다. 그때 포성이 한 방 울리더니 현덕이 직접 군사를 이끌고 짓쳐 나와서 싸움을 지원했다.

하후돈은 한호를 보고 웃으며 말했다: "저것이 바로 매복해 있던 군사들이다. (*누가 알았으랴, 이곳의 복병 또한 적을 유인하려는 것임을.) 내 오늘 밤 안으로 신야에 도달하지 못하면 맹세코 군사들을 물리지 않을 것이다."

그리고는 군사들을 재촉하여 앞으로 나아갔다. 현덕과 조운은 뒤로 물러나다가 곧바로 달아났다.

〚 11 〛 이때 날은 이미 저물었고, 하늘에는 짙은 구름이 가득 덮여서 달빛도 없었다. 낮에 불기 시작한 바람은 밤이 되자 더욱 거세졌다. (*먼저 달빛이 없는 어두움을 묘사함으로써 후문에서의 불빛의 밝음을 반대로 돋보이도록 하고 있는데, 이를 '반츤反衬'이라고 한다. 그리고 먼저 바람이 세게 부는 것을 묘사함으로써 후문에서 불길이 세게 이는 것을 돋보이도록 하고 있는데, 이를 '정츤(正衬)'이라고 부른다.) 하후돈은 한사코 군사들

을 재촉해서 쫓아갔다. 우금과 이전도 그 뒤를 쫓아가다가 길이 좁은 곳에 이르러서 보니 양편으로는 온통 갈대가 우거져 있었다.

이전이 우금에게 말했다: "적을 깔보는 자는 반드시 패한다고 했소. 남쪽 도로는 길은 좁고 산골짜기가 몹시 좁은데다 수목이 빽빽한데, 만약 적이 화공을 쓴다면 어떻게 하지?"

우금曰: "자네 말이 맞아. 내 앞으로 달려가서 도독께 말씀드릴 테니 자네는 후군을 이곳에서 멈춰 있도록 하게."

이전은 곧 말머리를 돌리고 큰소리로 외쳤다: "후군은 천천히 행군하라!"

그러나 사람과 말들이 터질듯이 밀려오는 것을 어떻게 멈춰 세울 수 있겠는가?

우금은 말을 급히 달려가서 큰소리로 외쳤다: "전군前軍 도독께선 잠시 멈추십시오!"

하후돈은 한창 말을 달려 나가다가 우금이 후군에서 급히 달려오는 것을 보고 그 까닭을 물었다.

우금曰: "남쪽 도로는 길은 좁고 산골짜기가 몹시 좁은데다 수목이 빽빽합니다. 화공에 대비해야만 합니다."

하후돈은 그제야 정신이 번쩍 들어서 즉시 말머리를 돌리고는 군사들에게 앞으로 나아가지 말라고 명했다. 말이 미처 끝나기도 전에 등 뒤쪽에서 함성이 크게 올리며 한 줄기 불길이 확 솟더니 곧바로 양편 갈대에도 역시 불이 붙었다. 삽시간에 사방팔면은 전부 불길이었다. 게다가 마침 바람이 세게 불어서 불은 더욱 맹렬한 기세로 타올랐다. (*이제야 비로소 앞에서 가을 달(秋風), 가을바람(商飈) 등을 그린 것이 한가한 붓놀림(閒筆)이 아니었음을 믿을 수 있다.) 조조의 군사들은 서로 밟고 짓밟혀서 죽은 자가 헤아릴 수 없이 많았다. 조운이 군사를 돌려서 쳐들어가자 하후돈은 연기와 불길 속을 뚫고 달아났다.

〖 12 〗한편 이전은 형세가 좋지 못한 것을 보고 급히 말을 달려서 박망성으로 돌아오는데, 불빛 속에서 한 떼의 군사들이 길을 가로막았다. 앞장선 대장은 관운장이었다. 이전은 말을 달려 혼전을 벌이다가 혈로를 뚫고 달아났다. 우금은 군량과 마초를 실은 수레(輜重)들이 전부 불에 타고 있는 것을 보고는 샛길로 빠져 달아나 버렸다. 하후란夏侯蘭과 한호韓浩는 불타는 군량과 마초를 구하려고 달려오다가 마침 장비를 만나서 몇 합 싸워보지도 못하고 하후란은 장비의 창에 찔려 말 아래로 떨어졌고, 한호는 혈로를 뚫고 달아났다. 밤새도록 싸우고 날이 밝을 때 가서야 군사를 거두었는데, 죽은 시체들로 온 들판이 뒤덮였고 피가 흘러내려 강을 이루었다. 후세 사람이 이에 대해 지은 시가 있으니;

박망파 싸움에서 불로 공격할 때 　　　　　博望相持用火攻
군사는 웃고 얘기하며 마음대로 지휘했네. 　　指揮如意笑談中
그야말로 조조의 간담 놀라 터졌을 터 　　　直須驚破曹公膽
초려 나온 후 세운 첫 번째 공이로다. 　　　初出茅廬第一功
　하후돈은 패잔병을 수습해 가지고 허창으로 돌아갔다.

〖 13 〗한편 공명이 군사를 거두자 관우와 장비가 서로 보고 말했다: "공명은 정말로 영걸英傑이시네!"(*전번에 의혹을 품었었기에 이제 와서 칭찬을 하게 된 것이다.)

　몇 마장(里) 가지 않아서 미축과 미방이 군사들을 이끌고 작은 수레 한 대를 에워싸고 왔는데, 수레 위에 단정히 앉아 있는 한 사람은 바로 공명이었다. 관우와 장비는 말에서 내려 수레 앞에 엎드려 절을 했다. 잠시 후 현덕과 조운, 유봉과 관평 등도 모두 이르렀으므로 군사들을 모이도록 한 후 이번 싸움에서 얻은 군량과 마초, 그리고 치중에 실려 있던 기타 군수물자들을 장병들에게 상으로 나눠주고는 회군하여 신야로 돌아갔다.

신야 백성들이 멀리서 일어나는 먼지를 보고는 나와서 길을 막고 절을 하며 말했다: "우리들이 목숨을 온전히 보전할 수 있게 된 것은 전부 사군께서 현인賢人을 얻으신 덕분입니다."

공명은 현으로 돌아와서 현덕에게 말했다: "하후돈은 비록 패해서 돌아갔으나, 조조는 반드시 직접 대군을 이끌고 올 것입니다."

현덕曰: "그렇다면 어떻게 해야 하지요?"

공명曰: "제게 계책이 하나 있는데, 그로써 조조 군사를 대적할 수 있습니다."

이야말로;

| 적을 깨뜨렸으나 군사들 쉬게 할 수가 없네. | 破敵未堪息戰馬 |
| 싸움 피하려면 또 좋은 계책에 의지해야지. | 避兵又必賴良謀 |

그 계책이 어떤 것인지 모르겠거든 다음 회를 읽어보도록 하라.

제 39 회 모종강 서시평序始評

(1). 남의 나라(人國)를 위해 계책을 낼 때에는 경솔히 할 수가 없으므로 삼고三顧를 받은 후에야 비로소 계책을 말해주고, 남의 가정을 위해 계책을 낼 때에는 경솔히 할 수가 없으므로 세 번 청을 들은 후에야 말해준다. 국사國事를 도모할 때에는 비밀스레 하지 않을 수 없으므로 사람들을 물리치고 무릎을 맞대고 말하며, 집안 일을 도모할 때에는 비밀스레 하지 않을 수 없으므로 다락방에 올라가서 사다리를 치웠던 것이다. 유기劉琦는 닥쳐올 화를 두려워하고 있었지만 공명은 말이 새어나갈 경우 입게 될 화를 두려워하였기에 계책을 말해 주지 않았던 것이다. 그러자 현덕이 먼저 유기에게 공명으로부터 계책을 구할 방도를 가르쳐준 것이다. 현덕과 공

명은 참으로 천하에 마음 씀씀이가 세밀한 사람이다.

(2). 앞에서 서서徐庶는 현덕의 면전에서 공명을 칭찬했는데, 이것이 정필正筆이고 긴필緊筆이다. 지금은 조조의 면전에서 공명을 칭찬하는데, 이것은 방필旁筆이고 한필閑筆이다. 그러나 방필과 한필이 없으면 정필正筆과 긴필緊筆의 교묘함을 드러낼 수가 없다. 뿐만 아니라 공명을 한편에서는 더욱 드러나도록 바림(渲染: 색칠할 때 한 쪽을 진하게 하고 다른 쪽으로 갈수록 차츰 엷게 하는 일)을 하면서 또 한편으로는 서서를 푸대접하지 않고 있는데, 참으로 서사敍事의 묘품妙品이다.

(3). 공명이 처음 초려를 나가서 첫 번째 쓴 계책이 화공火攻이다. 대저 군사(兵)는 불(火)과 같으므로, 군사를 쓰는 일은 불을 쓰는 것과 같고, 불을 쓰는 것 역시 군사를 쓰는 것과 같다. 군사가 부족할 때 불로써 그것을 만회하는 것이 곧 불로써 불을 구하는 것(以火濟火)이다. 그래서 현덕이 말하기를 "내가 공명을 얻은 것은 물고기가 물을 얻은 것과 같다(我得孔明, 如魚得水)"라고 했고, 장비 역시 말하기를 왜 '물'로 하여금 가도록 하지 않습니까?"라고 한 것이다. 그러므로 현덕이 공명을 물로 쓰는 것은 물로써 불을 구하는 것과 같다. 불이 불을 구하면 불은 더욱 맹렬해지지만, 물이 불을 구하면 불의 용도가 더욱 신묘해진다.

(4). 박망博望에서의 한 차례 화공은 문장 기법상 무수히 많은 '츤염법(襯染法)'을 보여주고 있다: 검은 구름과 달빛도 없는 어두운 밤을 묘사한 것은 (화광의 밝음을 돋보이게 하려는) '반츤법(反襯法)'이고, 가을바람과 밤에 강하게 부는 가을바람, 숲의 나무들, 갈

댓잎은 (불길의 맹렬함을 설명하려는) '정츤법(正村法)'이며; 서서徐庶가 공명을 칭찬한 것은 (뛰어남을 더욱 돋보이게 하려는) '순츤법(順村法)'이고, 하후돈이 공명을 경멸하고 모욕하고 관우와 장비 역시 그를 믿지 않은 것은 (거꾸로 그려서 결국 돋보이게 하려는) '역츤법(逆村法)'이다.

그리고 그 사이에는 또 여러 갈래의 '곡절(曲折: 꺾어짐. 변화)'들이 있는데, 조운이 적을 유인할 때 한호韓浩가 하후돈에게 추격하지 말라고 간하는 것이 하나의 곡절이고, 현덕이 적을 유인할 때 우금于禁과 이전李典이 중도에 의심을 품고 추격을 말리는 것이 두 번째 곡절이고, 사람과 말들이 터질 듯이 밀려와서 막을 수 없게 되었을 때 또 하후돈이 갑자기 정신이 번쩍 들어서 추격하지 말라고 명령할 때가 세 번째 곡절이다.

이러한 곡절들은 독자들로 하여금 이제 계책은 거의 성공할 수 없을 것이고 화공도 실패로 돌아갈 것으로 의심하도록 하지만, 결국에 가서는 성공하게 되고 적들도 이때 와서는 결국 깨진다. 이때 와서야 비로소 문장의 교묘함을 감탄하게 되는데, 이러한 것들은 추측으로 알아맞힐 수 있는 것이 아니다.

만약 단지 외곬으로, 직선적으로만 서술한다면, 결국 〈강목綱目〉의 예에 따라서 크게 "제갈량이 조조의 군사들을 박망에서 깨뜨렸다"라고 한 구절로 써서 끝낼 수 있을 테니 본서 〈연의演義〉의 작가로 하여금 이 긴 한 편의 글을 쓰도록 수고시킬 필요가 어디 있겠는가.

(5). 유표는 황조가 피살당하는 것을 보고 현덕으로 하여금 자기를 도와서 손권을 방어해 주도록 하고자 했지만, 공명은 손권을 지원 세력으로 남겨두고자 했으므로 현덕에게 손권을 버려두고 조조

를 대적하도록 권했던 것이다. 이는 후문의 복선이다. 감녕은 강하
江夏를 빌려서 원수 능통을 피할 땅으로 삼았고, 유기는 강하를 빌
려서 계모의 환난을 피할 땅으로 삼았다. 그리고 공명은 유기를 위
한 계책으로 금일의 안신처安身處로 강하를 말해 주었지만, 일찌감
치 현덕을 위하여 이후의 싸움에서 패한 후에 지원을 받을 곳으로
생각해 두었던 것이다. 이 역시 후문의 복선이다.

제 40 회

채부인, 형주를 조조에게 바치고
제갈공명, 신야를 불사르다

〚 1 〛 한편 현덕은 공명에게 조조의 군사를 막을 계책을 물었다.

공명曰: "신야新野는 작은 현縣이어서 오래 머물러 있을 수 없습니다. 근래 들으니 유경승劉景升의 병이 위독하다던데, 이 기회에 그의 형주를 취하여 몸을 의탁할 곳으로 삼는다면 조조를 어떻게든 막아낼 수 있을 것입니다."

현덕曰: "군사軍師의 말씀은 매우 좋습니다만, 제가 경승의 은혜를 입었는데 어찌 차마 그렇게 할 수 있습니까?"

공명曰: "이번에 만약 취하지 않는다면 후회막급일 것입니다."(*후문에서 형주를 얻기 위해 다투게 되는 복선이다.)

현덕曰: "나는 차라리 죽을지언정 의리를 저버리는 일은 차마 할 수 없습니다."

공명曰: "이 문제는 일단 나중에 다시 상의하시지요."

한편, 하후돈은 싸움에 패하여 허창으로 돌아가서 스스로 자기 몸을 결박하여 조조에게 가서는 땅에 엎드려 죽여 달라고 청했다. 조조는 그를 풀어주었다.

하후돈曰: "제가 제갈량의 간교한 계책에 걸려들었던 것입니다. 그가 화공을 써서 우리 군사를 깨뜨렸습니다."

조조曰: "너는 어릴 적부터 용병술을 배웠으면서 어찌 좁은 곳에서는 반드시 화공에 대비해야 한다는 것을 몰랐단 말이냐?"

하후돈曰: "이전과 우금도 그것을 말해 줬었는데, 지금은 후회막급입니다."

조조는 이에 이전과 우금 두 사람에게 상을 내렸다. (*싸움에 패하고도 상을 주는 것, 이것이 조조가 다른 사람보다 뛰어난 점이다.)

하후돈曰: "유비가 이처럼 기승을 부리고 있는 것은 우리에게는 참으로 심복지환心腹之患입니다. 빨리 제거하지 않으면 안 됩니다."

조조曰: "내가 염려하는 것은 유비와 손권뿐이다. 나머지는 전부 신경 쓸 거리도 못 된다. 지금 이때를 이용해서 강남을 소탕해 버려야겠다."

그리고는 곧 명령을 내려 대군 50만 명을 일으키도록 해서 조인과 조홍을 제 1대로 삼고, 장료와 장합을 제 2대로, 하후연과 하후돈을 제 3대로, 우금과 이전을 제 4대로 삼고 조조 자신은 직접 여러 장수들을 거느리고 제 5대가 되니, 매 대마다 각각 군사 10만 명씩을 이끌었다. 조조는 또 허저를 절충장군折衝將軍으로 임명하여 군사 3천 명을 이끌고 선봉에 서도록 했다. 건안 13년(서기 208년) 가을 7월 병오일丙午日을 출병할 날로 정했다. (*그 날짜까지 병기한 것은 이 일을 중시하기 때문이다.)

〖 2 〗 태중대부太中大夫 공융孔融이 나서서 간했다: "유비와 유표는 모두 한漢 황실의 종친들이므로 경시하여 토벌하려고 해서는 안 됩니다. 손권은 여섯 개 군郡을 차지하고 있을 뿐만 아니라 또한 장강長江의 험한 지세를 차지하고 있으므로 역시 취하기가 쉽지 않습니다. 지금 승상께서 이처럼 의롭지 못한 군사를 일으키시면 천하의 신망을 잃게 될까봐 염려됩니다."

조조는 화를 내며 말했다: "유비, 유표, 손권은 모두 조정의 명령을 거역한 역신逆臣들인데 어찌 치지 않을 수 있는가!"

그리고는 공융을 물러가라고 꾸짖고는 명령을 내렸다: "만약 다시 간하는 자가 나오면 반드시 그 목을 벨 것이다."

공융은 상부相府를 나와서 하늘을 쳐다보고 탄식했다: "지극히 어질지 못한 사람이 지극히 어진 사람을 치려는데 어찌 패하지 않을 수 있겠나!"(* '지극히 어진 사람(至仁)'이란 유비만을 가리키고, 공융 역시 유표와 손권은 경시하고 있다.)

그때 마침 어사대부御史大夫 치려郗慮의 가객家客이 이 말을 듣고 치려에게 보고했다. 치려는 늘 공융에게 무시당하여 모욕을 느껴왔기 때문에 속으로 그에 대한 원한을 품고 있었으므로 이 말을 듣자 곧바로 들어가서 조조에게 일러바쳤다: "공융은 평소에도 매사에 승상을 얕보고 놀리면서 함부로 대했고, 또 예형禰衡과 친하게 지냈습니다. 예형은 공융을 보고 '중니(仲尼: 공자)는 죽지 않았소'라고 칭찬하면, 공융은 예형을 보고 '중니의 제자 안회顔回가 다시 살아 났소'라고 하면서 서로 칭찬해 주었습니다. 전에 예형이 승상을 욕보인 것은 사실 공융이 그렇게 하도록 시킨 것입니다."

조조는 크게 화를 내며 곧바로 정위(廷尉: 사법관)로 하여금 공융을 체포하도록 했다. 공융에겐 아들이 둘 있었는데 아직 나이가 어렸다. 그때 마침 집에서 마주 앉아 바둑을 두고 있었는데, 좌우에서 급히 알렸

다: "공자님의 부친께서 정위에게 붙잡혀가서 곧 참수당한다고 합니다. 두 분 공자께서는 왜 빨리 몸을 피하지 않으십니까?"

두 아들이 말했다: "깨어진 새둥지에 어찌 온전한 알이 있겠느냐? (破巢之下, 安有完卵乎?)"

말이 끝나기도 전에 정위가 또 와서 공융의 가솔들과 두 아들을 모조리 잡아가서 다 목을 베었다. (*조조가 예형禰衡을 죽일 때에는 반드시 남의 손을 빌려서 죽이려고 했다. 그런데 지금 공융을 죽이면서는 뜻밖에도 자신이 직접 죽이고 현사賢士를 죽였다는 오명汚名을 더 이상 피하려고도 하지 않는다.) 그리고 공융의 시신을 저잣거리에 매달아 놓아 많은 사람들이 구경하도록 했다.

이때 경조윤(京兆尹: 수도를 지키고 다스리던 최고위 관직. 조선의 한성부윤漢城府尹에 해당) 지습脂習이 공융의 시신 앞에 엎드려 곡을 했다. 조조가 그 이야기를 듣고 크게 화를 내며 그를 죽이려고 했다.

순욱曰: "제가 듣기로는, 지습은 늘 공융에게 '공은 강직함이 지나친데, 그것은 곧 화를 자초하는 길입니다' 하고 간했다고 합니다. 그랬던 사람이 이제 공융이 죽자 가서 곡을 하는 것을 보면 그는 의로운 사람입니다. 그런 사람을 죽여서는 안 됩니다."(*지습이 공융의 시신 앞에서 곡을 한 것은 왕수王修가 원담袁譚의 시신 앞에서 곡을 한 것(제33회 (6)의 일)과 흡사하다.)

그래서 조조는 그를 죽이지 않았다. 지습은 공융 부자의 시신을 거두어 장사지내 주었다. 후세 사람이 공융을 칭찬해서 지은 시가 있으니:

공융이 북해태수로 있을 때는	孔融居北海
그의 호기 무지개까지 뻗쳤지.	豪氣貫長虹
사랑방은 손님들로 늘 가득 찼고	座上客常滿
술독에는 술 떨어질 날 없었지.	樽中酒不空*

그의 문장은 세상 사람들을 놀라게 했고 　　　　　文章驚世俗
벗들과 담소할 때엔 왕공들도 무시했지. 　　　　　談笑侮王公
사가史家의 붓도 그의 충직함을 칭찬하여 　　　　　史筆褒忠直
죽을 때에도 그의 관직명 그대로 기록했네. 　　存官紀太中＊＊

　(＊제11회 중의 일과 대응한다.

　＊＊〈강목綱目〉에서 그를 죽인 일을 "殺太中大夫孔融"(태중대부 공융을
　죽였다)라고 기록하여 그의 관직명을 기록하고 있는데, 이는 죄를 얻어
　처형당하는 경우 그 이름만 기록하고 관직명을 기록하지 않는 사필史筆
　의 관행과는 다른 것을 말한다. 역사를 기록하는 경우, 이런 때에는
　"殺孔融"(공융을 죽였다)이라고만 쓰는 것이 관행이다.)

　조조는 공융을 죽이고 나서 명령을 내려 다섯 대隊의 군사들을 차례
로 출발하도록 하고 순욱 등만 남겨두어 허창을 지키도록 했다.

　〖 3 〗 한편 형주의 유표는 병이 위중하여, 현덕을 청해 와서 어린
자식들을 부탁하려고 사람을 보냈다.

　현덕은 관우와 장비를 데리고 형주로 가서 유표를 보았다.

　유표曰: "내 병은 이미 고황膏肓에 들어 있어 멀지 않아 죽을 것이
다. 그래서 아우님에게 어린 자식들을 부탁하려고 특별히 오라고 했
네. 내 자식들은 못나서 아비의 기업基業을 이어받을 수 없을 것 같으
니 내가 죽은 후에 아우님이 직접 형주를 맡아 다스리도록 하게."(＊도
겸陶謙은 현덕에게 세 번이나 서주徐州를 양보했는데, 유표는 형주를 두 번
양보했다고 할 수 있다.)

　현덕은 울면서 절을 하고 말했다: "저는 당연히 제 힘을 다해서 조
카들을 도울 것입니다. 제가 어찌 감히 다른 뜻을 품을 수 있겠습니
까!"

　한창 이야기를 하고 있을 때 조조가 직접 대군을 거느리고 오고 있

다는 보고가 올라왔다. 현덕은 급히 유표에게 하직인사를 하고 그날 밤 신야로 돌아갔다.

유표는 병중에 이 소식을 듣고 적잖이 놀라서, 유언遺言을 써서 현덕으로 하여금 장자 유기劉琦를 보좌하여 그를 형주의 주인이 되도록 하려고 상의했다. (*유표는 죽기 직전에 어린 아들을 세우자는 부인의 말을 듣지 않았는바, 비록 그 시작은 바르게 할 수 없었으나 그래도 그 끝은 바르게 할 수 있었다.) 채蔡 부인은 이 말을 듣고 크게 화를 내면서 곧바로 안쪽 대문을 닫아버린 다음 채모蔡瑁와 장윤張允 두 사람을 시켜서 바깥쪽 대문을 지키도록 했다. 이때 유기는 강하에 나가 있다가 부친의 병이 위독함을 알고 병문안을 하기 위해 형주로 왔다.

그러나 그가 막 바깥 대문에 이르자 채모가 막아서며 말했다: "공자께선 부친의 명을 받들어 강하를 지키고 있습니다. 그 맡은 바 임무가 지극히 중한데도 불구하고 지금 함부로 임지를 떠나왔는데, 만약 동오의 군사들이 쳐들어오면 어찌하려고 하십니까? 만약 들어가서 주공을 뵙는다면 주공께서는 틀림없이 노발대발하시어 병환이 더 위중해지실 텐데, 이것은 효도하는 게 아닙니다. 어서 빨리 돌아가십시오."(*채모는 이때 다만 유기가 부친을 만나지 못하도록 막기만 했을 뿐 감히 유기를 해치지는 못 했는데, 이는 현덕이 가까운 신야에 있는 것이 두려웠기 때문이다.)

유기는 대문 밖에 서서 한바탕 대성통곡을 하고는 말에 올라 그대로 강하로 돌아갔다.

유표의 병세가 위독했으나 기다리던 유기가 오지 않자 8월 무신일戊申日에 이르러 크게 몇 마디 외치고는 세상을 떠났다. (*유표는 유기를 후계자로 세우고자 했으나 채모를 죽이지 못한 결과 이런 상황에 이른 것이다. 이는 곧 그가 "악을 미워하되 제거하지 못하는(惡惡不能去)" 태도의 결과이다.) 후세 사람이 유표를 탄식하여 지은 시가 있으니:

옛날에 원소는 하북 땅을 차지하고	昔聞袁氏居河朔
유표는 한양에서 위세를 떨쳤지.	又見劉君覇漢陽
그러나 둘 다 집안에 암탉 울어 화가 닥쳐	總爲牝晨致家累
가엾게도 오래 못 가 둘 다 망했네.	可憐不久盡銷亡

〖 4 〗유표가 죽고 나자 채 부인은 채모, 장윤과 상의하여 가짜로 유언을 꾸미서 둘째 아들 유종劉琮을 형주의 주인으로 삼고, (*원소의 처가 어린 아들을 세운 것은 그 부친의 명을 따른 것이지만, 유표의 처가 어린 아들을 세운 것은 부친의 명을 거역한 것이다. 유표의 처 채씨는 원소의 아내 유씨보다 못하다.) 그런 다음에 곡을 하고 부고訃告를 띄우기로 결정했다. 이때 유종은 나이 겨우 열네 살이었으나 꽤 총명했다.

그는 여러 사람들을 모아놓고 말했다: "아버님께서 세상을 떠나셨으나 나의 형님께서는 지금 강하江夏에 계시고, 게다가 현덕 숙부님께서는 신야新野에 계시오. 그대들이 나를 주인으로 세웠으나 만약 형님과 숙부님께서 군사를 일으켜 죄를 물으러 온다면 어떻게 해명을 하겠소?"(*유종이 원소의 아들 원상보다 똑똑하다.)

여러 관원들이 그 말에 미처 대답을 하지 못하고 있을 때, 막료로 있는 이규李珪가 말했다: "공자의 말씀이 참으로 옳습니다. 지금 급히 강하로 부고를 띄워 큰 공자를 오시도록 청하여 형주의 주인으로 삼으시고, 또 현덕에게 함께 정사를 보도록 하신다면 북으로는 조조를 대적할 수 있을 것이고 남으로는 손권을 막을 수 있을 테니, 이야말로 만전지책萬全之策입니다."(*유표에게 이처럼 훌륭한 신하가 있었으나 평소 그를 중용하지 못한 결과 결국 채모가 병권을 장악하도록 했던 것이다. 그의 사람 씀이 어찌 이리도 글렀던가?)

채모가 꾸짖어 말했다: "너는 어떤 놈이기에 감히 함부로 말하여 주공의 유명遺命을 거역하려고 하느냐?"

이규가 큰소리로 꾸짖었다: "너희들이 안팎으로 무리를 지어서 짜고 주공의 유명이라고 거짓말을 하면서 장자를 폐하고 어린 동생을 세우는데, 형주와 양주襄州의 아홉 개 군이 채씨들의 손에 넘어갈 것이 눈에 훤히 보이는구나! 만약 옛 주인의 영혼이 계신다면 반드시 너희들을 죽이고 말 것이다!"(*유표가 이규를 중용하지 않았던 것에서 그가 "좋은 사람을 좋게 여기면서도 쓸 줄 몰랐음(善善而不能用)"을 충분히 볼 수 있다.)

채모는 크게 화를 내며 좌우 사람들에게 그를 끌어내어 목을 베도록 했다. 이규는 죽을 때까지도 큰소리로 꾸짖기를 그치지 않았다. 이리하여 채모는 마침내 유종을 형주의 주인으로 세웠다.

채씨 종족들은 형주의 군사들을 나누어 거느리고, 주군州郡의 문서 관리를 맡는 벼슬인 치중治中 등의鄧義와 별가종사別駕從事 유선劉先에게 형주를 지키도록 했다. 채 부인은 유종과 함께 양양襄陽으로 가서 주둔해 있으면서 유기와 유비가 군사를 일으켜 쳐들어올 것에 대비했다. 그리고 양양성 동편 한양漢陽의 들판에다 유표의 관을 매장했다. 끝내 유기와 현덕에게는 부고를 띄우지 않았다. (*죽고 나서 장사지낼 때까지 결국 부고를 띄우지 않는다. 부인이 일을 그릇되게 처리하기가 이런 지경에 이르렀으니, 그가 곧바로 망하는 것은 당연하다.)

〖 5 〗 유종劉琮이 양양에 이르러 막 군사들을 쉬게 하고 있는데, 갑자기 조조가 대군을 이끌고 양양으로 오고 있다고 알려왔다. 유종은 크게 놀라서 곧바로 장릉章陵 태수 괴월蒯越과 채모 등을 청해 와서 상의했다.

이때 동조연東曹椽 부손傅巽이 건의했다: "단지 조조의 군사들이 내려오는 것만 걱정인 것은 아닙니다. 지금 큰 공자는 강하에 계시고 현덕은 신야에 있는데, 우리는 양쪽 모두에게 부고조차 보내지 않았습니다. 만약 그들이 군사를 일으켜 죄를 물으러 온다면 형양은 위험에 빠집니다. 제게 한 가지 계책이 있는데, 이대로만 하면 형양의 백성들을 태산처럼 안온하게 할 수 있고, 또한 주공의 명호名號와 작위爵位도 보전할 수 있을 것입니다."(*조조를 걱정하지 않고 현덕과 유기를 걱정하는 것에서 그 계책이 어떤 것인지 알 수 있다.)

유종曰: "그 계책이란 게 어떤 것이오?"

부손曰: "형주와 양주의 아홉 개 군을 조조에게 바치는 것입니다. 그렇게 하면 조조는 반드시 주공을 귀중하게 대우해줄 것입니다."

유종이 질책했다: "그게 무슨 말이오! 내가 선친의 기업을 이어받아 앉은 자리조차 아직 따뜻해지지 않았는데 어떻게 이를 곧바로 남에게 내줘버린단 말이오!"

괴월曰: "부공제(傅公悌: 부손)의 말이 맞습니다. 대체로 거역하는 것과 순종하는 것에는 큰 도리가 있으며(逆順有大體), 강한 것과 약한 것에는 일정한 형세가 있습니다(强弱有定勢). 지금 조조는 남정南征과 북벌北伐을 하는 데 있어서 조정의 이름으로 하는바, 주공께서 그를 거역한다면 그 명분이 바로 서지 못합니다. 뿐만 아니라 주공께서는 새로 자리에 오르셨는데 외환外患으로 나라가 평온하지 못하고 또 장차 내우內憂까지 발생한다면 형주와 양주의 백성들은 조조의 군사가 왔다는 소리만 듣고도 싸우기도 전에 간담이 서늘해질 텐데 어떻게 그와 맞서 싸울 수 있겠습니까?"(*괴월은 늘 채모를 도와서 현덕을 해칠 궁리를 했으므로, 그가 이런 의견을 내는 것은 당연하다.)

(*괴월이 유종에게 투항을 설득한 이 말은 〈자치통감〉에는 이렇게 기록되어 있다: "거역하고 순종함에는 큰 도리가 있고(逆順有大體), 강함과 약함에는 일정한 형세가 있습니다(强弱有定勢). 사람의 신하로서 그 주인에게 거역하는 것은 도리를 거역하는 것이며, 새로 세워진 초(楚: 즉 새로 주인의 자리에 오른 유종劉琮)가 중원의 큰 나라를 막으려 해서는 반드시 위

험하며, 유비의 힘으로는 조공曹公을 대적하려고 해도 당해낼 수 없습니다. 이 세 가지 모두 이쪽의 단점들인데 장차 무슨 수로 적을 당해내겠습니까? 그리고 장군께서는 스스로를 유비에 비해 어떻다고 생각하십니까? 만약 유비가 조공을 막아내기에 부족하다면 이 형주를 다 가지고도 스스로 존립할 수 없을 것이고, 만약 유비가 조공을 충분히 막아낼 수 있다면, 유비는 장군의 밑에 있으려고 하지 않을 것입니다." ──역자.)

유종曰: "여러분의 좋은 충고를 내가 따르지 않겠다는 것이 아니라, 다만 선친께서 물려주신 기업을 하루아침에 남에게 내줘버린다면 천하 사람들의 비웃음을 사게 될까봐 두렵소."

〖 6 〗 말이 미처 끝나기도 전에 한 사람이 의젓이 고개를 들고 건의했다: "부공제와 괴이도(蒯異度: 괴월)의 말이 참으로 옳은데 왜 좇으려고 하지 않으십니까?"

여러 사람들이 보니 산양山陽 고평高平 출신으로 성은 왕王, 이름은 찬粲, 자字를 중선仲宣이라고 하는 사람이었다. 왕찬王粲의 생김새는 얼굴은 여위고 약해 보였고 몸집은 왜소했다.

그가 어릴 적에 중랑中郎 채옹蔡邕을 찾아간 일이 있었는데, 그때 채옹의 집에는 귀한 손님들이 찾아와서 자리를 가득 채우고 있었다. 채옹은 왕찬이 왔다는 말을 듣자 급해서 신을 거꾸로 신고 나가서 그를 맞아들였다. 손님들이 모두 놀라서 말했다: "채 중랑은 어찌하여 유독 이 어린아이만 존경하시오?"

채옹曰: "이 아이는 기이한 재주가 있는데, 나는 이 아이보다 못하다오."

왕찬은 들은 게 많고 기억력이 좋았는데(博聞强記), 이 점에서는 어느 누구도 그를 좇아가지 못했다. 한번은 길가에 세워진 비석의 비문碑文을 단 한 번 죽 훑어보고는 곧바로 외울 수 있었으며, 남들이 바둑

두는 것을 옆에서 보고 있다가 바둑판이 헝클어지자 그가 바둑알을 다시 제 자리에 놓았는데, 한 알도 틀리지 않았다. 그는 또 산술算術을 잘했고, 문장력이 뛰어나서 한때 그를 능가하는 사람이 없었다. 나이 열일곱 살 때 조정에서 그를 불러 황문시랑黃門侍郎을 제수했으나 그는 나아가지 않았다. 후에 난리를 피하여 형양에 오자 유표가 그를 귀빈으로 대우했던 것이다.

이날 그가 유종에게 말했다: "장군은 스스로 조공(曹公: 조조)에 비해 어떻다고 생각하십니까?"

유종曰: "제가 그보다 못하지요."(*현덕과 공명 사이의 문답과 비슷하다. 그러나 하나는 적을 대비할 계책을 상의하고, 하나는 적에게 항복할 것을 상의한다. 말은 같으나 그 뜻은 다르다.)

왕찬曰: "조공은 병사들은 강하고 장수들은 용맹하며 지모가 많습니다. 그래서 하비성 싸움에서는 여포를 사로잡았고, 관도에서는 원소를 꺾었으며, 농우隴右에서는 유비를 쫓아버렸고, 백랑白狼에서는 오환烏桓을 깨뜨렸는데, 그에게 목이 달아나 없어지고 소탕되고 평정된 자들은 이루 헤아릴 수가 없습니다. 그러한 그가 이제 대군을 이끌고 형양으로 내려오고 있으니, 그 세력을 대적하기는 어렵습니다. 부공제와 괴이도 두 분의 주장은 훌륭한 계책입니다. 장군께서는 망설여서는 안 됩니다. 그러면 후회하게 됩니다."(*문인文人들과 이와 같은 국사國事를 의논해서는 안 된다.)

유종曰: "선생의 가르침은 지극히 옳습니다. 다만 이 일은 반드시 모친께 여쭈어봐야만 합니다."

이때 문득 보니 병풍 뒤에서 채 부인이 돌아 나오더니(*병풍 뒤에 서서 남들이 말하는 것을 몰래 엿듣는 습관, 이는 부인들의 나쁜 태도이다.) 유종에게 말했다: "이미 중선(仲宣: 왕찬)과 공제(公悌: 부손), 이도(異度: 괴월) 세 사람의 의견이 다 같은데 새삼스레 내게 여쭤볼 필요가 어디 있습니까?"

이리하여 유종은 결단을 내리고 곧바로 항복문서를 써서 송충宋忠에게 주면서 몰래 조조의 군중으로 가서 바치도록 했다. 송충은 명을 받고는 곧장 완성宛城으로 가서 조조를 영접하고 항복문서를 바쳤다.

조조는 크게 기뻐하며 송충에게 큰 상을 내리고 분부했다: "유종에게 성 밖으로 나와서 영접하라고 전하라. 그러면 즉시 그를 영구히 형주의 주인이 되도록 해주겠다."(*거짓말로 어린애를 속이고 있다.)

〖 7 〗 송충은 조조에게 하직인사를 하고 형양으로 돌아오는 길에 올랐다. 그가 강을 건너려고 할 때 갑자기 한 떼의 군사들이 오는 것이 보였다. 보니 바로 관운장이었다. 송충은 미처 몸을 피하지 못하고 운장에게 불려갔다. 운장은 형주의 소식을 자세히 물었다. 송충이 처음에는 숨기고 제대로 말하지 않았으나 나중에 운장이 꼬치꼬치 캐어묻는 바람에 빠져나가지 못하고 전후 사정을 하나하나 다 사실대로 고할 수밖에 없었다.

운장은 크게 놀라서 곧바로 송충을 잡아 가지고 신야로 가서 현덕을 보고 자초지종을 다 이야기했다. 현덕은 그 이야기를 듣고 대성통곡했다.

장비曰: "일이 이미 이렇게 되었으니 우선 송충의 목부터 베어버리고 즉시 군사를 일으켜 강을 건너가서 양양을 빼앗고 채씨와 유종을 죽이고 난 다음에 조조와 싸우는 것이 좋겠습니다."

현덕曰: "너는 일단 입을 다물고 있거라. 내게 따로 생각이 있느니라."

그리고는 송충을 꾸짖었다: "너는 여러 사람들이 작당하여 일을 꾸미고 있는 줄 알고서도 왜 진작 와서 내게 알리지 않았느냐? 지금 너의 목을 베더라도 당면한 문제 해결에는 아무런 도움이 안 될 것이다.

빨리 떠나가거라."

송충은 고맙다고 절을 한 다음 머리를 감싸 쥐고 쥐새끼처럼 도망쳤
다.

〖 8 〗 현덕이 한창 고민하고 있을 때 갑자기 공자 유기劉琦가 보낸
이적伊籍이 당도했다고 알려왔다. 현덕은 이적이 전번에 자기를 구해
준 은혜를 생각하여 계단 아래로 내려가서 그를 맞으면서 재삼 고마웠
다고 인사했다.

이적曰: "큰 공자公子님께서는 강하江夏에 계시면서 형주 태수(즉, 유
표)께서 이미 세상을 떠나셨는데도 채 부인과 채모 등이 상의하여 부고
도 띄우지 않고 마침내 유종을 형양의 주인으로 세웠다는 말을 들었습
니다. 공자께서는 곧 사람을 양양으로 보내서 알아보도록 했는데, 그
가 돌아와서 말하기를 그게 전부 사실이라고 했습니다. 그래서 공자께
서는 혹시 사군께서 이 일을 모르고 계실까봐 염려하시면서 저로 하여
금 부고를 가지고 가서 알려드리도록 하셨습니다. 그리고 또 사군께
휘하 정예병들을 전부 일으켜서 함께 저들의 죄를 물으러 양양으로 가
자고 청해 보도록 하셨습니다."

현덕은 유기의 글을 다 읽어보고 나서 이적에게 말했다: "기백(機伯:
이적)은 다만 유종이 참람하게 주인의 자리에 오른 것만 알고 계시고
유종이 이미 형양의 아홉 개 군을 전부 조조에게 바친 사실은 모르고
계시는군요."

이적은 크게 놀라며 말했다: "사군께서는 그걸 어떻게 아셨습니
까?"

현덕은 송충을 붙잡은 일을 자세히 이야기해 주었다.

이적曰: "만일 그게 사실이라면 사군께서는 조문(弔喪)하러 간다는
명분으로 양양으로 가셔서 유종을 마중 나오도록 유인하여 그 자리에

서 곧바로 사로잡고 그 무리들을 죽여 버리십시오. 그렇게 하면 형주는 곧 사군의 차지가 될 것입니다."(*이것이 최선책이다.)

공명曰: "기백의 말이 옳습니다. 주공께서는 그의 말대로 하십시오."

현덕은 눈물을 흘리며 말했다: "내 형님께서 병환이 위중하실 때 나에게 어린자식들을 부탁하셨는데, 지금 만약 내가 그 아들을 붙잡고 그 땅을 빼앗는다면, 훗날 죽어서 황천에서 무슨 낯으로 다시 내 형님을 뵙겠는가?"

공명曰: "만약 이 일을 하지 않으시겠다면, 지금 조조의 군사들은 이미 완성까지 와 있는데, 어떻게 적을 막으려고 하십니까?"

현덕曰: "차라리 번성으로 달아나서 저들을 피하는 게 낫겠소."

〖 9 〗 한창 상의하고 있을 때 정탐꾼이 급보를 올렸는데, 조조의 군사들이 이미 박망博望까지 왔다는 것이었다.

현덕은 황급히 이적을 돌려보내면서 강하로 가서 군사를 정돈하도록 하고, 한편으로 공명과 적을 막을 계책을 상의했다.

공명曰: "주공께서는 일단 안심하십시오. 전번에는 불로 하후돈의 군사들을 태반이나 태워죽였는데, 이번에 조조 군사가 또 오면 그로 하여금 이 계책에 걸려들도록 하겠습니다. (*어떤 계책인지는 말하지 않아 독자들로 하여금 알아맞힐 수 없도록 하고 있다.) 그러나 우리가 신야에서 계속 머물러 있을 수는 없게 되었으니 차라리 빨리 번성으로 가는 편이 낫겠습니다."

그리고는 즉시 사람을 시켜서 사대문에다 방榜을 내걸어 주민들에게 알리도록 했다: "남녀노소를 불문하고 따라가기를 원하는 자는 모두 오늘 중으로 우리를 따라서 번성으로 가서 잠시 피하도록 하라. 뒤에 남아 있다가 스스로 잘못되는 일이 없도록 하라."

그리고는 손건을 강변으로 보내서 배들을 동원하여 백성들을 건네
주도록 하고, 미축에게는 관원들의 가솔들을 호송하여 번성으로 가도
록 했다. 그리고는 여러 장수들을 모아놓고 명령을 내렸다.

먼저 운장에게 지시했다: "장군은 군사 1천 명을 이끌고 백하(白河:
한수漢水 지류. 하남성 서남부의 숭현嵩縣 남쪽의 복우산伏牛山에서 발원하여 남쪽
으로 흘러 호북성 양번시襄樊市에서 한수로 들어간다.) 상류로 가서 매복하도
록 하라. 군사들은 각기 포대를 가지고 가서 모래흙을 가득 담아 백하
의 강물을 막도록 하라. 내일 삼경(三更: 밤 11시에서 새벽 1시 사이)이 지
난 후에 하류에서 사람들의 함성소리와 말울음 소리가 들리거든 급히
포대를 들어 올려 물을 터뜨려서 저들을 물에 빠지도록 한 후에 곧바
로 물을 따라 급히 내려와서 싸움을 지원하도록 하라."

또 장비를 불러서 지시했다: "장군은 군사 1천 명을 이끌고 박릉博
陵 나루터로 가서 매복하고 있도록 하라. 그곳은 물살이 가장 느리므로
조조의 군사들이 물에 빠지면 반드시 이곳을 통해 도망갈 테니, 그때
를 틈타 달려가서 싸움을 지원하도록 하라."

또 조운을 불러서 지시했다: "장군은 군사 3천 명을 이끌고 가되 네
부대로 나누어서 한 부대는 장군이 직접 거느리고 동문 밖으로 가서
매복하고 있고, 나머지 세 부대는 각각 서, 남, 북의 세 성문 밖에 매
복하도록 한 다음, 먼저 성내의 민가 지붕에 유황과 염초 등 인화물질
들을 많이 감추어 놓도록 하라. 조조의 군사들이 성 안에 들어가면 틀
림없이 민가에 들어가서 쉴 것이다.

내일 황혼이 진 후에는 틀림없이 큰 바람이 불 것이다. (*천시를 모르
는 자는 군사軍師가 될 수 없다.) 바람이 불기 시작하거든 즉시 서, 남,
북의 세 성문 밖에 매복해 있던 군사들은 일제히 불화살을 성내로 쏘
아 보내도록 하고, 성 안에 불이 크게 번지기를 기다렸다가 성 밖에서
함성을 질러 위세를 돕도록 하라. 다만 동문만은 남겨두어 적들이 빠

져나가도록 하라.

　그대는 동문 밖에 있다가 달아나는 적의 뒤를 치도록 하라. (＊적을 뒤에서 치라는 것이 묘하다. 그들을 물가까지 쫓아내려는 것이다.) 날이 밝거든 관우, 장비 두 장수와 모여서 군사를 거두어 번성으로 돌아오도록 하라.”(＊싸우기도 전에 먼저 군사를 거둘 시간까지 다 계산해 놓고 있다.)

　다시 미방과 유봉劉封 두 사람에게 지시했다: “두 사람은 군사 2천 명을 데리고 가되 절반은 홍기군紅旗軍, 절반은 청기군靑旗軍으로 나누어 신야성 밖 30리 떨어진 곳에 있는 작미파鵲尾坡로 가서 그 앞에 주둔하고 있도록 하라. 일단 조조 군사가 오는 것이 보이거든 홍기군은 왼편에서 달아나고 청기군은 오른편에서 달아나도록 하라. 그러면 저들은 의심을 품고 틀림없이 감히 쫓아오지 못할 것이다.

　너희 두 사람은 그런 다음에 각기 따로 가서 매복해 있다가, 성 안에 불이 일어나는 것이 보이거든 곧바로 패하여 달아나는 적의 군사들을 추격하여 죽이도록 하라. 그런 후에 백하 상류로 와서 싸움을 지원하도록 하라.”

　공명은 군사들을 나누어 보낸 다음, 현덕과 함께 높은 곳으로 올라가서 멀리 바라보며 승전보가 오기만을 기다렸다.

〖 10 〗한편 조인과 조홍은 군사 10만 명을 이끌고 선두부대가 되었는데, 그 앞에는 이미 허저가 철갑군 3천 명을 이끌고 길을 열면서 기세등등하게 신야로 쳐들어가고 있었다. 이날 정오 무렵, 허저가 작미파에 이르러 멀리 바라보니 언덕 앞에 한 떼의 군사들이 전부 청기와 홍기를 들고 흔들고 있었다. 허저가 군사들을 재촉하여 앞으로 나아가자 유봉과 미방은 군사들을 네 부대로 나누고, 청기와 홍기들은 각각 왼편과 오른 편으로 돌아갔다.

　허저는 말을 세우고 잠시 나아가지 말도록 지시하면서 말했다: “앞에는 틀림없이 복병이 있을 것이다. 우리 군사들은 여기서 머물 것이다."

그리고는 허저 혼자서 급히 말을 달려 뒤에 오는 선두부대 조인에게로 가서 보고했다.

조인曰: "그것은 가짜군사(疑兵)들이고, 틀림없이 매복은 없을 것이니 속히 진군하도록 하시오. 나는 군사들을 재촉해서 뒤이어 가겠소."

허저가 다시 언덕 앞으로 돌아와서 군사들을 데리고 급히 쳐들어갔다. 그러나 숲 아래에 이르러 이곳저곳 찾아보았으나 단 한 사람도 보이지 않았다. 이때 해는 이미 서산으로 떨어졌다. 허저가 막 앞으로 나아가려고 하는데 산 위에서 나팔소리와 북소리가 크게 들려왔다. 머리를 들고 살펴보니 산 정상에 깃발들이 빽빽이 꽂혀 있었고, 그 가운데 두 개의 일산(傘蓋)이 보였다. 왼쪽의 일산 아래에는 현덕이, 오른쪽 일산 아래에는 공명이, 둘이 마주보고 앉아서 술을 마시고 있었다.

허저가 크게 화를 내면서 군사들을 이끌고 길을 찾아 산으로 올라가고 있는데 산 위에서 통나무 토막들을 내려 보내고 돌쇠로 돌을 쏘아 보내서 더 이상 앞으로 나아갈 수가 없었다. 그때 또다시 산 뒤에서 함성이 크게 울렸다. 허저는 길을 찾아 올라가서 한바탕 싸우고 싶었으나, 날이 이미 어두워 있었다.

〖 11 〗 그때 조인이 군사를 거느리고 와서 우선 신야 성부터 빼앗아 사람과 말들을 쉬도록 하라고 지시했다. 군사들이 성 아래에 이르러 보니 네 개의 성문들이 전부 활짝 열려 있었다. 조조의 군사들이 성 안으로 돌입하는데 막는 자가 전혀 없었고, 성 안에는 사람 하나 보이지 않았다. 결국 완전히 텅 빈 성이었다.

조홍曰: "이는 군사도 적고 계책도 다 떨어지자 백성들을 전부 데리고 도망가버린 것이다. 우리 군사들은 일단 성 안에서 편히 쉬고 내일 새벽에 진격하도록 하자."

이때 모든 군사들은 행군해 오느라 지치고 모두들 배가 고파서 다들 민가에 들어가서 밥을 지었다. 조인과 조홍은 관아官衙에 들어가서 쉬었다. (*이미 불 항아리 속에 들어간 것이다.)

초경初更이 끝난 후 (*초경이다.) 광풍이 크게 불었는데, (*불을 묘사하기 전에 먼저 바람부터 묘사한다.) 성문을 지키던 군사들이 불이 났다고 급보해 왔다.

조인曰: "이는 틀림없이 군사들이 밥을 짓다가 조심하지 않아서 일어난 불일 테니, 놀랄 것 없다."

말이 미처 끝나기도 전에 연달아 여러 차례 급보가 들어왔는데 서, 남, 북의 세 성문 모두 불이 났다는 것이다. (*적의 군사들은 보이지 않고 오로지 불만 보이니 몹시 이상한 일이다.) 조인이 급히 여러 장수들에게 말에 오르라고 명했을 때에는 성 안 전체는 이미 불바다가 되어서 위아래가 온통 시뻘건 색이었다.

이날 밤의 불은 전번에 박망파博望坡의 군량과 마초를 쌓아둔 곳을 태웠던 불보다 더 거셌다. 후세 사람이 탄식해서 지은 시가 있으니:

간웅 조조가 중원을 지키다가　　　　　　奸雄曹操守中原
9월 달에 남정하여 한천漢川에 이르자　　九月南征到漢川
바람의 신이 노여워서 신야현에 찾아왔고　風伯怒臨新野縣
불의 신도 내려와서 화염이 하늘높이 솟았네.　祝融飛下焰摩天

〔 12 〕 조인은 여러 장수들을 이끌고 연기를 헤치며 불속을 뚫고 길을 찾아 달아났는데, 동문 쪽에는 불이 없다는 말을 듣고 황급히 동문으로 나가서 달아났다. 그 와중에 군사들은 서로 짓밟고 짓밟혀서 죽은 자가 수없이 많았다.

조인 등이 화염 속을 겨우 빠져 나왔을 바로 그때, 등 뒤에서 함성이 일어나더니 조운이 군사들을 이끌고 쫓아와서 일대 혼전을 벌였다. 패한 군사들은 각자 살기 위해 도망가기에만 바빴으니, 그런 와중에 누가 몸을 돌려서 적과 싸우려 하겠는가.

한창 달아나고 있을 때 미방鸞芳이 일군一軍을 이끌고 와서 또 한바탕 부딪쳐 싸웠다. 조인은 대패하여 살길을 찾아서 달아났는데, 유봉이 또 일군을 이끌고 와서 길을 막고 한바탕 싸웠다. 사경(四更: 새벽 1시~3시 사이) 무렵이 되자 사람도 말도 지칠 대로 지쳤으며, 군사들의 태반은 머리를 태우고 이마를 데었다.

달아나서 백하 강변에 이르러 보니 다행히도 강물이 크게 깊지 않아서 사람도 말도 모두 강으로 내려가서 물을 마셨는데, 사람들은 와자지껄 떠들며 소리쳤고 말들은 모두 힝힝! 소리를 내며 울었다.

〖 13 〗 한편 운장은 상류에서 포대로 강물을 막아놓고 기다렸다. 황혼 무렵에 멀리 바라보니 신야에서 불이 일어나고 있었고, 사경四更이 되자 갑자기 하류 쪽에서 사람들이 고함치는 소리와 말들이 우는 소리가 들려왔다. 운장은 급히 군사들에게 일제히 포대를 당겨 올리도록 했다. 강물은 마치 하늘까지 뛰어오를 듯한 기세로 하류를 향해 돌진해 갔다. 조조 군의 사람과 말들은 모두 물에 빠졌는데, 빠져서 죽은 자도 엄청 많았다.

조인은 여러 장수들을 이끌고 물살이 느린 곳을 향해 길을 열며 달아났다. 박릉博陵 나루터에 이르자 문득 함성이 크게 일어나더니 한 떼의 군사들이 길을 가로막았는데, 앞장선 대장은 곧 장비였다.

장비가 큰소리로 외쳤다: "조가 역적놈(曹賊)은 빨리 와서 목숨을 바쳐라."

조조 군사들은 크게 놀랐다. 이야말로:

성내에선 붉은 화염 솟는 걸 보았는데　　　　　　城內纔看紅焰吐

물가에선 또 검은 바람 불어오네.　　　　　　　　水邊又遇黑風來

조인의 목숨이 어찌될지 모르겠거든 다음 회를 읽어보도록 하라.

제 40 회 모종강 서시평序始評

(1). 현덕이 유표의 병이 위독할 때 형주를 취하는 것은 바르지 못하다. 그러나 유종劉琮이 그 자리를 찬탈한 후에 형주를 취하는 것은 바르지 못할 게 없다. 설령 유종이 참립僭立한 후에 형주를 취하는 것에 혹시 바르지 못한 점이 있다고 하더라도, 유종이 조조에게 항복했을 때 형주를 취하는 것에는 더욱 바르지 못한 게 없다. 이 기회를 놓치고 취하지 않음으로써 형주를 조조 소유의 형주가 되도록 하고, 또 손권이 얻고자 하는 형주가 되도록 하였는데, 이로부터 형주를 빌리고(借荊州), 형주를 갈라서 나누고(分荊州), 형주를 내놓으라고 요구하고(索荊州), 형주를 돌려주는(還荊州) 여러 사태를 야기하게 되었고, 그 결과 마침내 후에 가서 무수한 갈등이 발생하게 되는데, 이들 모두 본 회에서 한 수를 잘못 둔 결과이다.

(2). 혹자가 말하기를, 문인文人들의 처신에는 문제가 많다고 하였는데, 채옹蔡邕 같은 문인이 자기 몸을 잘 지키지 못하고 동탁을 섬기고, 왕찬王粲 같은 문인이 유종에게 조조에게 항복하라고 권한 것이 본래 이런 것이다. 그러나 공융孔融과 예형禰衡이 서로를 인정하고 칭찬한 것은 그 이름(名)과 실제(實)가 부합한 것이 아니겠는가? 두 사람의 지조와 절개는 실로 의기와 기개를 움직여서 당당한 간웅의 위풍을 거스르기에 충분했다. 그러므로 문인들에게는 실천이 없다는 말은 이 두 사람에 의해서 전혀 근거 없는 말이 되어버

린다.

(3). 무릇 계책을 쓰는 것의 어려움은 그 계책을 첫 번째 쓸 때 있는 게 아니라 두 번째 쓸 때 있다. 적이 한 번 당한 후에도, 여전히 이전의 계책을 그대로 쓰는데도 불구하고, 적이 여전히 모르게 하는 것, 이보다 더 기이한 것은 없다. 그러나 그 계책을 쓰는 전후의 방법은 역시 조금은 다른 부분이 있다. 전번의 화공은 순전히 불만 사용했으나 다음의 화공은 물과 함께 사용했다. 주역의 괘상卦象으로 말하자면, 앞 괘는 손위풍(巽爲風:☴), 리위화(離爲火:☲)이고, 뒤의 괘는 변하여 수화기제(水火旣濟:☵ ☲)이다. 애석한 것은 조조가 출병하기 전에 일찌감치 관로管輅로 하여금 점을 쳐보도록 하지 않았던 점이다.

(4). 박망博望에서의 화공은 쉽게 예상할 수 있었으나 신야에서의 화공은 예상하기 어려웠다. 그 이유는 무엇인가?

박망에서의 화공은 성 밖에서 있었고, 신야에서의 화공은 성 안에서 있었기 때문이다. 그리고 박망에서의 화공은 숲에서 있었고, 신야에서의 화공은 민가에서 있었기 때문이다. 그리고 신야에서의 공명의 화공은 성 안 민가에서의 화공이었고, 복양에서의 여포의 화공 역시 성 안 민가에서의 화공이었지만, 그러나 여포는 성 안에 복병을 두었는데 반해 공명은 성 밖에 복병을 두었다. 불빛 속에 있는 복병은 눈으로 볼 수 있으나 불빛 밖에 있는 복병은 볼 수가 없으므로, 복양에서보다 신야에서의 화공이 더욱 심했던 것이다. 하물며 공명은 화공만으로는 부족하자 이어서 수공水攻까지 했던 것이다.

제41회

유현덕, 백성들을 데리고 강 건너고
조자룡, 필마단기로 주인 구하다

〖 1 〗 한편 장비는 관공이 상류의 물을 터트렸기 때문에 곧바로 군 사들을 이끌고 하류로부터 쳐들어가서 조인의 앞길을 막고 마구 쳐 죽 이다가 갑자기 허저를 만나서 그와 어우러져 싸웠다. 허저는 감히 싸 울 마음이 없어져서 길을 뚫고 달아났다.

장비는 한동안 그 뒤를 쫓아가다가 현덕과 공명을 만나서 같이 강을 따라 상류 쪽으로 갔다. 유봉과 미축이 이미 배를 준비해 놓고 기다리 고 있으므로 마침내 일행은 일제히 강을 건너 번성(樊城: 호북성 양번 시襄樊市 한수漢水 북안. 한수를 사이에 두고 양양성襄陽城과 마주보고 있음)을 향 해 갔다. 공명은 배와 뗏목들을 모조리 불살라 버리도록 했다.

한편 조인曹仁은 남은 군사들을 수습하여 신야新野로 가서 주둔해 있 으면서 조홍曹洪으로 하여금 조조에게 가서 싸움에 패한 전후 사정을 자세히 보고하도록 했다.

조조는 크게 화를 내며 말했다: "제갈량 이 촌놈의 새끼가 어찌 감히 이런 짓을 한단 말인가!"

그리고는 전군을 재촉하여 산과 들을 가득 덮으며 전부 신야로 가서 영채를 세웠다. 그리고는 군사들에게 한편으로는 산을 뒤지고 한편으로는 백하白河를 메우라고 했다. 그리고는 대군을 여덟 방면으로 나누어 일제히 번성을 치러 가도록 했다.

유엽曰: "승상께서는 처음으로 양양襄陽에 오셨으니 반드시 먼저 민심부터 얻어야만 합니다. 지금 유비가 신야의 백성들을 모두 번성으로 옮겨다 놓았는데, 만약 우리 군사가 곧장 진격한다면 신야와 번성의 백성들은 짓이겨져서 가루가 되고 말 것입니다. 그러니 먼저 사람을 보내서 유비에게 항복을 권해 보는 것이 좋겠습니다. 유비가 설령 항복해 오지 않더라도 우리가 백성들을 사랑하는 마음을 보여줄 수 있고, (*이 구절이 정의(正意)이다.) 만약 그가 항복해 온다면 형주 땅을 싸우지 않고도 차지할 수 있게 되지 않겠습니까?"(*이 구절은 배설(陪說: 배석의 말)이다.)

조조는 그 말을 좇기로 하고 곧바로 물었다: "누구를 사자로 보내면 좋겠는가?"

유엽曰: "서서徐庶는 유비와 교분이 지극히 두터운데 마침 지금 군중에 있습니다. 그에게 한번 가보라고 하십시오."

조조曰: "그를 보내면 다시 돌아오지 않을까봐 염려된다."

유엽曰: "그가 만약 돌아오지 않는다면 사람들의 비웃음거리가 될 것입니다. 승상께서는 의심하지 마십시오."

조조는 이에 서서를 불러와서 말했다: "나는 본래 번성을 짓밟아버리려고 했으나 수많은 백성들의 목숨이 불쌍하니 어쩌겠소. 공이 가서 유비를 한 번 설득해 봐주시오. 그가 만약 와서 항복을 한다면 그 죄를 용서해 주고 벼슬도 내리겠지만, 계속 고집을 부리고 항복하지 않는다면 군사와 백성들 모두 같이 도륙을 당하여 옥석玉石이 다 같이 불태워지는(玉石俱焚) 그런 불상사가 벌어질 것이오. 나는 공의 충성심과 의리를 알고 있기에 특히 공을 보내려는 것이니, 내 뜻을 저버리지 말기 바라오."(*유비가 항복하지 않을 줄 뻔히 알면서도 항복을 권하는 것은, 또 서서가 유비에게 항복을 권하지 않을 줄 뻔히 알면서도 그를 보내는 것은 모두 속임수이다. 이것은 먼저 예의를 차리고 후에 군사를 보내 싸우도록 하는 (先禮後兵) 것처럼 백성들에게 거짓으로 은혜 베푸는 척하려는 것이다.)

서서가 명을 받고 길을 떠났다. 그가 번성에 이르자 현덕과 공명이 맞이하여 서로 지난날의 정회를 풀었다.

서서曰: "조조가 저를 보내서 사군에게 항복을 권하는 것은 거짓으로 백성들의 마음을 사려는 것입니다. 지금 저들은 군사를 여덟 방면으로 나누어 백하를 메우고 쳐들어오려고 하는데, 아무래도 번성은 지켜낼 수 없을 것 같습니다. 속히 이곳을 떠날 계책을 세우셔야 합니다."(*서서가 그런 말을 하지 않아도 공명은 이미 떠날 계책을 다 세워 두었다.)

현덕은 서서를 남아 있도록 하고자 했으나 서서가 사양하면서 말했다: "제가 만약 돌아가지 않는다면 사람들의 비웃음거리가 됩니다. 저는 지금 어머님을 돌아가시도록 한 것이 평생의 한이 되어 있으므로, 몸은 비록 조조에게 가 있어도 맹세코 그를 위해서는 단 한 가지 계책도 내지 않을 것입니다. 공에게는 와룡臥龍이 보좌해주고 있는데 어찌 대업을 이루지 못할까봐 걱정하십니까? 저는 이만 하직을 고하고자 합니다."(*만약 와룡의 보좌가 없었다면, 이때도 서서는 역시 남아 있지 않을까? 혹자가 말했다: "서서는 효자다. 모친께서 비록 돌아가셨으나 그 묘지가 그곳에 있으므로 감히 조조와의 관계를 끊어버릴 수 없었을 것이다.")

현덕은 감히 더 이상 억지로 붙들어 둘 수가 없었다.

〖 2 〗 서서는 현덕에게 하직인사를 하고 돌아가서 조조를 보고 현덕에게는 전혀 항복할 뜻이 없더라고 말했다. 조조는 크게 화를 내면서 바로 그날로 군사를 진격시키도록 했다.

현덕이 공명에게 계책을 묻자 공명이 말했다: "속히 번성을 포기하고 양양襄陽을 취해서 잠시 들어가 쉬기로 합시다."(*본래의 의도는 양양성을 취하려는 것이었으나, 후문에서는 뜻밖에도 양양성이 아니다.)

현덕曰: "백성들이 우리를 따라온 지 꽤 오래 됐는데 어찌 차마 저들을 버리고 간단 말이오?"

공명曰: "사람을 시켜서 두루 백성들에게 알려서 우리를 따라가고 싶어 하는 사람들은 데리고 가고 원하지 않는 사람들은 남겨두도록 하면 됩니다."

그리고는 먼저 운장으로 하여금 강기슭으로 가서 배를 정돈해 놓도록 한 다음, 손건과 간옹으로 하여금 성 안에서 큰소리로 이렇게 외치도록 했다: "이제 조조의 군사들이 쳐들어오게 되면 고립된 성을 오래 지킬 수가 없다. 백성들 중에 우리를 따라가고자 하는 자들은 곧바로 같이 강을 건너가도록 하라."(*만약 이때 백성들에게 알리지 않고 몰래 군사들을 데리고 밤에 달아났더라면 후에 가서 조조에게 쫓기지 않았을 것이다.)

신야현과 번성현의 주민들은 한 목소리로 크게 부르짖었다: "우리는 비록 죽는 한이 있어도 사군을 따라가고자 합니다."(*이런 것을 인화人和라고 말한다.)

바로 그날로 사람들은 울고불고 하면서 길을 나섰다. 늙은이는 부축하고, 어린아이는 손을 잡고, 아들과 딸들을 데리고 줄줄이 강을 건너가는데, 양쪽 강기슭에서는 곡哭소리가 끊이지 않았다. 현덕은 배 위에서 이 광경을 바라보고 크게 슬퍼하며 말했다: "나 한 사람 때문에 백성들이 이렇게 큰 재난을 당하도록 했으니 내가 어떻게 살겠느냐!"

그리고는 강물에 몸을 던져 죽으려고 했으나 (*혹자는 말했다: 현덕이 강에 몸을 던지려고 한 것과 조조가 민심을 사려고 한 것은 하나같이 전부 다 거짓말이다. 그러나 조조의 거짓말은 백성들이 그것을 알았으나 현덕의 거짓말은 백성들이 뜻밖에도 거짓말이라고 생각하지 않았으니, 비록 동일한 거짓말이라도 현덕이 조조보다 훨씬 더 나았다.) 좌우 사람들이 급히 붙들어 구했다.

이 이야기를 듣고 통곡하지 않는 사람이 없었다. 배가 남쪽 강기슭에 이르러 백성들을 돌아보니, 아직 건너오지 못한 사람들이 남쪽을 바라보며 울고 있었다. 현덕은 급히 운장에게 배를 재촉하여 그들을 건네주도록 한 다음에야 비로소 말에 올랐다. (*애초에 백성들을 데리고 나오지 않았으면 그만이지만, 기왕에 데리고 나왔는데 어떻게 그 반은 계속 데리고 가고 반은 버리고 갈 수 있겠는가? 배를 재촉해서 다시 건네주도록 한 것은 형편상 그렇게 할 수밖에 없었다.)

〖 3 〗 계속 가서 양양성襄陽城 동문에 이르러서 문득 보니 성 위에는 깃발들이 두루 꽂혀 있고 해자 가에는 녹각(鹿角: 사슴뿔처럼 가지가 나 있는 나무를 땅에 꽂아 적병의 진입을 저지하는 방어시설)들이 빽빽이 꽂혀 있었다.

현덕이 말을 세우고 큰소리로 외쳤다: "유종 조카님! 나는 단지 백성들을 구하려는 것일 뿐 다른 생각은 전혀 없으니 어서 성문을 열어주게."(*백성들을 이유로 그의 마음을 움직여 보려고 한다.)

유종은 현덕이 왔다는 말을 듣고 겁이 나서 나가지 않았다. 이때 채모와 장윤張允이 곧장 성 위의 망루로 올라와서 큰소리로 군사들에게 아래를 향해 마구 화살을 쏘아대라고 지시했다. 성 밖에 있던 현덕을 따라온 백성들은 전부 성 위 망루를 바라보고 소리 내어 울었다. (*유종이 현덕을 거절한 것은 불의不義한, 백성들을 버린 것은 불인不仁한 행동이다.)

그때 성 안에서 갑자기 웬 장수 하나가 군사 수백 명을 이끌고 곧장 성의 망루 위로 올라가더니 큰소리로 꾸짖었다: "채모와 장윤, 이 매국 역적 놈들아! 유 사군께서는 인자하고 덕이 있는 분이어서 지금 백성들을 구하기 위해 찾아오셨는데 어찌하여 들어오시지 못하게 막는단 말이냐!"

모든 사람들이 그를 보니, 그의 키는 8척이나 되었고 얼굴은 무르익은 대추처럼 검붉었다. 그는 본래 의양義陽 사람으로 성은 위魏, 이름은 연延, 자를 문장文長이라고 했다. (*위연이 현덕에게 돌아가는 것은 아직도 수십 회 뒤의 일인데, 도리어 이곳에서 출현하는 것이 묘하다.)

위연은 곧바로 칼을 휘둘러 성문지기 장수와 군사들을 베어죽인 후 성문을 열고 조교弔橋를 내리고는 큰소리로 외쳤다: "유 황숙께선 빨리 군사를 거느리고 성으로 들어오셔서 매국 역적 놈들을 같이 죽입시다!"

장비가 곧바로 말을 달려서 들어가려고 하자 현덕이 급히 그를 말리며 말했다: "백성들을 놀라게 하지 마라!"

위연은 계속 현덕에게 군사들을 거느리고 성으로 들어오라고 불렀다. 그때 문득 보니 성 안에서 한 장수가 군사를 데리고 말을 달려 나오며 큰소리로 꾸짖었다: "위연 이놈! 이름도 없는 졸병 놈이 어찌 감히 반란을 일으킨단 말이냐! 나는 대장 문빙文聘이다. 네놈은 나를 알아보겠느냐!"

위연이 발끈 화를 내며 창을 꼬나들고 말을 달려 곧바로 싸우러 갔다. 양편의 군사들이 성 가에서 서로 마구 쳐 죽이느라 고함소리가 크게 진동했다.

현덕曰: "나는 본래 백성들을 보호하려고 했던 것인데 도리어 백성들을 해치게 되었구나! 나는 양양성에 들어가고 싶지 않다."

공명曰: "강릉(江陵: 호북성 강릉)은 형주의 요지입니다. 차라리 먼저 강릉부터 취하여 터전으로 삼도록 하십시오."(*본래는 강릉을 취하려고 했으나, 뜻밖에도 후문에 가서 취하게 되는 것은 강릉이 아니다.)

현덕曰: "내 생각도 바로 그렇소."

이리하여 현덕은 백성들을 이끌고 양양으로 가는 큰길을 벗어나서 강릉을 향해 걸어갔다. 양양성 안의 백성들 중에 많은 사람들이 그 혼란한 틈을 타서 성을 빠져나와 현덕을 따라갔다. (*이를 일러 인화人和라고 한다.)

위연은 문빙과 어우러져 사시(巳時: 오전 9시)부터 미시(未時: 오후 3시)까지 싸웠는데, 그 동안 수하 병졸들은 이미 다 죽고 하나도 남아있지 않았다. 그래서 위연은 말머리를 돌려서 달아났는데, 아무리 찾아보아도 현덕이 보이지 않아 홀로 장사長沙 태수 한현韓玄을 찾아가서 몸을 의탁하기 위해 떠나갔다. (*후에 황충黃忠을 구하게 되는 복선이다.)

〖 4 〗 한편 현덕과 동행하는 군사들과 백성들은 10여만 명이나 되었고, 크고 작은 수레들이 수천 대나 되었으며, 봇짐을 어깨에 걸머지거나 등에 지고 가는 사람들은 그 수를 이루 다 셀 수 없이 많았다.

그들이 지나가는 길옆에 유표의 무덤이 있었으므로 현덕은 여러 장수들을 데리고 무덤 앞에 가서 절을 하고 울면서 고했다: "못난 아우 유비는 덕도 없고 재주도 없어서 형님께서 부탁하신 중임을 저버렸는데, 그 죄는 이 유비 한 몸에 있고 백성들과는 아무 상관이 없습니다. (*이 말의 원래 출처는 〈상서(湯誥)〉 편에 나오는 탕왕湯王의 말: '子一人有罪, 無以爾萬方.'과 〈논어(堯曰)〉 편에 나오는 상商 탕왕의 말: '朕躬有罪, 無以萬方'이다.) 바라오니 형님의 영령께서는 부디 이 형양荊襄의 백성들을 구해 주십시오."

그 말이 매우 애절하여 군사와 백성들로 눈물을 흘리지 않는 자가 없었다. (*조조가 원소의 묘에 곡을 한 것은 가짜로 한 곡이었으나, 현덕이 유표의 묘에 곡을 한 것은 진짜로 한 곡이었다.) 이때 문득 기마 초병이 달

려와서 보고했다: "조조의 대군은 이미 번성에 와서 주둔하고 있는데 사람들을 시켜서 배와 뗏목을 수습해 가지고 수일 내로 강을 건너 쫓아올 것입니다."

여러 장수들은 모두 말했다: "강릉은 요지이므로 적을 막아 지킬 만합니다. 지금은 백성들을 수만 명이나 데리고 하루에 겨우 십여 리를 가고 있는데, 이처럼 해서야 언제 강릉에 당도할 수 있겠습니까? 만약 조조의 군사가 오면 어떻게 대적하겠습니까? 아무래도 잠시 백성들을 버려두고 먼저 가는 것이 상책일 것 같습니다."

현덕은 울면서 말했다: "큰일을 하려면 반드시 사람을 근본으로 삼아야 한다(擧大事者, 必以人爲本). 지금 사람들이 나한테 귀의해 왔는데 내가 어떻게 그들을 버릴 수 있단 말이냐!"(*애초에 백성들을 데리고 나오지 않았으면 그만이지만, 기왕에 데리고 나왔는데 어떻게 전에는 데리고 가고 후에는 버릴 수 있겠는가? 결국 형편상 끝까지 같이 가는 수밖에 없었다.)

백성들은 현덕의 이 말을 듣고 슬픔에 잠기지 않는 사람이 없었다. 후세 사람이 그를 칭찬하는 시를 지었으니:

환난 만나 백성들 구하려는 어진 마음	臨難仁心存百姓
배에 올라 눈물 흘리니 전군이 감동했네.	登舟揮淚動三軍
지금도 양강 어귀에서 옛일 추모하면	至今憑弔襄江口
늙은이들 여전히 유 사군을 기억하더라.	父老猶然憶使君

한편 현덕은 백성들을 보호하면서 천천히 갔다. 공명이 말했다: "추격병이 머지않아 닥칠 테니 운장을 강하(江夏: 호북성 무창, 즉 악성鄂城 서남)로 보내서 공자 유기에게 구원을 청하도록 하시되, 그에게 속히 군사를 일으켜 배를 타고 와서 강릉江陵에서 만나도록 하라고 이르십시오."(*이제야 비로소 전에 유기를 위해 낸 계책은 사실 일찌감치 오늘의

현덕을 위해 깔아놓은 복선이었음을 알 수 있다.)

현덕은 그 말을 좇아 즉시 글을 써서 운장에게 주어 손건과 같이 군사 5백 명을 데리고 강하로 가서 구원을 요청하도록 했다. 그리고 장비에게는 뒤에서 적의 추격을 차단하도록 했고,(*장판교長坂橋에서의 일을 위한 복선이다.) 조운에게는 가솔家眷들을 보호해 가도록 했다. (*당양當陽에서의 일을 위한 복선이다.) 그 나머지 부하들에게는 모두 백성들을 보살피면서 나아가도록 했다. 일행은 매일 겨우 10여 리 가서는 멈추어 쉬곤 했다.

〖 5 〗 한편 조조는 번성樊城에서 사람을 시켜서 강을 건너 양양으로 가서 유종을 불러오도록 했다. 유종은 겁이 나서 감히 만나보러 가지 못했다. 채모와 장윤이 자신들이 대신 가겠다고 청했다.

이때 왕위王威가 은밀히 유종에게 권했다: "장군께서 이미 항복하겠다고 하셨고 현덕도 이미 달아났으므로 조조는 틀림없이 마음을 턱 놓고 아무런 방비도 하지 않을 것입니다. 부디 장군께서는 분발하시어 기습병을 점검하여 험한 곳에 매복시켜 놓았다가 불의에 습격하도록 하십시오. 그러면 조조를 사로잡을 수 있습니다. 조조만 사로잡으면 그 위엄이 천하에 떨칠 테니, 중원이 비록 넓다고는 하나 각처로 격문만 돌려서 천하를 평정할 수 있습니다. 이는 좀처럼 만나기 어려운 기회이니 절대 놓치지 마십시오."(*왕위의 이 계책은 말할 수 없이 교묘하다. 유종이 만약 이를 실행할 수 있었더라면 이는 한때의 쾌사快事였을 것이다. 유종은 이를 실행할 수 없었지만 그래도 이 말은 천고의 쾌담快談이다.)

유종은 왕위의 이 말을 채모에게 말해 주었다. 채모가 왕위를 보고 질책했다: "너는 천명天命도 알지 못하면서 어찌 감히 망언을 한단 말이냐!"

왕위도 화를 내며 꾸짖었다: "이 매국 놈들아! 나는 네놈들의 살을 생으로 씹어 먹지 못하는 게 한이다!"

채모가 그를 죽이려고 했으나 괴월이 말려서 그만두었다. (*이규李珪
는 죽었으나 왕위는 죽지 않았는데, 역시 요행이다.) 채모는 마침내 장윤과
함께 번성으로 가서 조조를 만나보았는데, 그들의 언사와 얼굴표정은
완전히 아첨꾼의 그것이었다.

조조가 물었다: "형주의 군사와 물자 및 군량(錢糧)은 지금 얼마나
되느냐?"

채모曰: "마군馬軍이 5만 명, 보군步軍이 15만 명, 수군水軍이 8만 명
으로 전부 합쳐서 28만 명입니다. 물자와 군량(錢糧)은 그 태반이 강릉
에 있고 그 나머지는 각처에 흩어져 있는데, 그것으로 역시 1년은 충
분히 공급할 수 있습니다."(*기왕에 이런 규모의 군사와 군량을 가지고 있
으면서도 병기를 손질하지 않았으니, 채모는 인간이 아니었다.)

조조曰: "전선戰船은 얼마나 되는가? 그것은 현재 누가 관할하고 있
는가?"

채모曰: "크고 작은 전선들이 전부 7천여 척 되는데 그것들은 본래
저희 두 사람이 맡아서 관리해 왔습니다."

조조는 곧바로 채모를 진남후鎭南侯 · 수군 대도독大都督으로 임명하
고, 장윤을 조순후助順侯 · 수군 부도독副都督으로 임명했다. (*적벽대전
을 위해 깔아놓은 복선이다.) 두 사람은 크게 기뻐하며 고맙다고 절을 했
다. (*인간이 아닌 개새끼(狗才)들이다.)

조조가 또 말했다: "유경승은 이미 죽었고 그 아들이 항복해 왔으니
내 꼭 천자께 표문을 올려 그를 영원히 형주의 주인이 되도록 해주겠
다."(*연달아 두 번이나 약속하는데, 이것이 전부 거짓말일 줄 누가 알았으
랴!)

두 사람은 크게 기뻐하며 물러갔다.

순유曰: "채모와 장윤은 아첨꾼들인데 주공께서는 어찌하여 곧바로

그런 높은 관작官爵을 내리시고 또 수군을 통솔하도록 하셨습니까?"

조조가 웃으며 말했다: "내가 어찌 사람을 알아보지 못하겠는가? 다만 내가 거느리는 북방의 군사들은 수전水戰에 익숙하지 못하기에 당분간 이들 두 사람을 쓰려는 것일 뿐, 일이 끝난 후에는 달리 조처할 것이다." (*간웅이 사람을 쓰는 것은 전부 속임수이다.)

〖6〗 한편 채모와 장윤은 돌아가서 유종에게 자세히 말했다: "조조는 장군께서 형양을 영원히 다스리도록 천자께 표문을 올리겠다고 약속했습니다."

유종은 크게 기뻐했다.

다음날, 유종은 모친 채 부인과 같이 인수印綬와 병부兵符를 받들고 직접 강을 건너가서 절을 하고 조조를 영접했다. (*대사大事는 이미 떠나가 버렸다.) 조조는 그를 위로하고 나서 곧바로 정벌에 따라나선 장수들을 이끌고 가서 양양성 밖에 주둔했다. 채모와 장윤은 양양 백성들에게 향을 피우고 절을 하여 그를 맞이하도록 했다.

조조는 온통 좋은 말로 백성들을 위로해 주었다. (*백성들이 향을 피운 것은 어쩔 수 없었기 때문이다. 조조가 그들을 위무한 것은 완전히 인사치레에 불과했다.) 성 안으로 들어가서 부중府中에 이르러 자리를 잡고 앉자 즉시 괴월을 불러와서 앞으로 가까이 오라고 해서는 위로해 주며 말했다: "나는 형주를 얻은 것이 기쁜 게 아니라 이도(異度: 괴월)를 얻은 것이 기쁘다." (*몹시 간교하다.)

그리고는 괴월을 강릉태수·번성후樊城侯로 봉하고, 부손付巽과 왕찬王粲 등을 다 관내후關內侯로 봉했다. (*세 사람이 전에 유종에게 조조에게 항복하도록 권했던 것은 바로 이를 위해서였다.) 그리고는 유종을 청주자사靑州刺史로 봉하고는 곧바로 청주로 출발하도록 했다. (*두 번이나 약속한 일을 이번에 뒤엎어 버리는데, 극악한 처사이다.)

유종은 그 지시를 듣고 매우 놀라 사양하며 말했다: "저는 관원이 되고 싶지 않습니다. 부모님의 고향땅을 지키고 싶습니다."

조조曰: "청주는 황제께서 계신 수도에서 가까우므로 자네에게 조정에 들어가서 관원이 되도록 하려는 것이다. 그리고 형양에 있다가는 사람들이 자네를 해치려 들 테니 그것을 면하도록 해주려는 것이다."

유종이 재삼 사양했으나 조조는 들어주지 않았다. 유종은 하는 수 없이 모친 채 부인과 같이 청주로 가는 길에 올랐다. 그들을 수행한 사람은 단지 옛 장수 왕위王威뿐이었고, 나머지 관원들은 모두 강어귀까지 따라 나와서 배웅한 후 돌아가 버렸다. (*유종이 이때 길 떠나는 상황은 현덕보다 더 처참했다.)

조조는 우금于禁을 불러서 분부했다: "너는 경기병輕騎兵들을 이끌고 유종 모자를 뒤쫓아 가서 그들을 죽여 버림으로써 후환을 없애도록 하라."(*극도로 악독한 짓이다. 그러나 또한 형세상 이렇게 될 수밖에 없다.)

우금은 명령을 받자 군사들을 거느리고 뒤쫓아 가서 큰소리로 외쳤다: "나는 너희 모자를 죽이라는 승상의 명령을 받들고 왔다. 어서 수급을 바치도록 하라."

채 부인은 유종을 감싸 안고 대성통곡을 했다. 우금은 군사들에게 죽이라고 호령했다. 왕위는 화가 치밀어 올라 있는 힘을 다해 싸웠으나 결국 많은 군사들에게 죽임을 당하고 말았다. 군사들은 유종과 채 부인을 죽여 버렸다.

우금이 돌아가서 조조에게 보고하자, 조조는 그에게 큰 상을 내렸다. 그리고는 곧바로 사람들을 융중隆中으로 보내서 공명의 가솔들을 찾아서 잡아오라고 했으나 그들이 어디로 갔는지 알 수가 없었다. 원래 공명은 전에 이미 사람을 시켜서 가솔들을 삼강(三江: 호북성 황강黃岡) 안으로 옮겨다 숨겨놓음으로써 화를 면하도록 조처해 놓았던 것이다. (*서서의 모친은 붙잡혔으나 공명의 가솔들은 행방이 묘연하다. 결국 와룡은 서서보다 열 배나 뛰어난 사람이다.) 조조는 매우 분했다.

〖 7 〗 양양이 평정되고 나자 순유가 조조에게 건의했다: "강릉은 형양荊襄의 요지로 물자와 양식이 극히 넉넉합니다. 유비가 만약 이곳을 점거한다면 그를 급히 흔들기가 어려울 것입니다."

조조曰: "내 어찌 그것을 잊고 있겠는가!"

조조는 곧바로 양양의 장수들 중에 한 명을 뽑아서 군사를 이끌고 앞에서 인도해 가도록 했다. 형주의 여러 장수들 중에서 유독 문빙文聘만 보이지 않았다. 조조가 사람을 시켜서 그를 찾아가 보도록 하자, 그제야 비로소 문빙이 찾아왔다.

조조曰: "너는 어찌하여 늦었는가?"

문빙曰: "남의 신하가 되어 그 주인으로 하여금 영토를 보전토록 하지 못해 마음이 실로 슬프고 부끄러워서 일찍 와서 뵐 면목이 없었습니다."

말을 마치자 흐느끼며 눈물을 흘렸다. (*원소의 문객 왕수王修와 같은 종류의 사람이다.)

조조曰: "참으로 충신이로다!"

그에게 강하 태수를 제수하고 관내후關內侯 벼슬을 내린 다음 곧바로 군사를 이끌고 앞에서 인도해 가도록 했다.

이때 정탐꾼이 보고했다: "유비는 백성들을 데리고 하루에 겨우 십수 리씩 가고 있습니다. 그동안 간 거리를 계산해 보면 겨우 3백여 리밖에 안 됩니다."(*출발한 때로부터 이미 한 달이나 지났다.)

조조는 각 부하 군사들 중에서 철기 5천 명을 정선精選하여 밤낮없이 앞으로 달려가서 만 하루 안으로 유비를 따라잡으라고 지시했다. (*하루 만에 한 달 동안 간 거리를 쫓아가면, 군사들이 비록 강하다고 해도 역시 지친다.) 대군은 계속해서 그들의 뒤를 따라 진군했다.

〖 8 〗 한편 현덕은 10여 만 명의 백성들과 3천여 명의 군사들을 이끌고 한 노정路程 한 노정 연달아 강릉을 향해 갔다. 조운은 가솔들을 보호하고 장비는 뒤에서 적의 추격을 막았다.

공명曰: "운장이 강하로 갔는데 그 후 소식이 전혀 없으니 어떻게 되었는지 모르겠습니다."

현덕曰: "수고스럽지만 군사軍師께서 직접 한 번 가 보시지요. 유기劉琦는 선생의 전날의 가르침에 대해 감사해 하고 있으니, 지금 만약 선생께서 친히 가신다면 일은 틀림없이 잘 풀릴 것입니다."

공명은 그러겠다고 대답하고 곧바로 유봉과 함께 군사 5백 명을 이끌고 먼저 강하로 구원을 청하러 떠났다. (*관공은 이전에 떠나갔고, 공명이 또 떠났으니 이제 남은 것은 장비와 조운 두 장군뿐이다.)

이날 현덕은 간옹, 미축, 미방과 함께 길을 갔다. 한창 가고 있을 때 갑자기 바로 말 앞에서 한바탕 광풍이 불기 시작하더니 흙먼지가 하늘 높이 솟아올라 붉은 해를 온통 가려버렸다.

현덕이 깜짝 놀라며 말했다: "이건 무슨 조짐인가?"

간옹은 음양陰陽의 이치에 자못 밝았는데, 그가 소매 속에 손을 넣고 손가락으로 점을 쳐보더니 깜짝 놀라며 말했다: "이것은 크게 흉한 조짐입니다. 그것도 바로 오늘 밤에 일어날 것입니다. 주공께서는 속히 백성들을 버리고 달아나십시오."

현덕曰: "백성들은 신야에서부터 나를 따라 이곳까지 왔는데 내가 어찌 차마 저들을 버리고 간단 말인가?"

간옹曰: "주공께서 만약 백성들을 사랑하시어 버리시지 않는다면 멀지 않아 화가 닥칠 것입니다."

현덕이 물었다: "저 앞은 어디인가?"

좌우 사람들이 대답했다: "저 앞은 당양현(當陽縣: 호북성 당양현 동쪽)입니다. 그곳에 경산景山이라는 산이 하나 있습니다."

현덕은 곧바로 그 산으로 가서 군사를 주둔시켜 놓도록 했다. 때는 가을이 끝나가고 겨울이 시작되는 때여서 찬바람이 뼛속까지 스며들었는데, 황혼이 가까워오자 백성들의 우는 소리가 들판 곳곳에서 들렸다.

〖 9 〗사경(四更: 새벽 1시에서 3시 사이) 무렵이 되자 갑자기 서북쪽에서 천지를 진동하는 듯한 함성이 들려왔다. 현덕은 크게 놀라서 급히 말에 올라 휘하의 정예병 2천여 명을 이끌고 적을 맞으러 나섰다. 그때 조조의 군사들이 덮쳐왔는데 그 세력을 당해낼 수가 없었다. 현덕은 죽기로 싸웠다.

형세가 한창 위급할 때 다행히도 장비가 군사를 이끌고 당도하여 싸워 한 줄기 혈로를 뚫고 현덕을 구하여 동쪽으로 달아났다. 그때 문빙이 앞장서서 길을 가로막았다.

현덕이 꾸짖었다: "주인을 배반한 도적놈아, 무슨 낯짝이 있어 아직도 사람을 보느냐!"

문빙은 만면에 부끄러운 기색을 띠고 수하 군사들을 이끌고 스스로 동쪽으로 가버렸다. (*문빙은 그래도 양심은 있었다.) 장비는 현덕을 보호하여 싸우고 달아나기를 거듭했다. 계속 달아나서 날이 밝아올 때가 되어서야 들려오는 함성이 점점 멀어졌다. 현덕은 그제야 비로소 말을 세우고 따르는 수하 군사들을 보니 겨우 1백여 기가 있을 뿐, 백성들과 가솔들과 미축, 미방, 간옹, 조운 등 여러 사람들은 모두 어디로 갔는지 알 수가 없었다.

현덕은 통곡하며 말했다: "십 수만 명의 사람들이 모두 나에 대한 미련을 버리지 못하다가 그만 이처럼 큰 재난을 당하게 되었구나. 여러 장수들과 가솔들 전부의 생사조차 알 수 없으니, 비록 목석木石으로 만들어진 인간이라 해도 어찌 슬프지 않겠는가!"

〖 10 〗 한창 슬프고 겁이 나 있을 때, 갑자기 얼굴에 화살을 여러 개 맞은 미방糜芳이 비틀거리며 와서 말했다: "조자룡이 주공을 배반하고 조조한테로 가버렸습니다!" (*장차 조운이 충성을 다했음(盡忠)을 묘사하기 위하여 도리어 조운이 조조에게 항복했다는 보고를 하도록 하는데, 이는 미방의 입을 빌려서 다음 글을 돋보이게 하는 '반츤反襯'이다.)

현덕이 그를 꾸짖었다: "자룡은 나의 오랜 벗인데 그가 어찌 나를 배반한단 말이냐?" (*현덕의 말은 다음 글을 돋보이게 하는 정츤正襯이다.)

장비曰: "그는 지금 우리가 형세가 궁하고 힘이 다 떨어진 것을 보고는 혹시 우리를 배반하고 조조에게 가서 부귀를 얻으려고 한 것인지도 모르잖아요!" (*미방은 조운을 알지 못하고 장비 역시 조운을 의심하고 있는데, 이는 현덕이 조운을 알아주는 것을 반츤反襯할 뿐 아니라 조운의 충성을 정츤正襯하는 것이다.)

현덕曰: "자룡은 환난 가운데서 나를 따라다녔다. 그는 마음이 철석같아서 부귀 때문에 흔들릴 사람이 아니다."

미방曰: "제 눈으로 직접 그가 서북쪽으로 가는 것을 봤단 말입니다."

장비曰: "내가 직접 그를 찾으러 가보겠습니다. 만나기만 하면 한 창에 찔러 죽여 버리겠습니다."

현덕曰: "공연한 의심을 하지 마라. 너는 전에 네 작은형이 안량顏良과 문추文醜를 죽인 일도 겪어보지 않았느냐? 자룡이 이번에 간 것은 반드시 까닭이 있을 것이다. 내 생각에는, 자룡은 결코 나를 버리지 않을 사람이다."

장비는 그래도 들으려고 하지 않고 20여 기를 이끌고 장판교(長坂橋: 호북성 당양현 북쪽 장판파長坂坡 위에 있는 다리)로 갔다. 그는 다리 동편 일대에 숲이 있는 것을 보고 한 가지 계책을 생각해 냈다. 그는 따라간 20여 기의 기병들에게 모두 나뭇가지를 잘라서 말 꼬리에 매달고 숲

속에서 말을 달려 왔다 갔다 하면서 먼지를 자욱하게 일으키도록 했다. 그리하여 군사들이 많이 있는 것으로 적들이 의심하도록 했다. (*장비도 점차 지모를 쓰게 되었는데, 이는 공명을 보면서 스스로 배운 것으로 생각된다.) 그런 다음 장비는 직접 창을 비껴 잡고 다리 위에 말을 세우고는 서쪽을 바라보았다.

〖 11 〗 한편 조운은 사경四更 무렵부터 조조의 군사와 좌충우돌하며 싸우다보니 어느 새 날이 밝아서 사방을 둘러봐도 현덕이 보이지 않았고 또 현덕의 가솔들까지 놓쳐버렸다.

조운은 속으로 생각했다: "주공께서는 감甘 부인과 미糜 부인, 그리고 작은 주인 아두阿斗를 내게 맡기셨는데 오늘 싸우다가 그만 놓쳐버렸으니 무슨 낯으로 주인을 가서 뵙겠느냐? 가서 한 번 죽기로 싸우면서 어떻게 해서라도 두 부인과 작은 주인의 행방을 알아내야겠다." (*이제야 그가 동남쪽으로 가지 않고 돌아서 서북쪽으로 찾아간 까닭을 설명하고 있다.)

그리고는 좌우를 돌아보니 수하에 따르는 군사들이라고는 겨우 3~40명의 기병들뿐이었다. 조운은 말에 박차를 가해 혼전을 벌이고 있는 군사들 가운데로 들어가서 찾아보았다. 신야와 양양 두 고을의 백성들이 울부짖는 소리가 천지를 진동시켰다. 화살에 맞고 창끝에 찔리고, 아들과 딸을 버리고 달아나는 자들도 그 수를 헤아릴 수 없이 많았다. (*장차 두 부인을 묘사하기 위하여 먼저 두 고을의 백성들을 묘사하고 있는데, 이는 방필旁筆로써 정필正筆을 돕는 문장기법이다.) 조운이 한창 말을 달려가다가 보니 한 사람이 풀숲에 누워 있었다. 자세히 보니 간옹이었다.

조운이 급히 물었다: "주인의 두 분 부인들을 보지 못했소?"

간옹曰: "주인의 두 분 부인들께서는 수레를 버리고 아두를 품에 안고 달아나셨습니다. 내가 급히 말을 달려 뒤를 쫓아갔는데, 산언덕을 돌다가 나는 그만 적장의 창에 찔려서 말에서 떨어졌고 말도 **빼앗겨버** 렸습니다. 나는 더 이상 싸울 수가 없어서 여기에 누워 있었던 것입니다."

조운은 곧 따르는 군사가 타고 있던 말 한 필을 빌려서 간옹을 태우고 졸병 둘로 하여금 간옹을 보호하여 먼저 주인에게 가서 이렇게 보고하도록 했다. "나는 하늘 위로 올라가고 땅속에 들어가서라도 어떻게 해서든 주공의 부인과 작은 주인을 찾아서 돌아갈 것이다. 만약 찾지 못하면 싸움터에서 죽을 것이다."

조운은 말을 마치자마자 말에 박차를 가하여 장판파長坂坡를 향해 달려갔다.

〘 12 〙 그때 갑자기 한 사람이 큰소리로 외쳤다: "조 장군께선 어디로 가십니까?"

조운은 말을 세우고 물었다: "너는 누구냐?"

그가 대답했다: "나는 유 사군의 휘하에서 수레를 호송하던 군사인데, 화살을 맞고 쓰러져서 여기 있습니다."

조운은 곧바로 그에게 두 부인의 소식을 물었다.

군사曰: "방금 전에 감 부인께서 머리를 풀어헤치고 맨발로 백성 부녀자들 무리에 섞여서 남쪽으로 가셨습니다."

조운은 그 말을 듣고 그 군사는 돌아보지도 않고 급히 남쪽을 향해 말을 달려 쫓아갔다. 그때 문득 한 무리의 백성들이, 남녀 수백 명이, 서로 부축하면서 걸어가고 있는 것이 보였다.

조운은 큰소리로 외쳤다: "그 속에 혹시 감 부인 계십니까?"

부인은 행렬의 뒤편에 있다가 조운을 보고는 그만 목을 놓아 대성통곡했다.

조운은 말에서 내려 창을 꽂아놓고 울면서 말했다: "주모(主母: 주공의 부인)를 이처럼 혼자 떨어지도록 한 것은 제 잘못입니다. 미 부인과 작은 주인은 어디 계십니까?"

감 부인曰: "나와 미 부인이 적병에게 쫓겨 수레를 버리고 백성들 틈에 섞여 걸어가던 중에 (*간옹의 말과 일치한다.) 또 한 떼의 군사들이 덮치는 바람에 그만 흩어졌어요. 미 부인과 아두는 어디로 갔는지 모르겠어요. 나는 혼자 따로 도망쳐서 여기까지 왔어요."

한창 이야기하고 있을 때 백성들이 아우성을 쳤는데, 보니 또 한 떼의 군사들이 쳐들어오고 있었다. 조운이 꽂아 놓았던 창을 뽑아들고 말에 올라서 보니 전면에 있는 말 위에 한 사람이 묶여 있었는데, 그는 바로 미축이었다. 그의 등 뒤로 한 장수가 손에 큰 칼을 들고 1천여 명의 군사들을 이끌고 오고 있었는데, 바로 조인의 부하 장수 순우도淳于導였다.

그는 미축을 사로잡고 자기 군공軍功을 보고하기 위해 마침 그를 압송해 가고 있는 중이었다. 조운은 큰소리로 호통을 치면서 창을 꼬나잡고 말을 달려 곧바로 순우도에게 달려들었다. 순우도는 막아내지 못하고 조운이 찌르는 창에 찔려서 말 아래로 떨어졌다. 조운은 앞으로 달려가서 미축을 구하고 또 말 두 필을 빼앗았다. 조운은 감 부인에게 말에 오르도록 청하여 적들을 쳐 죽이면서 널찍이 길을 내어 곧장 장판파까지 모시고 갔다. 장판파에 이르러 보니 장비가 창을 비껴 잡고 말을 타고 다리 위에 서 있었다.

장비가 큰소리로 외쳤다: "자룡아! 네가 어찌 우리 형님을 배반한단 말이냐?"(*이때는 그가 배반하지 않았음을 이미 알고 있었는데, 또 이런 말로 물은 것은 앞의 글(前文)의 여파餘波이다.)

조운曰: "나는 주모主母와 작은 주인(阿斗)이 보이지 않아서 뒤떨어졌던 것인데 어찌 배반했다고 말하시오?"

장비曰: "만약 간웅이 먼저 와서 소식을 전해주지 않았으면, 나는 지금 자네를 보고 절대 가만두려고 하지 않았을 것이다."

조운曰: "주공께서는 어디 계시오?"

장비曰: "앞쪽 멀지 않은 곳에 계시네."

조운은 미축에게 말했다: "미자중(糜子仲: 미축)은 감 부인을 모시고 먼저 가시오. 나는 이대로 미 부인과 작은 주인을 찾으러 가야겠소."

말을 마치자 기병 몇 명을 데리고 왔던 길로 다시 돌아갔다.

〖 13 〗 한창 말을 달려가고 있을 때 한 장수가 손에는 철창鐵槍을 들고 등에는 칼 한 자루를 메고 십여 기병들을 이끌고 말을 달려오는 것이 보였다. 조운은 한 마디 말도 섞지 않고 곧장 그 장수에게 달려들었다. 두 사람이 어울려 싸우기를 단 한 합만에 그 장수는 조운의 창에 찔려서 거꾸러졌고, 그를 따르던 기병들은 전부 달아나 버렸다.

이 장수는 원래 조조의 검을 등에 메고 따라다니던 장수 하후은夏侯恩이었다. (*본래는 조조를 위해 등에 검을 메었으나 지금은 조운을 위해 검을 운반한 것이다.) 조조에게는 보검이 두 자루 있었는데, 보검 이름이 하나는 '의천검倚天劍'이었고 또 하나는 '청강검靑釭劍'이었다. 의천 검은 조조가 직접 차고 다녔고 청강검은 하후은에게 맡겨서 차고 따라다니도록 했던 것이다. 이 청강검은 쇠를 자르기를 마치 진흙 베듯이 하였으며, 그 날카롭기는 이루 비길 데가 없었다.

당시 하후은은 자신의 용맹과 힘을 믿고 조조를 배반하고 사람들을 이끌고 다니며 오직 남의 재물을 강탈하고 노략질만 일삼고 다녔는데, 뜻밖에도 조운을 만나게 되어 그만 그의 창에 찔려 죽었던 것이다.

조운이 그의 검을 빼앗아 살펴보니 칼자루에 "청강靑釭"이란 두 글자가 황금으로 상감象嵌되어 있었으므로 비로소 그것이 보검임을 알았다. 조운은 그 검을 칼집에 꽂아서 허리에 차고는 자기 창을 들고 다시 겹겹이 에워싸고 있는 적진 속으로 말을 달려 들어갔다. 그때 되돌아 보니 자기를 따르던 수하 군사들은 이미 하나도 보이지 않고 오로지 자기 한 몸만 남아 있었다. (*보검을 얻고 따르던 수하들을 잃었다.) 그런 데도 조운은 뒤로 물러날 생각은 전혀 하지 않고 이리저리 찾아다니며 백성들을 만나기만 하면 곧바로 미 부인의 소식을 물었다.

그때 문득 한 사람이 손을 들어 가리키며 말했다: "부인께선 아이를 안고 계시는데, 왼쪽 다리를 창에 찔려서 걸을 수가 없어 저 앞의 무너 진 담벽 안쪽에서 땅바닥에 앉아 계십니다."

〖 14 〗 조운은 그 말을 듣고 급히 찾으러 갔다. 가서 보니 불 탄 인 가人家가 하나 있었는데 담벽은 무너져 있었고, 미 부인은 아두를 품에 안고 무너진 담벽 아래 있는 마른 우물가에 앉아서 울고 있었다. 조운 은 급히 말에서 내려 땅에 엎드려 절을 했다.

미 부인曰: "제가 장군을 만났으니 이제 아두는 살게 되었습니다. 부디 장군께선 이 아이의 부친이 반평생 동안 정처 없이 떠돌아다니느 라 피붙이라곤 단지 이 아이 하나밖에 없음을 가엾게 생각해 주시오. 장군께서 이 아이를 잘 보호해서 부친의 얼굴을 볼 수 있게 해주신다 면 저는 죽어도 여한이 없습니다!"(*말이 너무 슬퍼서 듣는 사람의 코가 다 찡해진다. 아두는 감 부인의 소생이지만 환난 중에 미 부인이 그를 안고 있다가 조운 장군에게 부탁할 수 있게 되었는데, 자기 소생보다 더 잘해주니 이런 사람은 다시 얻기 어렵다.)

조운曰: "부인께서 이런 재난을 당하시게 된 것은 저의 죄입니다. 여러 말씀 마시고 부인께서는 어서 말에 오르십시오. 저는 걸어가면서 죽기로 싸워 부인을 보호하여 이 겹겹의 포위망을 뚫고 나가겠습니 다."

미 부인曰: "그건 안 됩니다. 장군께 어찌 말이 없을 수 있습니까?

이 아이는 전적으로 장군께서 보호해 주셔야만 삽니다. 저는 이미 몸에 중상을 입었으니 죽은들 무엇이 아쉽겠습니까. 부디 장군께선 속히 이 아이를 안고 가십시오. 이 첩은 조금도 괘념치 마시고요."(*좋은 부인이다.)

조운曰: "함성이 가까이서 들리는 걸 보니 추격병들이 이미 당도한 것 같습니다. 부인께선 속히 말에 오르십시오."

미 부인曰: "이런 몸으로 저는 정말로 가기 어렵습니다. 둘 다 잘못되게 하지 마세요."

그리고는 아두를 조운에게 건네주며 말했다: "이 아이의 목숨은 전적으로 장군에게 달려 있습니다."(*사람들은 소열제昭烈帝 유비가 백제성白帝城에서 공명에게 어린 아들을 부탁한 것은 알고 있지만, 그보다 먼저 미부인이 장판파에서 조자룡에게 아두를 부탁한 것은 모르고 있다. 다 같이 목숨을 맡기는 중대한 부탁이었다.)

조운은 거듭거듭 부인에게 말에 오르라고 청했으나, 부인은 한사코 말에 오르려고 하지 않았다. 사방에서 함성이 또 일어났다.

조운이 언성을 높이며 말했다: "부인께서 내 말을 듣지 않으시다가 추격병이 이르면 어찌 하시렵니까?"

미 부인은 마침내 아두를 땅에 내려놓고 마른 우물 속으로 뛰어들어 자결해 버렸다. (*사람들은 조운이 그 주인을 보호하기 위해 죽음도 두려워하지 않았던 것은 알아도 미 부인이 그 자식을 보호하기 위해 죽는 것을 두려워하지 않았던 것은 모른다. 조운은 본래 기이한 남자였지만 미부인 역시 기이한 부인이었다.) 후세 사람이 미 부인을 칭찬하는 시를 지었으니:

싸우는 장수들 전부 말의 힘에 의지하거늘	戰將全憑馬力多
걸어가며 싸워서야 어찌 어린 주인 구하랴.	步行怎把幼君扶
한 번 죽음 무릅쓰고 유씨 후사 보전하니	拚將一死存劉嗣
용감한 결단, 역시 여장부 덕이었네.	勇決還虧女丈夫

〖 15 〗 조운은 부인이 이미 죽은 것을 보고 조조의 군사가 혹시 그 시신을 훔쳐갈까 두려워서 곧바로 토담 벽을 밀어 넘어뜨려 마른 우물을 메워버렸다. 우물을 다 메운 후에 갑옷을 졸라맨 끈을 풀고 (가슴을 보호하기 위해 갑옷 속에 넣어 둔) 엄심경掩心鏡을 내버리고 아두를 품속에 품어 보호하면서 손으로 창을 꼬나들고 말에 올랐다.

그때 이미 한 장수가 한 떼의 보군步軍들을 이끌고 와 있었는데, 그는 곧 조홍의 부하 장수 안명晏明이었다. 그는 뾰족한 부분이 세 개이고 양면으로 날이 있는 칼(三尖兩刃刀)을 손에 잡고 조운에게 달려들었다. 그러나 미처 세 합도 싸우지 못하고 조운이 찌르는 창에 찔려서 거꾸러졌다. 조운은 그를 따르던 군사들을 쳐서 흩어버리고 길을 내어 달아났다. 한창 달아나고 있을 때 앞에서 또 한 떼의 군사들이 길을 가로막았다. 앞장선 대장은 깃발에 분명하게 큰 글자로 '하간河間 장합張郃'이라고 씌어 있었다.

조운은 아무 말도 섞지 않고 창을 꼬나들고 곧바로 달려들어 싸웠다. 서로 약 10여 합을 싸우고 난 후 조운은 계속해서 싸울 마음이 없어져서 길을 열어 달아났다. 등 뒤에서는 장합이 쫓아왔다. 조운은 말에 채찍질을 하면서 그대로 달렸는데, 별안간 "콰당!" 하는 소리와 함께 조운은 말과 함께 흙구덩이 속으로 빠지고 말았다. 장합이 창을 꼬나들고 와서 찌르려고 했다. 그때 갑자기 한 줄기 붉은 빛이 그 흙구덩이 속으로부터 쫙 뻗쳐 나오듯이 조운이 탄 말이 허공으로 한번 껑충 뛰어 구덩이 밖으로 나왔다. 이 일을 읊은 후세 사람의 시가 있으니:

붉은 빛 온몸 감싸며 잠자던 용 날아오르듯	紅光罩體困龍飛
전마는 짓쳐 나가 장판파의 포위망 뚫었지.	征馬衝開長坂圍
그는 바로 42년간 나라의 주인이 될 운명이니	四十二年眞命主
조운 장군도 이 일로 인해 신위 떨쳤지.	將軍因此顯神威

장합은 그 모습을 보고 크게 놀라서 물러갔다. 조운이 다시 말을 몰아 달아나고 있을 때 등 뒤에서 갑자기 두 장수가 큰소리로 불렀다: "조운은 달아나지 말라!"

앞에서도 또 두 장수가 두 가지 종류의 병장기를 들고 앞길을 가로막았다. 뒤에서 쫓아온 것은 마연馬延과 장의張顗였고, 앞에서 막은 것은 초촉焦觸과 장남張南이었는데, 그들은 모두 원소 수하에 있다가 조조에게 항복한 장수들이었다.

조운이 홀로 네 장수를 상대로 있는 힘을 다해 싸우고 있을 때 조조의 군사들이 일제히 몰려왔다. 조운은 이에 청강검을 빼어들고 닥치는 대로 내리쳤다. 그의 손이 한번 올라갔다 내려오면 검이 적의 갑옷을 꿰뚫고 지나가며 피가 용솟음치듯 했다. 조운은 많은 적장들을 물리치고 겹겹이 쳐진 포위망을 뚫고 곧장 빠져나갔다. (*현덕이 위험에서 벗어난 것은 좋은 말 덕택이고, 자룡이 적장들을 죽인 것은 보검 덕택이다.)

〖 16 〗 한편 조조가 경산景山 정상에서 멀리 바라보니 한 장수가 가는 곳마다 아무도 그의 위력을 당해내지 못하는지라 급히 곁에 있는 자들에게 물었다: "저것은 누구냐?"

조홍이 나는 듯이 말을 달려 산에서 내려가서 큰소리로 외쳤다:

"군중에서 싸우는 장수는 성명을 말하라!"

조운이 대답했다: "나는 상산常山 사람 조자룡趙子龍이다."

조홍이 돌아가서 조조에게 보고했다.

조조曰: "참으로 범과 같은 장수(虎將)로다. 나는 저자를 산 채로 얻어야만 하겠다."

그리고는 급히 말을 달려가서 알리도록 했다: "조운이 가까이 왔을 때 몰래 화살을 쏴서는 안 된다. 오직 산 채로 잡아야 한다."

조조의 이 명령 때문에 조운은 이 환난에서 벗어날 수가 있었다. 이 역시 아두에게 복이 있었기 때문이다. (*조조가 조운을 생포하려고 했기 때문에 도리어 조운이 아두를 살려낼 수 있었다.)

이 한바탕 큰 싸움에서 조운은 품속에 후주(後主: 아두. 유선劉禪)를 안고 곧장 겹겹의 포위를 뚫고 나오면서 큰 깃발 두 개를 칼로 찍어서 쓰러뜨렸고, 세 자루의 창을 빼앗았으며, 창으로 찌르고 칼로 쳐서 죽인 조조 군중의 이름난 장수들이 전후 50여 명이나 되었다. (*총결하여 한 마디로 서술함으로써 무수히 많은 이야기들을 줄이고 있다.) 후세 사람이 이에 대해 지은 시가 있으니:

전포 피로 물들고 갑옷까지 붉어졌는데 血染征袍透甲紅
당양에서 누가 감히 그와 맞붙어 싸웠는가. 當陽誰敢與爭鋒
예로부터 적진에서 주인 구해낸 사람으로는 古來衝陣扶危主
상산 출신 조자룡만한 사람 어디 있더냐. 只有常山趙子龍

조운이 그때 겹겹이 둘러싸인 포위망을 뚫고 싸움터를 벗어나 보니 전포는 온통 피로 시뻘겋게 물들어 있었다. 그가 한창 말을 달려가고 있을 때 산 언덕 아래에서 또 두 떼의 군사들이 짓쳐 나왔다. 그들은 곧 하후돈의 부하 장수 종진鍾縉과 종신鍾紳 형제였는데, 하나는 큰 도끼를 사용하고 또 하나는 화극畵戟을 사용했다. 그들은 큰소리로 외쳤다: "조운은 빨리 말에서 내려 결박을 받아라!" 이야말로:

가까스로 도망쳐서 범의 굴 벗어났더니 纔離虎窟逃生去
또 다시 물결 흉흉한 용담龍潭을 만나는구나. 又遇龍潭鼓浪來

결국 조자룡은 어떻게 이 위기에서 벗어날까? 다음 회를 읽어보도록 하라.

(1). 전에 공명이 유기劉琦에게 가르쳐준 것은 "달아나는 것이 상책(走爲上計)"이란 것이었는데, 지금 현덕에게 가르쳐준 것 역시 "달아나는 것이 상책(走爲上計)"이란 것이다. 그러나 유기는 달아나서 곤란에서 벗어났지만 현덕은 달아났어도 곤란에서 거의 벗어나지 못했다. 그 이유가 무엇인가?

이는 모두 현덕의 "차마 하지 못하는 마음(不忍之心)" 때문이다. 만약 유표에 대해 "차마 하지 못하는 마음"이 없었다면 달아나지 않아도 되었을 것이고; 만약 유종劉琮에 대해 "차마 하지 못하는 마음"이 없었다면 또한 달아나지 않아도 되었을 것이며; 달아나더라도 만약 백성들에 대해 "차마 하지 못하는 마음"이 없었다면 오히려 가볍게 달아날 수 있었을 것이고, 재빨리 달아나서 매인 바 없이 자유롭게 달아날 수 있었을 것이다. 그가 달아나면서도 곤란에 처했던 것은 현덕에게 어진 마음(仁心)이 지나치게 많았기 때문이지 공명의 계책에 허술한 점이 있었기 때문은 아니다.

(2). 채씨蔡氏의 죽음에 하늘은 현덕의 손을 빌리지 않았으며, 유종劉琮의 죽음에 하늘은 유기劉琦의 손을 빌리지 않았다. 그들을 죽인 것은 곧 조조였다. 이것이 조물주의 교묘함이다. 그러나 조조는 장수張繡가 항복했을 때는 죽이지 않았고, 장로張魯가 항복했을 때에도 죽이지 않았으며, 원담袁譚이 처음에 항복하여 배반하기 전까지는 역시 문득 죽이지 않았는데, 유독 유종의 모자만은 반드시 죽이고야 말았는데, 그 이유가 무엇인가?

나는 말한다: "유종의 생각은 영구히 형주를 보존하는 것이었으므로 그것을 잃게 되면 후회하게 될 것이고, 후회하게 되면 반드시

원한을 품을 것이고, 원한을 품게 되면 옛 신하들 중 항복하지 않은 자들이 장차 타다가 남은 재를 불어서 다시 불태우려고 할 것인바, 이것이 우려되는 한 가지이다. 그리고 그의 신하들 중 이미 항복한 자들도 자신들의 옛 주인이 아직 살아 있음을 보게 되면 역시 장차 두 마음을 품고 조조를 없애려고 할 것인바, 이것이 우려되는 두 가지이다. 그리고 조조는 바야흐로 강남으로 쳐들어가려고 하는데, 유종이 혹시 다시 유기와 힘을 합치고는 장차 유비와 결탁하여 조조를 팔꿈치와 겨드랑이에 있는 우환으로 여기게 될 것인바, 이것이 우려되는 세 가지이다. 조조가 이것까지 계산한 것은 지극히 생각이 깊은 것으로 유종이 설령 죽고 싶지 않더라도 어찌 살아남을 수 있었겠는가?

　(3). 단계檀溪에서의 싸움에서(제34회 (11)) 자룡은 3백 명을 거느리고서도 현덕을 구해내지 못했으나 장판파長坂坡의 싸움에서는 자룡은 단기필마로 아두阿斗를 구해냈는데 "일이란 알 수 없는 것이다(事之不可知者)." 관공은 두 부인을 보호하여 다섯 관문을 지나면서도 전부 무사했으나, 자룡은 두 부인을 보호하여 겨우 장판파를 지나면서도 둘 다를 보전하지 못하였는데, 이 또한 "일이란 알 수 없는 것이다(事之不可知者)."

　혹자는 말하기를, 단계에서의 위기 탈출은 용마龍馬의 힘과는 상관이 없으며, 당양 장판파에서의 그것 역시 어찌 호장虎將의 공이겠는가. 이는 하늘의 뜻이지 사람의 힘이 아니다(天也, 非人也)!

　나는 말한다: 관공은 형 섬기는 절개를 다했고, 자룡은 주인을 구하려는 충성을 다했으니, 이는 하늘의 뜻이자 또한 사람의 힘이다(天也, 亦人也)! 현덕은 형주를 버림으로써 이미 그 땅의 이점(地利)을 상실했음에도 불구하고 오히려 다행히 하늘의 도움을 받았고

사람의 도움을 받았던 것이다.

(4). 무릇 어떤 일을 서술하는 것(敍事)의 어려움은 모여 있는 곳에 있는 것이 아니라 흩어져 있는 곳에 있다. 당양의 장판파에서의 싸움 같은 경우 현덕과 여러 장수들 및 두 부인과 아두는 이리저리 흩어져 있고 사건도 끊어졌다 이어졌다 하므로 상세하게 서술하려고 해도 더 이상 할 수 없고, 생략하려고 해도 어느 한 쪽만 생략할 수도 없어서 용렬한 필치(庸筆)는 이에 이르면 거의 손을 놓고 만다. 그러나 지금 작가는 미방糜芳이 화살 맞은 일을 현덕의 눈으로 설명하고, 간옹이 창에 찔리고 미축이 결박당한 일을 조운의 눈으로 설명하고, 두 부인이 수레를 버리고 걸어간 일을 간옹의 입으로 설명하고, 간옹이 전하는 소식을 장비의 입으로 설명하고, 감 부인의 행방을 군사의 입을 빌려서 상세히 설명하고, 미 부인과 아두의 행방을 백성들의 입을 빌려 자세히 설명하고 있는데, 이처럼 어수선하고 들쑥날쑥한 수많은 일들을 한 필筆도 서두르지 않고, 한 필도 빠뜨리지 않고, 또 방필旁筆로 가을바람을 묘사하고, 가을밤을 묘사하고, 광야의 곡성哭聲을 묘사하고, 수천 명의 병사들과 수만 명의 백성들을 하나도 빠뜨리지 않고 모조리 엮어서 그림처럼 묘사해 내고 있다.

(5). 나는 일찍이 〈사기史記〉를 읽다가 항우項羽가 해하垓下에서 싸우는 부분에서 항우를 묘사하고, 우희虞姬를 묘사하고, 초가楚歌를 묘사하고, 구리산九里山을 묘사하고, 8천 명의 자제들을 묘사하고, 한신韓信이 군사를 움직이는 것을 묘사하고, 여러 장수들이 십면十面에서 매복하는 것을 묘사하고, 오강烏江에서 항우가 자살하는 것을 묘사하는 부분에 이르러 기사紀事 문장의 절묘함이 이보다 기이한

것은 없다고 생각했는데, 〈삼국지연의〉에서 당양當陽 장판파長坂坡
에서의 싸움을 묘사한 문장을 읽어보고는 나도 몰래 용문(龍門: 사마
천. 사마천은 용문이란 지방에서 태어났으므로 그를 용문龍門이라 부르기도
함)이 다시 태어났다고 감탄한 적이 있다.

제**42**회

장비, 장판교에서 크게 소동 일으키고
유비, 패하여 한진 나루로 달아나다

〖 1 〗 한편 종진鍾縉과 종신鍾紳 두 사람이 조운의 앞길을 막고 싸우러 덤벼들었다. 조운이 창을 꼬나들고 찌르자 종진은 앞에서 큰 도끼를 휘두르며 막았다. 두 필 말이 서로 어우러져 싸웠는데, 채 3합도 못 되어 그는 조운이 찌르는 창에 찔려서 말 아래로 떨어졌다. 조운은 그 틈을 타서 길을 찾아 달아났다.

종신이 조운의 등 뒤에서 화극을 들고 쫓아왔다. 종신이 탄 말이 조운의 말 꼬리를 물 정도로 바싹 쫓아와서 종신의 화극이 바로 조운의 등 한복판에 그림자를 드리우는 순간, 조운이 급히 말머리를 홱 돌리자 마치 두 사람의 가슴과 가슴이 서로 부딪치는 듯했다. 바로 그때 조운은 왼손으로는 창을 잡고 종신의 화극을 막아내면서 바른손으로는 청강검靑釭劍을 빼서 내리쳤다. 투구 위에서부터 머리가 두 쪽으로 갈라져서 종신은 말에서 떨어져 죽었다. (*앞에서는 조운의 용맹함을 묘사했는데 여기서는 그의 보검을 묘사하고 있다.) 나머지 무리들은 흩어져 달아났다.

조운은 적들의 포위에서 빠져나와 장판교를 향해 달아났다. 그때 뒤에서 함성이 크게 일어나는 소리가 얼핏 들렸는데, 그것은 문빙文聘이 군사를 이끌고 쫓아오는 소리였다. 조운이 장판교 옆에 이르렀을 때에는 사람도 말도 모두 지칠 대로 지쳐 있었다. (*여기서는 조운이 말과 함께 지칠 대로 지쳐 있음을 묘사하는데, 이로써 방금 전까지는 그의 위용을 아무도 당해낼 수 없었음을 더욱 잘 드러내 보이고 있다.) 조운은 장비가 말을 탄 채 창을 꼬나들고 다리 위에 서 있는 것을 보고 큰소리로 불렀다: "익덕, 나를 구해 주시오!"

장비曰: "자룡은 속히 가시오. 추격병은 내가 막겠소."

〖 2 〗 조운이 그대로 말을 달려 다리를 건너서 20여 리쯤 가니 현덕과 여러 사람이 나무 아래에서 쉬고 있는 것이 보였다. 조운은 말에서 내려 땅에 엎드려 울었다. 현덕 역시 울었다. (*거의 볼 수 없게 되었다가 다시 보게 되었으므로 울지 않을 수 없었다.)

조운은 가쁜 숨을 몰아쉬며 말했다: "조운의 죄는 만 번 죽어도 오히려 가볍습니다. 미 부인께서는 몸에 중상을 입으셨는데 아무리 권해도 말에 오르려 하지 않으시더니 우물에 몸을 던져 돌아가셨습니다. 저는 어쩔 수 없이 곁에 있는 토담을 밀어서 우물을 메워버리고는 공자를 품에 안고 겹겹이 둘러쳐진 포위를 뚫고 나왔는데 주공의 크신 복(洪福) 덕분에 다행히 이처럼 벗어날 수 있었습니다. 조금 전까지만 해도 공자께서는 제 품속에서 울고 있었으나 지금은 아무런 동정이 없는데, 혹시 목숨을 보전할 수 없었던 것은 아닌지 모르겠습니다."

즉시 갑옷을 벗고 보니 아두는 한창 잠을 자느라 깨어나지 않았다.

(*아두의 일생은 오로지 잠만 자고 깨어나지 않은 것 같았다.)

조운은 기뻐서 말했다: "다행히 공자께서는 무사하십니다."

그리고는 두 손으로 아두를 현덕에게 건네주었다. 현덕은 아두를 받아서는 땅에 내던지고 말했다: "이 어린놈 너 때문에 하마터면 나의 대장 한 사람을 잃을 뻔했다!"(*원소는 어린자식의 병을 가엽게 여겨 전풍田豊이 간하는 말도 듣지 않았는데, 현덕은 어린애를 땅에 내던지며 조운의 마음을 샀다. 하나는 지혜롭고 하나는 어리석었으니, 서로의 차이가 하늘과 땅과 같다.)

조운은 황급히 몸을 굽혀 땅에서 아두를 안아 올리며 절을 하고 울면서 말했다: "제가 비록 간과 뇌수를 땅에 쏟는다(肝腦塗地) 하더라도 이 은혜는 다 갚을 수 없을 것입니다!"

후세 사람이 이에 대해 지은 시가 있으니:

조조 군중에서 비호飛虎 뛰쳐나왔으나   曹操軍中飛虎出
조운의 품안에선 작은 용이 잠을 잤네.   趙雲懷內小龍眠
충신의 갸륵한 뜻 위로할 길 없어   無由撫慰忠臣意
자기 아들 받아 들어 말 앞에 내던지네.   故把親兒擲馬前

〖 3 〗 한편 문빙文聘이 군사를 이끌고 조운을 추격하여 장판교까지 와서 보니 장비가 범의 수염을 거꾸로 세우고 고리눈을 부릅뜨고 손에 장팔사모를 잡고 말을 타고 다리 위에 서 있었다. 그리고 다리 동편의 숲 뒤에서는 먼지가 자욱하게 일어나고 있는 것이 보였다. 문빙은 복병이 있을 것으로 의심하고 곧바로 말을 멈춰 세우고 감히 앞으로 가까이 가지 못했다. (*나뭇가지를 잘라서 말의 꼬리에 매달고 숲속을 달리도록 한 것은 확실히 교묘한 계책이었음을 알 수 있다.)

곧바로 조인, 이전, 하후돈, 하후연, 악진, 장료, 장합, 허저 등 여러 장수들이 모두 다 도착했다. 그들은 장비가 눈을 부릅뜨고 창을 비껴 잡고 말을 타고 다리 위에 서 있는 것을 보고는 이것도 혹시 제갈공명의 계교가 아닐까 두려워서 감히 앞으로 가까이 나아가지 못하고 그 자리에서 대오를 멈춰 세웠다. 그들은 다리 서편에다 '一' 자 모양으로 군사들을 벌여 세운 다음 사람을 시켜서 조조에게 급히 보고하도록 했다. 조조는 이 소식을 듣고는 급히 말에 올라 대오 뒤쪽에서 앞으로 나와 보았다.

장비가 고리눈을 부릅뜨고 바라보니 적의 후군에서 청라산개(靑羅傘蓋: 푸른 비단으로 만든 해 가리개)와 모월정기(旄鉞旌旗: 지휘의 대권을 상징하는 백모와 황월과 깃발)가 앞쪽으로 오고 있는 것이 흐릿하게 보였다. 장비는 저것은 틀림없이 조조가 의심이 나서 동정을 살펴보려고 오고 있는 것이라고 생각했다.

장비는 이에 언성을 높여서 크게 호통 쳤다: "나는 연인燕人 장익덕이다! 누가 감히 나와 죽기로 싸워 보겠느냐!"

그가 호통 치는 소리는 마치 천둥소리 같았다. 조조의 군사들은 그 소리를 듣고 모조리 두 다리를 덜덜 떨었다. 조조는 급히 청라산 덮개를 거두도록 하고는 좌우를 돌아보며 말했다: "나는 전에 관운장이 하는 말을 들은 적이 있는데, 익덕은 백만 군중에서 상장上將의 머리 취하기를 마치 자기 주머니 속에서 물건 꺼내듯이 한다고 하더라. 오늘 그를 만났는데 상대를 얕보아서는 안 된다."

말이 미처 끝나기도 전에 장비가 눈을 부릅뜨고 또 호통을 쳤다: "연인燕人 장익덕이 여기 있다! 누가 감히 나와서 죽기로 싸워보겠느냐!"(*그의 호통 소리가 더욱 무시무시했다.)

조조는 장비의 이렇듯 장한 기개를 보고는 그만 물러가려고 생각했다. 장비가 바라보니 조조 후군의 진열이 이동하는 게 보였으므로 그는 곧 장팔사모를 다시 꼬나들고 또 호통을 쳤다: "싸우자고 해도 싸우지도 않고, 물러가라고 해도 물러가지도 않으니, 도대체 그 까닭이 무엇이냐?"

　그의 고함소리가 채 끝나기도 전에 조조 곁에 있던 하후걸夏侯杰이 놀란 나머지 그만 간담이 터져서 말 아래로 거꾸로 처박히고 말았다. 조조는 곧바로 말머리를 돌려 달아났다. 이리하여 모든 군사들과 장수들도 일제히 서쪽으로 달아나 버렸다. 이야말로: "젖먹이 어린애가 어찌 벼락 치는 소리를 들어낼 수 있으며(黃口孺子, 怎聞霹靂之聲), 병든 나무꾼은 호랑이 울음소리를 들어내기 어렵다(病體樵夫, 難聽虎豹之吼)"라는 꼴이었다.

　그들은 한꺼번에 손에 들었던 창을 버리고 머리에 썼던 투구를 떨어뜨리고 달아났는데, 그 수는 이루 다 헤아릴 수 없이 많았다. 사람들은 마치 썰물 빠져나가듯 했고, 말들은 흡사 산이 무너지듯 하면서 서로를 짓밟고 짓밟혔다. 후세 사람이 장비를 칭찬해서 지은 시가 있으니:

　　장판교 다리 위에 생겨난 살기는　　　　　長坂橋頭殺氣生
　　창 들고 말 세우고 눈 부릅뜬 장비 때문.　橫槍立馬眼圓睜
　　호통 치는 소리는 마치 천둥 울리듯 해서　一聲好似轟雷震
　　혼자 몸으로 조조의 백만 대군 물리쳤네.　獨退曹家百萬兵

　〖 4 〗 한편 조조는 장비의 위엄에 겁을 먹고 말을 달려 서쪽으로 달아났는데, 관冠과 비녀가 다 떨어지고 머리도 풀어헤쳐진 채 도망쳤다. (*원소가 반하磐河에서 관우와 장비를 만났을 때의 광경과 같다.) 장료와 허저가 쫓아와서 말고삐와 재갈을 잡고 말을 세우자, 조조는 당황해서 어쩔 줄 몰랐다. (*이때 그는 장비에게 붙잡힌 줄로 생각했을 것이다.)

　장료曰: "승상께선 놀라지 마십시오. 그까짓 장비 하나쯤을 뭘 그리 무서워하십니까? 지금 급히 군사를 되돌려서 쳐들어간다면 유비를 사로잡을 수 있습니다."

조조는 그제야 기색이 좀 안정되어 장료와 허저에게 다시 장판교로 가서 소식을 알아보라고 했다.

한편 장비는 조조의 군사들이 한꺼번에 우르르 물러가는 것을 보고 감히 그 뒤를 쫓지 못하고 자신을 따라온 20여 기를 불러서 말꼬리에 붙들어 맨 나뭇가지들을 떼어 내고 (*매우 세심하다.) 다리를 허물어 끊도록 했다. (*이는 실책이다.) 그런 다음 말머리를 돌려서 현덕을 보고 다리 끊은 일을 자세히 이야기했다.

현덕日: "아우는 용맹하기는 하나 아쉽게도 생각이 짧았군."

장비가 그 이유를 물었다.

현덕日: "조조는 꾀가 많다. 너는 다리를 끊지 말았어야 했다. 그는 틀림없이 추격해 올 것이다."

장비日: "저들은 내가 호통 한 번 치자 뒤로 여러 마장(里: 수백 미터) 물러갔는데 어찌 감히 다시 쫓아오겠습니까?"

현덕日: "만약 다리를 끊어놓지 않았다면 그는 혹시 매복이 있을까봐 두려워서 감히 쫓아오지 못할 것이다. 그런데 지금 다리를 끊어버렸으니, 그는 우리가 군사가 적어서 겁을 먹고 있다고 생각하고는 틀림없이 추격해 올 것이다. 그에게는 백만 대군이 있으니 비록 장강이나 한수漢水를 건너야 된다고 하더라도 그것을 메우고 건널 수 있을 텐데, 어찌 그까짓 다리 하나 끊어진 것을 겁내겠느냐?"(*말 꼬리에 나뭇가지를 매달도록 한 것은 장비의 영리한 처사이지만, 다리를 끊도록 한 것은 그의 졸렬한 처사이다. 덜렁대는 사람(莽人)은 비록 영리할 때도 있지만 결국은 덜렁대고 경솔하다.)

이리하여 일행은 즉시 출발하여 작은 길을 따라 옆길로 들어서서 한진(漢津: 호북성 형문荊門 동북의 한수를 건너는 나루)과 면양(沔陽: 호북성 면양현 남쪽의 경산京山)으로 가는 길을 향해 달아났다.

〖 5 〗 한편 조조는 장료와 허저로 하여금 장판교 소식을 알아보게 했는데, 그들이 돌아와서 보고했다: "장비가 이미 다리를 끊어놓고 가버렸습니다."

조조曰: "그가 다리를 끊어놓고 갔다는 것은 곧 속으로 겁이 났기 때문이다."(*조조는 장비를 헤아렸고, 현덕은 조조를 헤아렸는데, 다들 정확하다.)

그는 곧바로 군사 1만 명을 뽑아서 속히 부교浮橋 세 개를 설치하되 그날 밤 안으로 건너갈 수 있도록 하라고 했다.

이전曰: "이것은 혹시 제갈량의 속임수일지도 모르는데, 경솔하게 나아가서는 안 될 것입니다."

조조曰: "장비는 한낱 용맹한 사내일 뿐인데 어찌 속임수이겠느냐?"(*이전은 공명에 대해 의심하는데, 조조는 장비에 대해 확신하고 있다.)

그리고는 마침내 화급히 진격하라는 명령을 내렸다.

한편, 현덕 일행이 길을 떠나 한진 가까이 이르렀을 때 갑자기 뒤편에서 먼지가 자욱하게 일어나며 북소리가 하늘 높이 울리고 함성이 땅을 뒤흔들었다.

현덕曰: "앞에는 큰 강이 가로막고 있고 뒤에는 추격병이 쫓아오고 있으니 대체 이를 어찌해야 좋단 말인가?"(*거의 단계檀溪에서의 위기와 비슷하다.)

현덕은 급히 조운에게 적을 맞을 준비를 하도록 했다.

이때 조조는 군중에 명령을 내렸다: "지금 유비는 솥 안에 들어 있는 물고기(釜中之魚)나 함정 속에 빠져 있는 범(穽中之虎)의 신세이다. 만약 이번에 사로잡지 못한다면 물고기를 바다에 놓아주고 범을 풀어놓아 산으로 돌아가게 하는 것과 같다. 모든 장수들은 힘을 다해 앞으로 진군하라."

여러 장수들은 명을 받고는 저마다 분발하여 추격했다. 그때 문득 산언덕 뒤에서 북소리가 울리더니 한 부대의 군사들이 날듯이 뛰어나와 큰소리로 외쳤다: "내가 여기서 너희들을 기다린 지 오래다!"

선두에 있는 대장은 손에는 청룡도를 들었고 적토마를 타고 있었는데 알고 보니 관운장이었다. 원래 그는 강하江夏로 가서 군사 1만 명을 빌려 가지고 오다가 당양의 장판파長坂坡에서 싸움이 크게 벌어지고 있다는 소식을 듣고는 일부러 이 길로 가로질러 왔던 것이다.

조조는 운장을 보자마자 즉시 말을 세우고 여러 장수들을 돌아보며 말했다: "또 제갈량의 계략에 걸려들었구나!"(*이전의 말과 일치한다.)

그리고는 대군에 퇴군령을 내렸다.

〖 6 〗 운장은 그 뒤를 10여 리나 쫓아가다가 곧 군사를 돌려서 현덕 일행을 보호하여 한진으로 갔는데, 이미 배가 준비되어 일행을 기다리고 있었다. 운장은 현덕에게 감 부인과 아두와 함께 배 안으로 들어가도록 청하여 자리를 잡고 앉았다.

운장이 물었다: "둘째 형수님께선 왜 보이지 않습니까?"

현덕이 당양에서 있었던 일을 자세히 얘기해 주자, 운장은 탄식을 하며 말했다: "전에 허전許田에서 사냥할 때 제 뜻에 따랐더라면 오늘과 같은 이런 우환은 없었을 것 아닙니까?"(*제20회의 일을 갑자기 여기에서 다시 꺼내고 있다.)

현덕曰: "나는 그때 쥐를 잡으려다가 그릇을 깨는 우愚를 범하게 될까봐 두려웠어(投鼠忌器)."(*또 전에 있었던 일을 추후에 해명하고 있다.)

한창 이야기하고 있을 때 문득 강의 남쪽 기슭에서 북소리가 크게 울리더니 배들이 개미떼처럼 순풍에 돛을 달고 달려오고 있는 것이 보였다. 현덕은 크게 놀랐다.

배들이 가까이 다가왔을 때 문득 보니 한 사람이 흰 전포와 은빛 갑옷을 입고 이물(船頭: 뱃머리) 위에 서 있다가 큰소리로 외쳤다: "숙부님께서는 그간 안녕하셨습니까? 이 조카가 숙부님께 죄를 지었습니다."

현덕이 자세히 보니 바로 유기였다. (*먼저 그 말을 듣고 후에 그 사람을 본다. 서술하는 데 변화가 있다.) 유기는 이쪽 배로 넘어와서 현덕에게 울면서 절을 했다: "숙부님께서 조조에게 몰려 곤경에 처해 계신다는 말을 듣고 이 조카가 특별히 지원하러 왔습니다."

현덕은 크게 기뻐하며 곧바로 군사를 한 곳에 모아서 배를 띄워 갔다. 배 안에서 그간 지내온 사연들을 이야기하고 있는데 강의 서남쪽에서 전선들이 '一' 자 모양으로 옆으로 늘어서서 바람을 타고 손 휘파람(손가락을 입에 넣고 힘껏 불어서 내는 소리)을 불면서 다가왔다.

유기가 놀라서 말했다: "강하의 군사들은 전부 제가 이곳으로 데려왔습니다. 그런데 지금 또 다른 전선들이 우리 앞을 가로막고 있는데, 저것은 조조의 군사들이 아니면 강동의 군사들일 것입니다. 이를 어찌하면 좋습니까?"

현덕이 이물 위로 나가서 자세히 살펴보니 머리에는 윤건(綸巾: 청색 비단 띠로 만든 두건)을 쓰고 몸에는 도복을 입은 한 사람이 뱃머리에 앉아 있었는데, 그는 바로 공명이었고 그의 등 뒤에 서 있는 사람은 손건이었다. (*겨우 관운장, 유기, 공명 세 사람뿐인데 이들을 각각 나누어 세 차례에 걸쳐 만나보도록 하는 것은 모두 일부러 사람들을 놀라도록 하기 위한 필법이다.)

현덕이 급히 공명에게 자기 배로 건너오라고 청하여 어찌하여 이곳에 있느냐고 물었다.

공명曰: "저는 강하江夏에 당도하여 먼저 운장으로 하여금 한진漢津에서 육지로 올라가 주공을 맞이하도록 지시했습니다. 그런 다음에 생각해 보니, 조조는 틀림없이 추격해올 것이며, 주공께서는 틀림없이 강릉 쪽으로 해서 오시지 않고 도중에 옆길로 빠져서 반드시 한진으로 오실 것으로 생각했습니다. 그래서 특히 공자님께 먼저 가서 맞이하도록 하고, 저는 곧장 하구(夏口: 호북성 무한시 한구漢口. 한수와 장강이 합쳐지는 곳)로 가서 그곳에 있는 군사들을 모조리 데리고 싸움을 돕기 위해 이리로 오는 길입니다."

현덕은 크게 기뻐하며 모든 군사들을 한 곳에 모으고 앞으로 조조를 깨뜨릴 계책을 상의했다.

공명曰: "하구夏口는 성이 험한데다 군사물자와 군량도 상당히 많으므로 오래 지킬 수 있습니다. 그러니 주공께서는 일단 하구로 가셔서 주둔하고 계십시오. 공자께서는 따로 강하로 돌아가시어 전선을 정돈하고 병장기를 수습하여 의각지세犄角之勢를 이루도록 하십시오. 그렇게 하면 조조를 대적할 수 있습니다. 그렇게 하지 않고 만약 모두가 함께 강하로 돌아간다면 아군의 형세는 도리어 고립되고 말 것입니다."

유기曰: "군사의 말씀은 매우 옳습니다. 다만 제 생각에는 숙부님을 모시고 잠시 강하로 가서 군사들을 잘 정돈해 놓은 뒤 다시 하구로 돌아가시더라도 늦지 않을 것 같습니다."

현덕曰: "조카의 말 역시 옳네."

곧바로 운장에게는 남아서 군사 5천 명을 이끌고 하구를 지키도록 하고, 현덕과 공명, 유기는 함께 강하로 갔다.

〖 7 〗 한편 조조는 운장이 육로로 군사를 이끌고 와서 길을 끊는 것을 보고는 복병이 있을까봐 의심하여 감히 추격하지 못했다. 그리고 또 현덕이 수로로 해서 먼저 강릉을 빼앗을까봐 두려워서 곧바로 그날 밤 군사를 이끌고 강릉으로 갔다.

형주의 치중(治中: 주나 군에서 정사 문서를 담당하는 관리) 등의鄧義와 별가別駕 유선劉先은 이미 양양에서의 일을 알고 있었으므로 조조를 막아낼 수 없을 줄 알고는 마침내 형주의 군사와 백성들을 이끌고 성을 나가서 항복했다. (*본래는 현덕이 강릉을 취하려고 했으나 반대로 조조가 강릉을 취하게 되었는바, 변화무쌍하다.)

조조는 성으로 들어가서 백성들을 안정시킨 다음 옥에 갇혀 있던 한숭韓嵩을 풀어주어 대홍려大鴻臚로 삼았다. (*한숭이 투옥된 사건은 제33회에 나왔다.) 그리고 그 밖의 모든 관원들에게도 각각 벼슬과 상을 내렸다.

조조는 여러 장수들과 상의했다: "지금 유비는 이미 강하로 찾아갔는데, 그가 동오와 손을 잡아 그 세력이 마구 뻗어나갈까봐 두렵다. 그를 깨부수려면 어떤 계책을 써야겠느냐?"

순유日: "우리가 지금 군사들의 위세를 크게 떨쳤으니 동오로 사자를 보내서 격문을 띄우시되, 손권에게 강하江夏에 모여서 사냥을 하면서 함께 유비를 사로잡고, 그런 다음 그가 차지하고 있는 형주 땅을 나누어 갖고서 길이길이 사이좋게 지내자고 청하십시오. 손권은 틀림없이 놀라고 의심을 하면서도 와서 항복할 것입니다. 그렇게 되면 우리의 일은 성사되는 것입니다."

조조는 그 계책을 좇아서 한편으로는 격문을 띄워 사자를 동오로 파견하고, 한편으로는 기병, 보병, 수군 합해서 83만 명을 백만 군사라고 사칭하면서 수륙으로 병진並進시키고, 배와 기병들이 쌍을 이루어 강을 따라 내려가도록 했다. 그 대오의 행렬은 서쪽은 형협(荊陜: 형주荊州와 협주陜州)까지 이어졌고 동쪽은 기황(蘄黃: 기주蘄州와 황주黃州)에 닿았으며 영채들은 무려 3백여 리에 걸쳐 세워졌다. (*조조 군의 위세를이처럼 극도로 성대하게 묘사한 것은 하문에서의 적벽대전을 '안받침하기(衬染)' 위해서이다.)

〖 8 〗 한편, 강동의 손권은 시상군(柴桑郡: 강서성 구강시九江市 서남)에 군사를 주둔시켜 놓고 있었는데, 조조의 대군이 양양에 당도하자 유종劉琮은 곧바로 항복해 버렸으며, 지금은 다시 밤낮을 가리지 않고 두 배 속도로 행군하여 강릉을 취하러 가고 있다는 소문을 듣고 여러 모사들을 모아놓고 막아서 지킬 계책을 상의했다.

노숙曰: "형주는 우리 동오와 땅이 붙어 있는데다 강산은 험하고 튼튼하며 백성들도 많고 물산도 풍부합니다. 우리가 만약 그곳을 차지한다면 이는 제왕의 자리에 오르기 위한 기반이 될 것입니다. 현재 유표는 최근에 죽었고 유비는 조조한테 패한 상태입니다. 제가 분부를 받들고 강하로 가서 조상弔喪을 하면서, 유비로 하여금 유표 수하의 여러 장수들을 어루만져 마음과 뜻을 하나로 하여 같이 조조를 치도록 설득해 보겠습니다. 유비가 만약 기쁜 마음으로 우리 말대로 해준다면 대사는 성공할 수 있습니다."(*공명도 형주를 얻으려고 하고 노숙도 형주를 얻으려고 한다. 공명도 동오와 힘을 합쳐 조조를 깨뜨리려고 하고, 노숙도 유비와 힘을 합쳐 조조를 깨뜨리려고 한다. 이것이 노숙의 식견이 다른 사람들보다 뛰어난 점이다.)

손권은 기뻐하면서 그 말을 좇아 즉시 노숙으로 하여금 예물을 가지고 강하로 가서 유표의 죽음을 조상하도록 했다.

〖 9 〗 한편 현덕은 강하에 이르러 공명·유기와 함께 조조를 막아낼 좋은 계책을 의논했다.

공명曰: "조조의 세력이 커서 급히 대적하기가 어려우니 차라리 동오의 손권을 찾아가서 그의 도움을 청하는 편이 낫습니다. 남의 손권과 북의 조조가 서로 대치하여 싸우도록 하고 우리는 그 중간에서 이익을 취한다면, 안 될 게 뭐 있습니까?"(*확실히 묘산妙算이다.)

현덕曰: "강동에는 인물들이 지극히 많으므로 틀림없이 멀리 내다

보는 꾀를 낼 사람이 있을 터인데, 저들이 어찌 우리 뜻을 받아들이려 하겠습니까?"

공명이 웃으며 말했다: "지금 조조가 백만 대군을 이끌고 장강長江과 한수漢水 일대를 차지하여 범처럼 웅크리고 버티고 있으니, 강동에선들 어찌 우리에게 사람을 보내서 그 실정을 알아보려고 하지 않겠습니까? 만약 이리 오는 사람이 있으면 제가 그의 돛배를 빌려 타고 곧바로 강동으로 가서 저의 이 부드러운 세 치 혀(三寸不爛之舌)를 놀려서 남과 북 양쪽 군사들로 하여금 서로 삼키려 하도록 설득해 보겠습니다. 만약 남군이 이기면 함께 조조를 죽여 버리고 형주 땅을 취하면 되고, (*이 말이 주된 의도이다.) 만약 북군이 이기면 우리는 또 북군이 이긴 틈을 타서 강남을 취하면 될 것입니다."(*이 말은 부차적인 의도이다.)

현덕曰: "그 말씀이 매우 훌륭하기는 하나 어떻게 해야 강동에서 사람이 오도록 하지요?"

한창 이야기를 하고 있을 때 알려왔다: "강동의 손권이 노숙을 보내서 조문을 하러 오는데, 배가 이미 강기슭에 닿았습니다."

공명이 웃으며 말했다: "대사는 다 이루어졌습니다!"

그는 곧바로 유기에게 물었다: "전에 손책이 죽었을 때 양양에서 사람을 보내서 문상을 했습니까?"(*손책의 죽음은 제29회에 나온다.)

유기曰: "강동과 우리는 아비를 죽인 원수 사이인데 어떻게 경조사慶弔事의 예를 차리기 위해 서로 왕래할 수 있겠습니까?"(*손견의 죽음은 제7회에 나온다.)

공명曰: "그렇다면 노숙이 이곳을 찾아온 것은 문상을 위해서가 아니라 군사 실정을 탐지하러 온 것입니다."

그리고는 현덕에게 말했다: "노숙이 와서 만약 조조의 동정을 묻거든 주공께서는 그저 모른다고만 말씀하십시오. 그래도 자꾸 묻거든 주공께서는 제갈량에게 물어보라고만 하십시오."

어떻게 할지 상의를 끝내고 나서 사람을 시켜서 노숙을 맞아들이도록 했다. 노숙이 성으로 들어와서 문상을 하자, 유기는 부의賻儀를 받은 후 노숙을 청하여 현덕과 서로 만나보도록 했다. (*노숙이 이곳에 온 것은 유기를 보기 위해서가 아니라 바로 현덕을 만나보기 위해서이다.)

서로 인사가 끝나자 후당으로 안내하여 술을 마셨다.

노숙曰: "황숙의 존함을 들은 지 오래 되었으나 만나 뵐 길이 없었는데, 지금 다행히 만나 뵙게 되어 실로 기쁨과 위안을 느낍니다. 근래에 듣기로는, 황숙께서는 조조와 싸우셨다고 하던데, 그렇다면 틀림없이 저들의 실정을 잘 알고 계실 테지요. 조조의 군사는 대략 얼마나 되는지 감히 여쭤 봐도 되겠습니까?"(*강하江夏의 동정을 물어보려고 하면서 먼저 조조 군의 실정을 물어보고 있다.)

현덕曰: "나는 군사도 적고 장수들도 얼마 안 돼서 조조가 왔다는 말만 들어도 곧바로 달아나곤 했기 때문에 끝내 그 실상을 모르오."

노숙曰: "제가 듣기로는 황숙께서는 제갈공명의 계책을 써서 (*제갈공명이란 네 글자를 현덕이 꺼낼 필요 없이 노숙이 먼저 말하고 있는 점이 매우 묘하다.) 두 번의 화공火攻으로 조조를 혼비백산 시키고 간담이 다 떨어지게 했다고 하던데, 어찌 모른다고 말씀하십니까?"

현덕曰: "공명에게 물어봐야만 자세한 것을 알 수 있을 것이오."

노숙曰: "공명은 어디 계십니까? 한 번 만나보고 싶습니다."

현덕은 공명을 나오도록 해서 서로 만나보게 했다.

〖 10 〗 노숙은 공명을 만나서 인사를 마치자 물었다: "일찍부터 선생의 재주와 덕을 흠모해 왔으나 만나 뵐 수가 없었는데, 이제 만나 뵙게 되어 다행입니다. 현재 돌아가는 정세에 대해 들어보고 싶습니다."

공명曰: "조조의 간교한 계책을 저는 이미 다 알고 있습니다. 그러나 분하게도 힘이 그에 미치지 못하여 잠시 그를 피하고 있는 것입니다."(* '량亮은 이미 다 알고 있다(亮已盡知)'고 말한 것은 은연중에 손권이 자기에게 가르침을 청해 오기를 바란 것이고, '힘이 미치지 못한다(力未及)'고 말한 것은 은연중에 손권이 유비를 도와주기를 바란 것이다.)

노숙曰: "황숙께서는 지금 이곳에 머물러 계실 작정이신가요?"

공명曰: "우리 주공께서는 창오蒼梧 태수 오거吳巨와 오랜 교분이 있으므로 장차 그를 찾아가려고 하십니다."

노숙曰: "오거吳巨는 군량도 적고 군사도 적어서 자기 자신도 보전할 수 없는 형편인데 어떻게 다른 사람까지 받아들일 수 있겠습니까?"

공명曰: "오거한테 가서 비록 오래 머물러 있을 수는 없지만 지금은 일단 잠시 그에게 의탁하려는 것이고, 따로 좋은 계획이 있습니다."

노숙曰: "손 장군께서는 강동의 여섯 개 군郡을 범처럼 떡 차지하고 계시는데 군사들은 정예롭고 양식은 넉넉하며 또 현사賢士들을 지극히 존경하고 예우하십니다. 그래서 강동의 많은 영웅들이 그분을 따르고 있습니다. 지금 선생을 위해 한 가지 계책을 말씀드린다면, 심복 한 사람을 동오로 보내서 동오와 손을 잡고 같이 대사를 도모하는 것보다 나은 방법은 없을 것입니다."

공명曰: "유 사군께선 원래 손 장군과 교분이 없으시므로 말해 보았자 입만 아플 뿐 아무것도 성사시킬 수 없을까봐 두렵고, 또한 사신으로 보낼 만한 심복도 없습니다."(*사신으로 보낼 만한 심복이 없다는 말은 곧 자신을 제외하고는 달리 보낼만한 사람이 없다는 것을 은연중에 암시하고 있다.)

노숙曰: "선생의 백씨(伯氏: 맏형)께서 현재 강동의 참모로 계시는데 선생을 만나보기를 날마다 바라고 계십니다. 제가 비록 재주는 없으나, 선생과 같이 가서 손 장군을 뵙고 대사를 함께 의논하기를 바랍니다."(*공명은 자신이 가고자 하면서도 노숙이 그에게 청해 오기를 기다리고, 형인 제갈근이 그쪽에 있다는 말도 꺼내지 않고 노숙이 먼저 꺼내기를 기다린다.)

현덕曰: "공명은 나의 군사軍師이므로 한 순간도 서로 떨어져 있어서는 안 되는데 어떻게 갈 수 있단 말이오?"

노숙은 공명과 같이 가게 해달라고 청했으나 현덕은 짐짓 허락하지 않았다.

공명曰: "일이 급해졌습니다. 명을 받들고 한 번 가도록 허락해 주십시오."

현덕은 그제야 비로소 허락했다. 노숙은 마침내 현덕과 유기에게 작별인사를 하고 공명과 같이 배에 올라 시상군을 향해 갔다. 이야말로:

제갈량이 쪽배 타고 강동에 감으로써   只因諸葛扁舟去

조조의 군사들 하루아침에 끝장나네.   致使曹兵一旦休

공명이 이번에 가서 결국 어찌 될지 모르겠거든 다음 회를 읽어보도록 하라.

제42회 모종강 서시평序始評

(1). 전 회에서는 조운을 묘사했고 이번 회에서는 장비를 묘사한다. 조운을 묘사할 때에는 몇 번의 혈전을 그렸지만, 장비를 묘사하는 데는 단 한 차례의 대갈일성大喝一聲뿐이다. 천하의 일에 있어서도 역시 허세(虛聲)로써 실제實際에 당해낼 수 있을 때도 있지만, 그러나 반드시 그 사람의 평소 실제 행동이 남을 복종시킬 수 있어야만 임시로 하는 허세에 사람들이 귀를 기울이도록 할 수 있다. 그러므로 장비의 공로는 조운과 같고, 지금 사람들이 전혀 실제가

없으면서 오로지 허세에만 의지하고, 남들이 힘써 일할 때 오직 입만 놀리는 것과는 같지 않다.

(2). 장비가 크게 호통을 쳐서 조조의 군사들을 물리쳤는데, 만약 이전에 운장이 장비를 칭찬한 말이 없었다면 조조가 당시 이처럼 겁을 먹지는 않았을 것이다. 이뿐만이 아니다. 장비가 다리 위에서 칼을 비껴 잡고 말을 세우고 있을 때, 조조 군사들은 그것을 적을 유인하는 계략인 줄로 의심하였는데, 만약 이전에 공명이 두 번이나 화공을 써서 조조군의 간담이 떨어지도록 한 일이 없었다면 당시 조조가 이와 같이 의심하지는 않았을 것이다.

따라서 장비가 큰소리를 쳐서 조조군의 기세를 꺾었던 것이 아니라(先聲奪人), 실은 운장의 큰소리가 그들의 기세를 꺾어 놓을 수 있었던 것이고, 운장의 큰소리가 조조군의 기세를 꺾었던 것이 아니라, 실은 공명이 앞에서 한 일들이 그들의 기세를 꺾어놓을 수 있었던 것이다.

(3). 현덕은 아두阿斗를 땅에 내던졌는데, 역시 내던진 것이 잘못은 아니다. 나중의 일로부터 살펴볼 때, 조운과 같은 영웅이 유선劉禪과 같은 쓸모없는 인간을 구해 주었는바, 참으로 구해주지 않았던 것만 못하다. 그러나 옛날부터 호걸들은 때를 만나지 못하고 용렬한 인간들이 큰 복을 누리는 경우가 많다. 유선의 지혜는 그 부친보다 못하지만 그 복은 자기 부친보다 컸다. 현덕은 일생 동안 고생고생 해서 겨우 대보(大寶: 제위)에 올랐다가 얼마 되지 않아 죽었지만, 반대로 평범하고 보잘것없는 아들은 편안히 42년간 황제로서의 복을 누렸던 것이다. 장판교 싸움은 본래는 못난 주인이 호장虎將의 힘 덕택에 살아났던 것인데, 사람들은 반대로 호장이 용

렬한 주인의 홍복 덕택에 죽지 않았다고 말하고 있으니, 탄식할 노릇이다.

(4). 독서의 즐거움은 크게 놀라지 않으면 크게 기쁘지 않고, 깊이 의심하지 않으면 크게 통쾌하지 않고, 매우 위급하지 않으면 크게 위안이 되지 않는다.

조자룡이 여러 겹 포위를 뚫고 나가서 사람과 말이 다 지쳐 있을 때 또 문빙의 추격을 만났으니 이것이 한 번 위급할 때였고, 현덕을 보았을 때 품속 아두阿斗의 숨소리가 들리지 않을 때가 한 번 의심했던 때였고, 익덕이 다리를 끊은 후 현덕이 조조에게 쫓겨서 강변에 이르렀으나 갈 길이 없을 때가 또 한 번 위급할 때였고, 운장이 육로로 지원온 뒤에 갑자기 강 위에 전선들이 길을 막고 있는 것이 보였으나 그것이 유기인 줄 몰랐을 때 또 한 번 놀랐고, 유기가 같은 배에 오른 후 갑자기 또 전선들이 길을 막고 있는 것이 보였으나 그것이 공명의 배인 줄 몰랐을 때 또 한 번 의심했고, 한 번 위급했다.

이런 일들은 독자의 눈에는 마치 격렬한 번개가 한 번 왔다가 가고 노한 파도가 한 번 일어났다가 내려앉는 것과 같다. 한 자 길이의 화폭 안에 이와 같은 천변만환千變萬幻을 다 담을 수 있을 줄은 생각하지 못할 것이다.

(5). 공명은 현덕에게 손권과 손을 잡아 지원세력으로 삼으라고 권했고, 노숙은 손권에게 현덕과 손을 잡고 그를 지원세력으로 삼으라고 권했는바, 그 보는 바가 거의 같았다. 그러나 공명의 교묘한 점은 내가 가서 남을 찾는 것이 아니라 기어코 남으로 하여금 나를 찾아오도록 한 것에 있다. 만약 노숙이 처음 당도했을 때 공

명이 황망히 영접하러 나갔다면 도리어 재미가 없다. 묘한 점은, 노숙이 만나보려고 찾아온 후에야 나가려고 했다는 것인데, 이것이 공명의 교묘한 수법이다.

한 번 만나본 후 만약 공명이 먼저 말을 늘어놓았다면 이 또한 재미가 없다. 묘한 것은 공명은 결코 노숙을 도발하지 않았는데 노숙이 먼저 찾아와서 공명과 접촉하려고 했다는 것으로 이것이 또한 공명의 교묘한 수법이다. 노숙은 공명과 함께 돌아가려고 했는데, 만약 공명이 흔쾌히 승낙했다면 또한 재미가 없다. 묘한 점은 현덕이 짐짓 곤란해 하는 듯한 태도를 보이고 공명은 같이 가게 해달라고 사정하는 것이 또한 공명의 교묘한 수법이다.

남에게 구하는 마음이 매우 급할수록 일부러 남에게 구하고 싶어 하지 않는 태도를 보이는 것, 마음속으로 매우 간절할수록 일부러 입속으로 십분 주저하고 의심하는 듯하는 태도를 보이는 것, 이것이 공명의 교묘한 수법인 것이다.

제**43**회

제갈량, 많은 모사들과 설전 벌이고
노숙, 힘껏 중론을 물리치다

〖 1 〗 한편 노숙과 공명은 현덕과 유기에게 하직인사를 하고 배에 올라 시상군(柴桑郡: 강서성 구강시九江市 서남)으로 갔다. 두 사람은 배 안에서 같이 상의했다.

노숙이 공명에게 말했다: "선생께서 손 장군을 만나시거든, 조조에겐 군사도 많고 장수도 많다고 사실대로 말씀드려서는 절대 안 됩니다."

공명曰: "자경(子敬: 노숙)께서 내게 신신당부할 필요 없습니다. 제가 따로 알아서 대답하겠습니다."

배가 강기슭에 닿자 노숙은 공명에게 역참으로 가서 잠시 쉬도록 청하고, 자신은 먼저 손권을 만나보러 갔다.

이때 손권은 마침 문관과 무장들을 당상에 모아놓고 당면한 일들을 의논하고 있었는데, 노숙이 돌아왔다는 말을 듣고는 급히 불러들여 물었다: "자경이 강하로 가서 직접 내막을 알아보니 어떠하였소?"

노숙曰: "이미 그 대강은 알게 되었습니다. 나중에 천천히 말씀드리겠습니다."

손권은 조조가 보내온 격문을 노숙에게 보여주며 말했다: "조조가 어제 사자 편에 이 글을 보내 왔소. 나는 찾아온 사자를 먼저 돌려보내고 지금 여러 사람들을 모아놓고 의논하는 중인데, 아직 결론을 내리지 못하고 있소."

노숙이 격문을 받아서 읽어보니, 그 내용은 대강 이러했다:

"나는 근자에 천자의 명을 받들어 죄인을 치기 위해 군사를 남쪽으로 보냈는바, 유종은 스스로 손을 묶고 항복해 왔고, 형양의 백성들은 소문만 듣고도 귀순해 왔소.

이제 백만 명의 대병과 상장上將 1천 명을 거느리고 장군과 함께 강하江夏에 모여 사냥을 함께 하면서 같이 유비를 치고 그 땅을 똑같이 나누어 갖고 길이길이 우호관계를 맺고자 하오. 그러니 행여 형세를 관망하려고 하지 말고 속히 회답을 주기 바라오."

노숙이 다 보고 나서 말했다: "주공의 뜻은 어떠하신지요?"

손권曰: "아직 의논이 정해지지 않았소."

장소曰: "조조는 백만 대군을 거느리고 천자의 이름을 빌려서 사방을 치고 있으므로 이를 거역하는 것은 명분名分이 서지 않습니다. (*이는 도리로써 말한 것이다.) 또한 주공께서 조조를 막아낼 수 있는 큰 세력은 바로 장강長江입니다. 그런데 지금 조조는 이미 형주 땅을 얻어서 장강의 험하고 튼튼함(險固)을 우리와 공유하고 있으므로 세력으로도 저들을 대적할 수 없게 되었습니다. (*이는 세력으로써 말한 것이다.) 제 생각에는 항복을 하는 것이 가장 안전한 계책일 것 같습니다."(*장소의 제1차 항복 권유이다.)

여러 모사들도 모두 말했다: "자포(子布: 장소)의 말은 바로 하늘의 뜻(天意)과도 부합됩니다."(*장소는 다만 지리적 이점은 이제 기대할 바가 못 된다고 말했을 뿐인데 여러 사람들은 또 하늘의 뜻을 어길 수는 없다고 말하고 있다.)

손권은 주저하면서 아무 말도 하지 않았다.

장소가 또 말했다: "주공께선 너무 의심하실 필요 없습니다. 만약 조조에게 항복한다면 동오의 백성들은 안전할 것이고 강남의 여섯 개 군(六郡: 구강九江, 여강廬江, 오군吳郡, 회계會稽, 단양丹陽, 예장豫章)들도 보전할 수 있을 것입니다."(*장소의 제2차 항복 권유이다.)

손권은 머리를 숙이고 아무 말도 하지 않았다.

〖 2 〗 잠시 후 손권이 화장실에 가려고 일어나자 노숙은 손권의 뒤를 따라갔다. 손권은 노숙의 의도를 알아차리고 노숙의 손을 잡고 말했다: "경이라면 어떻게 하겠소?"

노숙曰: "방금 여러 사람들이 한 말들은 장군을 크게 그르치고 있습니다. 다른 모든 사람들은 다 조조에게 항복해도 괜찮지만, 오직 장군만은 조조에게 항복하시면 안 됩니다."

손권曰: "무슨 이유로 그리 말하는 것이오?"

노숙曰: "저 같은 사람들이 조조에게 항복한다면 당연히 저희를 고향으로 돌려보내거나, 관직 경험을 이유로 주州나 군郡에서 관직 하나는 얻어 가질 수 있겠지만, 장군께서 조조에게 항복을 하신다면 대체 어디로 돌아가시겠습니까? 항복하신 후에 주어질 작위는 후侯에 불과할 것이고, 타실 차로는 불과 수레 한 대, 타실 말도 불과 말 한 필, 수행하는 종자는 겨우 몇 명밖에 허용되지 않을 텐데, 그런 상황에서 어떻게 스스로를 '과인寡人'이라고 부를 수 있겠습니까?

여러 사람들의 생각은 각자 자기를 위한 것이므로 들으셔서는 안 됩니다. 장군께서는 빨리 큰 계책을 정하셔야만 합니다."(*여러 사람들의 말은 곧 동오 전체의 형세에 대한 것이고, 자경의 말은 손권 한 사람의 입장에 대한 것이니, 손권이 듣기에 극히 통쾌했다.)

손권이 탄식하며 말했다: "여러 사람들의 말은 나를 크게 실망시켰소. 자경은 내게 큰 계책을 일러주었는데 바로 내 생각과 똑같소. 이는 하늘이 자경을 내게 내려주신 것이오!(*장소는 손책에 의해 채용된 인사이고 주유 역시 손책에 의해 채용된 인사이다. 다만 노숙만이 손권 자신이 채용한 인사이므로 유독 노숙만을 자신의 사람으로 생각한 것이다.)

다만 조조가 새로 원소의 군사들을 수중에 넣었고, 근자에는 또 형주의 군사들까지 얻었으므로 그 세력이 매우 커져서 대적하기 어려울까봐 두려운 것이오."(*노숙이 공명에게 신신당부한 것은 바로 이 때문이다.)

노숙曰: "제가 강하江夏에 갔다가 제갈근諸葛瑾의 아우 제갈량을 이리로 데리고 왔으니 주공께서 그에게 물어보시면 곧바로 그 실정을 알 수 있습니다."

손권曰: "와룡선생이 여기 와 있단 말이오?"

노숙曰: "현재 역참에서 쉬고 있습니다."

손권曰: "오늘은 밤이 늦어서 곧바로 만나볼 수가 없소. 내일 문무 관원들을 본영本營에 모아 놓고 먼저 그에게 우리 강동의 쟁쟁한 인물들을 보여준 후에 당상으로 올라오도록 해서 일을 의논해 봅시다."

노숙은 명을 받고 물러나왔다.

〖 3 〗 다음날 노숙은 역참으로 가서 공명을 보고 또 당부했다: "지금 우리 주공을 뵙거든 절대로 조조에게 군사가 많다고 말해서는 안 됩니다."

공명은 웃으며 말했다: "내가 기회를 봐서 적절히 대처하겠습니다.

결코 일을 그르치는 일은 없을 것입니다."

노숙이 이에 공명을 인도하여 본영에 이르러 보니 벌써 장소, 고옹顧雍 등 문무 관원 20여 명이 모두 높다란 관을 쓰고 넓은 띠를 띠고 의관을 정제하여 자리에 단정히 앉아 있었다. 공명은 일일이 그들을 만나보며 각각에게 이름을 물어보고 인사를 했다. 인사를 마치고는 객석으로 가서 앉았다.

장소 등은 공명의 바람에 날리는 듯한 멋있는 풍채와 당당한 기품을 보고 이 사람은 틀림없이 유세遊說를 하러 이곳에 온 것이구나, 하고 추측했다.

장소가 먼저 말로 그를 찔러왔다: "저는 강동의 한낱 보잘것없는 말단 인사입니다. 오래 전에 선생께서는 융중에 베개를 높이 베고 드러누워 있으면서 스스로를 관중管仲과 악의樂毅에 견주셨다는 이야기를 들었는데, 과연 그런 말을 한 적이 있소이까?"(*장소의 의도는 관중과 악의를 빌려서 공명을 압도하려는 것이었다. 이는 속담에서 말하는 '그의 주먹을 빌려서 그의 주둥이를 친다(借他的拳, 撞他的嘴)'는 것이다.)

공명曰: "그것은 제 한 평생이 적어도 그 정도는 되게 하겠다는 뜻에서 한 말입니다."(* "적어도(小可)"라는 말이 묘하다. 그 뜻은 그 정도에서 그치지 않는다는 것이다.)

장소曰: "근자에 듣기로는, 유 예주가 세 번이나 선생의 초려로 찾아가서 다행히 선생을 얻게 되자 '물고기가 물을 얻은 것 같다(如魚得水)'고 생각하고는 곧바로 형양荊襄 지역을 석권하려고 생각했다던데, 지금은 그 땅이 하루아침에 조조의 손에 들어가고 말았소. 이에 대해서는 어떻게 생각하시오?"(*이는 면전에 대고 비웃은 것이다.)

공명은 스스로 생각했다: "장소는 손권 수하의 제일가는 모사인데 만약 이 사람부터 먼저 꺾어 놓지 않는다면 어떻게 손권을 설득할 수 있겠는가?"(*그의 뜻은 장소에게 있지 않고 손권에게 있었다.)

그는 곧바로 대답했다: "제가 볼 때 한수漢水 상류의 땅(곧, 형양)을 취하기는 마치 손바닥 뒤집는 것처럼 쉬운 일이었습니다. 그러나 우리 주인 유 예주께서는 몸소 인의仁義를 행하시는 분이시므로 차마 종친의 기업基業을 빼앗을 수 없어서 극력 사양하셨던 것입니다. (*말하는 것이 당당하다.) 그런데 유종 어린애가 아첨꾼들의 말을 곧이듣고는 몰래 스스로 투항해 버림으로써 조조로 하여금 창궐할 수 있게 한 것이지요. 지금 우리 주인께서 강하에 군사를 주둔시켜 놓고 계시는 것은 따로 좋은 계획이 있기 때문인데, 이는 아무나 알 수 있는 일이 아닙니다."(*사실을 말한 것이지 결코 큰소리친 것이 아니다.)

장소曰: "만약 그렇다면, 이는 선생의 말과 행동이 서로 어긋나는 것이오. 선생은 스스로를 관중과 악의에 견주었는데, —— 관중으로 말하면 제齊 환공桓公을 도와서 그를 제후들 가운데서 패자覇者가 되게 하여 천하를 바로잡았으며, 악의는 미약한 연燕나라를 붙들어 세우고 제齊나라의 70여 성을 항복시켰으니, —— 이 두 사람은 참으로 세상을 구제한 인재들이오. 그러나 선생은 초려 안에서 다만 청풍명월淸風明月이나 읊고 즐기며 무릎을 끌어안고 단정하게 앉아 있었소. 그러다가 지금은 유 예주를 따르며 섬기고 있으니 마땅히 백성들을 위해서 이로운 것은 일으키고 해로운 것은 제거하고 세상을 어지럽히는 도적들을 쳐서 없애야 할 것이오. (*조조에게 항복하려고 하는 자가, 공명이 조조에게 항복하지 않는 것을 책망하지 않고 반대로 그가 조조를 공격하지 않는 것을 책망하고 있으니, 그 자가당착과 사악함이 극도에 이르렀다.)

또한 유 예주가 선생을 얻기 전에는 오히려 천하를 누비며 남의 성을 빼앗아 차지하고 있었는데, 그때 선생을 얻게 되자 사람들은 모두 우러러보았고, 삼척동자들까지도 말하기를, 무서운 호랑이에게 날개가 생겼으니 장차 한 황실은 다시 일어나고 조씨는 곧 멸망할 것이라고 했으며, 조정의 옛 신하와 산림 속의 은사隱士들도 모두 눈을 비비고 기다리면서 장차 높은 하늘의 구름을 불어 흩어버려서 해와 달의 밝은 빛을 우러러볼 수 있을 것이고, 백성들을 도탄 속에서 건져내 주고 천하를 요(衽席) 위에다 편안히 앉혀 놓아 줄 수 있는 것은 바로 이때라고 생각들 했었소.

그런데 선생이 유 예주에게 돌아간 뒤로는 조조의 군사가 일단 나오면 갑옷을 벗어버리고 창을 내던지고, 적이 온다는 소문만 듣고도 달아나 숨어버린 결과, 위로는, 백성들을 편안히 해줌으로써 유표의 은혜에 보답해야 했으나 그렇게 하지 못했고, 아래로는, 아비 잃은 고아 유종을 보필하여 강토를 보전해야 했으나 그렇게 하지 못하고 신야新野를 버리고 번성樊城으로 달아났고, 당양當陽에서 패하여 하구夏口로 달아남으로써 마침내 몸을 용납할 땅조차 없게 되었는데, 이는 유 예주가 선생을 얻은 뒤로 도리어 그전보다 못해진 것이 아니오? 관중과 악의도 과연 이처럼 했었소? 나의 우직한 말을 행여 탓하지 마시기 바라오."(*면전에서 책망한 것이다.)

〖 4 〗 공명은 다 듣고 나서 어이가 없어서 웃으며 말했다: "저 대붕大鵬이란 새는 한 번 날면 만 리를 가는데 그 뜻을 어찌 뭇 새들이 알 수 있겠습니까! 비유해서 말하자면, 사람이 병에 걸리면 우선 미음과 죽을 먹이고, 조제약(和藥)을 써서 오장육부를 조화롭게 하고, 신체가 점차 편안해진 다음에 육식肉食으로 보신시키고 독한 약으로 다스리면 병의 뿌리가 완전히 뽑혀서 사람이 온전히 살아날 수가 있습니다.

만약 기맥氣脈이 고르고 천천히 뛰기를 기다리지 않고 곧바로 독한 약과 육식을 써서 온전해지기를 바란다면, 이는 참으로 곤란한 일입니다. (*공명은 갑자기 의술의 도道를 강의하고 있는데, 이는 은연중에 장소처럼 못난 신하가 나라의 일을 도모하는 것을 비웃은 것이다. 장소 같은 못난 신하가 나라의 일을 도모하는 것은 못난 의사가 사람을 죽이게 되는 것과 같다.)

저의 주인 유 예주께서는 전날 여남汝南에서의 싸움에서 패하자 유표를 찾아가서 몸을 의탁하셨는데, 그때는 군사가 1천 명도 안 되고 장수라고는 관우와 장비와 조운뿐이었으니, 이는 바로 몸이 쇠약해질 대로 쇠약해지고 병세가 더할 나위 없이 위중해진 때와 마찬가지였습니다. (*삼고초려三顧草廬는 바로 병이 위중할 때 명의를 찾아간 것과 같은 것이다.) 그리고 신야新野는 후미진 산속의 작은 현으로서 백성들의 수는 적고 양식도 얼마 되지 않았는데, 유 예주께서는 잠시 그곳에 몸을 붙이고 있으려는 생각이었지 어찌 정말로 그곳에 주저앉아 지키려고 했겠습니까?

그런데 병장기도 제대로 갖추지 못하고, 성곽도 단단하지 못하고, 군사들은 훈련조차 받아보지 못했고, 양식도 계속 대어줄 수 없는 그런 형편이었음에도 불구하고 박망파博望坡에서는 적의 주둔지를 불태웠고, 백하白河에서는 수공水攻으로 하후돈과 조인 무리들의 심장을 놀라게 하고 간담이 떨어지게 하였는데, 제 생각에는 관중과 악의의 용병술도 이보다 뛰어나지는 못했을 것입니다. (*공공연히 자기 자랑을 하고 있다.)

심지어 유종이 조조에게 투항한 일은 사실 예주께서는 모르는 중에 일어난 일이었고, 게다가 또 그런 난리를 틈타 종친의 기업을 빼앗는 일은 차마 하지 못하셨으니, 이야말로 참으로 대인大仁과 대의大義의 덕을 지니신 분이라야 할 수 있는 일입니다. (*유비를 높이 추켜올리면서 그의 친족을 친하게 여기는 인仁의 덕을 칭송하고 있다.)

그리고 당양當陽에서 패할 때에도, 유 예주께서는 의인義人을 쫓아가려는 수십만 명의 백성들이 늙은이를 부축하고 어린애들의 손을 잡고 따라나서는 것을 보시고는 차마 그들을 버리지 못하시고 하루에 십 리씩밖에 가지 못하면서도 길을 재촉하여 강릉을 취할 생각은 하지 않으시고 기꺼이 그들과 함께 패하는 쪽을 택하셨는데, 이 역시 참으로 대인大仁과 대의大義의 덕을 지닌 사람만이 할 수 있는 일입니다. (*또 현덕을 높이 추켜올리고 그의 백성 사랑하는 애민愛民의 덕을 칭송하고 있다.)

본래 적은 수의 군사로는 많은 수의 적을 대적하지 못하며(寡不敵衆), 이기고 지는 것은 싸움에서 흔히 있는 일(勝負乃其常事)입니다. 옛날 고조 황제께서는 항우에게 여러 번 패하셨으나 해하垓下에서의 한 번 싸움에서 공을 이루셨는데, 그것은 한신韓信의 좋은 계책 때문이 아닙니까? 그런 한신조차도 오랫동안 고조 황제를 섬기는 동안 언제나 이겼던 것은 아닙니다. (*은연중에 현덕을 고 황제 유방에, 자신을 한신에 견주고 있다.)

대개 국가의 대계大計와 사직의 안위安危는 계책을 도맡아 주장하는 사람이 따로 있어야 하는바, 그런 사람을 호언장담이나 하는 무리들과 비교할 수는 없습니다. 헛된 명예로 사람을 속이고, 앉아서 의논하고 서서 이야기하는 데는 그 누구도 따를 수 없을 정도로 뛰어나지만, 실제로 일에 임하여 적절히 대처하는 임기응변臨機應變의 능력이라고는 전혀 없는 자들은 결국 천하 사람들의 웃음거리가 되고 말 것입니다."

한 편의 정연한 연설(言說)을 들은 장소는 한마디 대꾸도 하지 못했다.

〖 5 〗 좌중에서 갑자기 한 사람이 우렁찬 목소리로 물었다: "지금 조조 공의 군사들은 백만 명이나 되고 장수들은 1천 명이나 되어 그 세력이 마치 용이 머리를 쳐들고 호랑이가 노려보면서(龍驤虎視) 강하江夏 땅을 한 입에 삼켜버리려고 하는 것과 같은데, 공은 이에 대해 어떻게 생각하시오?"

공명이 보니 우번虞翻이었다.

공명曰: "조조가 원소 수하의 개미떼 같은 군사들을 거두어들이고,

유표 수하의 오합지졸烏合之卒들을 빼앗은 것이므로, 비록 그 수가 수백만 명이 된다고 하더라도 무서워할 게 못 되오."

우번이 비웃으며 말했다: "당양에서 패하고 하구夏口에선 더 이상 쓸 계책이 없어지자 급히 달려와서 남에게 구원을 청하면서도 오히려 '무섭지 않다'고 말하다니, 이야말로 큰소리치면서 남을 속이는 것이오!"(*역시 면전에서 비웃은 것이다.)

공명曰: "유 예주께서는 수천 명의 인의仁義의 군사들밖에 없는데, 그것으로 어떻게 수백만 명의 잔포한 군사들을 대적할 수 있겠소? 물러나서 하구를 지키는 것은 때를 기다리려는 것이오. 그러나 지금 강동은, 병사들은 정예롭고 군량도 넉넉한 데다 또 장강長江의 천험天險까지 있는데도, 그 신하들은 오히려 자기 주군에게 무릎을 꿇고 적에게 항복하라고 권하면서도 천하 사람들로부터 멸시와 조소를 받게 될 것은 생각지도 않고 있소. — 이런 점으로 논한다면, 유 예주야말로 참으로 역적 조조를 두려워하지 않는 분이라 할 수 있소!"

우번은 아무런 대꾸도 할 수 없었다.

〖 6 〗 좌중에서 또 한 사람이 물었다: "공명은 소진蘇秦과 장의張儀의 언변을 본받아서 동오를 설득하려고 하시오?"

공명이 보니 보즐步騭이었다.

공명曰: "보자산(步子山: 보즐)은 소진과 장의를 변사辯士로만 생각하지 그들 역시 호걸이었음은 모르고 계시는군요. 소진은 여섯 나라의 재상宰相의 인수印綬를 차고 다녔고, 장의는 두 번이나 진秦의 재상으로 있었소. 이들은 모두 한 나라를 바로 잡을 지모를 가졌던 인물들로서 결코 강한 자를 두려워하고 약한 자를 능멸하거나 칼과 검이 무서워서 피하려는 그런 자들과 비교할 수 있는 분들이 아니었소. 여러분은 조조가 그냥 한 번 던져본 거짓말에 그만 겁을 집어먹고는 항복하기를 청하면서 어찌 감히 소진과 장의를 비웃는단 말이오?"

보즐은 입을 다물고 말이 없었다.

〖 7 〗 문득 한 사람이 물었다: "공명은 조조를 어떤 사람이라 생각하시오?"

공명이 그 사람을 보니 설종薛綜이었다.

공명이 대답했다: "조조는 한漢의 역적이오. 어찌 그런 걸 물어보려고 하시오?"

설종曰: "공의 말은 틀렸소. 한 왕조는 대대로 전해 오다가 지금에 이르러서는 천수天數가 끝나려 하고 있소. 지금 조공은 이미 천하의 3분의 2를 차지하고 있고 인심이 모두 그에게 돌아가 있소. (*우번은 다만 조조의 강한 것만을 강조했는데 이는 그래도 말할 수 있는 것이지만, 설종의 경우에는 그가 한의 역적이 아니라고 변호까지 하고 있는데, 이는 정신도 죽고 도리도 모르는 말로서 우번보다도 한 수 아래 사람이다.)

유 예주는 천시天時를 알지 못하고 억지로 그와 다투어 보려고 하는데, 이는 마치 계란으로 바위를 치는 격(以卵擊石)이니 어찌 패하지 않을 수 있겠소?"

공명이 언성을 높여 말했다: "설경문(薛敬文: 설종)은 어찌 부모도 없고 임금도 없는 그런 말을 할 수 있단 말이오? 대저 사람이 하늘과 땅 사이에서 태어나서 살아갈 때에는 충성과 효도를 입신立身의 근본으로 여겨야 하는 것이오. 공이 이미 한 황실의 신하가 되었은즉, 신하로서의 도리를 어기는 사람을 보게 되면 함께 그를 죽여 없애자고 맹세해야 마땅하고 또 그것이 신하된 도리요.

지금 조조는 조상 때부터 외람되이 한 황실의 녹을 먹어왔으면서도 이에 보답할 생각은 하지 않고 도리어 반역하여 황위를 빼앗을 마음을 품고 있는데, 이는 천하 모든 사람들이 함께 통분해 하고 있는 바이오.

그런데도 공은 천수天數가 그에게 돌아갔다고 말하고 있으니, 공이야 말로 참으로 부모도 없고 임금도 없는 사람인지라 더불어 말할 가치조차 없소! 다시는 말하지 말아 주시오!"

설종은 창피해서 얼굴이 온통 새빨개져 아무 대답도 하지 못했다.

〖 8 〗좌중의 또 한 사람이 공명의 말이 끝나자마자 말했다: "조조가 비록 천자를 옆에 끼고 제후들을 호령하고 있다고는 하나 그래도 그는 상국相國 조참曹參의 후손이오. 이에 비하면, 유 예주는 비록 중산정왕中山靖王의 후예라고 말은 하지만 그것을 증명할 길이 없고, 직접 확인할 수 있는 것은 그가 단지 돗자리를 짜고 미투리를 팔던 사내였다는 것뿐이오. 그런 그가 어찌 조조와 맞먹을 수 있단 말이오?"
(*신하를 대하여 그 주인을 욕하는 것이 이미 무례한 일이거늘 하물며 조조를 편들고 있으니 더욱 한 수 아래의 인물이다.)

공명이 보니 육적陸績이었다.

공명이 웃으며 말했다: "공은 바로 원술이 손님들을 대접하는 자리에서 내놓은 귤을 품속에 집어넣은 적이 있는 육랑陸郎이 아니시오? 거기 편하게 앉아서 내 말을 한 번 들어보시오.

조조가 조 상국의 후예인 이상, 그는 대대로 한 황실의 신하임이 분명하오. 그런데도 지금 권력을 제멋대로 전횡하면서 군부君父를 업신여기니, 이는 그의 안중에는 군주가 없을 뿐만 아니라 또한 자기 조상까지 없는 것이며, 한 황실의 난신亂臣일 뿐만 아니라 또한 조씨 문중의 나쁜 자식인 것이오. (*오히려 조참을 빌려서 조조를 욕하고 있는바, 응대의 말, 즉 사령辭令의 걸작이다.)

그러나 유 예주는 당당한 황제의 후예로서 지금의 황제께서 황실 족보(世譜)를 확인하시고 황숙皇叔이란 벼슬을 내리셨는데 어찌 '증명할 길이 없다'고 말하시오. (*황실 세보를 확인한 후 작위를 내린 일은 제20

회에 나왔음.) 더구나 고조 황제께서는 일개 정장亭長으로부터 몸을 일으키시어 마침내 천하를 차지하셨소. 돗자리를 짜고 미투리를 판 것이 무슨 수치스런 일이라도 된단 말이오. 공의 생각은 어린애의 소견과 같은지라 수준 높은 인사들과 더불어 이야기하기에는 부족하오."

육적은 말문이 막히고 말았다.

〖 9 〗 좌중의 한 사람이 문득 말했다: "공명이 하는 말은 모두 이치에 맞지 않는 억지투성이로 전부 정론正論이 아니니 더 이상 말할 필요도 없소. 다만 한 가지 물어보고자 하는데, 공명은 어떤 경전經典을 배우셨소?"

공명이 보니 엄준嚴畯이었다.

공명曰: "옛사람들의 글이나 뒤적이며 좋은 구절을 따서 읊거나 인용하는 것은 세상의 썩어빠진 선비들이나 하는 짓이오. 그런 자들이 어찌 나라를 일으키고 큰일을 할 수 있겠소?

그리고 옛적에 신야莘野의 들판에서 밭을 갈았던 이윤(伊尹: 은殷의 탕湯 임금을 도와 은나라를 건국한 공신), 위수渭水에서 낚시질했던 자아(子牙: 강태공. 후에 주周 문왕에게 등용되었고 문왕 사후에는 무왕武王을 도와서 은殷을 멸망시키고 주周를 건국하는 데 큰 공을 세웠음), 그리고 장량張良과 진평(陳平: 이들 두 사람은 한 고조 유방을 도와서 한漢을 건국하는 데 큰 공을 세웠음) 같은 사람들과 등우鄧禹 · 경감(耿弇: 이들 두 사람은 한漢 광무제光武帝를 도와서 동한東漢을 건국하는 데 큰 공을 세웠음)과 같은 사람들은 모두 천하를 바로잡아 세운 재주와 능력을 가지고 있었던 사람들이오. 하지만 그들이 평생에 어떤 경전을 배웠는지에 대해서는 알려진 바가 없소. —— 어찌 그들 역시 서생書生들처럼 융통성 없이 붓대와 벼루 사이에 얽매여 있었겠으며, 이러쿵저러쿵 시비나 하고 글재주나 부렸겠소?"

엄준은 고개를 숙이고 기가 죽어 아무 대답도 하지 못했다.

〖 10 〗 이때 문득 또 한 사람이 큰소리로 말했다: "공은 큰소리치기는 좋아하지만 실제에 유용한 참된 배움(實學)은 있는 것 같지 않으니, 그 때문에 선비들의 웃음거리가 될까 두렵소."

공명이 그 사람을 보니 여남汝南 사람 정덕추(程德樞: 정병程秉)였다.

공명이 대답했다: "선비에도 군자君子와 소인小人의 구별이 있소. 군자인 선비는 임금에게 충성하고 나라를 사랑하며, 정도를 지키고 사악한 것을 미워하며, 그 은혜와 덕을 당세에 미치고 이름을 후세에 남기려고 힘쓰는 사람을 말하오. —— 그러나 소인인 선비로 말하자면, 그들은 오직 글귀를 다듬는 등 잗다란 일에만 힘쓰고 서화나 글짓기에만 공을 들여서 젊어서는 부賦를 짓고 늙어서는 경서經書를 파고드는 결과 붓으로는 비록 수천 마디를 써낼 수 있지만 가슴 속에는 사실 단 한 가지 계책도 들어 있지 않소.

그리고 양웅(揚雄: 자는 자운子雲. 서한의 문학가, 철학가, 언어학자. 사부辭賦를 잘 지었다. 성제成帝 때 급사황문랑給事黃門郞에 임명되었는데, 후에 왕망王莽의 신新 조조朝에서 대부가 되어 천록각天祿閣의 교서校書로 일했다. 후에 다른 일에 연루되어 처형당하게 되자, 자살하려고 천록각에서 뛰어내렸다. 주요 저서로는 〈법언法言〉, 〈방언方言〉이 있다.) 같은 사람은 훌륭한 문장文章으로 세상에 이름을 날렸으나 몸을 굽혀 왕망(王莽: 한의 중신으로 반역하여 황위를 빼앗아 신新 나라를 세웠으나 광무제에게 망한 반역자)을 섬기다가 결국에는 죽으려고 천록각天祿閣에서 뛰어내리는 신세를 면치 못했으니, 이런 것이 이른바 소인 선비라는 자들의 모습이오. 비록 하루에 만 마디의 부賦를 짓기로서니 그들에게서 취할 바가 뭐 있다는 말이오!"(*양웅이 역적 왕망을 섬겼던 일을 당일 조조에게 항복하기를 권한 자들과 견주고 있다.)

정덕추는 아무 대답도 하지 못했다. 여러 사람들은 공명의 대답이 물 흐르듯 하는 것을 보고 전부 안색이 하얘졌다.

〖 11 〗그때 좌중에서 장온張溫과 낙통駱統 두 사람이 또 질문을 하려고 했는데, 문득 한 사람이 밖에서 들어오더니 언성을 높여 말했다: "공명은 당세의 기재奇才이신데 여러분이 입을 놀려 서로 비난하는 것은 손님을 공경하는 예가 아니오. 조조의 대군이 우리 지경까지 와 있는데도 적을 물리칠 계책은 생각하지 않고 공연히 입씨름만 하고 있단 말이오!"(*피차 묻고 대답하기를 한 번씩 돌려가며 해본들 필경 무슨 결론이 나겠는가. 이 사람이 와서 호통을 쳐서 끝내버리니 그 끝내는 방법이 절묘하다.)

여러 사람들이 보니 그는 영릉零陵 사람으로 성은 황黃, 이름은 개蓋, 자는 공복公覆이라고 하는, 현재 동오의 군량관으로 있는 사람이었다. (*후문의 복선이다.)

이때 황개가 공명에게 말했다: "제가 듣기로는 이익을 얻으려고 말을 많이 하기보다는 차라리 조용히 입 다물고 말하지 않는 편이 낫다고 합디다. 선생께선 어찌하여 그처럼 귀중한 교훈의 말씀들을 우리 주공을 위해 하시지 않고 여러 사람들과 변론을 하십니까?"

공명曰: "여러분들이 당면한 세상사를 알지도 못하면서 돌아가며 질문을 하기에 대답을 해주지 않을 수가 없었소."

이리하여 황개는 노숙과 함께 공명을 인도하여 들어갔는데, 중문에 이르렀을 때 마침 안에서 나오고 있던 제갈근諸葛瑾을 만났다.

공명이 인사를 하자 제갈근이 말했다: "아우는 이미 강동에 와 있으면서 어찌하여 나를 보러 오지 않는가?"

공명曰: "이 아우는 이미 유 예주를 섬기고 있으므로 도리상 공적인 업무를 먼저 하고 사사로운 일은 뒤에 해야만(先公後私) 합니다. 아직 공적인 업무가 끝나지 않았으므로 감히 사사로운 일을 할 수 없었던 것이니 형님께선 양해해 주십시오."

제갈근曰: "아우는 오후吳侯를 만나 뵌 후 내게로 와서 이야기를 나누도록 하세."

제갈근은 말을 마치자 혼자 가버렸다. (*혼자 가버린 게 묘하다. 만약 제갈근이 공명과 같이 들어가서 손권을 만난다면 손권과 공명은 자리에 앉아 있고 제갈근은 여러 모사들과 함께 시립侍立해 있어야 한다.)

노숙曰: "방금 제가 당부한 것을 그르쳐서는 안 됩니다."

공명은 고개를 끄덕이며 알겠다고 했다.

〚 12 〛 황개와 노숙이 공명을 안내하여 대청 아래에 이르자 손권이 계단 아래로 내려와서 그를 극진한 예로 맞이해 주었다. 서로 인사가 끝나자 손권은 공명에게 자리를 내어주어 앉도록 했다. 여러 문무관원들은 두 줄로 나뉘어 늘어섰다. 노숙은 공명의 곁에 서서 그가 이야기하는 것만 지켜보았다.

공명은 현덕의 뜻을 전하고 나서 가만히 손권의 얼굴을 훔쳐보았다. 푸른 눈동자에 자줏빛 수염을 한 매우 당당한 생김새였다. 공명은 속으로 생각했다: '이 사람의 얼굴 생김새가 범상치 않구나. 자존심을 건드려 반발하도록 만들어야지 말로 설득할 수는 없을 것 같다. 그가 물을 때까지 기다렸다가 말로써 자극하면 되겠군.' (*선생은 앞에서는 의술의 도道에 대해 말했는데, 여기서는 또 관상을 잘 보고 있다.)

차를 다 들고 나서 손권이 말했다: "노자경(魯子敬: 노숙)이 공의 뛰어난 재주에 대해 이야기하는 것을 늘 들어왔는데, 이제 다행히 만나 보게 되었으니 감히 유익한 가르침을 받고자 하오."

공명曰: "저는 재주도 없고 배운 것도 없어서 고명高明하신 물음을 욕되게 할지 모르겠습니다."

손권曰: "공은 근자에 신야에서 유 예주를 도와 조조와 싸워보셨으니 틀림없이 조조군의 실정을 자세히 알고 계실 것으로 생각됩니다."(*손권의 뜻은 전적으로 조조 군의 허실을 알고자 하는 것이었다.)

공명曰: "유 예주께선 군사도 적고 장수도 적은데다가 겸하여 신야는 성城도 작고 군량도 없으니 어찌 조조와 대적할 수 있겠습니까?" (*현덕의 군사 적은 것만 말하고 아직 조조의 군사 많은 것은 말하지 않고 있다.)

손권曰: "조조의 군사는 전부 얼마나 되지요?"

공명曰: "기병과 보병, 수군 모두 합하면 약 1백여만 명쯤 됩니다."(*세 번이나 오후吳侯에게 조조의 군사가 많다는 말은 하지 말라는 노숙의 다짐에 그러겠다고 대답해 놓고는 이때 와서 갑자기 말을 바꾼다.)

손권曰: "그것은 거짓말 아니오?"

공명曰: "거짓말이 아닙니다. 조조는 연주兗州에 있을 때 이미 청주靑州 군사 20만 명을 거느렸는데, 원소를 평정하고 나서 또 5~60만 명을 얻었으며, 중원에서 새로 모집한 군사 3~40만 명에다가 이번에 또 형주의 군사 2~30만 명을 얻었으니, 이렇게 계산해 보면 150만 명 이하가 되지는 않습니다. 제가 100만 명이라고 말씀드리는 것은 강동의 인사들이 놀랄까봐 염려해서입니다."

노숙이 곁에서 이 말을 듣고 얼굴에 핏기가 사라지면서 공명에게 눈짓을 했으나, 공명은 못 본 척할 뿐이었다.

손권曰: "조조의 부하 장수들은 또 얼마나 되지요?"(*이미 그 군사 수를 물어놓고 또 그 장수 수를 묻는 것은, 혹시 비록 군사는 많아도 장수들이 적다면 무서워할 필요가 없기 때문이다.)

공명曰: "지모가 뛰어난 모사들과 전쟁 경험이 풍부한 장수들이 어찌 1~2천 명뿐이겠습니까."(*이미 조조의 군사가 많음을 과장하고 또 장수들이 많음을 과장해 놓고는 또다시 그의 모신謀臣들을 과장하는데, 더 이상 노숙이 화내는 것에 대해 신경을 쓰지 않고 있다.)

손권曰: "지금 조조는 형荊, 초楚 지방들을 다 평정했는데 아직도 원대한 뜻을 가지고 있을까요?"(*혹시 군사와 장수들이 많더라도 원대한 뜻이 없다면 오히려 겁낼 필요가 없다.)

공명曰: "조조는 지금 장강長江을 따라 영채를 세우고 전선들을 준비하고 있는데, 강동을 노리지 않는다면 어디 땅을 취하려고 그러겠습니까?"

〖 13 〗 손권이 말했다: "만약 조조가 우리 강동을 삼키려는 뜻을 가지고 있다면 그와 싸워야 할지 말아야 할지를 공께서 나를 위해 한번 결단해 주시오."

공명曰: "한 마디 드릴 말씀이 있기는 합니다만, 다만 장군께서 들어주시려 하지 않을까봐 두렵습니다."(*그에게 투항하기를 권하려고 하는데 말을 꺼내기가 꽤나 어렵다. 그래서 먼저 이 한 마디를 한 것이다.)

손권曰: "부디 고견을 들려주시오."

공명曰: "전에 천하가 크게 어지러워졌을 때 돌아가신 장군(즉, 손견)께서는 강동에서 기병을 하셨고, 유 예주는 한수漢水 남쪽에서 군사를 모아서 조조와 더불어 천하를 다투셨습니다. 지금은 조조가 큰 적들을 쳐 없애고 천하를 대부분 평정했는데, 근자에 또 새로이 형주까지 깨뜨려서 위엄을 천하에 떨쳤으니, 지금은 설사 영웅이 있다고 하더라도 싸워볼 만한 땅이 없습니다. 그래서 유 예주께서는 몸을 피하여 이곳에 오신 것이니, 부디 장군께서는 스스로의 힘을 헤아리시어 잘 대처하십시오.

만약 오吳·월越 지방의 군사들을 가지고 중원의 조조와 맞설 수 있다고 생각하시거든 속히 조조와의 관계를 끊어버리시고,(*이 말은 도리어 부차적인 것이다.) 만약 맞설 수 없다고 생각하신다면 왜 여러 모사들의 말을 따라 속히 병기와 갑옷을 거두어들이고 항복한 후 북쪽을 향해 무릎을 꿇고 조조를 섬기지 않으십니까?"

손권이 미처 대답을 하기 전에 공명은 또 말했다: "지금 장군께서는 겉으로는 조조에게 복종한다는 명분을 취하면서 속으로는 그를 의심하여 딴 마음을 품으려고 생각하시는데, 사세가 급한데도 양단간 결단을 내리시지 않는다면 당장에 화가 닥칠 것입니다."

손권曰: "참으로 공의 말과 같다면 왜 유 예주는 조조에게 항복하지 않고 있는 것이오?"(*급히 이런 질문을 하는 것은 이미 그가 불쾌해 하고 있기 때문이다.)

공명曰: "옛날 진秦 나라 말에 전횡田橫은 제齊나라의 일개 장사壯士에 불과했지만 오히려 의義를 지켜 욕을 보지 않았습니다. 하물며 유예주께서는 황실의 후예로서 그 뛰어난 자질은 세상에 널리 알려져서 많은 인사들이 우러러 사모하고 있는 바입니다. 일의 성공 여부는 하늘의 뜻에 달려 있습니다(事之不濟, 此乃天也). 그런데 어찌 몸을 굽혀서 남의 밑에서 구차하게 지낼 수 있겠습니까?"(*이 말은 분명하게 손권은 현덕에 미치지 못할 뿐만 아니라 전횡田橫에게도 미치지 못한다는 것이니, 너무 심했다. 전에 노숙은 모든 신하들은 다 항복해도 되지만 손권만은 항복해서는 안 된다고 했는데, 이는 손권을 높이 대우해준 것이다. 그런데 지금 공명은 현덕은 항복해서는 안 되지만 손권은 항복해도 된다고 말하는데, 이는 손권을 아주 박하게 대우한 것이다. 손권이 이 말을 듣고 어찌 화를 내지 않을 수 있겠는가?)

손권은 공명의 이 말을 듣고 자신도 몰래 그만 발끈해서 안색이 변하더니 소매를 털면서 일어나 후당으로 들어가 버렸다. 많은 모신들은 모두 공명을 비웃으며 흩어졌다.

〚 14 〛 노숙이 공명을 책망했다: "선생은 왜 그런 말씀을 하셨습니까? 다행히 우리 주공께서 마음이 너그러우시고 도량이 크셔서 면전에서 책망은 하시지 않았지만, 선생의 말씀은 우리 주공을 너무 깔보신 것입니다."

공명이 얼굴을 위로 쳐들고 웃으며 말했다: "어찌 그처럼 포용력이 없으시오? (*반대로 손권을 질책하고 있다. 묘하다.) 내게는 본래 조조를 깨뜨릴 좋은 계책이 있지만 그가 내게 묻지 않기에 나도 일부러 말하지 않았던 것이오."(*이제야 비로소 본론을 이야기하고 있다. 그러나 그 계책이 어떤 것인지는 아직도 말하지 않고 있다.)

노숙曰: "과연 좋은 계책이 있다면 제가 주공께 청하여 가르침을 받으시도록 해보겠습니다."

공명曰: "나는 조조의 백만 대군을 마치 개미떼같이 봅니다. 내가 손만 한 번 들면 저들은 모조리 짓이겨져 가루가 되고 말 것입니다." (*또 큰소리를 치고 있다. 그러나 그 계책이 어떤 것인지는 여전히 말하지 않고 있다.)

노숙은 공명의 말을 듣고 곧바로 후당으로 들어가서 손권을 보았다. 손권은 아직 노기가 가라앉지 않아서 노숙을 돌아보고 말했다: "공명은 나를 너무 심하게 깔보고 있소!"

노숙曰: "저 역시 그 일로 공명을 책망했습니다. 그러나 공명은 도리어 주공께서 포용력이 없다고 하면서 웃었습니다. 공명은 조조를 깨뜨릴 계책이 있으나 가벼이 말하려고 하지 않는데, 주공께서는 어찌하여 물어보지 않으십니까?"

손권은 노기를 풀고 기뻐하며 말했다: "이제 보니 공명은 본래 훌륭한 계책을 가지고 있으면서 일부러 말로 나의 자존심을 건드려서 화나게 만들었던 것이군. 내가 한때의 얕은 소견으로 하마터면 대사를 그르칠 뻔했다."

그리고는 곧 노숙과 함께 다시 대청으로 나가서 다시 공명을 청하여 이야기를 나누었다. (*공명은 전에 초려에서 현덕이 세 번 청할 때까지 기다렸고, 지금 강동에서도 역시 손권이 두 번 물을 때까지 기다렸다.)

〖 15 〗손권은 공명을 보고 사과했다: "방금 전에는 내가 선생의 위엄을 모독했소이다만, 행여 너무 탓하지 마시기 바라오."

공명 역시 사과했다: "제 말이 장군을 노엽게 해드린 점, 부디 용서해 주시기 바랍니다."

손권은 공명을 뒤채로 초대해 들어가서 술상을 내와서 대접했다. 술이 몇 순배 돈 다음 손권이 말했다: "조조가 평생에 미워했던 사람으로는 여포, 유표, 원소, 원술 그리고 유 예주와 내가 있소. 그러나 지금은 여러 영웅들은 이미 다 죽었고 다만 유 예주와 나만 남아 있소. 나는 오吳 땅 전체를 갖다 바치고 남의 통제를 받고 살 수는 없소. 나는 이미 결단하였소. (*지기志氣가 있다!) 지금 유 예주가 아니고는 조조를 대적할 사람이 아무도 없소. (*이 말은 현덕의 도움을 구하는 말이다.) 그러나 유 예주께서는 최근에 조조에게 패한 후이니 어떻게 이 적에게 대항할 수 있단 말이오?"(*이 말은 현덕이 동오를 도와줄 수 없을까봐 염려하는 말이다.)

공명曰: "유 예주께서는 비록 최근에 패했다고는 하지만, 그래도 관운장이 아직도 정예병 1만 명을 거느리고 있고, 유기가 거느리고 있는 강하江夏의 군사 또한 적어도 1만 명은 됩니다. (*현덕의 세력도 약하지 않다고 말한다.) 조조의 군사들은 멀리서 오느라 지칠 대로 지쳐 있는데, 근자에는 유 예주의 뒤를 추격하느라 경기병으로 하루에 3백 리를 밤낮없이 달려왔습니다. 이는 이른바 '강궁으로 쏜 화살도 멀리 가서 떨어질 때에는 그 힘이 약해져서 얇은 비단도 뚫지 못한다(强弩之末, 勢不能穿魯縞)'는 것과 같은 형편입니다.

또한 북방 사람들은 수전水戰에 익숙하지 못합니다. 이번에 (그나마 수전 경험이 있는) 형주 백성들 가운데 조조에게 붙은 자들은 부득이한 사정으로 그렇게 한 것이지 그들의 본심에서 그리 한 것은 아닙니다. (*조조의 세력을 무서워할 필요 없다고 말한다.) 지금 장군께서 진실로 유 예주와 한 마음이 되어 협력하실 수 있다면 반드시 조조의 군사를 깨부술 수 있습니다. 조조의 군사들은 패하고 나면 틀림없이 북으로 돌아갈 텐데, 그렇게 되면 형주와 동오의 세력이 강해져서 천하는 세 개로 이루어진 솥의 발(鼎足)과 같은 형국이 이루어질 것입니다. (*은연중에 스스로 형주를 자처함으로써 오吳·위魏와 더불어 나란히 셋이 된다.) 성패의 계기(成敗之機)는 바로 오늘에 있으니, 장군께서는 잘 판단하시어 결정하십시오."

손권은 크게 기뻐하며 말했다: "선생의 말씀은 꽉 막혀 있던 길을 확 틔우듯이 나의 우둔함을 깨우쳐 주었소. 나의 뜻은 이미 결정되었으며 다시 달리 의심할 것도 없소. 오늘 당장 군사를 일으켜서 함께 조조를 없애버릴 일을 상의하도록 하겠소."

그리고는 곧바로 노숙에게 자기의 이런 뜻을 모든 문무관원들에게 전하여 알리도록 하고, 공명을 역참으로 보내서 편히 쉬도록 했다.

〖 16 〗 장소는 손권이 군사를 일으키려 하는 것을 알고는 곧바로 여러 사람들과 의논했다: "이는 주공께서 공명의 계책에 걸려드신 것이오!"

그리고는 급히 들어가서 손권을 보고 말했다: "저희들은 주공께서 장차 군사를 일으켜서 조조와 싸우려고 하신다는 말을 들었는데, 주공께서는 스스로를 원소에 비해 어떻다고 생각하십니까? (*그가 현덕보다 못하다는 말에도 오히려 불쾌했는데 원소보다 못하다는 말에는 더욱 기분이 상했다.) 조조는 전에 군사도 적고 장수도 적었을 때에도 오히려 한 번 진군하여 원소를 이겼는데, 하물며 오늘날에는 백만 대병을 거느리고 남으로 쳐내려오고 있는데 어찌 적을 가볍게 여길 수 있단 말입니까? 만약 제갈량의 말을 들으시고 함부로 군사를 움직인다면, 이를 일러 '섶을 지고 불을 끄러 간다(負薪救火)'고 할 것입니다."(*장소가 세 번째로 투항을 권하고 있다.)

손권은 고개를 숙이고만 있을 뿐 말을 하지 않았다.

고옹曰: "유비가 조조에게 패했기 때문에 우리 강동의 군사를 빌려서 조조를 막아보려는 것인데, 주공께서는 어찌하여 그에게 이용당하려고 하십니까? 부디 자포(子布: 장소)의 말을 들으시기 바랍니다."(*공명이 여러 사람들과 설전을 벌일 때에는 고옹은 한 마디도 하지 않더니 도리어 이때에는 입을 열고 있다.)

손권은 주저하면서 결단을 내리지 못했다.

장소 등이 물러가자 노숙이 들어와서 보고 말했다: "방금 장자포張子布 등이 또 주공께 군사를 움직이지 말도록 권하면서 극력 항복하기를 주장했는데, 이들은 모두 자기 한 몸만 온전히 하고 자기 처자식들만 보호하려는 신하들로서, 그들이 말한 것은 자기 자신들을 위해 생각해 낸 계책일 뿐입니다. 부디 주공께서는 듣지 마시기 바랍니다."

손권은 여전히 주저하고 있었다.

노숙曰: "주공께서 만약 망설이고 결단을 내리지 않으신다면 틀림없이 여러 사람들 때문에 대사를 그르치게 될 것입니다."

손권曰: "경은 잠시 물러가 계시오. 내 깊이 생각해 보겠소."

노숙은 이에 밖으로 물러나왔다. 그때 무장들 가운데는 혹 싸우자고 주장하는 사람도 있기는 했으나 문관들은 모두 항복하자고 해서 의논이 분분하고 통일되지 않았다.

〖 17 〗 한편 손권은 물러나 안채(內宅)로 들어가서도 불안하여 침식寢食도 제대로 못 하고 주저하면서 결단을 내리지 못했다. 이때 오吳 국태부인國太夫人이 손권의 이런 모습을 보고 물었다: "마음속에 무슨 고민이 있기에 침식조차 다 폐하는가?"

손권曰: "지금 조조는 장강과 한수 지역에 군사를 주둔시켜 놓고 강남으로 쳐내려오려고 합니다. 그래서 문무 관원들에게 물어보았더니, 혹자는 항복하자고 하고 혹자는 싸우자고 합니다. 막상 싸우려고 하니 우리의 적은 군사로 적의 대군을 대적해내지 못할까봐 두렵고, 항복을 하려고 하니 또 조조가 항복을 받아들여 주지 않을까봐 두렵습니다. (*적은 군사로는 대군을 대적해내지 못한다는 말은 유비의 경우를 보고 징비(懲毖: 懲前毖後. 이전의 과오를 뒷날의 경계로 삼는 것)한 것이고, 항복하려고 해도 조조가 받아들여 주지 않을까봐 두렵다는 것은 유종劉琮의 경우를 징비한 것이다.) 그래서 주저하며 결단을 내리지 못하고 있습니다."

오 국태曰: "너는 어찌하여 내 언니(손권의 생모, 오 태부인)가 임종 때 하신 말씀을 기억하지 못하는가?"(*손백부의 죽음과 유언은 제29회에, 오 태부인의 죽음과 유언은 제38회에 나온다.)

이 말을 듣고 손권은 마치 취했다가 방금 술이 깨고, 자다가 꿈에서 깬 듯 그 말을 생각해 냈다. 이야말로:

국모가 임종 때 한 말 생각나서	追思國母臨終語
주유를 끌어내어 전공을 세우네.	引得周郞立戰功

필경 그 말이란 어떤 것인가? 다음 회를 읽어보도록 하라.

제 43 회 모종강 서시평序始評

　(1). 유종劉琮의 일은 손권에게는 '전거지감(前車之鑒: 앞에서 가던 수레가 넘어진 것을 보고 스스로를 경계하는 것)'이 된다. 유종의 신하 왕찬王粲과 괴월蒯越 등은 모두 고위관리들이었지만 유종 혼자서 죽임을 당했다. 손권이 만약 조조에게 항복을 한다면 역시 이와 같이 될 것이다. 노숙이 잘 말했다: "모든 신하들은 다 항복해도 되지만 장군만은 항복해서는 안 됩니다." 참으로 금과옥조(金玉) 같은 말이다.

(2). 문인文人들의 병폐는 논의는 많이 하나 공을 이룸이 적다는 것이다. 이들은 적의 대군이 쳐들어오려고 하는데도 입으로만 무수히 케케묵은 지식 자랑이나(之乎者也) 하고, 시에서는 이렇게 말했고 공자와 맹자는 저렇게 말했다고(詩云子曰) 하면서 서로 공격하기를 멈추지 않는다. 진晉나라 때 사람들의 이러한 언담言談이나 송宋나라 유생들의 이러한 성리학 강론(講學)이 나라 일에 도움이 되지 못한 까닭이 바로 이것이다. 장소 등 한 떼의 문사文士들은 무인武人 황개黃蓋의 질책을 듣고서야 입씨름을 끝냈는데, 이야말로 크게 통쾌한 일이 아닌가.

(3). 현덕이 형주에 우거寓居하고 있다가 뿔뿔이 흩어지게 되자 몸을 빼내서 남쪽으로 달아났으나 돌아갈 곳이 없었다. 손권은 강동을 차지하고 있은 지 이미 3세대나 지났는데도 공명은 손권을 상대로 유세하면서 말했다: "조조 군이 깨지면 그들은 반드시 북으로 돌아갈 것이고, 그리되면 형주와 동오의 세력이 강해질 테니, 천하는 정족(鼎足)의 형세로 될 것입니다."

이는 자신을 형주로 자처하면서 천하를 삼국三國으로 나누려는 것이었으니, 이 어찌 큰소리친 것이 아니겠는가?

나는 말한다: 이는 본래 초려에서 현덕에게 말했던 것이다. 형주를 아직 취하기 전에 진즉에 그의 의중에는 그것을 소유하고 있었을 뿐만 아니라, 익주를 탈취하기 전에도 역시 그의 눈에는 그곳은 주인이 없는 곳이었다. 또한 그때 유표는 비록 죽고 없었으나 유장·장로·마등·한수韓遂 등이 아직 살아 있었는데도 그가 정족鼎足이라고 말한 것으로 보면, 그는 결국 이 여러 사람들을 안중에 둔 적이 없었던 것이니, 이 어찌 영웅의 식견은 미리 정해져 있는 것이 아니겠는가?

(4). 푸른 매실을 안주 삼아 덥힌 술을 마시던(靑梅煮酒) 날, 조조가 현덕에게 말하기를: "천하의 영웅으로는 오직 그대와 나밖에 없다"고 했는데, 손권 역시 말하기를: "현덕이 아니고는 조조를 당해낼 사람이 없다"고 했다. 어찌 두 사람의 말이 서로 상의하지 않았는데도 이처럼 똑같은가? 대개 천하의 영웅만이 영웅을 알아보는 법이다. 정족鼎足이 다 이루어진 다음에야 알아본 것이 아니라 형세가 고단하고 궁박한 처지에 있을 때 일찌감치 알아본 것이다. 내가 항상 괴이쩍게 여겨왔던 것은, 지금 사람들은 자기 육안으로 남이 혁혁한 위세를 떨치고 있는 것을 보고는 그를 겁내고 중시하지만, 남이 영락零落해 있는 것을 보고는 그를 천시하고 비웃으며, 자신과 다르다고 해서 비난하고 자신과 같다고 해서 서로 알아준다는 것이다. 영웅이 자신을 알아봐 주는 사람을 만나지 못하는 것은 바로 천하에 그와 같은 영웅이 다시 없기 때문이다.

(5). 이번 회에서는 이야기(文字)가 여러 번 교묘하게 꺾이고 있다. 공명이 일단 동오에 도착했으나 노숙은 즉시 손권을 만나보도록 안내해 주지 않고 일단 역관에서 쉬도록 하는데, 여기에서 첫 번째로 꺾어진다.

손권은 즉시 공명을 청하여 만나보지 않고 내일까지 기다리도록 하는데, 여기에서 두 번째로 꺾어진다.

다음날이 되어서도 곧바로 손권을 만나보지 않고 먼저 여러 모사들을 만나보도록 하는데, 여기에서 세 번째로 꺾어진다.

공명은 여러 모사들을 만나 피차 말씨름을 하다가 의견이 서로 충돌하는데, 여기에서 네 번째로 꺾어진다.

공명의 말이 이미 여러 모사들의 의견과 충돌하고, 또 손권과도 충돌하는데, 여기에서 다섯 번째로 꺾어진다.

손권이 공명의 말에 화를 내면서 소매를 털고 일어나서 안으로 들어가는 데에 이르면, 독자들은 거의 현덕과 손권은 끝내 서로 결합하지 못하고 공명이 동오에 찾아간 것도 끝내 헛걸음이 되고 말 것으로 의심하게 된다.

그런 후에 다음 글에서는 산봉우리가 평탄한 길로 바뀌면서(峰回路轉), 하는 말들이 서로의 생각과 맞아서 의기가 투합하게 된다. 장차 서로 통하려고 하면 갑자기 그것을 막는 듯하고, 장차 가까이 가려고 하면 갑자기 멀리하는 듯하여 사람들로 하여금 계속 놀라고 의심하도록 만드는데, 참으로 절묘한 경지의 문장이라 할 것이다.

(6). 손권은 이미 노숙의 말을 듣고 자신의 계책을 정해 놓았고, 또 공명의 말을 듣고 적군의 세력까지 알게 되었으므로, 이때는 이미 조조를 깨뜨릴 계책까지 결정되었다. 그래 놓고 손권이 다시 주저하면서 단안을 내리지 못하고 침식까지 폐한 것은 무슨 까닭인가?

대개 이 한 차례의 꺾어짐(一折)이 없다면 후문後文에서 주유의 계략이 드러나지 않고, 공명이 주유를 격발激發시키는 지모도 기이할 게 없게 된다. 이 부분에서 손권이 과단성 있게 나올 필요가 없는데다, 작자는 특히 후문을 위한 문세文勢를 취한 것이다. 이를 보면 문장을 짓는 법을 깨달을 수 있다.

제 **44** 회

공명, 지모로 주유를 자극하고
손권, 조조 깨뜨릴 계책을 정하다

〖 1 〗 한편 오_吳 국태부인國太夫人은 손권이 이러지도 저러지도 못하며 결단을 내리지 못하고 있는 것을 보고 그에게 말했다: "돌아가신 내 언니가 유언하기를: '백부(伯符: 손권의 형 손책孫策)가 임종 때 말하기를: 나라 안의 일로 결단하기 어려운 일이 있거든 장소에게 물어보고, 나라 바깥의 일로 결단하기 어려운 일이 있거든 주유에게 물어보도록 하라'고 했느니라. 지금 어찌하여 공근(公瑾: 주유)을 불러와서 물어보지 않는 것이냐?"(*국태는 돌아간 자기 언니의 유언을 말하고, 돌아간 언니는 백부의 유언을 말했다. 손책의 유언에 관한 일은 29회 중에 나온다.)

손권은 그 말을 듣고 크게 기뻐하며 즉시 파양호鄱陽湖로 사자를 보내서 주유를 불러와서 일을 의논하려고 했다. (*전문에서 손권이 망설이고 주저했던 것은 곧 주랑을 이끌어내려고 했기 때문이다.)

원래 주유는 파양호에서 수군을 훈련시키고 있었는데, 조조의 대군이 한수漢水 상류에 이르렀다는 말을 듣고는 군사 일을 의논하려고 곧바로 그날 밤으로 시상군柴桑郡으로 돌아갔다. 그래서 손권의 사자가 미처 출발하기도 전에 주유가 이미 먼저 당도했다.

노숙은 주유와 가장 가까운 사이이므로 그를 맞이하기 위해 먼저 가서 만나 앞서 있었던 일들을 자세히 이야기해 주었다.

주유曰: "자경子敬은 걱정하지 마시오. 내게 따로 생각이 있소. (*공명이 노숙에게 대답한 말과 똑같다.) 지금 속히 공명을 청해 와서 만나보게 해주시오."

노숙은 말에 올라 떠나갔다.

주유가 막 쉬려고 할 때 별안간 장소, 고옹, 장굉張紘, 보즐步騭 등 네 사람이 찾아왔다고 알려왔다. 주유는 그들을 대청 안으로 맞아들여 자리를 잡고 앉았다.

서로 의례적인 인사말을 나눈 다음 장소가 말했다: "도독은 강동의 형세상 뭐가 이익이고 뭐가 손해인지 알고 계시오?"(*아닌 밤중에 홍두깨 내미는 식의 질문이다.)

주유曰: "알지 못합니다."(*짐짓 모르는 체한 것이다.)

장소曰: "조조가 백만 대군을 데리고 와서 한수 상류에 주둔시켜 놓고는 일전에 우리한테 격문을 보내왔는데, 우리 주공에게 강하江夏에서 만나 사냥을 같이 하자고 청하는 내용이었소. 비록 그가 우리 강동을 삼키려는 뜻을 가지고 있는 것 같으나 아직 그 본색을 드러내지는 않고 있소. 그래서 우리는 주공께 조조에게 투항하기를 권하고 있소. 그렇게 하면 강동이 화를 입는 일을 면할 수 있을 것이오.

그런데 뜻밖에도 노자경이 강하에 가서 유비의 군사軍師 제갈량을 이리로 데리고 왔소. 유비 쪽에서는 자기들이 조조에게 패한 분을 풀어보려고 일부러 일장 변설(言說)을 늘어놓음으로써 우리 주공을 격분

시키고 있소. 그런데 자경은 오히려 이를 깨닫지 못하고 항복해서는 안 된다고 고집부리고 있소. 그래서 도독께서 결단해 주기를 기다리고 있던 중이오.”

주유曰: “공들의 의견은 모두 같으시오?”

고옹 등이 말했다: “의논해본 바 다 같습니다.”

주유曰: “나 역시 항복하려고 생각한지 오래 되었소. 공들은 그만 돌아들 가시오. 내일 아침 일찍 주공을 뵙고 나서 따로 의론을 정하기로 합시다.”(*단지 상대의 입을 따라 대답하고 있는 것이 묘하다.)

장소 등은 하직인사를 하고 떠나갔다.

〖 2 〗 잠시 후 또 정보, 황개, 한당韓當 등 한 무리의 장수들이 만나러 왔다고 알려왔다. 주유는 그들을 맞이하여 안으로 들어가서 각자의 안부를 물었다.

정보曰: “도독께서는 강동이 조만간 남의 수중에 들어가게 된다는 것을 알고 계십니까?”

주유曰: “모르고 있소.”(*또 짐짓 모르는 체한 것이다.)

정보曰: “우리가 손 장군(손견)을 따라다니며 나라의 기업基業을 세우고 크고 작은 싸움을 수백 번 해온 끝에 겨우 강동의 여섯 개 성을 얻었습니다. 그런데 지금 주공께서는 모사들의 말을 들으시고는 조조에게 항복하려고 하시는데, 이야말로 참으로 수치스럽고 애석한 일입니다! 우리들은 차라리 죽으면 죽었지 그런 치욕을 당하고만 있지는 않을 것입니다. 부디 도독께서는 주공께 권하여 방침을 정하여 군사를 일으키도록 해주십시오. 우리는 목숨을 바쳐 싸우고자 합니다.”

주유曰: “장군들의 의견은 모두 같으시오?”

황개가 분연히 자리에서 일어나서 주먹으로 자기 이마를 치면서 말했다: “내 머리가 잘리는 한이 있어도 맹세코 조조에게 항복하지는 않을 것이오!"

여러 사람들도 모두 말했다: "우리는 모두 항복하는 것을 원하지 않습니다!"

주유曰: "나 또한 조조와 결전하기를 바라고 있소. 어찌 조조에게 투항하려 하겠소. 장군들은 일단 돌아가 주시오. 내가 주공을 뵙고 따로 의논하여 결정하겠소."(*역시 다만 상대의 입 따라서 대답하고 있는 것이 묘하다.)

정보 등은 작별하고 돌아갔다.

또 얼마 지나지 않아 제갈근과 여범呂範 등 한 무리의 문관들이 방문했다. 주유는 그들을 맞아들였다. 인사를 하고 나자 제갈근이 말했다: "제 아우 제갈량이 한수 상류 쪽에서 와서 유예주劉豫州가 동오와 손을 잡고 함께 조조를 치고 싶어 한다고 말했습니다. 그래서 이 문제를 두고 문무 관원들 사이에 의론이 분분하여 아직 결정을 내리지 못하고 있습니다. 제 아우가 사자로 왔기 때문에 저는 감히 여러 말 할 수 없고 (*이는 혐의 받을 말을 피하려는 것이다.) 오로지 도독께서 이 일을 결정해 주기만을 기다리고 있습니다."

주유曰: "공의 의견은 어떻소?"

제갈근曰: "항복한다면 쉽게 안정될 것이고, 싸운다면 보전하기 어려울 것입니다(降者易安, 戰者難保)."(*위의 두 차례 대화는 명백히 문관들은 자기 몸보신을 바라고 있고 무관들은 죽음을 두려워하지 않고 있음을 말하고 있다.)

주유가 웃으면서 말했다: "내게도 달리 생각이 있습니다. 내일 같이 부중府中으로 가서 의논을 정하기로 합시다."

제갈근 등은 하직인사를 하고 물러갔다.

〚 3 〛 갑자기 또 여몽, 감녕 등 한 무리가 보러 왔다고 알려왔다. 주

유가 맞아들이자 그들 역시 이 일에 대해 이야기했는데, 싸워야 한다는 사람과 항복해야 한다는 사람들이 있어서 그들 사이에 논쟁이 벌어졌다.

주유曰: "여러 말할 필요 없소. 내일 모두 부중으로 가서 이 문제를 공론에 부치도록 합시다."

여러 사람들은 마침내 하직인사를 하고 돌아갔다. 홀로 남은 주유는 냉소하기를 마지않았다. (*그가 호로병(즉, 마음) 속에 담아 팔려고 하는 약이 무슨 약인지 알 수 없다.)

저녁이 되자 노숙이 공명을 데리고 인사를 하러 왔다고 알려왔다. 주유는 중문을 나가서 그를 맞아들였다. 서로 인사를 마치고 각각 주인과 손님으로 나뉘어 자리를 잡고 앉았다.

노숙이 먼저 주유에게 물었다: "지금 조조가 군사들을 몰아 남쪽으로 쳐들어오고 있는데 주공께서는 화친이냐 전쟁이냐 하는 두 가지 대책 중 결단을 못 내리시고 일단 장군의 의견을 들어보려고 하시는데, 장군의 생각은 어떻습니까?"

주유曰: "조조는 천자의 칙명勅命이란 명분을 내세우고 있으므로 그의 군대에 항거할 수가 없소. 게다가 그 세력도 크므로 가벼이 대적할 수도 없소. 싸운다면 반드시 패할 것이고 항복한다면 쉽게 안정될 것이오. 내 뜻은 이미 정해졌소. 내일 주공을 뵙고 곧바로 조조에게 사자를 보내어 항복하자고 하겠소."(*이는 주유의 거짓말이다. 공명의 마음을 초조하게 만들어 그를 시험해 보기 위해서다.)

노숙이 깜짝 놀라며 말했다: "장군의 말은 틀렸소이다. 강동의 기업基業은 이미 3대에 걸쳐 내려오고 있는데 어떻게 하루아침에 남에게 넘겨준단 말이오? 백부(伯符: 손책)께서 유언하시기를, 조정 바깥일은 장군에게 부탁하라고 하셨소이다. 그래서 지금 주공께서는 나라 보전을 위해 장군에게 의지하기를 마치 태산을 의지하듯 하고 계시는데 어찌

장군 역시 나약한 자들의 의론을 좇으려 하시오?"(*주유는 어떻게 해서
든 공명의 입을 열게 하려고 도발하는데, 묘하게도 공명은 말을 하지 않고 노
숙만 대답하고 있다.)

주유曰: "강동의 여섯 개 군에서 살고 있는 사람들은 그 수가 한없
이 많은데, 만약 그들이 전쟁의 참화를 만나게 된다면 틀림없이 그 원
망을 나에게 돌릴 것이오. 그래서 나는 주공께 항복하자고 청하기로
방침을 정한 것이오."(*손권은 유 예주에게 도움을 청하고 싶었지만 주유
는 도리어 공명이 이쪽에 도움을 청해 오도록 하려고 한다. 그래서 또 생각과
는 반대의 말로 공명을 도발하고 있는 것이다.)

노숙曰: "그렇지 않소이다. 장군 같은 영웅이 동오의 험한 지세를
이용하여 싸운다면 조조도 그리 쉽게 제 뜻을 이루지는 못할 것이
오."(*묘한 것은 공명은 아무 말도 하지 않고 노숙이 대답하도록 하는 점이
다.)

두 사람이 서로 논쟁을 벌이고 있는데도 공명은 팔짱을 끼고서 빙긋
이 웃고 있을 뿐이었다.

주유曰: "선생은 왜 비웃고 계시오?"

공명曰: "저는 다른 사람을 보고 웃었던 게 아니라 자경께서 현재의
정세(時務)를 모르고 있기에 웃었던 것입니다."

노숙曰: "선생은 어째서 반대로 내가 현재의 정세를 모르고 있다고
비웃으신단 말입니까?"

공명曰: "조조에게 항복을 하고자 하는 공근公瑾의 생각은 대단히
이치에 맞습니다."

주유曰: "공명은 현재의 정세를 아시는 분이시니 틀림없이 나와 생
각이 같을 것이오."(*전부 거짓말을 하고 있는데 매우 재미있다.)

노숙曰: "공명 선생, 당신까지 어찌 그리 말씀하시오?"

공명曰: "조조는 용병을 극히 잘 하므로 천하에 감히 그를 대적할

수 있는 사람은 아무도 없습니다. 전에는 여포, 원소, 원술, 유표 등 몇 사람만이 감히 그에게 대적했었으나, 지금은 그들 몇 사람들이 모두 조조에게 멸망한 결과 천하에 그를 대적할 사람이 없어졌습니다. (*말 한 마디 한 마디가 손권을 비웃고 있고 또 주유를 비웃고 있다. 극히 교묘하다.) 다만 세상 사정을 잘 모르는 유 예주만이 무리하게 조조와 승패를 다투고 있으나 지금은 외로운 몸으로 강하에 머물고 있는데, 그 생사존망을 보증할 수 없습니다.

장군께서 조조에게 항복하기로 방침을 정하신다면 처자식들도 보전할 수 있고 부귀도 온전히 유지할 수 있을 것입니다. 한 국가의 왕위가 다른 사람에게 옮겨가는 것이야 천명天命에 맡겨버리면 그만이지 애석해 할 필요가 무엇입니까?"

노숙은 크게 화를 내며 말했다: "당신은 우리 주공께서 나라의 역적 놈에게 무릎을 꿇고 욕을 보도록 하려는 것인가!"

〖 4 〗 공명曰: "제게 한 가지 계책이 있습니다. 점령군을 대접하기 위해 술과 고기를 가지고 가느라 수고할 필요도 없고, 땅을 바치고 인수印綬를 바치느라 수고할 필요도 없고, 또한 직접 강을 건너갈 필요도 없습니다. 다만 사자 하나를 파견하여 족배 하나에 사람 둘만 실어서 장강 상류의 조조 진영으로 보내주면 되는 일입니다. 조조는 일단 이 두 사람만 얻게 되면 백만의 군사들은 전부 갑옷을 벗어버리고 깃발들을 둘둘 말아 가지고 물러갈 것입니다."

주유曰: "어떤 사람 둘을 쓰면 조조의 군사들을 물리칠 수 있다는 말이오?"

공명曰: "강동에서 이 두 사람을 보내주는 것은 마치 큰 나무에서 잎사귀 하나가 바람에 떨어지고 큰 곳간에서 좁쌀 한 알이 줄어드는 것과 같습니다(如大木飄一葉, 太倉減一粟耳). 그러나 조조가 그들을 얻게 되면 틀림없이 크게 기뻐하면서 떠나갈 것입니다."(*일단 그가 어떤 사람인지 곧바로 말하지 않고 주유가 다시 물어오도록 하는 점이 극히 묘하다.)

주유가 또 물었다: "과연 어떤 사람 둘을 써야 한단 말이오?"

공명曰: "제가 융중에 있을 때 들으니, 조조는 장하漳河 강변에다 극히 웅장하고 화려한 동작대銅雀臺라는 누대를 하나 신축해 놓고 널리 천하의 미녀들을 뽑아서 그 안에 둔다고 했습니다.

조조는 본래 호색한好色漢인데, 그는 오래 전부터 강동의 교공喬公이란 분에게 대교大喬라는 큰 딸과 소교小喬라는 작은 딸이 있는데, 그 용모가 너무나 아름다워 물고기가 그들을 보고는 스스로 창피하여 물속으로 가라앉고 날아가던 기러기는 더 가까이에서 보기 위해 땅으로 내려앉을 정도이고(有沈魚落雁之容), 하늘의 달이 그들을 보고는 부끄러워서 구름 속으로 숨고 꽃이 그들을 보고는 부끄러워서 고개를 숙일 정도로 아름다운 미모(閉月羞花之貌)라는 소문을 들었다고 합니다.

그래서 조조는 일찍이 맹세하기를: '나의 한 가지 소원은 천하를 소탕하고 평정함으로써 제업帝業을 이루는 것이며, 또 한 가지 소원은 강동의 교씨 여인 둘(二喬)을 얻어서 동작대 안에 놓아두고 만년晩年을 즐기는 것이니, (이 두 가지 소원만 이룰 수 있다면) 죽어도 한이 없을 것이다'라고 했다고 합니다. (*비로소 조조가 원하는 것이 주유의 처와 손권의 형수, 즉 손책의 처임을 말한다.) 지금 그가 비록 백만 대군을 이끌고 와서 강남을 범처럼 노려보고 있지만 실제로는 이 두 여자 때문입니다. 장군께서는 어찌하여 교공喬公을 찾아서 천금을 주고 이 두 미녀를 사서 (*짐짓 모르는 체하는 것이 묘하다.) 사람을 시켜 조조에게 보내주지 않으십니까? 조조는 이 두 미녀만 얻게 되면 더 없이 만족해서 틀림없이 군대를 철수할 것입니다. 이는 범려(范蠡: 춘추시대 때 월나라의 모신謀臣)가 서시(西施: 범려가 오왕吳王 부차夫差에게 보내준 절세의 미녀)를 바쳤던

것과 같은 계책인데 왜 빨리 시행하지 않으십니까?"(*묘한 것은 또 고
사故事를 빌려서 자기 말의 증거로 제시하고 있는 것이다.)

주유曰: "조조가 두 교씨를 얻고자 한다는 무슨 증거라도 있소?"
(*주유는 즉각 화를 내며 욕하지 않고 사실을 확인하려고 한다.)

공명曰: "조조의 막내아들 조식曹植은 자字를 자건子建이라고 하는
데 붓을 종이에 대면 그대로 문장이 이루어질 정도로(下筆成文) 글을
아주 잘 지었습니다. 조조는 일찍이 그로 하여금 부賦를 하나 짓도록
했는데 그 제목이 〈동작대부銅雀臺賦〉입니다. 그 부에서 말하고 있는
뜻은, 한 마디로 말하자면, 자기 집안은 마땅히 천자가 되어야 하며,
맹세코 두 교씨 미녀들을 취하고야 말겠는 것입니다."(*시詩를 증거로
삼는바, 뜻밖에도 주유는 천진한 것 같다.)

주유曰: "공은 그 부賦를 외울 수 있소?"(*또 사실을 확인하려고 하고
즉각 화를 내지 않는 것이 매우 묘하다.)

공명曰: "저는 그 문장의 화려한 아름다움(華美)을 좋아해서 일찍이
그것을 외워두었습니다."

주유曰: "시험 삼아 한 번 읊어 보시오."

공명은 즉시 〈동작대부〉를 읊었는데, 이르기를:

〖 5 〗

영명한 군주 따라 즐겁게 노닐다가	從明后以嬉游兮
높은 누대 오르니 기분 좋구나.	登層臺以娛情
황실 곳간 문 활짝 열린 모습 보니	見太府之廣開兮
금상께서 나라 어찌 경영하시는 줄 알겠네.	觀聖德之所營
높은 대문 높이 우뚝 세워져 있는데	建高門之嵯峨兮
한 쌍의 대궐 공중에 덩그렇다.	浮雙闕乎太清
화려한 누각 중천에 세워져 있어	立中天之華觀兮

공중에 뜬 복도가 서쪽 성으로 이어지네.　　　　　連飛閣乎西城

길게 흘러가는 장하 가에 서서 보니　　　　　　　臨漳水之長流兮

멀리 과수원엔 과일이 주렁주렁 달려있다.　　　　望園果之滋榮

〈*좌우 양쪽으로 한 쌍의 누대 세워놓아　　　　〈*立雙臺於左右兮

이름 하여 옥룡玉龍과 금봉金鳳이라 하네.　　　　有玉龍與金鳳

교씨二喬 둘을 동남에서 끌어와서　　　　　　　　攬〈二喬〉於東南兮

아침저녁으로 같이 즐기리.　　　　　　　　　　　樂朝夕之與共

굽어보니 황도皇都는 웅장 화려하고　　　　　　　俯皇都之宏麗兮

쳐다보니 구름과 노을 둥둥 떠다니네.　　　　　　瞰雲霞之浮動

많은 인재 모여드는 것을 기뻐하니　　　　　　　　欣群才之來萃兮

어진 신하 만나는 꿈 이루어지네.*〉　　　　　　　協飛熊之吉夢*〉

대 위에서 따뜻한 봄바람 쐬고　　　　　　　　　　仰春風之和穆兮

멀리서 뭇 새들 슬피 우는 소리 듣는다.　　　　　聽百鳥之悲鳴

구름이 하늘에서 누대까지 뻗쳐 있으니　　　　　雲天亘其旣立兮

집안과 나라의 소원 모두 이루어지리.　　　　　　家願得乎雙逞

인의仁義의 덕치德治 천하에 펼쳐지니　　　　　　揚仁化於宇宙兮

황도에서는 모든 것이 엄숙하고 공경스럽다.　　盡肅恭於上京

제 환공과 진 문공의 패업이 성대하다 해도　　　惟桓文之爲盛兮

어찌 금상今上의 밝고 성스러움에 견주리.　　　豈足方乎聖明?

아, 좋도다! 아름답도다!　　　　　　　　　　　　休矣美矣!

금상의 덕치德治, 그 혜택 멀리 뻗치네.　　　　　惠澤遠揚

우리 황실 집안을 보좌함으로써　　　　　　　　　翼佐我皇家兮

천하가 모두 평안해지도다.　　　　　　　　　　　寧彼四方

금상의 도량 하늘과 땅처럼 크고　　　　　　　　同天地之規量兮

그 밝은 빛은 해와 달과 한가지라.　　　　　　　齊日月之輝光

존귀함은 영원하여 끝이 없을 것이며　　　　　　永貴尊而無極兮

금상의 장수하심 동황태일 신과 같을지라.   等君壽於東皇

〈*용의 깃발 꽂은 수레 타고 놀러 다니고   *御龍旂以遨遊兮

방울 달린 수레 몰고 두루 돌아다니리.   回鸞駕而周章

금상의 은혜 사해에 미치니   恩化及乎四海兮

물자 풍족하고 백성들은 평안하네.   嘉物阜而民康

바라노니 이 누대 길이 견고하고   願斯臺之永固兮

이 즐거움 영원히 끝나지 말지어다.*〉   樂終古而未央*〉

(* '攬二喬(람이교: 두 교씨를 끌어와서)….' 이 구절은 본래는 〈連二橋 於東西兮, 若長空之蝃蝀(체동: 다리 둘이 동서로 연결되어 있음이 마치 공중에 걸려 있는 무지개 같다)〉으로 되어 있다. 즉, 원래의 부賦는 '二 喬(두 교씨)'가 아니라 '二橋(두 다리)'로 되어 있는데 공명이 이것을 교묘 하게 같은 음音의 글자로 바꿔치기 해서 주유를 격노시키는 데 이용한 것 이다.

(여기에 소개한 〈동작대부〉는 원래 조식曹植이 지은 〈曹子建集〉에 〈登 臺賦〉란 제목으로 실려 있었는데, 〈三國志·魏書·陳思王曹植傳〉에서 배송지裴松之가 주注를 달면서 음담陰澹이 쓴 위기魏紀를 인용하여 이를 소개해 놓았다. 위에서 〈*…*〉 표시한 두 부분은 〈曹子建集〉에는 없 다. 각 단어에 대한 해설은 원문의 주注 참조할 것.─역자.)

〖 6 〗 주유는 듣고 나서 발끈 화를 내며 자리에서 일어나 손으로 북 쪽을 가리키면서 욕을 했다: "늙은 도적놈이 나를 무시하는 게 너무 심하다!"(*이에 이르러선 화를 내지 않을 수 없고 욕을 하지 않을 수 없다.)

공명은 급히 일어나서 그를 말리며 말했다: "옛날 흉노왕 선우單于 가 누차 국경을 침공하자 한漢 천자께서는 공주를 시집보내 주면서까 지 화친을 하셨습니다. 그런데 지금 어찌하여 민간의 계집 둘을 아까 워하십니까?"(*다만 '민간'이라고만 말하면서 짐짓 모르는 체하고 있다.)

주유曰: "공께서 모르고 있는 게 있소. (*아니다. 오래 전부터 알고 있었다.) 대교大喬는 바로 손백부(즉, 손책) 장군의 부인이고, 소교小喬는 바로 제 처妻요."

공명은 짐짓 황공해 하는 얼굴로 말했다: "제가 사실을 잘 알지도 못하면서 잘못 입을 놀려 함부로 말했으니, 죽을죄를 지었습니다! 죽을죄를 지었습니다!"

주유曰: "나는 저 늙은 도적놈과는 맹세코 이 세상에서 같이 살아가지 않을 것이오!"

공명曰: "무슨 일이든 반드시 세 번 생각해 본 다음에 해야만 후회가 없을 것입니다."(*두 교씨는 곧 주유의 처와 손책의 부인인 줄 이미 알고 있었으면서 일부러 이런 말을 한 것이니 더욱 나쁘고 더욱 교묘하다.)

주유曰: "나는 손백부 장군의 부탁을 받았는데 어찌 몸을 굽혀 조조에게 항복할 수 있겠소? 방금 전에 했던 말은 일부러 공을 시험해 보려고 한 말이오. (*이제 와서야 진담을 말한다.) 나는 파양호鄱陽湖를 떠나올 때부터 곧바로 북벌할 뜻을 가졌으니, 비록 칼과 도끼로 이 머리를 내리친다 하더라도 내 뜻은 바뀌지 않소! 바라건대 공명은 나를 좀 거들어서 같이 조조 역적 놈을 쳐부숩시다."(*이전까지 거짓말을 한 것은 본래 공명이 이쪽에 구원을 청해 오도록 하려는 것이었는데, 이때 와서는 도리어 이쪽에서 공명에게 구원을 요청하고 있다.)

공명曰: "만일 저를 버리시지만 않는다면 견마지로犬馬之勞를 다 바칠 것이며, 언제든지 장군께서 시키시는 대로 하겠습니다."

주유曰: "내일 들어가서 주공을 뵙고 곧바로 군사 일으킬 일을 의논하겠소."

공명과 노숙은 주유와 하직인사를 하고 나와서 서로 작별하고 자기 처소로 돌아갔다.

〖 7 〗 다음날 이른 아침에 손권은 당상堂上에 올랐다. 왼편에는 문관인 장소, 고옹 등 30여 명이, 오른편에는 무관인 정보, 황개 등 30여 명이 서로 반열班列을 나누어 시립侍立하였는데, 모두들 의관을 단정하게 차려 입었고, 허리에 찬 검과 몸에 지닌 패옥佩玉은 움직일 때마다 서로 부딪쳐서 쟁쟁 소리를 냈다. (*전에 공명이 들어갈 때에는 문관들만 열을 지어 있었는데 지금 주유가 들어갈 때에는 무관들까지 같이 열을 지어 있다.)

잠시 후 주유가 들어와서 손권을 보고 예를 마치자 손권도 그에게 안부를 물었다.

인사가 끝난 다음 주유가 말했다: "근자에 듣기로는 조조가 군사를 이끌고 와서 한수 상류 쪽에 주둔시켜 놓고는 우리한테 글을 보내왔다고 하던데, 주공께서는 어떻게 생각하고 계십니까?"

손권은 즉시 격문을 꺼내서 그에게 보여주도록 했다.

주유는 다 보고 나서 웃으며 말했다: "이 늙은 도적놈이 우리 강동에는 사람이 없다고 생각하고 감히 이처럼 모욕의 글을 보내온 것입니다."(*공명이 읊어주는 부賦를 듣고는 화를 냈으나, 조조가 보내온 격문을 보고는 웃는다. 본래 분노가 극에 달하면 웃음이 나오는 법, 그 웃음은 바로 그의 노여움을 말한다.)

손권曰: "그대의 뜻은 어떠하오?"

주유曰: "주공께서는 여러 문무 관원들과 이 일을 상의해 보셨습니까?"

손권曰: "연일 이 일에 대해 의논하고 있었소. 나에게 항복하라고 권하는 사람도 있고 나에게 싸우기를 권하는 사람도 있으나 아직 내 뜻을 정하지 못했소. 그래서 공근을 청해 와서 의견을 듣고 결정하려는 것이오."

주유曰: "누가 주공께 항복하도록 권했습니까?"

손권曰: "장자포(張子布: 장소) 등은 모두 그런 뜻을 주장하고 있소."

주유는 즉시 장소에게 물었다: "선생이 항복의 뜻을 주장하는 이유를 들어보고 싶소이다."(*어제는 그저 입에서 나오는 대로 대답해 놓고 이때 와서 갑자기 꼬치꼬치 캐묻고 있다.)

장소曰: "조조는 천자를 끼고 사방을 정벌하고 있는데, 군사를 움직일 때마다 조정朝廷을 명분으로 내세우고 있소. 그리고 근자에는 또 형주荊州까지 손에 넣어 그 위세가 더욱 커졌소. 우리 강동이 조조를 막아낼 수 있는 것은 장강長江이 있기 때문이오. 그런데 지금 조조에게는 전함과 전선이 수백 수천 척이 넘으니 저들이 수륙으로 병진竝進해 온다면 우리가 어떻게 대적할 수 있겠소? 차라리 일단 항복을 한 후 다시 후일을 위한 계책을 세우는 게 나을 것이오."(*항복한 후 무슨 계책을 후일을 위해 세운다는 것인지 모르겠다.)

주유曰: "그것은 세상물정에 어두운 유생儒生들의 생각이오! (*한 마디로 장소를 매도罵倒한다.) 우리 강동은 개국 이래 지금까지 3대를 거쳐 왔는데 어떻게 하루아침에 차마 포기해 버릴 수 있단 말이오!"

손권曰: "그렇다면 장차 어떻게 하면 되겠소?"

주유曰: "조조는 비록 한漢나라의 승상으로 행세하고 있지만 실상은 한漢의 역적입니다. 장군께서는 출중하신 무용武勇과 뛰어나신 재능을 지니고 계신데다 부형께서 남겨주신 기업基業에 의지하여 강동을 차지하고 계십니다. 그리고 휘하 군사들은 정예롭고 군량은 넉넉합니다. 그러므로 마땅히 천하를 누비면서 나라를 위해 잔포한 무리들을 제거해 버리셔야 하는데 어떻게 도리어 역적에게 항복을 한단 말입니까? (*대의大義로 논한다면 조조에게 항복해서는 안 된다는 것이다.)

〖 8 〗 "게다가 조조는 이번에 이리로 내려오면서 병가兵家들이 기피

하는 금기 사항들을 다수 범했습니다.

북방의 땅은 아직 평정되지 않아서 마등馬騰과 한수韓遂가 그 배후의 우환거리로 되어 있는데도 조조는 남쪽을 치기 위해 오랫동안 내려와 있는바, 이것이 병가들이 기피하는 첫 번째 금기사항입니다. (*여기에서 갑자기 마등을 끌어내는데, 후문에서 서서徐庶가 유언流言을 퍼뜨리게 되는 복필伏筆이다.)

북방의 군사들은 수전水戰에 익숙하지 못한데도 조조는 자신들에게 익숙한 말안장, 즉 육지전(陸戰)을 버리고 익숙하지 않은 배와 노를 의지하여, 즉 수전水戰으로 우리 동오와 싸우려고 하는데, 이는 병가들이 기피하는 두 번째 금기사항입니다. (*이 때문에 뒤에 가서 계책을 써서 채모蔡瑁와 장윤張允을 죽이게 된다.)

또한 지금은 계절이 마침 엄동설한인지라 말에게 먹일 짚이나 풀도 구할 수 없으므로 이런 시절에는 싸움을 피해야 하는바, 이것이 세 번째 금기사항입니다. (*계절이 한겨울이기 때문에 뒤에 가서 동풍東風을 빌리게 된다.)

중원 땅의 군사들을 휘몰아 멀리 강과 호수를 건너왔으므로 저들은 이곳의 기후와 풍토에 적응하지 못해서 질병이 많이 발생할 것입니다. 이것이 네 번째 금기사항입니다. (*이를 방지하기 위하여 뒤에 가서 연환계連環計를 쓰게 된다.)

조조 군사들은 이러한 여러 가지 금기사항들을 범하고 있으므로, 비록 군사 수가 많다고 하더라도 반드시 패하고 말 것입니다. 장군께서 조조를 사로잡을 수 있는 것은 바로 이때입니다. (*대세大勢로 논한다면 조조에게 항복할 필요가 없다는 것이다.) 저에게 정예병사 수천 명만 내어 주시면 나아가서 하구夏口에 주둔해 있다가 장군을 위해 적을 깨뜨리겠습니다.”

손권은 기뻐서 눈을 둥그렇게 뜨고 자리에서 일어나 말했다: “늙은 역적 놈이 한漢을 폐하고 자신이 황제가 되려고 한 지는 오래 되었다. 그러나 그는 원소와 원술, 여포와 유표 그리고 내가 무서워서 그렇게 하지 못했던 것이다. 그러나 지금은 여러 영웅들은 이미 다 죽었고 나 하나만 아직도 남아 있다. 나는 늙은 도적놈과는 맹세코 이 세상에서 양립兩立하지 않을 것이다! 조조를 쳐야만 한다는 경의 말은 내 맘에 쏙 든다. 이는 하늘이 경을 내게 보내주신 것이다."(*노숙에게 했던 말과 같다.)

주유曰: "신은 장군을 위해 죽기로 싸울 것이며 만 번 죽는 한이 있더라도 마다하지 않을 것입니다. 다만 장군께서 계속 의심을 하면서 결단을 못 내리실까봐 두렵습니다."(*이번에는 주유가 반대로 손권을 자극하여 결단을 내리도록 한다.)

손권은 차고 있던 검을 뽑아 앞의 상소문을 얹어놓는 책상의 한 모서리를 내리 찍고서 말했다: "여러분들 가운데 조조에게 항복을 하자는 말을 다시 꺼내는 자가 있으면 이 책상과 같이 될 것이다!"(*장소는 이때 매우 부끄러웠을 것이다.)

말을 마치고는 곧바로 그 검을 주유에게 주고 그 자리에서 주유를 대도독大都督으로 임명하고 정보를 부도독, 노숙을 찬군교위(贊軍校尉: 대도독을 돕고 작전계획 수립에 참여하는 직책)로 임명했다. 그리고 나서 주유에게 말했다: "문관이든 무장이든 명령을 듣지 않는 자가 있으면 즉시 이 검으로 베어버리도록 하시오."(*손권을 아주 훌륭하게 묘사하고 있다.)

주유는 검을 받고 나서 여러 사람들을 보고 말했다: "나는 주공의 명을 받들어 군사들을 거느리고 나가서 조조를 칠 것이다. 모든 장수와 관리들은 내일 모두 강변의 행영(行營: 출정한 장수가 거주하는 군영)으로 와서 명령을 듣도록 하라. 만일 늦게 와서 일을 그르치는 자가 있으면 일곱 가지 금령(七禁令)과 참수형에 처하는 54가지 군법(五十四斬)에 따라서 처벌할 것이다."(*주유의 위풍과 기세를 묘사하고 있다.)

말을 마치자 주유는 손권에게 하직인사를 하고 몸을 일으켜 부중을 나왔다. 문무 관원들은 각자 말없이 흩어졌다.

〖 9 〗 주유는 숙소로 돌아오자마자 곧바로 공명을 청해 와서 군사 문제를 상의하려고 했다. 공명이 도착하자 주유가 말했다: "오늘 부중 府中에서 공론이 정해졌소. 조조를 깨칠 좋은 계책을 가르쳐 주시오."

공명曰: "손 장군의 마음이 아직도 확고하지 못하여 계책을 정할 수 가 없습니다."(*검을 빼서 책상까지 친 후인데도 그의 마음이 확고하지 못 하다고 말하는 것은 공명이 그것을 보지 못했기 때문이 아닐까?)

주유曰: "마음이 확고하지 못하다는 것은 무슨 말이오?"

공명曰: "손 장군께서는 마음속으로 조조의 군사 수가 많다는 것에 겁을 먹고, 아직도 적은 수의 병력으로는 많은 수의 적을 당해낼 수 없다는 생각을 하고 계십니다. 장군께서는 군사의 숫자를 가지고 그 의심을 풀어드릴 수 있으시니, 손 장군으로 하여금 분명하게 이해하여 의심이 없도록 하십시오, 그런 다음에야 큰일을 성공시킬 수 있습니 다."(*손권은 여러 차례 공명에게 조조 군사의 많고 적음을 물어 보았는데, 공명은 이로부터 그의 마음이 아직 확고하지 못하다는 것을 간파한 것이다.)

주유曰: "선생의 생각이 참으로 좋소이다."

이에 다시 들어가서 손권을 보았다.

손권曰: "공근이 밤중에 찾아온 것을 보니 틀림없이 무슨 사정이 있 는 것 같소."

주유曰: "내일 군대를 출동시키려고 하는데, 주공께서는 아직도 마 음속으로 승리를 의심하고 계시지 않습니까?"

손권曰: "단지 조조의 군사가 많아서 우리의 적은 병력으로는 저들 의 대군을 당해 내지 못할까봐 염려하고 있을 뿐이오. 그 밖에 다른 의심은 없소."

　주유가 웃으면서 말했다: "제가 특별히 이에 대한 주공의 의심을 풀어드리려고 찾아왔습니다. 주공께서는 조조가 보낸 격문에서 수륙 대군 백만이라고 말한 것을 보셨기에 마음속으로 의심과 두려움을 품으시고 그 허실虛實에 대해서는 다시 따져보려고 하지 않으십니다.

　이제 사실을 근거로 따져 보면, 그가 거느린 중원의 군사라고 해봐야 15~16만 명에 불과한데, 그들마저 이미 오랫동안 지쳐 있고, 그가 얻은 원씨袁氏의 군사들 역시 7~8만 명에 지나지 않는데 그들 역시 대부분은 여전히 의심을 품고 복종하지 않고 있습니다. 원래 오랫동안 지쳐 있는 군사들이나 의심을 품고 있는 군사들은 비록 그 수가 많다고 해도 겁낼 게 없습니다. 제게 군사 5만 명만 주신다면 제가 직접 저들을 무찌를 수 있으니, 부디 주공께서는 염려하지 마십시오."

　손권은 주유의 등을 어루만지며 말했다: "공근의 이 말은 그 동안 내가 품고 있던 의혹들을 풀어주기에 충분하오. 자포(子布: 장소)는 지모가 없어서 나를 크게 실망시켰는데, 오로지 공근과 자경(子敬: 노숙)만이 나와 같은 마음이오. 경은 노숙과 정보와 함께 내일 당장 군사를 뽑아 가지고 진군하시오. 나는 계속해서 군사들을 보내고, 군사 물자와 군량들을 넉넉히 실어 보내서 경을 지원하겠소. 경이 거느리는 선두부대가 만약 적과 싸우다가 여의치 않거든 곧바로 나에게 돌아오시오. 내가 직접 나가서 조조 역적 놈과 싸울 것이오. 그리고 다시는 어떤 의심도 하지 않을 것이오."

　주유는 하직인사를 하고 밖으로 나오면서 속으로 생각했다: '공명은 일찌감치 이미 우리 주공의 마음을 헤아리고 있었구나. 그 헤아리고 꾸미는 바가 나보다 한 수 위인데, 만약 오래 두었다가는 반드시 우리 강동에겐 우환이 될 것이다. 차라리 그를 죽여 버리는 편이 낫겠다.'(*주랑이 공명을 죽이려고 하는 것은 바로 공명이 주유를 알기 때문이다.)

이에 사람을 시켜서 그날 밤 안으로 노숙을 막사로 청해 와서 공명을 죽이려는 일을 말해 주었다.

노숙曰: "안 됩니다. 지금은 아직 조조 역적놈도 깨뜨리지 못했는데 먼저 현사賢士부터 죽인다는 것은 자기를 도와주려는 사람을 제 손으로 없애버리는 것과 같습니다."(*주유는 공명을 걱정하지만 자경이 걱정하는 것은 조조뿐이다.)

주유曰: "이 사람이 유비를 돕고 있는 한 반드시 강동의 우환거리가 될 것이오."(*주유는 공명을 우려한 것이 아니라 현덕이 공명을 얻게 된 것을 우려한 것이다.)

노숙曰: "제갈근이 바로 그의 친형이니, 그에게 공명을 불러와서 함께 우리 동오를 섬기도록 할 수 있다면 그 어찌 묘수가 아니겠소?"

주유는 그의 말을 옳게 여겼다. (*주유가 자기보다 뛰어난 사람을 싫어했던 것이 아니라 단지 자기보다 뛰어난 사람이 적을 위해 쓰이는 것을 싫어했던 것임을 이로부터 알 수 있다.)

〖 10 〗 다음날 새벽 주유는 행영行營으로 나가서 중군 막사 안에 들어가서 높이 앉아 좌우로 도부수들을 세워 놓고 문관과 무장들을 불러 모아 명령을 내렸다. 원래 정보程普는 주유보다 연장자인데, 지금 주유가 자기보다 윗자리에 앉게 된 것이 불쾌해서 이날은 병을 핑계대고 나가지 않고 맏아들 정자程咨를 대신 내보냈다. (*주유가 처음으로 군사를 점고할 때 정보는 주유의 나이가 어리다는 이유로 그를 깔보는데, 이는 마치 공명이 처음 군사를 점고할 때 관우와 장비가 공명의 나이가 어리다는 이유로 그를 깔보았던 것과 판박이처럼 닮았다.)

주유는 여러 장수들에게 명을 내렸다: "나라 법(王法)에는 친소親疎에 차등이 없다(王法無親). 그러니 제군은 각기 자기 직분을 다하라.

지금 조조는 국권을 농락함이 동탁보다 심하다. 그는 천자를 허창에 가두어 놓았으며, 포악한 군사를 우리 국경 위에 주둔시켜 놓고 있다. 나는 이제 명을 받들어 그를 치려고 한다. 제군은 모두 힘껏 앞으로 나아가기를 바란다. 대군이 이르는 곳에서 백성들을 놀라게 해선 안 된다. 공로가 있는 자에겐 상을 내릴 것이며 죄를 지은 자에겐 벌을 내릴 것이다. 결코 정실情實 따위를 감안하는 일은 없을 것이다."

명을 내리고 나서는 곧바로 한당과 황개를 선두부대의 선봉으로 삼아서 휘하 전선들을 거느리고 그날 중으로 출발하여 삼강구(三江口: 호북성 황강현黃岡縣 서북, 장강의 동안)로 가서 영채를 세운 후 별도의 명령을 기다리도록 했다. 그리고 장흠蔣欽과 주태周泰를 제 2대로 삼고, 능통凌統과 반장潘璋을 제 3대로 삼고, 태사자太史慈와 여몽呂蒙을 제 4대로 삼고, 육손陸遜과 동습董襲을 제 5대로 삼고, 여범呂範과 주치朱治를 사방순경사四方巡警使로 삼아서 여섯 개 군의 모든 군관들을 재촉하고 감독하도록 했다. 그리하여 수륙水陸으로 나란히 나아가 정한 기일에 다 모이도록 했다. 군사 배치가 끝나자 모든 장수들은 각자 배와 병기들을 수습해 가지고 출발했다.

정자程咨가 집으로 돌아가서 부친 정보를 보고 주유가 군사 배치하는 것과 행동거지들이 법도에 맞더라고 말했다.

정보는 크게 놀라며 말했다: "나는 평소 주유는 나약하여 장수가 되기에 부족하다고 깔봐 왔다. 그가 지금 이처럼 할 수 있다니, 그는 진정한 대장 감이다. 내가 어찌 복종하지 않겠느냐!"

그리고는 곧바로 친히 행영으로 찾아가서 사죄했다. (*관우와 장비가 공명에게 복종한 것은 싸움에서 이긴 후였지만 정보가 주유에게 복종한 것은 그가 군사 배치를 했을 때라는 것이 서로 다른 점이다.) 주유 또한 도리어 자기가 잘못했다면서 사과했다.

〖 11 〗 다음날 주유는 제갈근을 청해 와서 말했다: "아우님인 공명은 왕을 보필할 뛰어난 재능을 가지고 있는데 어찌하여 몸을 굽혀 유비를 섬기고 있지요? 지금 다행히 강동에 와 있으니, 수고스럽더라도 선생께서 말로 설득하여 아우님으로 하여금 유비를 버리고 우리 동오를 섬기도록 해주신다면, 우리 주공께서는 좋은 보필을 얻게 되는 것일 뿐 아니라 (*이 말은 손권을 위한 것으로, 주유의 본래 뜻이다.) 선생의 형제분들도 또한 서로 볼 수 있게 되는 것이니 이 어찌 아름다운 일이 아니겠습니까? 선생께서 즉시 한 번 다녀와 주시기 바랍니다."

제갈근曰: "제가 강동에 온 뒤로 아무런 공도 세운 게 없어서 부끄러웠는데, 지금 도독께서 그런 분부를 하시니 어찌 감히 힘을 다하지 않을 수 있겠습니까?"

그는 즉시 말에 올라 공명을 만나보려고 곧장 역참으로 찾아갔다. 공명이 맞아들여 울먹이면서 인사를 하고, 각기 오랫동안 서로 떨어져서 그리워하던 정을 털어놓았다.

제갈근이 눈물을 흘리며 말했다: "동생은 백이伯夷와 숙제叔齊를 아는가?"

공명은 속으로 생각했다: "이는 틀림없이 주유가 형님에게 가서 나를 설득하라고 시킨 것이다."(*입을 열자마자 곧바로 그것이 백인지 흑인지 알아본다(開口便見雌雄).)

그리하여 대답했다: "백이와 숙제는 옛 성현들이지요."

제갈근曰: "백이와 숙제는 수양산 아래에서 비록 굶어죽을 지경에 이르렀어도 형제 둘은 역시 한 곳에 있었다. 그런데 나는 너와 같은 뱃속에서 태어나 같은 젖을 먹고 자랐으면서도 오히려 각기 섬기는 주인이 달라서 아침저녁으로 만나지도 못하고 있으니 이 어찌 백이와 숙제의 사람됨을 보고 부끄러워하지 않을 수 있겠느냐?"

공명曰: "형님께서 말씀하시는 것은 정情이고, 아우가 지키려는 것은 의義입니다. 이 아우나 형님이나 모두 한漢나라 사람이고, 지금의 유 황숙께서는 한 황실의 후예이십니다. 형님께서 만약 동오를 떠나서 이 아우와 함께 가서 유황숙을 섬긴다면, 위로는 한의 신하 된 것에 부끄럽지 않을 것이고, 그리고 형제가 또한 함께 모여 있을 수 있으니, 이야말로 정情과 의義 두 가지를 모두 온전히 지킬 수 있는 방법입니다. 형님께서는 어떻게 하실 의향이신지 모르겠습니다."

제갈근은 속으로 생각했다: "나는 아우를 설득하러 왔는데 반대로 내가 아우에게 설득당하고 말겠구나."(*정말 우습다.)

마침내 대답할 말이 없어서 그대로 몸을 일으켜 작별하고 떠나갔다.

그는 돌아가서 주유를 보고 공명이 한 말을 자세히 이야기해 주었다.

주유曰: "공의 뜻은 어떠하시오?"

제갈근曰: "나는 손 장군의 두터운 은혜를 입었는데 어찌 배반하려 하겠습니까?"

주유曰: "공께서는 이미 충심으로 주공을 섬겨 오셨으니 더 말할 필요 없소. 내게 달리 공명을 설복시킬 계책이 있습니다."(*그 형의 면전에서 동생을 죽이려고 한다는 말은 하기가 곤란하다.) 이야말로:

> 지혜와 지혜가 만나면 서로 화합하지만   智與智逢宜必合
> 재주와 재주가 다투면 서로 용납하기 어렵지. 才和才角又難容

필경 주유는 어떤 계책을 세워놓고 공명을 설복시키려고 했는가? 다음 회를 읽어보도록 하라.

제 44 회 모종강 서시평序始評

(1). 장소張昭는 손책孫策의 부탁이란 무거운 책임을 지고 있었는데, 혹자는 이를 해석하기를: "'나라 안의 일로 결단할 수 없는

것은 장소에게 물어라' 라고 했으므로 나라 바깥의 일은 그에게 묻지 말아야 한다"고 하였다. 그러나 이는, 나라 안의 일은 처리할 줄 알면서 나라 바깥의 일은 처리할 줄 모른다는 것은 있을 수 없는 일이고, 또 나라 바깥의 일을 처리할 줄 모르면서 나라 안의 일을 처리할 줄 안다는 것도 있을 수 없는 일임을 모르고 하는 말이다. 외적을 물리치는 것은 나라 안을 편안히 하는 방법인데, 외환外患이 닥쳤을 때 그것을 막을 수 없으면서도 나라 안의 일은 처리할 줄 안다고 말한다면, 나는 그 말을 믿을 수 없다.

(2). 전 회(제43회)에서 손권은 공명에게 말했다: "현덕이 아니고는 더불어 조조를 막을 자가 없다." 이는 공명이 손권을 화나게 만들어 손권으로 하여금 현덕에게 도움을 요청하게 한 것이다. 본 회에서 주유는 공명에게 말했다: "공명은 나를 좀 거들어주어 함께 조조 역적을 깨뜨리기 바라오." 이는 공명이 주유를 화나게 만들어 주유로 하여금 공명에게 도움을 청하도록 만든 것이다.
본래는 현덕이 손권에게 도움을 청하려는 것이었는데 도리어 손권으로 하여금 반대로 현덕에게 도움을 청하도록 할 수 있었으며, 본래는 공명이 주유에게 도움을 청하려는 것이었는데 도리어 주유로 하여금 반대로 공명에게 도움을 청하도록 할 수 있었던 것이니, 공명의 지모는 참으로 천고千古에 절묘하다.

(3). 조조에게 항거하려는 주유의 뜻은 일찌감치 마음속에 정해져 있었으나 조조에게 항복하자고 거짓말을 했던 것은 말로써 공명을 자극하여 그로 하여금 자기에게 도움을 청하도록 하려는 것이었다. 노숙은 그것이 거짓말인 줄도 모르고 극력 그와 쟁론을 벌였으나. 공명은 그것이 거짓말인 줄 알았기 때문에 입에서 나오는

대로 그의 말에 건성으로 대답했던 것이다. 주유와 공명 두 사람은 각자 어깃장을 놓으면서 각각 거짓말을 하는데, 둘 다 속으로는 헤아리고 있으면서도 모르는 체한 것이다. 그들 둘 사이에 매사에 성심성의로 임하는 노숙이 끼여서 때때로 몇 마디 솔직한 말을 함으로써 두 사람의 본심을 드러내 보이도록 하고 있는데, 그 묘사가 참으로 보기에 좋다.

(4). 주유는 공명을 미워한 것이 아니라 현덕을 미워했던 것이다. 공명이 현덕을 주인으로 섬기고 있기에 그를 미워했던 것이지, 만약 공명이 동오를 주인으로 섬긴다면 미워하지 않았을 것이다. 그가 제갈근諸葛瑾으로 하여금 그를 불러오도록 한 뜻을 보면 알 수 있다. 그는 방연龐涓이 손빈孫臏과 함께 한 임금을 섬기고 있으면서도 손빈孫臏을 반드시 죽여야만 속이 후련해 했던 것과는 다르다. 하나는 서로 다른 나라에 있으면서 그를 불러서 자기 나라로 들어오도록 하려고 했으나, 하나는 같은 나라에 있으면서 그를 쫓아내서 다른 나라로 들어가도록 했던 것이다. 그러므로 방연과 주유를 비교해 보면, 주유는 참으로 공명을 지극히 사랑했었음을 알 수 있다.

제45회

조조, 삼강구에서 군사를 잃고
장간, 군영회에서 계략에 빠지다

〖 1 〗 한편 주유는 제갈근의 말을 듣고 도리어 공명을 원망하며 그를 죽이려는 생각을 품었다. 다음날 주유는 군사와 장수들에 대한 점검을 마친 다음 손권에게 하직인사를 하려고 들어갔다.

손권曰: "경이 먼저 가시오. 내 곧 군사를 일으켜 뒤따라가겠소."

주유는 하직인사를 하고 나와서 정보, 노숙과 함께 군사들을 거느리고 출발하면서 공명에게도 같이 가자고 했다. (*공명에게 같이 가자고 한 것은 호의에서가 아니다.) 공명은 흔쾌히 그들을 따라갔다. (*공명이 따라간 것 역시 그 의도를 몰라서가 아니다.) 모두들 같이 배에 올라 돛을 달고 배를 저어 천천히 열을 지어 하구夏口를 향해 나아갔다. 삼강구三江口에서 5~60리 떨어진 곳에 이르러 배들은 차례로 닻을 내렸다.

주유는 강 안에 영채를 세우고, 육군은 강기슭 위에서 서산(西山: 일명 번산樊山. 호북성 악성시鄂城市 서쪽)에 의지하여 영채를 세우고 그 주위로 군사들이 주둔하도록 했다. 공명은 작은 쪽배 하나(一葉片舟) 안에서 편히 쉬었다. (*공명이 탄 배가 나무 잎사귀 하나(一葉)와 같다면 공명의 몸 역시 일엽一葉과 같았다. 일엽의 몸을 동오에 기탁하고서도 태산같이 편하게 느끼니, 참으로 신인神人이라 하겠다.)

〚 2 〛 주유는 군사들의 배치를 끝내고는 사람을 공명에게 보내서 의논할 일이 있으니 와달라고 청했다.

공명이 중군中軍 막사에 이르러 인사를 마치자 주유가 말했다: "전에 조조는 군사가 적고 원소는 군사가 많았는데도 조조가 도리어 원소를 이겼던 것은 조조가 허유許攸가 건의한 계책을 써서 먼저 오소烏巢의 양도糧道를 끊었기 때문이오. (*제30회에 나온 일이다.) 지금 조조의 군사는 83만 명이나 되지만 우리 군사는 겨우 5~6만 명밖에 안 되니 어찌 저들을 대적해낼 수 있겠소이까? 역시 반드시 먼저 조조의 양도부터 끊어놓은 후에야 깨뜨릴 수 있을 것이오.

내 이미 조조 군의 군량과 마초들은 전부 취철산聚鐵山에 쌓여 있다는 것을 알아냈는데, 선생께서는 한수 상류지역에 오래 있어서 그곳 지리를 훤히 아실 테니, 저 역시 군사 1천 명을 내어 도와드릴 테니, 수고스럽지만 관우, 장비, 자룡 등과 함께 오늘밤 안으로 취철산으로 가서 조조의 양도를 끊어주길 감히 부탁드리겠소. 피차 모두 각자의 주인을 위해서 하는 일이니 선생께선 거절하지 말아 주시기 바라오."(*천하에는 속에는 호의를 품고 있지 않으면서도 말은 최고로 그럴 듯하게 잘하는 사람이 있다.)

공명은 속으로 생각했다: "이는 형님을 시켜서 나를 설득하도록 했으나 내가 꿈쩍도 하지 않자 계략을 써서 나를 해치려는 것이다. 내가 만약 거절하면 틀림없이 비웃음거리가 될 것이다. 차라리 가겠다고 대답해 놓고 달리 방법을 찾아보는 게 좋겠다."

이에 흔쾌히 그의 요청을 받아들였다. (*공명의 영리함을 묘사하고 있는데, 단지 그것을 노출시키지 않을 따름이다.) 주유는 크게 기뻐했다.

공명이 하직인사를 하고 나가자, 노숙이 은밀히 주유에게 물었다: "공께서는 공명으로 하여금 군량을 습격해서 빼앗도록 하셨는데, 무슨 생각에서 그리 하셨지요?"

주유曰: "나는 공명을 죽이고 싶었소. 그러나 남의 비웃음을 살까봐 두려워서 조조의 손을 빌려 그를 죽임으로써 후환을 없애려고 하는 것이오."

노숙은 그 말을 듣고 곧바로 공명을 찾아가서 그가 이런 내막을 알고 있는지 모르고 있는지 살펴보았다. 그러나 가서 보니 공명은 전혀 난색難色을 보이지 않고 군사들을 정돈하여 떠나려고 했다. 노숙은 차마 모른 체 하고 그냥 보고만 있을 수가 없어서 말로써 떠보았다: "선생께서 이번에 가시면 성공할 수 있겠습니까?"(*노숙의 충직하고 인정 많음을 묘사함으로써 주유의 매정함을 돋보이도록(反襯) 하고 있다.)

공명이 웃으며 말했다: "나는 수전水戰이든 보병전(步戰)이든, 기마전(馬戰)이든 전차전(車戰)이든, 모든 전투에서 오묘한 계책들을 다 쓸 줄 아는데 어찌 공을 이루지 못할까봐 걱정하겠습니까? 강동의 공이나 주랑(周郎: 주유) 등처럼 한 가지밖에 할 줄 모르는 사람과 저를 비교해서는 안 되지요."(*또 어깃장 놓는 말을 하고 있는데, 공명은 이런 방법에 익숙하다.)

노숙曰: "나와 공근은 어째서 한 가지밖에 할 줄 모른다고 말하시오?"

공명曰: "나는 강남의 아이들이 부르는 노래를 들었는데, 그 노랫말에서 이르기를: '복병을 두고 관문을 지키는 데는 자경(子敬: 노숙)이 제일이고, 강에서의 수전水戰이라면 주랑이 있지.' 라고 하더군요. 이 말은 곧, 공 같은 분은 그저 육지에서 매복병을 두고 관문을 지킬 줄만 알고, 공근은 다만 물 위에서 싸울 줄만 알지 육지에서는 싸울 줄 모른 다는 말 아닙니까?"

〖 3 〗 노숙이 곧 이 말을 주유에게 말해 주었다. 주유가 화를 내며 말했다: "어찌 나는 육지에서는 싸울 줄 모른다고 깔본단 말인가? 그를 보낼 필요 없다! 내가 직접 1만 명의 기마군을 이끌고 취철산으로 가서 조조의 양도를 끊어놓을 것이다!"

노숙이 또 주유의 이 말을 공명에게 말해주었다. 공명이 웃으면서 말했다: "공근이 나로 하여금 양도를 끊도록 한 것은 실은 조조로 하여금 나를 죽이도록 하려는 것이었습니다. (*이때에야 비로소 주유가 자기를 보내려고 했던 까닭을 말한다.) 내가 그래서 한 마디 농담을 했던 것인데, 공근은 그 농담을 제대로 받아들이지 못한 것 같습니다. 지금 사람을 쓰는 데 있어서는 오로지 오후吳侯와 유 사군이 한 마음으로 협력하기를 바라야만 공을 이룰 수 있습니다. 만약 각자 서로 해치려고 생각한다면 대사는 끝장나고 맙니다. (*이는 바른 말로 그를 가르쳐서 자기를 해치려는 그 마음을 그만 두도록 하려는 것이다.)

조조 역적 놈은 꾀가 많습니다. 그는 평소에 남의 양도糧道를 끊는데 이골이 난 사람인데 지금 어찌 많은 군사들로써 그에 대한 대비를 하고 있지 않겠습니까? 공근이 만약 간다면 틀림없이 사로잡히게 될 것입니다. (*충언으로 말해 줌으로써 주유의 승부욕을 누그러뜨리려는 것이다.) 지금은 마땅히 먼저 수전을 벌임으로써 북방 군사들의 사기를 꺾어놓고 따로 묘계를 찾아서 그를 깨뜨려야 합니다. 자경께서 공근에게 잘 말씀드려 주신다면 다행이겠습니다."

노숙은 곧바로 그날 밤 안으로 돌아가서 주유를 보고 공명의 말을 자세히 설명해 주었다. 주유는 머리를 흔들고 발로 땅을 차면서 말했

다: "이 사람의 식견이 나보다 열 배는 높으니 지금 없애버리지 않으면 후에 가서 반드시 우리나라에 화가 될 것이오!"

노숙曰: "지금 사람을 쓰는 데 있어서는 나라를 중하게 여기시기 바랍니다. 우선은 조조를 깨뜨리기를 기다렸다가 그 후에 그를 도모하더라도 늦지 않을 것입니다."

주유는 그의 말을 옳게 여겼다.

〖 4 〗 한편 현덕은 유기에게 강하江夏를 지키라고 분부해 놓고 자기는 여러 장수들을 거느리고 군사들을 이끌고 하구夏口로 갔다. 멀리 강남 쪽을 바라보니 강기슭 위에는 깃발들이 요란하고 온갖 창(戈戟)들이 겹겹이 세워져 있었다. 현덕은 동오에서 이미 군사를 일으킨 줄 알고 강하의 군사를 전부 옮겨다가 번구樊口에 주둔시켜 놓았다.

현덕은 여러 사람들을 모아놓고 말했다: "공명이 동오로 떠난 뒤 소식이 묘연해서 일이 어떻게 돌아가고 있는지 모르겠다. 누가 가서 내막을 알아가지고 오겠느냐?"(*물고기가 오랫동안 물을 떠나 있으니 어찌 물이 마르지 않겠는가?)

미축曰: "제가 갔다 오겠습니다."

현덕은 이에 양고기와 술과 예물 등을 준비하여 미축으로 하여금 동오로 가서 군사들을 위로해 주러 왔다고 구실을 대고 내막을 알아오도록 했다.

미축은 명을 받고 작은 배를 타고 물길을 따라 내려가서 곧장 주유의 대채大寨 앞에 이르렀다. 군사가 들어가서 주유에게 알리자 주유가 그를 불러들였다. 미축은 재배를 하고 현덕의 인사말을 전한 다음 술과 예물을 바쳤다. 주유는 받은 후 연석을 베풀어 미축을 대접했다.

미축曰: "공명이 여기 와 있은 지도 이미 오래 됐으니 이번에 같이 돌아가고자 합니다."

주유曰: "공명은 지금 나와 함께 조조를 칠 계책을 의논하고 있는 중인데 어찌 곧바로 떠나갈 수 있단 말이오? (*공명을 떠나가게 해주지 않을 뿐 아니라 또 미축과 만나보지도 못하게 하는데, 주유가 호의를 품고 있지 않음을 묘사하고 있다.) 나 역시 유 예주를 뵙고 함께 좋은 계책을 의논하고 싶으나 이 몸은 대군을 거느리고 있는지라 잠시도 떠날 수가 없소. 만약 유 예주께서 이리로 왕림해 주신다면 더할 나위 없이 고맙겠소." (*공명을 떠나가게 해주지 않으면서 도리어 현덕을 속여서 오도록 하려는데, 주유가 더욱 더 호의를 품고 있지 않음을 묘사하고 있다.)

미축은 그러겠다고 대답한 다음 하직인사를 하고 돌아갔다.

노숙이 주유에게 물었다: "공은 현덕을 만나려고 하시는데, 무슨 상의할 일이 있습니까?"

주유曰: "현덕은 당세의 효웅臭雄이므로 없애버리지 않으면 안 되오. 내가 이번 기회에 그를 유인해 와서 죽이려고 하는 것은 실은 나라를 위해 후환 하나를 없애 버리려는 것이오."

노숙이 재삼 그러지 말라고 권했으나, 주유는 끝내 듣지 않고 마침내 은밀히 명령을 내렸다: "현덕이 오거든 먼저 도부수 50명을 벽의 커튼 뒤에 매복시켜 놓았다가 내가 술잔 던지는 것을 신호로 곧바로 뛰쳐나와 손을 쓰도록 하라."

〖 5 〗 한편 미축은 돌아가서 현덕을 보고 주유가 주공과 직접 만나서 상의할 일이 있다면서 그곳으로 와 달라고 청한 일을 자세히 이야기했다. 현덕은 곧바로 쾌선快船 한 척을 준비하라고 지시하여 당장 떠나려고 했다.

운장이 말렸다: "주유는 꾀가 많은 사람인데다 공명의 서신조차 없는 걸 보면 그 속에 무슨 속임수가 있을까봐 두렵습니다. 가벼이 가셔서는 안 됩니다."

현덕曰: "나는 지금 동오와 손을 잡고 함께 조조를 치려고 하는데 주랑이 나를 보고자 하는데도 내가 만약 가지 않는다면 이는 동맹을 맺을 뜻이 없는 것이 되고 마네. 둘이 서로 시기한다면 일은 성사될 수 없어."

운장曰: "형님께서 기어코 가시겠다면 이 아우가 같이 따라 가겠습니다."

장비曰: "나도 따라가겠소."

현덕曰: "운장만 나를 따라가고 익덕은 자룡과 함께 영채를 지키고, 간옹은 악현(鄂縣: 무창. 호북성 악성시 서쪽)을 굳게 지키도록 하라. 내 갔다가 곧바로 돌아올 것이다."

현덕은 분부를 마치자 즉시 운장과 함께 작은 배에 올라 따르는 사람 20여 명을 데리고 나는 듯이 노를 저어 강동으로 갔다. 현덕은 강동의 대소 전함들에 깃발과 갑주 입은 병사들이 좌우로 가지런히 벌려서 있는 것을 보고는 속으로 매우 기뻤다.

군사가 급히 주유에게 보고했다: "유 예주께서 오셨습니다."

주유가 물었다: "배를 몇 척이나 끌고 왔더냐?"

군사가 대답했다: "배는 단 한 척인데 따라온 자들이 20여 명 됩니다."

주유가 웃으면서 말했다: "이 사람의 명도 이제 끝장났군!"

그리고는 도부수들로 하여금 먼저 매복해 있도록 한 다음 그를 영접하러 영채를 나갔다. 현덕은 운장 등 20여 명을 이끌고 곧바로 중군 막사로 갔다. 인사가 끝나자 주유는 현덕을 상석에 앉도록 청했다. (*천하에는 호의를 품지 않은 자들이 이처럼 겉치레 공경을 가장 잘 나타낸다.)

현덕曰: "장군의 명성은 천하에 널리 알려져 있습니다. 그런데 이 못난 유비에게 장군께서는 어찌 후례厚禮를 베풀려 하십니까?"

그리고는 손님과 주인으로 각기 자리를 나누어 앉았다. 주유는 연석을 베풀어 그를 대접했다.

〖 6 〗한편 공명은 우연히 강변에 왔다가 현덕이 이곳에 와서 도독과 만나고 있다는 말을 듣고는 깜짝 놀라서 급히 중군 막사로 들어가서 가만히 동정을 살펴보았다. 주유의 얼굴에는 살기가 보였고 양편의 휘장 속에는 도부수들이 몰래 숨어서 늘어서 있는 것이 보였다

공명은 크게 놀라서 말했다: "상황이 이러한데, 이 일을 어찌해야 하나?"

고개를 돌려서 현덕을 보니, 그는 태연히 웃으며 이야기하고 있었다. 그러나 그의 등 뒤에 한 사람이 손에 칼을 잡고 서 있는 것이 보였는데, 곧 관운장이었다.

공명은 기뻐서 말했다: "우리 주공께선 위험하지 않겠구나."

마침내 다시 들어가지 않고 몸을 돌려서 강변으로 가서 기다렸다.

주유는 현덕과 술을 마셨다. 술이 몇 순배 돌았을 때 주유는 일어나서 현덕에게 술을 권하려다가 언뜻 보니 관운장이 칼을 잡고 그의 등 뒤에 서 있어서 급히 누구인지 물어보았다.

현덕曰: "제 아우 관운장입니다."

주유가 놀라며 말했다: "그렇다면 전에 안량과 문추를 베어죽인 사람 아닙니까?"(*제25회 중의 일이다.)

현덕曰: "그렇습니다."

주유는 크게 놀라서 등에 식은땀이 줄줄 흘렀다. 그는 곧바로 술을 따라서 운장에게 권했다.

잠시 후 노숙이 들어왔다.

현덕曰: "공명은 어디 있습니까? 수고스럽지만 자경께서 그를 불러와서 한번 만나도록 해주십시오."

주유曰: "일단 조조를 깨뜨릴 때까지 기다렸다가 공명을 만나보시

더라도 늦지 않을 것입니다."(*또 공명을 만나보지 못하게 하는데, 주유가 호의를 품고 있지 않음을 묘사하고 있다.)

현덕은 감히 다시 말하지 못했다. 이때 운장이 현덕에게 눈짓을 하자 현덕은 그 뜻을 알아차리고 즉시 일어나서 주유에게 하직인사를 하며 말했다: "저는 잠시 돌아가 봐야겠습니다. 가까운 시일 내로 적을 깨뜨려 공을 거두신 후에 전적으로 축하를 드리기 위해 다시 오겠습니다."

주유 역시 붙잡지 않고 원문轅門 밖까지 배웅해 주었다. 현덕이 주유와 헤어져 관운장 등과 함께 강변으로 와보니 공명은 이미 배 안에서 기다리고 있었다. 현덕은 크게 기뻤다.

공명曰: "주공께서는 오늘 위험에 빠지셨음을 알고 계셨습니까?"

현덕은 깜짝 놀라며 말했다: "몰랐습니다."

공명曰: "만약 운장이 없었더라면 주공께서는 주랑의 손에 해를 당하실 뻔했습니다."

현덕은 그제야 깨닫고 공명에게 같이 번구樊口로 돌아가자고 했다.

공명曰: "저는 비록 범의 아가리 안에 들어가 있어도 편안하기가 태산과 같습니다(雖居虎口, 安如泰山). (*오직 용만이 호랑이를 제압할 수 있다.) 이제 주공께서는 배와 군사들을 준비해 두셨다가 11월 20일 갑자일甲子日 후에 조자룡으로 하여금 작은 배를 몰아 장강 남쪽 강변에 와서 기다리고 있도록 해 주십시오. 절대 착오가 있어서는 안 됩니다."

현덕이 그 의도를 물었다.

공명曰: "다만 동남풍이 불기 시작하는 것만 보고 저는 반드시 돌아가겠습니다."(*돌아갈 날짜까지 미리 계산해 두고 있다니, 참으로 더할 수 없이 기이하고 절묘하다.)

현덕이 다시 물어보려고 하자 공명은 현덕에게 빨리 배를 출발시키라고 재촉했다. 그는 말을 마치자 혼자 돌아갔다.

현덕과 운장은 따르는 사람들과 함께 배를 출발시켰는데, 몇 마장 (里) 못 가서 문득 보니 상류로부터 5,60척의 배들이 내려오고 있었다. 이물(船頭: 뱃머리) 위에는 대장 한 사람이 창을 비껴 잡고 서 있었는데 곧 장비였다. 그는 현덕에게 무슨 일이 생기면 운장 혼자 힘으로는 버텨내기 어려울까봐 염려되어 특별히 지원하러 온 것이다. 이리하여 세 사람은 함께 영채로 돌아왔는데, 이 이야기는 그만하기로 한다.

〖 7 〗 한편 주유는 현덕을 배웅하고 나서 영채 안으로 돌아왔다. 노숙이 들어와서 물었다: "공은 기왕에 현덕을 이곳까지 유인해 와놓고 왜 손을 쓰지 않았습니까?"

주유日: "관운장은 이 천하에 용맹한 범 같은 장수(虎將)인데 그가 서나 앉으나 현덕의 곁을 떠나지 않고 따라다녔소. 내가 만약 손을 썼다면 그는 틀림없이 나를 죽였을 것이오."

노숙은 깜짝 놀랐다. 그때 문득 조조가 사자를 보내어 글을 보내 왔다고 알려왔다. 주유는 그를 불러들였다.

사자가 들어와서 글을 올렸는데, 보니 겉봉에 분명하게 "한漢의 대승상大丞相이 주周 도독에게 주노니 열어보도록 하라."라고 씌어 있었다. 주유는 크게 화를 내며 다시 열어보려고 하지도 않고 그 서신을 쫙 찢어서 땅에 내던지고 찾아온 사자의 목을 베라고 호통을 쳤다.

노숙日: "두 나라가 서로 싸우는 중에도 찾아온 사자는 베지 않는 법입니다."

주유日: "사자의 목을 베어 위엄을 보여주려는 것이오!"

마침내 사자의 목을 베어 그 수급을 따라온 자에게 주어서 가지고 돌아가게 했다. 그러고는 감녕甘寧을 선봉으로 삼고 한당韓當을 좌익左翼, 장흠蔣欽을 우익右翼으로 삼고, 주유 자신은 여러 장수들을 거느리고 후원하기로 했다. 다음날 사경(四更: 새벽 1~3시 사이)에 밥을 지어 먹고 오경五更에 배를 출발시켜 북 치고 함성을 지르며 앞으로 나아갔다.

〖 8 〗 한편 조조는 주유가 사자가 가지고 간 서신을 찢어버리고 그의 목을 벤 것을 알고는 크게 화를 내며 곧바로 채모와 장윤 등 형주에서 항복해온 장수들을 선두부대로 삼고 조조 자신은 후군이 되어 전선들을 재촉하여 나아갔다. 삼강구三江口에 이르러 보니 벌써 동오의 전선들이 강을 뒤덮고 오고 있었다.

앞장 선 대장 하나가 이물 위에 앉아서 큰소리로 외쳤다: "나는 감녕이다. 누가 감히 와서 나와 싸워 보겠느냐?"

채모는 자기 아우 채훈蔡壎에게 앞으로 나가라고 했다. 두 배가 서로 가까워지자 감녕은 활을 잡고 화살을 메겨서 채훈을 향해 쐈고, 활시위 소리와 동시에 그는 꼬꾸라졌다. (*먼저 선봉이 공을 세운 것을 묘사하고 있다.) 감녕은 배를 몰아 힘차게 나아갔고, 모든 쇠뇌들도 일제히 화살을 쏘아댔다. 조조의 군사들은 막아낼 수가 없었다.

오른편의 장흠과 왼편의 한당은 곧바로 조조의 함대 속으로 쳐들어 갔다. 조조 군사의 태반은 청주와 서주 출신들인지라 평소에 수전水戰을 익히지 못하여 큰 강 위에서 전선이 한 번 흔들리자 그만 두 발로 제대로 서 있지도 못했다. 감녕 등 세 방면으로 나아간 동오의 전선들은 수면 위를 종횡으로 누볐다. 주유가 또 배들을 재촉해 와서 싸움을 도왔다. 조조의 군사들 중 화살과 포석砲石에 맞은 자들이 헤아릴 수 없이 많았다. 사시(巳時: 오전 9시부터 11시 사이)부터 시작한 싸움은 미시(未時: 오후 1시부터 3시까지)까지 그대로 지속되었다.

주유는 비록 이기기는 했으나 아군의 적은 군사로 적의 많은 군사를 당해내지 못하게 될까봐 두려워서 마침내 퇴각 신호로 징을 쳐서 배들을 거두어들였다. (*이것이 공명이 말한 바 먼저 북군의 예기를 꺾어놓는다는 것이다. 비록 이번 성공이 주유의 공로였지만 역시 공명의 가르침이 있었던 것이다.) 조조의 군사들은 패해서 돌아갔다.

조조는 육지의 영채로 올라가서 군사들을 다시 정돈하고 채모와 장윤을 불러놓고 야단쳤다: "동오의 군사가 우리보다 적은데도 도리어 저들에게 패하고 말았으니, 이는 너희들이 심혈을 기울이지 않았기 때문이다!"

채모日: "형주의 수군들은 오랫동안 훈련을 받지 않았고, 청주와 서주의 군사들은 또 본래 수전에 익숙하지 못해서 그만 패한 것입니다. 지금은 마땅히 먼저 물 위의 영채, 즉 수채水寨를 세워 놓고 청주와 서주 군사들은 그 가운데 두고 형주의 군사들은 바깥쪽에 두어서 매일 교습敎習을 시켜서 완전히 익숙해지도록 해야만 비로소 그들을 쓸 수 있습니다."

조조日: "너희들은 이미 수군의 도독인데, 스스로 판단해서 처리할 것이지 나에게 보고할 필요가 어디 있느냐?"

이리하여 장윤과 채모 두 사람은 직접 나가서 수군을 훈련했는데, 장강 연안 일대에다 24개의 수문水門을 만들어 놓고 큰 배들을 바깥쪽에 늘어세워 성곽으로 삼고, 작은 배들은 그 안에서 왔다 갔다 할 수 있도록 했다. (*주유가 계략을 꾸며 두 사람을 죽이게 되는 원인이다.) 밤이 되어 등불을 켜자 불빛이 비춰서 하늘과 물 위가 온통 붉었다. 땅 위의 영채들은 3백여 리에 걸쳐 있어서 낮에는 밥 짓는 연기가, 밤에는 등불 빛이 끊어지지 않았다. (*장차 주유가 지르게 될 불빛을 묘사하기 위해 먼저 조조 군중의 불빛을 묘사하고 있다.)

〖 9 〗 한편 주유는 싸움에서 이기고 영채로 돌아와서 전군을 위로하고 상을 내리는 한편, 사람을 오후吳侯한테 보내서 승전보를 알리도록 했다. 이날 밤, 주유가 높은 데 올라가서 멀리 바라보니 서쪽 강변에서

는 불빛이 하늘에 닿아 있었다.

곁에 있던 사람이 말했다: "저것은 전부 북군의 등불 빛입니다."
(*또 불빛을 묘사함으로써 미리 이후 글에서의 적벽대전의 불빛을 돋보이도록 안받침(衬染)하고 있다.)

주유 역시 속으로 놀랐다.

다음날, 주유는 조조의 물 위 영채를 직접 가서 살펴보려고 큰 누각선(樓船) 한 척을 준비하도록 했다. 그리고는 군악대를 데리고, 수행하는 건장한 장수 몇 명들은 각기 강궁과 쇠뇌를 지니도록 하여 주유와 함께 일제히 배에 올라 천천히 나아갔다. 조조의 물 위 영채 가에 이르자 주유는 돌로 만든 닻을 내리도록 하고 누각선 위에서는 일제히 음악을 연주하도록 했다.

주유는 몰래 조조의 수채水寨를 엿보다가 크게 놀라서 말했다: "이는 수군의 오묘한 전법을 깊이 터득한 자가 세운 것이다."

그리고는 물었다: "누가 수군 도독이냐?"

곁에 있던 자가 말했다: "채모와 장윤입니다."

주유는 속으로 생각했다: "두 사람은 오랫동안 강동에 있었으므로 수전에 대해 깊이 알고 있다. 내 반드시 계략을 써서 먼저 이 두 사람부터 없애 버려야겠다. 그런 후에야 조조를 깨뜨릴 수 있을 것이다."(*하문에서 장간蔣幹을 속이게 되는 계기이다.)

주유가 한창 조조의 수채 안을 엿보고 있는데, 일찌감치 조조의 군사가 조조에게 급보를 올렸다: "주유가 우리 영채를 훔쳐보고 있습니다."

조조는 배를 풀어 쫓아가서 그를 사로잡으라고 했다. 주유는 수채 안의 깃발이 움직이는 것을 보고는 급히 닻을 올리도록 해서 누각선의 양쪽 모든 곳에서 일제히 노를 저어 강물 위로 나는 듯이 떠나갔다. 조조의 수채 안에서 배가 밖으로 나갔을 때에는 주유의 누각선은 이미 십여 리나 멀리 달아난 후여서 쫓아갔으나 따라잡지 못하고 돌아가서 조조에게 보고했다.

〖 10 〗조조는 여러 장수들에게 물었다: "어제는 싸움에 패해서 우리의 예기가 꺾였는데, 오늘 또 적이 우리 영채를 샅샅이 엿보고 갔다. 우리가 무슨 계책을 써야 적을 깨뜨릴 수 있겠는가?"

말이 채 끝나기도 전에 휘하의 한 사람이 나서며 말했다: "저는 어렸을 때부터 주랑과 더불어 동문수학한 친구입니다. 제가 강동으로 가서 부드러운 이 세 치 혀로 그 사람을 설득하여 항복하러 오도록 하겠습니다."(*주유는 조조의 수채水寨를 살펴본 후 마침 사람을 시켜서 강을 건너가서 채모와 장윤을 이간시키려 하고 있었다. 그런데 장간이 강동으로 가겠다고 자원함으로써 마치 주유와 부딪치기라도 한 것처럼 그 기회가 적중適中했던 것이다.)

조조는 크게 기뻐하면서 그 사람을 보니 구강九江 사람으로 성은 장蔣, 이름은 간榦, 자는 자익子翼이라고 하는 자였는데, 그는 현재 수하 막료로 있었다.

조조가 물었다: "자익은 주공근周公瑾과 교분이 두터운가?"

장간曰: "승상께선 염려 마십시오. 제가 강동에 가면 반드시 성공하고야 말겠습니다."

조조가 물었다: "뇌물로 무슨 물건을 가지고 갈 생각인가?"

장간曰: "다만 저를 따라갈 동자 하나와 배를 저을 노복奴僕 둘만 필요하고 그 외에는 아무것도 필요 없습니다."

조조는 크게 기뻐하며 술을 내와서 장간을 배웅했다. 장간은 갈포 두건을 쓰고 베 도포를 입고 작은 배 하나에 올라 곧장 주유의 영채 안으로 가서 '옛 친구 장간이 찾아왔다'고 전하도록 했다.

이때 주유는 마침 막사 안에서 군사 일을 의논하고 있다가 장간이 왔다는 말을 듣고는 웃으면서 여러 장수들에게 말했다: "세객(說客: 유세객)이 때마침 잘 찾아왔소!"

곧바로 여러 장수들에게 귓속말로 여차여차하게 하라고 일러주었다. (*그가 일러준 계책을 분명하게 설명하지 않고 그냥 다음 글에 가서야 비로소 드러나도록 한 것이 묘하다.) 모든 장수들은 다 명을 받고 헤어졌다.

〖 11 〗 주유는 의관을 정제하고 수행원 수백 명을 앞뒤로 둘러싸도록 해서 나갔는데, 그들은 모두 비단옷을 입고 꽃무늬를 수놓은 모자를 쓰고 있었다. (*장간은 갈건에 베 도포를 입어서 그 모습이 극히 소박했는데, 주유 쪽에서는 모두 비단 옷에 꽃무늬를 수놓은 모자를 써서 극히 요란했다. 서로 대비 되어 몹시 재미있다.) 장간이 푸른 옷을 입은 작은 동자 하나를 이끌고 의젓한 모습으로 걸어왔다.

주유가 절을 하며 맞아들이자, 장간이 말했다: "공근은 그간 무사하셨는가?"

주유日: "자익子翼은 멀리 강과 호수를 건너오느라 큰 고생을 했네. 자네는 조씨를 위한 세객說客이 되었는가?" (*묘한 것은 입을 열자마자 곧바로 그의 정체를 말해버리는 것이다.)

장간이 깜짝 놀라며 말했다: "내 자네를 못 본 지 오래여서 일부러 옛 얘기나 나눠보려고 찾아왔는데, 어찌 나를 세객으로 의심한단 말인가?"

주유가 웃으며 말했다: "내 비록 귀 밝기가 사광(師曠: 춘추시대 때 진晉의 악사樂土. 음흉의 변별 능력이 뛰어나기로 유명했다.)만은 못해도 거문고 소리를 들으면 연주자의 생각을 알 수 있다네."

장간日: "자네가 옛 친구를 이렇게 대우하다니, 나는 곧바로 돌아가야겠네."

주유는 웃으며 그의 팔을 잡아끌면서 말했다: "나는 다만 형이 조씨를 위한 세객이 되었을까봐 염려했던 것뿐이네. 기왕에 그럴 마음이 없다면 속히 돌아갈 게 무엇인가?"

그리고는 같이 막사 안으로 들어갔다. 서로 인사를 마치고 자리에 앉자 곧바로 강동의 영웅호걸들을 전부 불러와서 자익을 만나보도록 했다. (*강동의 인물들을 자랑하고 있다.)

잠시 후 문관과 무장들은 각기 비단옷을 입고, 휘하의 편장偏將과 비장裨將 등 하급 장교들은 모두 은빛 갑옷을 입고 두 줄로 나뉘어 들어왔다. (*강동의 사람 많음과 부유함을 자랑하고 있다.)

주유가 서로 인사를 하라고 해서 모두 서로 인사를 한 다음 양쪽으로 나뉘어 열을 지어 자리에 앉았다. 연석을 크게 벌여놓고 승전을 축하하는 군악을 연주하며 돌아가면서 술잔을 돌렸다.

주유가 여러 관원들에게 말했다: "이 사람은 나와 동문수학한 옛 친구요. 비록 강북에서 이리로 오기는 했으나 조가曹家의 세객은 아니니 여러분은 의심하지 마시오."

그리고는 허리에 차고 있던 칼을 풀어 태사자에게 주며 말했다: "공은 나의 이 칼을 차고 술자리를 감시하도록 하라. 오늘 잔치는 다만 친구간의 정을 나누기 위한 것이니, 만약 조조와 동오의 군사 관련 일을 꺼내는 사람이 있거든 즉시 그 자의 목을 베도록 하라."(*더욱 더 장간으로 하여금 입을 열 수 없도록 하고 있는 점이 심히 묘하다.)

태사자는 그러겠다고 대답하고서는 손으로 칼을 잡고 자리에 가서 앉았다. 장간은 깜짝 놀라서 감히 여러 말을 할 수가 없었다. (*그야말로 입을 열 수가 없었다.)

주유曰: "나는 군사를 지휘해 온 이래 술은 한 방울도 입에 대지 않았다. 그러나 오늘은 옛 친구를 만났고 또한 의심하거나 꺼릴 일도 없으니 한번 취하도록 마셔 봐야겠다."

말을 마치자 크게 소리 내어 웃고 유쾌하게 술을 마셨다. (*하문에서 취한 체하게 되는 이유이다.) 술자리에서는 술잔이 수없이 왔다 갔다 하며 시끌벅적했다.

〖 12 〗 술이 얼큰하게 취하자 주유는 장간의 손을 잡고 같이 막사 밖으로 걸어 나갔다. 좌우 군사들은 완전무장을 하고 창을 잡고 서 있었다. (*강동의 군사 위엄을 자랑한 것이다.)

주유曰: "우리 군사들이 상당히 힘차고 건장한 것 같지 않은가?"

장간曰: "참으로 범이나 곰처럼 용맹한 군사들이군."

주유는 또 장간을 막사 뒤로 이끌고 가서 바라보니 군량과 마초가 산더미처럼 쌓여 있는 것이었다. (*또 강동의 군량 많음을 자랑하고 있다.)

주유曰: "우리 군량과 마초가 충분히 비축되어 있지 않은가?"

장간曰: "군사들은 정예롭고 군량은 풍족한 걸 보니 과연 들었던 명성이 헛말이 아니군(名不虛傳)!"

주유는 일부러 취한 척하고 크게 웃으며 말했다: "나와 자네가 함께 공부하던 시절을 회상해 보면, 오늘 같은 날이 있으리라고는 꿈도 꿀 수 없었지."

장간曰: "자네의 뛰어난 재주로 본다면 사실 이것도 지나치지는 않아."

주유는 장간의 손을 잡고 말했다: "대장부가 세상에 나서 자기를 알아주는 주인을 만나(遇知己之主) 밖으로는 군신의 의리를 받들고 안으로는 혈육의 은혜로운 관계를 맺어, 말씀을 드리면 반드시 시행되고 계책을 올리면 반드시 들어주신다면, 마땅히 주인과 화복禍福을 같이 해야 하지 않겠나? 그러므로 설령 소진蘇秦이나 장의(張儀: 두 사람 다 전국 시대에 합종책合縱策과 연횡책連橫策으로 여섯 나라 제후들을 변설로 조종했음), 또는 육가陸賈와 역이기(酈食其: 두 사람 다 한 나라 초에 변론으로 유방을 위해 큰 공을 세웠음)가 다시 나와서 그 구변口辯이 마치 폭포수 쏟아지듯 하고 혀끝이 칼날처럼 날카롭다고 하더라도, 그들이 어찌 내 마음을 움직일 수 있겠는가!"

말을 마치고는 큰소리로 웃었다.

장간은 얼굴빛이 흙색이 되었다. 주유는 다시 장간을 데리고 막사 안으로 들어가 여러 장수들과 함께 다시 술을 마셨다. 그리고는 손으로 여러 장수들을 가리키며 말했다: "이들은 모두 강동의 영웅호걸들이니 오늘의 이 모임을 군영회群英會라 불러도 될 것이야!"

술을 마시다보니 날이 저물어서 등촉을 밝히도록 한 다음 주유가 스스로 일어나 칼춤을 추면서 노래를 지어 불렀는데, 그 노래 가사는 이러했다:

장부가 세상에 나왔으면 공명을 세워야지 　　丈夫處世兮立功名
공명을 세우고 나니 평생에 위안이 되네. 　　立功名兮慰平生
평생에 위안이 되니 나 술 취하려고 해서 　　慰平生兮吾將醉
그래서 나 미친 듯이 노래 부르네. 　　吾將醉兮發狂吟

노래가 끝나자 좌중의 모든 사람들은 떠들고 웃으며 즐거워했다.

〖 13 〗 밤이 이슥해지자 장간이 술을 사양하며 말했다: "더 이상 술기운을 감당하지 못하겠네."

주유는 술자리를 그만 치우도록 했고, 여러 장수들은 인사를 하고 나갔다.

주유曰: "자익과 한 침상에서 자지 못한 지가 오래 됐는데, 오늘 밤은 서로 발을 부딪치며 같이 자세."

이리하여 주유는 짐짓 크게 취한 척하고 장간을 막사 안으로 데리고 들어가서 같이 잤다. 주유는 옷을 입은 채 그대로 쓰러지더니 잔뜩 토해냈다. 그러니 장간이 어떻게 잠을 잘 수 있겠는가?

그가 베개에 엎드려 있는데 군중에서 이경(二更: 밤 9시에서 11시 사이)을 알리는 북소리가 들려왔다. 일어나서 보니 등불은 여전히 밝혀져 있었다. 가만히 주유를 보았더니 그는 마치 우레같이 코를 골고 있었다. 장간은 막사 안의 탁자 위에 한 뭉구리(卷)의 문서가 쌓여 있는 것을 보고는 침상에서 일어나 몰래 훔쳐보았다. 그것들은 모두 오고 간 서신들이었는데, 그 가운데 한 통의 겉봉에 "張允蔡瑁 謹封(장윤채모 근봉)"이라고 씌어 있었다. 장간은 크게 놀라서 몰래 그것을 읽어보았다. 그 서신의 내용은 대략 이러했다:

> "저희가 조조에게 항복한 것은 관직이나 봉록을 얻기 위해서가 아니라 사세가 부득이했기 때문입니다. 지금은 이미 북군을 속여서 영채 안에 가두어 놓았으므로 형편이 닿는 대로 즉시 조조의 수급을 가져가서 휘하에 바치겠습니다. 조만간 사람이 이르는 대로 곧바로 다시 소식을 알리겠으니 조금도 의심하지 마시기 바랍니다. 우선 이 몇 자로 보고합니다."

장간은 생각했다: "알고 보니 채모와 장윤은 동오와 내통하고 있었구나."

그는 곧바로 그것을 옷 속에 몰래 감추고 다시 다른 문서들을 뒤져 보려고 하는데 침상 위에서 주유가 몸을 뒤집었다. 장간은 급히 등불을 끄고 자리에 누웠다. 주유가 입 속으로 중얼중얼 잠꼬대를 했다: "자익, 내 수일 내로 너한테 조조 역적놈의 수급을 보여줄 것이야!"(*이미 탁자 위의 문서로써 그를 속여 놓고 또 침상에서 술 취한 말로 속이고 있다. 속이는 방법이 갈수록 교묘하다.)

장간은 마지못해 그 잠꼬대에 대꾸해 주었다.

주유가 또 말했다: "자익, 잠시만 기다려!… 너한테 조조 역적놈의 수급을 보여줄 것이야!…"(*술 취한 사람의 말소리와 똑같다.)

장간이 그에게 한 마디 물어보려고 하자 주유는 또 잠이 들었다.

〖 14 〗장간이 침상에 엎드려 있는데 사경(四更: 새벽 1시~3시 사이)이 다 되어갈 무렵 어떤 사람이 막사 안으로 들어와서 부르는 소리가 들렸다: "도독께서는 깨어나셨습니까?"

주유는 꿈을 꾸다가 갑자기 깨어난 사람 모양을 하고 그 사람에게 물었다: "침상 위에서 자고 있는 저 사람은 누구냐?"(*완전히 술 취한 사람의 모습이다. 정말 흡사하게 가장하고 있다.)

그 사람이 대답했다: "도독께서 자익子翼을 청하여 함께 주무셨으면서 어찌 잊으셨습니까?"

주유가 후회하면서 말했다: "내가 평소에는 술을 먹고 취한 적이 없었는데 어제는 술 취해서 그만 실수하고 말았구나. 내가 도대체 무슨 말을 했었는지 전혀 생각이 안 나는구나."(*이미 거짓으로 술 취했고, 또 거짓으로 잠을 깼고, 또 거짓으로 말하고, 또 거짓으로 잊었다고 하는데, 정말로 흡사하게 가장한다.)

그 사람이 말했다: "강북에서 사람이 이리로 왔습니다."

주유가 호통을 쳤다: "소리 낮춰!"

그리고는 불렀다: "자익!"

장간은 그러나 잠든 척하고 있었다. (*앞에서는 주유가 거짓으로 잠자는 체했는데, 이때는 또 장간이 거짓으로 잠자는 체한다. 장간은 이미 남에게 속아 놓고 또 남을 속이려고 한다.)

주유는 살며시 막사 밖으로 나갔다. 장간이 몰래 엿들으니, 밖에서 어떤 사람이 말했다: "장張·채蔡 두 도독께서 말씀하시기를 '당장에는 급히 손을 쓸 수 없다'고…"(*이미 그를 막사 안에서 술 취한 말로 속여 놓고 또 그를 막사 밖의 다른 사람의 말로써 속이고 있다. 속이는 방법이 갈수록 교묘해진다.)

뒷부분의 말들은 소리가 자못 낮아서 무슨 소리인지 알아들을 수가 없었다. 잠시 후 주유가 막사 안으로 들어오더니 또 불렀다: "자익!"

장간은 아무 대꾸도 하지 않고 머리 위까지 이불을 뒤집어쓰고 자는 척했다. (*장간은 계속 자기가 남을 속이는 것으로 생각했지 자기가 남에게 속고 있다는 생각은 하지 않았다.) 주유 역시 옷을 벗고 자리에 누웠다. (*계책은 이미 완성되었으므로 옷을 벗어도 된다.)

장간은 속으로 생각했다: "주유는 꼼꼼한 사람이다. 날이 밝은 뒤 서신을 찾았으나 보이지 않으면 틀림없이 나를 죽이려고 할 것이다."

누워 있다가 오경五更이 되었을 때 장간은 일어나서 주유를 불러보 았으나 주유는 도리어 잠이 들어 있었다. 장간은 머리에 두건을 쓰고 몰래 살금살금 걸어서 막사 밖으로 나가서는 작은 동자를 불러서 곧장 원문轅門을 나갔다. 군사가 물었다: "선생께서는 어디 가십니까?"

장간日: "내가 이곳에 있다가는 도독의 일을 그르치게 될까봐 염려 되어 잠시 작별하려는 것이네."

군사 역시 그를 막지 않았다. (*이 모두 주유의 계략이다.)

〖 15 〗 장간은 배에 오르자 나는 듯이 노를 저어 돌아가서 조조를 보았다.

조조日: "자익이 하러 갔던 일은 어찌 되었는가?"

장간日: "주유는 도량이 크고 뜻이 높아서 말로써는 움직일 수가 없 었습니다."

조조가 화를 내며 말했다: "일도 성사시키지 못하고 도리어 저들의 비웃음만 사고 말았군!"

장간日: "비록 주유를 설득하지는 못했지만 그러나 승상을 위해 한 가지 일을 알아가지고 왔습니다. 좌우를 물리쳐 주시기 바랍니다."

장간은 서신을 꺼내 놓고 앞에서 이야기한 일들을 하나하나 조조에게 말했다.

조조가 대노하여 말했다: "두 도적놈이 이렇게나 무례하단 말인가!"(*전에는 장간만이 계략에 걸려들었지만, 지금은 조조 역시 계략에 걸려들었다.)

즉시 채모와 장윤을 막사로 불러들였다.

조조曰: "나는 너희 둘로 하여금 진군하도록 하려고 한다."

채모曰: "군사들이 아직 숙련되지 못해서 가벼이 나아갈 수가 없습니다."

조조가 화를 내며 말했다: "군사들이 만약 숙련되고 나면 내 수급이 주랑에게 바쳐지겠지!."

채모와 장윤은 그 말의 뜻을 몰라서 놀라고 당황하여 아무런 대답도 할 수 없었다. (*만약 조조가 서신을 꺼내 보여주면서 꾸짖었다면 채모와 장윤은 오히려 해명을 할 수 있었을 것이고 조조 역시 두 사람을 죽이기까지 하지는 않았을 것이다. 참으로 묘한 것은, 분명하게 설명해주지 않음으로써 두 사람이 놀라서 말을 하지 못하게 된 것이 도리어 완전히 음모가 누설되어 대답을 할 수 없는 것처럼 되어버린 것이다.)

조조는 무사들에게 그들을 끌고 나가서 목을 베라고 호통쳤다. 잠시 후 무사들이 그들의 머리를 막사로 가져와서 바치자, 조조는 비로소 깨닫고 말했다: "내가 주유의 계교에 걸려들고 말았구나."

후세 사람이 시를 지어 이를 탄식하였으니:

간웅 조조를 당해낼 자 없더니	曹操奸雄不可當
그도 한때 주랑의 계략에 걸려들었네.	一時詭計中周郎
채·장 두 사람 살아남으려 제 주인 팔더니	蔡張賣主求生計
오늘 아침 칼 아래 죽을 줄 누가 알았으랴.	誰料今朝劍下亡

〖 16 〗 여러 장수들은 조조가 채모와 장윤 두 사람을 죽인 것을 보고

들어가서 그 까닭을 물었다. 조조는 비록 속으로는 자신이 주유의 계교에 걸려들고 만 줄 알고 있었으나 자기 잘못을 인정하고 싶지 않아서(*총명한 사람들은 남한테 속고 나서도 왕왕 그것을 인정하려고 하지 않는데, 조조만이 이렇게 한 것은 아니다.) 여러 장수들에게 말했다: "두 사람이 군법을 태만히 했기에 내가 목을 베라고 했다."

그 말을 듣고 여러 사람들은 모두 탄식하기를 마지않았다. 조조는 여러 장수들 가운데서 모개毛玠와 우금于禁을 뽑아서 수군도독으로 삼고 채모와 장윤 두 사람이 맡았던 일을 대신하도록 했다.

첩자가 이 소식을 알아내서 강동에 보고했다. 주유는 듣고 크게 기뻐하며 말했다: "내가 염려했던 것은 이 두 사람이었다. 이제 이들을 없애버렸으니 나의 걱정거리가 없어졌다."

노숙曰: "도독께서 용병하시는 게 이와 같은데 어찌 조조를 깨뜨리지 못할까봐 걱정하십니까?"

주유曰: "내 생각에 여러 장수들은 나의 이 계책을 모르고 있겠지만 유독 제갈량만은 그 식견이 나보다 뛰어나니 아마 이번 계책도 그를 속여 넘기지는 못했을 것이오. 자경은 시험 삼아 말로써 그를 떠보아 그가 알고 있는지 모르고 있는지 살펴보고 곧바로 돌아와서 나에게 알려 주시오."

이야말로:

반간계를 써서 일을 성공시켜 놓고서는　　　　還將反間成功事
냉정한 눈의 방관자를 시험해 보러 가네.　　　去試從旁冷眼人

노숙이 공명에게 물어보려고 간 일이 결국 어찌 될지 모르겠거든 다음 회回를 읽어보도록 하라.

(1). 무릇 장차 큰 공이 이루어지면 반드시 먼저 나타나는 단서(端者)가 있어야 한다. 그리고 소위 단서라는 것에는 또 '순단順端'과 '역단逆端'이 있다. 적이 마침 우리를 의심하고 있을 때에는 우리가 먼저 작은 패배를 함으로써 적의 뜻을 교만하게 만들어야 하는데, 이것이 일의 단서가 반대로 드러나는 것, 즉 '역단逆端'이다. 적이 마침 우리를 가벼이 보고 있을 때에는 우리가 먼저 작은 승리를 거둠으로써 적의 예기를 꺾어놓아야 하는데, 이것이 일의 단서를 순차로 보이는 것, 즉 '순단順端'이다.

조조는 유종劉琮이 최근에 항복하고 현덕이 최근에 패배한 후 형양荊襄을 석권하고는 그 기세가 마치 오회吳會를 삼킬 듯했고, 그 교만함이 극에 달했는데, 이럴 때에는 먼저 그 예기를 꺾어놓지 않으면 안 된다. 주유가 강구江口에서 작은 승리를 거둠으로써 미리 적벽대전赤壁大戰에서의 실마리를 보여주었는데, 아마도 이는 '역단逆端'을 쓴 게 아니라 '순단順端'을 쓴 것이다.

(2). 문장에는 '정츤법(正襯法: 같은 부류와 대비하여 더욱 돋보이도록 하는 것)'과 '반츤법(反襯法: 반대의 부류와 대비하여 더욱 돋보이도록 하는 것)'이 있다. 노숙의 정직하고 솔직함(老實)을 묘사함으로써 공명의 꾀 많고 영리함을 돋보이도록 하는 것이 '반츤법反襯法'이다. 주유의 영리함을 묘사함으로써 공명의 영리함을 더욱 돋보이도록 하는 것이 '정츤법正襯法'이다.

비유하자면, 한 나라의 최고 미인을 그릴 때 추녀를 그녀와 비교하여 그 아름다움을 더욱 돋보이도록 하는 것은(즉, 반츤법), 미녀를 그녀와 비교하여 그녀의 아름다움을 더욱 돋보이도록 하는 것(즉, 정츤법)보다는 못하다. 범 같은 장수(虎將)를 그릴 때, 겁쟁이를 그와 비교하여 그의 용맹함을 더욱 돋보이도록 하는 것은(즉, 반츤법), 용맹한 사내를 그와 비교하여 그의 용맹함을 더욱 돋보이도록 하는 것(즉, 정츤법)보다 못하다. 이를 읽어보면 문장의 '서로 돋보이도록 하는 방법(相村之法)'을 이해할 수 있을 것이다.

(3). 공명은 초려草廬를 나가기 전에 이미 밖으로 손권과 손을 잡아야 한다고 말했다. 그래서 형주荊州를 지키고 있을 때 관공이 군사를 나누어 오吳에 항거하려고 하자 공명은 그 일을 말렸으며, 관공이 죽자 현덕이 군사를 일으켜 오吳를 치려고 할 때 공명은 간하여 이를 말렸던 것이다. 백제白帝에서 현덕이 죽으면서 유선劉禪을 부탁한 후 공명이 죽을 때까지, 공명은 오吳와 서로 사이가 나빴던 적이 없었는데, 그것은 오吳와 손을 잡고 한漢의 역적을 치려고 했기 때문이다.

오직 노숙의 생각만 공명과 합치되었고, 주유의 생각은 노숙과 달랐다. 노숙이 공명을 끌어들여 서로 도우려고 하자 주유는 공명을 죽이려고 했고, 노숙이 현덕을 끌어들여 서로 도우려고 하자 주유는 또 현덕을 죽이려고 했다. 이 점이 주유가 노숙보다 한참 못한 점이다. 비록 그렇기는 하나, 노숙은 현덕과 공명이 인걸人傑임을 알았기 때문에 그들을 얻어 지원세력으로 삼으려고 했으며, 주유 역시 현덕과 공명이 인걸임을 알았기 때문에 반드시 그들을 죽임으로써 후환을 끊으려고 했던 것이다. 천하의 인걸이 아니면 인걸을 알아볼 수 없다. 오호라! 주유 역시 인걸이었도다!

(4). 주유가 거짓으로 잠든 것은 장간을 속이려는 것이었다. 장

간이 거짓으로 잠든 것 또한 주유를 속이려는 것이었다. 주유가 거짓으로 장간을 불렀을 때 그는 장간이 거짓으로 잠자고 있다는 것을 분명히 알고 있었다. 그러나 장간이 주유의 부름에 대답하지 않은 것은 주유가 거짓으로 부르고 있음을 몰랐기 때문이다. 주유가 술에 취한 것은 취했으나 도리어 정신이 말짱했고, 장간이 잠에서 깨었던 것은 깨었으나 도리어 꿈속에 있었다.

묘한 점은, 주유가 먼저 장간은 세객說客이라는 사실을 설파說破함으로써 장간이 입을 열지 못하도록 한 것이며, 또 묘한 점은, 장간이 세객이 아니라고 말함으로써 더욱 더 그가 입을 열 수 없도록 한 것이다.

묘한 점은, 주유가 꿈속에서 자익의 이름을 부르고 조조를 욕함으로써 장간으로 하여금 더욱 헷갈리도록 만든 것이며, 또 묘한 점은, 주유가 깨어나서 자익을 불렀던 일과 조조를 욕했던 일을 잊어버린 것처럼 함으로써 장간으로 하여금 더욱 헷갈리도록 한 것이다.

주유는 극히 소략하게 거짓을 꾸몄지만 도리어 한 걸음 한 걸음 더욱 치밀해졌고, 장간은 스스로 극히 영리하다고 생각했지만 도리어 하는 일 하나하나가 바보 같았던 것이다. 그 묘사가 참으로 재미있다.